KB187624

한일문화 연구의 새 지평 1

한일문화의 상상력 : 안과 밖의 만남

한일문화 연구의 새 지평 1
한일문화의 상상력 : 안과 밖의 만남

초 판 인 쇄	2018년 09월 13일
초 판 발 행	2018년 09월 20일

엮 은 이	정형
지 은 이	김미진·김유천·윤재환·이현영·조혜숙·최경국·히구치 아쓰시·소메야 도모유키·최창완·탁성숙·하야시 후미키·권선영·김난주·윤채근·정형·하야시 요코
발 행 인	윤석현
발 행 처	제이앤씨
책 임 편 집	최인노
등 록 번 호	제7-220호

우 편 주 소	서울시 도봉구 우이천로 353 성주빌딩 3층
대 표 전 화	02) 992 / 3253
전 송	02) 991 / 1285
홈 페 이 지	http://jncbms.co.kr
전 자 우 편	jncbook@hanmail.net

ⓒ 정형, 2018. Printed in KOREA

ISBN 979-11-5917-122-2 94830
　　　 979-11-5917-121-5 94830(Set)

정가 32,000원

한일문화 연구의 새 지평 1

한일문화의 상상력 : 안과 밖의 만남

정 형 엮음

제이앤씨
Publishing Company

광복을 맞은 지 70 여년이 지난 현재 한국의 일본문화 연구는 반일과 극일이라는 진부한 프레임을 넘어서서 새로운 일본문화연구의 지평을 열고자 하는 흐름이 점차 자리를 잡아가고 있는 것으로 보인다. 이는 일본의 연구자들이 미처 다루지 못했던 연구영역에 관해 한국의 일본문화 연구자들이 한일문화의 여러 양상에 관해 비교 내지는 대조의 관점에서 바라봄으로써 이루어내고 있는 성과라고 할 수 있다. 또한 우리의 한국문화전공자들의 연구에도 한일비교대조연구의 움직임이 나타나고 있다. 자국문화연구라는 좁은 테두리에서 벗어나 일본의 다양한 학문적 성과까지도 비교대조의 시점에서 바라봄으로써 한일문화연구에 관한 새로운 성찰에 다가서기 시작한 것으로 보인다. 한편 일본의 인문학 연구자들에게 전통적으로 자리 잡고 있던 한국의 인문고전에 관한 무관심의 경향에도 최근에 이르러 새로운 인식전환이 흐름이 나타나고 있다. 이제 한국문화와 일본문화에 관한 연구는 '한일문화연구'라는 비교대조의 방법론으로 새로운 돌파구가 모색되어야 할 시점이며 한일 인문학의, 나아가 동아시아 인문학의 교류와 소통이라는 당위적 인식은 연구자들 사이에서 더욱 확산될 것으로 믿어 의심치 않는다.

이 책은 엮은이가 단국대학교 일본연구소 소장으로 다년간 재임하면서 국내, 국제학술대회와 연구프로젝트 등을 통해 교류했던 국내외 연구자들의 글을 모은 것이다. 이번 기획총서 총 3권은 앞에서 언급한 바와 같이 한일문화연구의 새 지평을 모색한다는 취지에서 『한일문화 연구의 새 지평』이라는 제명으로 간행하게 되었다. 제1권 『한일문화 연구의 새 지평 1』〈한일문화의 상상력 : 안과 밖의 만남〉, 제2권 『한일문화 연구의 새 지평 2』〈타자의 눈으로 바라본 일본〉, 제3권 『한일문화 연구의 새 지평 3』〈일본연구의 새로운 시각 : 확대되는 세계관〉의 3권 구성으로 기획함으로써 순순한 일본문화연구와 한일비교대조문화연구가 결국은 동아시아 인문학의 교류와 소통이라는 범주로 수렴되어가고 있음을 제시하고자 했다.

이 책 제1권 『한일문화 연구의 새 지평 1』〈한일문화의 상상력 : 안과 밖의 만남〉은 한일인문학의 비교대조연구의 글들을 1부 체험과 교류, 2부 동질과 차이, 3부 비교와 이해의 3부 구성의 틀로 모은 것이다. 각 글들의 개요는 다음과 같다.

〈1부 체험과 교류〉

김미진의 〈일본근세 고증수필 속 조선관련 기사〉는 에도막부가 유일하게 정식 국교를 맺은 나라인 조선과 일본은 근세기에 활발한 교류를 이루었으며, 조선의 문물이 일본에 전파되고, 이를 접한 근세 문인들이 자신의 수필집에 이에 대한 고증내용을 기술하게 된 사실을 분석하였다. 이를 통해 근세중후기의 고증수필 속 조선 관련 기사가 그들이 어떠한 조선 문물을 접했는지를 알려주고, 우리가 알지 못했던 조선 문물의 일면을 엿볼 수 있게 해 주는 귀중한 자료임을 지적하였다.

김유천의 〈일본 헤이안平安시대 문학에 나타난 한국-'고려高麗'·'백제百濟'·'신라新羅'를 중심으로-〉는 헤이안시대 문학 속에 한국이 어떤 표현과 이미지로 등장하고 있으며, 그것이 작품세계에 어떻게 기능하고 있는가를 『우쓰호이야기』, 『겐지이야기』 등 모노가타리 작품과 『곤자쿠이야기집』의 설화를 통해 살펴보았다. '고려', '백제', '신라'라는 명칭에 주목하여, 모노가타리에서는 고구려, 백제, 신라를 개별화하는 관념은 희박하고, 발해를 포함한 고대 한국은 '고려'라는 통합적인 명칭으로 등장하여 작품세계를 형성하는데 다양하게 기능하였음을 논하였다. 이어서 헤이안시대 문학에 보이는 '고려', '백제', '신라'는 표현과 의미의 위상을 달리하면서도 서로 공명하며 다의적인 이미지를 형성하고 있음을 지적하였다.

윤재환의 〈엇갈림과 어울림, 한·일 문사 교류의 두 시선-원중거와 축상을 중심으로-〉는 1764년 계미 사행에 참가한 조선 문사와 일본 문인 축상과의 필담 내용을 바탕으로 4월 8일과 20일의 기록에 상당한 차이가 있지만 어느 하나가 오류 또는 사실이라고 단정하기는 쉽지 않음을 지적하고 그 이유를 논하였다. 양쪽의 기록들 사이에 나타나는 거리는 그들 각자가 살았던 삶과 그들이 처해 있었던 상황에 근거한 것이며, 이러한 양쪽의 기록에 나타난 엇갈림과 어울림을 있는 그대로 받아들여 동질성과 이질성을 있는 그대로 밝힘으로써 서로의 차이를 이해하는 것이 함께 살아가는 미래를 이루기 위한 올바른 태도임을 지적하였다.

이현영의 〈新出「俳諧資料」에 관한 小考〉는 한국에 남아있는 일본 근세운문의 하이카이 관련 자료와 단자쿠를 통해 일제강점기에 대한민국에서 하이카이활동이 어떠한 방식으로 이루어지고 있었는지, 그 내용은 어떠한 것이었는지 분석하였다. 새로이 발견된 이들 자료의 일부를 소개하고, 그 자료에 대한 검증을 통해서 자료가 갖는 의미를 검토하였다.

조혜숙의 〈메이지明治시대 조선 문화의 소개양상－나카라이 도스이半井桃水『胡砂吹く風』에 대해서－〉는 조선과 조선 문화를 소개한 소설기자인 나카라이 도스이의 소설작품에 그려진 메이지 시대의 조선 및 조선 문화의 소개 양상을 고찰하고, 본 작품에서 조선에 대해 마이너스적인 이미지가 많이 그려지고 있으나 좋고 나쁨의 가치판단 없이 다양한 분야의 조선 문화를 소개하였다는 점에 의의가 있음을 지적하였다.

최경국의 〈일본 무사의 조선 호랑이 사냥－이미지 표현을 중심으로－〉는 일본열도에는 호랑이가 절멸되어 있었지만, 여러 가지 문화적 경로에 의해 호랑이에 대한 문화가 전래되었기 때문에 일본인도 호랑이에 대해서는 잘 알고 있었으며, 일본인에게 있어서 한반도로 건너가 호랑이를 쓰러뜨리는 일은 무사로서의 명성을 드높이는 일이었다는 점을 고찰하였다. 『日本書紀』나 『万葉集』의 호랑이를 잡는 내용을 토대로 호랑이 사냥에 대한 문학적 기술과 그것이 어떻게 그려졌는지에 대한 이미지를 분석하였다.

히구치 아쓰시의 〈손진태孫晋泰의 일본유학〉은 한국민담연구에 큰 기여를 한 손진태가 일본유학 중에 출판한 『조선고가요집朝鮮古歌謠集』, 『조선신가유편朝鮮神歌遺篇』, 『조선민담집朝鮮民譚集』이라는 3편의 주요 업적과 그에 관한 여러 편의 논고를 고찰하여 그의 일본유학의 궤적을 살펴보았다.

〈2부 동질과 차이〉

소메야 도모유키의 〈한일 고전소설 속 독(毒)〉은 일본의 근세소설이라는 세계로 조선의 고전소설을 바라봤을 때, 그 매력이나 소설·문학으로서의 가능성이 어떻게 재인식, 재구성되어 있는지를 고찰하였으며, 특히 한일 고전소설에 나타난 '풍자'의 양상을 살펴보았다.

최창완의 〈한일대역자료에 나오는 デゴザル에 대하여〉는 1881년본 『交隣須知』에 나타나는 본동사로 쓰이지 않는 ゴザル에 대하여 조사하고, 이 중 デ(テ)에 접속하는 ゴザル가 교토대학 소장본에서는 어떠한 양상을 띠고 있었는지에 대하여 살펴보았다. 각각의 사례를 분석하여 デ(テ)ゴザル 그대로의 형태를 띠는 경우와 デ(テ)ゴザル 이외의 형태에서 변화하는 경우를 살펴보는 등 많은 사례 분석을 통한 연구 성과를 소개하였다.

탁성숙의 〈소설번역에 나타나는 문말표현의 양상-『不如歸』, 『불여귀』, 『두견성』을 대상으로-〉는 번역 작품을 읽을 때 원작과의 거리감이 어디에서 오는가를 고찰하기 위해 일본 소설 원작과 번역 작품의 지문의 문말 표현의 번역양상을 분석하였다. 이를 통해 한국어로 번역할 시에 일본어의 문법적 의미보다 내용 중심으로 번역되는 경향이 강하다는 사실을 지적하였다.

하야시 후미키의 〈한국 속 일본식(日本食)의 중층적 수용〉은 일본요리의 단계적 수용을 바탕으로 유입 시기의 차이, 한일 관계에 있어서 특이성, 그리고 식문화의 전파에 대해서 검토하였다. 이를 통해 한반도에 일본식이 정착해 간 변천양상을 살펴보고 음식이 시간을 초월하여 시간차로 동일 지역에서 수용되었을 경우 수용된 쪽이 이전에 받아들였던 경위를 알지 못하고 전혀 다른 메뉴로 수용하고 있는 경우가 있음을 지적하였다.

〈3부 비교와 이해〉

권선영의 〈한일 근대여성문학가 다무라 도시코와 김명순의 '사랑' 고찰〉은 다무라 도시코와 김명순이 '사랑'이라는 주제에 대해 어떻게 이해하였는지를 분석하여 한일 근대여성작가의 작품 이해를 용이하게 하는 데 중점을 두었다. 다무라 도시코는 사랑과 불륜의 경계를 넘어설 수 있는지의 여부에 관심을 두었고, 김명순은 사랑 자체에 대해 긍정적인지 부정적인지 의문을 품었다는 점과 같이 두 여성작가의 사랑에 대한 생각이 달랐음을 지적하였다.

김난주의 〈한·일 쟁총형爭寵型서사의 비교 연구-17세기 이후 근세 소설을 중심으로-〉는 17세기 이후 한일 쟁총형爭寵型 소설에 등장하는 처·첩(후처)간의 갈등 구조를 비교 고찰함으로써 양국 쟁총형 서사의 특질을 탐색하였다. 한국 쟁총형 소설의 결말 구조는 철저하게 권선징악의 룰을 따르고 일본 근세 문학은 적처의 복수로 인한 가족의 몰살과 가정의 해체로 끝나는 경우가 많음을 지적하였다.

윤채근의 〈『剪燈新話』의 惡鬼와 超越의 倫理-「牡丹燈記」를 중심으로-〉는 『剪燈新話』에 등장하는 다양한 여주인공 가운데 가장 독특한 인물인 「牡丹燈記」의 符麗卿이 악귀임에도 풍부한 매력으로 동아시아 소설에 많은 영감을 제공한 원인이 그녀가 소유한 욕망의 초도덕성이 인류의 보편적 욕망의 실체를 용감하게 대변하고 있었기 때문이라는 점을 지적하였다.

정형의 〈17세기 동아시아 연애소설『호색일대남』에 나타난 불교사상 고찰-『구운몽』과의 비교의 시점을 중심으로-〉는 17세기 한일의 대표 소설인『구운몽』과『호색일대남』이 애욕과 종교라는 인간의 본원적 문제를 다루고 있다는 점에서 비교(대조)연구의 대상으로 삼았다. 연애소설이라는 관점, 불도를 다룬 소설이라는 관점이라는 두 가지 관점에서 작품을 비교하였으며, 동시기에 생존했던 두 작가의 유사적이고 개성적 작품세계가 우연의 일치가 아닌, 근세기 동아시아에서의 연애소설과 불교사상의 전개라는 관점에서 자연스러운 양상이었음을 지적하였다.

하야시 요코의 〈韓国近代文学과 石川啄木-朴泰遠 小説 속에 登場하는 石川啄木을 중심으로-〉는 "소설가 구보씨의 일일"에 나오는 이시카와 다쿠보쿠에 관한 기술을 중심으로 어떻게 그것이 묘사되어 있고, 그러한 내용은 무엇을 의미하고 소설에 어떤 효과를 주고 있는지에 대해서 고찰하였다. 또한 박태원은 자신의 소설에 이시카와 다쿠보쿠의 이름과 작품을 등장시킬 정도로 다쿠보쿠에 대한 관심이 많았던 근대 한국 문인 중의 하나였음을 지적하였다.

끝으로 이 기회를 빌려 이 시리즈 총서에 귀한 글을 보내주신 한일 양국의 연구자들에게 엮은이로서 깊은 감사의 뜻을 표하고자 한

11

다. 또한 기상관측 사상 최대의 폭염을 기록한 금년 여름 내내 무더위 속에서도 번거로운 편집실무를 흔쾌히 맡아준 단국대학교 일본연구소 연구교수 김정희, 홍성준, 최승은 세 박사분의 노고에 고마운 마음을 전하고자 한다. 아무쪼록 이번 책 간행이 향후 한일문화연구의 새 지평을 제시하고 그 연구성과를 세계로 발신할 수 있는 계기가 될 수 있기를 기대한다.

2018년 8월 24일

엮은이 정 형

목차

제1부

체험과 교류

한일문화 연구의 새 지평 1

한일문화의 상상력 : 안과 밖의 만남

제1장

일본근세 고증수필 속 조선관련 기사

❀ ❀ ❀

김 미 진

I. 머리말

근세 중·후기(17-19세기) 일본의 문인들 사이에서 그들 고유의 문화나 풍습 등을 여러 가지 문헌자료에 입각해 고증한 내용을 담은 수필집의 집필이 성행하였다. 이는 근·현대의 일반적인 '에세이essay' 성격의 수필과 성격을 달리 한다. 한 가지 대상을 선정하고 그것과 관련된 어·문학적, 민속적, 역사적 고증의 결과를 수집해 기록하는 것을 말하며, 일본에서는 이러한 학문적 성격이 강한 수필을 '고증수필'이라고 부른다.

조선이 일본 근세기의 문학에 어떻게 그려져 있는지에 관한 선행연구는 크게 두 갈래로 나눌 수 있다. 첫 번째는 임진왜란이 일본 근세문학에 미친 영향에 관한 것이다. 이와 관련해서는 근세기에 간행

17

된 임진왜란 관련 문학작품군의 전체적인 윤곽을 제시한 최관·김시덕의 연구가 대표적이다.[1] 이를 통해 임진왜란물은 '도요토미 히데요시豊臣秀吉의 일대기를 그린 작품 군→임진왜란을 다룬 작품 군→『징비록懲毖錄』의 내용이 첨가된 작품 군'의 3단계에 걸쳐서 계승·변용되었음이 밝혀졌다. 두 번째는 조선통신사의 일본 근세문학 속 묘사 양상에 관한 것이다. 조선통신사는 1607년부터 1811년까지 12회에 걸쳐 일본을 방문해 공식적인 교류를 맺어왔다.[2] 이와 관련해서 국내에서 많은 선행연구가 이루어 졌는데, 그 중에서도 통신사의 방일訪日이 구로혼(黒本-삽화소설:필자 주), 가부키歌舞伎 등의 다양한 문예 형태에 어떻게 그려졌는지를 규명한 박찬기의 연구가 대표적이다.[3]

조선은 일본 근세기의 에도막부가 유일하게 정식 국교를 맺은 나라로 양국은 활발한 교류를 이루었다. 조선의 선진문물은 일본에 전파되었으며, 이는 근세 문인들의 수필집에 고스란히 담겨 있다. 이와 같은 고증수필집에 나타난 조선관련 기사는 당시 문인들이 접한 조선 문물의 양상을 확인할 수 있다는 점에서 큰 의의가 있다. 하지만, 이와 같은 근세 고증수필집에 나타난 조선관련 기사들을 수집·분석·고찰하는 연구는 전무한 실정이다.

이 글은 '임진왜란'과 '조선통신사'라는 한정된 관점에 집중되어 있는 선행연구의 한계를 극복하기 위해 '일본근세 고증수필로 본 조

---

1 최관·김시덕『임진왜란 관련 일본 문헌 해제』, 문, 2010, 1-456쪽.
2 조선통신사는 1607년, 1617년, 1624년, 1636년, 1643년, 1655년, 1682년, 1711년, 1719년, 1748년, 1764년, 1811년, 총 12회에 걸쳐 방일했으며, 조선측의 사행록으로는『해사록(海槎錄)』,『동사일기(東槎日記)』,『해유록(海游錄)』등이 있다.
3 박찬기『조선통신사와 일본근세문학』, 보고사, 2001, 1-322쪽.

선표상'이라는 새로운 시각으로 일본 근세문학과 조선과의 관계를 접근하는 것을 시도한 것이다. 구체적으로는 일본 근세기의 문인이 접한 조선의 문물(물건, 문자, 조선본, 조선인)과 이를 둘러싼 일본 문인들 사이의 지적교류라는 내용을 고증수필을 통해 실증적으로 분석한다. 이를 통해 약 300~400년 전에 일본에서 이뤄진 이문화 커뮤니케이션 양상을 고찰하여, 궁극적으로는 근세 문인의 눈에 비친 조선의 표상을 제시하는 것을 목표로 한다.

Ⅱ. 조선의 물건

먼저, 조선의 먹에 대한 기술을 살펴보겠다. 의사이자 난학자蘭学者, 소설가였던 모리시마 주료(森島中良, 1756-1810)의 『게이린 만로쿠桂林漫録』상권 「조선의 먹朝鮮墨」(1803)에는 "최근 우아하고 고풍스러운 조선의 먹 한 자루를 받았다. 그 모양이 일본의 것과 전혀 다르지 않다. 아직 써보지 못해서 그 광채가 어떤지 잘 모르겠다"[4]는 기술과 함께 〈그림 1〉과 같은 조선 먹의 앞면과 뒷면의 모양이 세밀하게 묘사되어 있다. 그리고 삽화 하단에는 "두께 2부(0.606cm-필자 주), 앞뒷면이 금박으로 둘러 싸여 있다"라는 설명이 추가되어 있다. 이와 같은 주료의 고증에 의해 일본에 건너온 조선의 먹의 모양을 유추할 수 있다.

---

4 인용문 및 〈그림 1〉은 와세다대학도서관 소장본(청구기호:文庫08 B0092)에 의한 것임.

〈그림 1〉『게이린 만로쿠』「조선의 먹」　　〈그림 2〉조선 대모갑 비녀 전단지

다음으로는 조선의 비녀와 신발에 대한 고증을 살펴보겠다. 근세 후기의 최고의 풍속 수필집인 기타가와 모리사다喜田川守貞의『모리사다만코守貞謾稿』권11의「조선 대모갑鼈甲 비녀」과 권30의「조선 신발朝鮮씁」(1837-1853) 항목을 이하 인용하겠다.

(1) 조선 대모갑 비녀는 가짜가 아닌 일종의 하품下品의 장신구이다. 가짜는 소뿔이나 말 발톱을 사용해서 만든다.[5]

(2) 조선 신발

　　다비(足袋;일본식 버선-필자 주) 신발과 동일한 이러한 모양의 것을 신

5　喜田川守貞著·宇佐美英機校訂『守貞謾稿』권2, 岩波書店, 2008, 164쪽.

는다. 좌우 구분 없이 신을 수 있다. (중략) 신발 바닥 모양이 조선

은 ▦, 다비와 쓰나누키(綱貫:소가죽으로 만든 겨울용 신발-필자 주)

는 ▭다. 조선은 신발 바닥의 앞부분에도 다른 가죽을 덧대고 못

을 몇 개 박는다. 다비와 쓰나누키는 바닥의 뒷부분에만 이것을 덧

댄다.[6]

인용문 (1)은 바다거북과인 대모玳瑁의 등딱지를 열로 녹여 만든 대

모갑으로 만든 비녀에 관한 기술이다. 이에 따르면 조선의 대모갑 비

녀는 하품의 장신구로 평가되었음을 알 수 있다. 당시 대모갑은 상당

히 고가의 장신구 재료로 기타무라 인테이喜多村筠庭『기유쇼란嬉遊笑

覽』권1·하(1830)의 비녀에 대한 고증에 다음과 같이 기술하고 있다.

『와가고로모我衣』에 대모갑은 고가로 간보년간(寬保年間: 1741-1744)

에 세공기술이 좋아져 빛깔이 좋은 물소 뿔에 대모갑의 검은 반점을

그려 넣어 상품上品의 대모갑처럼 팔았다라고 쓰여 있다. 조선 대모갑

으로 저렴하게 만드는 일은 얼마 전 까지 있었다.[7]

18세기 후반에는 고가의 대모갑 대신 물소의 뿔에 반점을 그려 넣

거나, 혹은 저렴한 조선의 대모갑을 사용한 비녀가 만들어 졌음을

알 수 있다. 〈그림 2〉[8]는 미나미텐마초(南伝馬町: 현 도쿄도 중앙구 교바시(京

---

6 喜田川守貞著·宇佐美英機校訂『守貞謾稿』권5, 岩波書店, 2008, 42-43쪽.

7 喜多村筠庭著·長谷川強 외 5人校訂『嬉遊笑覽』권1, 岩波書店, 2002, 190쪽.

8 〈그림 2〉는 와세다대학도서관 소장본(청구기호:文庫10 08032 0004)에 의한 것임.

橋) 부근)에 있던 이세야(伊勢屋)에서 판매한 조선의 대모갑 비녀의 전단지이다. 이상을 통해 조선의 대모갑으로 만든 비녀는 대중적인 장신구로 판매되었음을 알 수 있다.

인용문 (2)는 조선의 신발에 관한 고증이다. 본 고증의 특징은 신발의 모습을 알 수 있도록 삽화를 그려 넣었다는 점이다. 이에 따르면 조선의 신발은 일본의 다비와 비슷한 모양을 하고 있고, 오른쪽과 왼쪽의 구분 없이 신는다는 특징을 갖고 있었음을 알 수 있다. 더불어 조선 신발은 일본의 것과 달리 신발 바닥의 앞쪽과 뒤쪽 모두에 가죽을 덧대고 있음을 기술하고 있다.

그리고 외래문물에 관심이 많았던 히라가 겐나이(平賀源內, 1728-1780)는 『부쓰루이힌시쓰物類品隲』 6권(1763)에 「조선 인삼朝鮮人参」의 재배법을 소상히 기술하고 있다. 그의 소설에서도 조선 관련 기술을 볼 수 있는데, 예를 들어 『후류시도켄덴風流志道軒伝』 권4(1763)에는 조선 인삼의 효능에 관해, 『네나시구사根無草』 후편(1769)에는 조선산 부채가 등장한다. 또한 근세 후기의 수필가인 야마자키 요시시게(山﨑美成, 1796-1856)의 『혼초세지단키세이고本朝世事談綺正誤』(1819)에는 「외국에서 건너온 다완渡茶盌」, 「이도 다완井戸茶盌」, 「라쿠야키楽焼」 등 조선 도자기에 대한 고증이 쓰여 있다. 요시시게는 조선통신사와의 직접적인 교류는 없었으나, 일본에 들어온 조선 문물에 상당한 관심을 갖고 있었던 것으로 추정된다. 요시시게의 조선에 대한 관심에 대해서는 다음 장에서 구체적인 예시를 들어 살펴보겠다.

Ⅲ. 조선의 문자

18세기의 저명한 유학자이자 조선과의 교섭을 담당한 외교관인 아메노모리 호슈(雨森芳洲, 1668-1755)는『교린수지交隣須知』,『전일도인全 一道人』등의 조선어 학습서를 집필했다. 이와 같은 조선어 교육을 목 적으로 완성된 교과서와는 별도로 조선어를 모르는 문인들 역시 조 선의 문자에 관심을 갖고 있었음을 당시의 고증수필을 통해 확인할 수 있다. 이를 이하의 두 개의 예시를 통해 살펴보고자 한다.

먼저 야마자키 요시시게의『가이로쿠海録』권6「비석의 명石塚の銘」 (1820-1837)이다.

> 아와노쿠니(安房國, 현 지바현(千葉県) 보소(房総)반도-필자 주) 오쓰나大 綱 마을에 대암원大巖院이라는 절이 있다. 그 절의 입구에 비석이 있다. 그 문자(〈그림 3〉-필자 주)를 해독할 수 없지만, 전해져 오기를 웅예영암 雄譽靈巖 스님이 쓰신 것이라고 한다.[9]

---

9 인용문 및〈그림 3〉는 야마자키 요시시게『가이로쿠』, 국서간행회, 1915, 187쪽에 의한 것임.

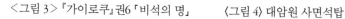

〈그림 3〉『가이로쿠』권6「비석의 명」　　　〈그림 4〉 대암원 사면석탑

　　상기의 〈그림 3〉은 지바현 대암원이라는 절에 있는 사면석탑四面石塔에 새겨져 있는 〈그림 4〉[10]의 한글표기를 요시시게가 자신의 수필집에 옮겨 적은 것이다. 이 석탑의 각 면에는 '나무아미타불南無阿弥陀佛'이 일본의 한자, 인도의 범자梵字, 중국의 전자篆字, 그리고 조선의 한글로 새겨져 있으나, 요시시게의 「비석의 명」에는 오직 한글표기에 대한 기술만이 있다. 이를 통해 요시시게가 석탑의 한글표기에 관심을 갖고 있었다는 점을 유추할 수 있다. 뿐만 아니라, 상기의 고증을 통해 조선 초기 한글 자형字形과 석탑의 한글을 웅예영암 스님이 썼다는 점을 알 수 있는 귀중한 자료라 할 수 있다.

────────────

10 〈그림 4〉는 일본 지바현청(千葉県庁)이 공개한 대암원(大巖院) 사면석탑의 탁본을 인용한 것이다.

근세 후기의 문인들이 한글표기에 대해 관심을 갖고 있었다는 것
은 소설류에서도 확인 가능하다. 예를 들어, 히라가 겐나이의『네나
시구사根南志具佐』권1의 서문(1763)에 〈그림 5〉 화살표 부분의 '무챠리
구챠리'라는 한글표기가 등장한다(확대 사진 참조).[11]

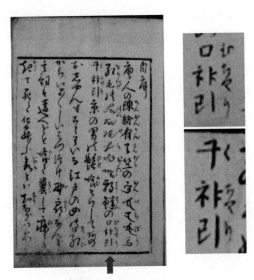

〈그림 5〉『네나시구사』권1

이와 같은 특징은 우마타 류로馬田柳浪의 요미혼読本『아사가오 일
기朝顔日記』(1811)에서도 확인할 수 있다. 센슈専修대학 도서관 무카이
向井 문고『아사가오 일기』권1의 권두 삽화에는 고미즈노오(後水尾,

---

11 『네나시구사』의 '무챠리구챠리'에 대해서는 후쿠다 야스노리「히라가 겐나이가
   상상한 외국체험」(『한일 고전문학 속 비일상 체험과 일상성 회복』소명출판,
   2017, 326쪽)에 지적되어 있다. 〈그림 5〉는 와세다대학교 도서관 소장본(청구기호:
   へ13 02021)에 의함.

1596-1680년) 천황의 와카和歌 「朝がほはあさなあさなに咲かへて盛り 久しき花にぞありける」가 〈그림 6)[12]의 화살표 표시 부분에 한글로 표기되어 있다. 〈그림 7〉은 〈그림 6)의 한글표기와 와카 「朝がほは」 를 필자가 대조한 것이다. 이를 분석해 보면 'ㅇ→△, ㅅ→ㅈ, ㄴ→ㄷ' 등의 규칙을 찾을 수 있다. 하지만 이는 16-17세기의 한글자형을 완벽히 이용한 표기라고는 볼 수 없다. 자신만의 규칙을 세워서 한글과 비슷하게 적은 것이라 볼 수 있다. 즉 작품을 읽는 독자에게 와카 「朝がほは」의 한글표기를 전달하기 위함이라기보다 일종의 장식용으로 권두 삽화에 이용한 것이라 보는 편이 합당할 것이다.

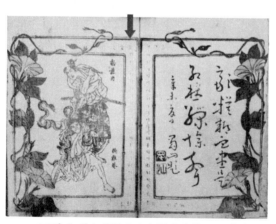

〈그림 6〉 센슈대학도서관 무카이 문고 소장본
『아사가오 일기』

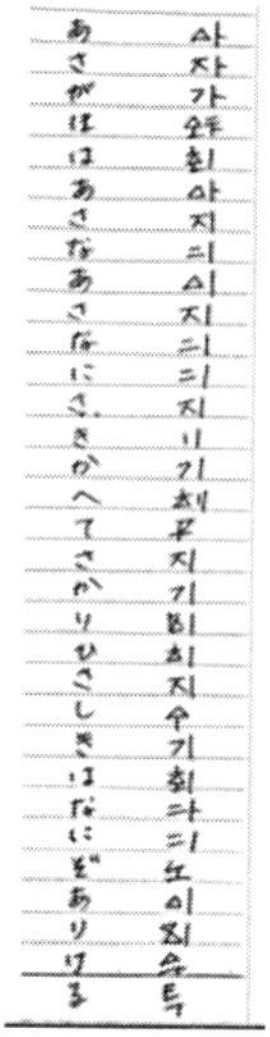

〈그림 7〉 그림 6의
화살표 부분

---

12 〈그림 6)는 센슈대학 도서관 무카이문고 소장본(청구기호: /000/Z00/M0436.1)에 의함.

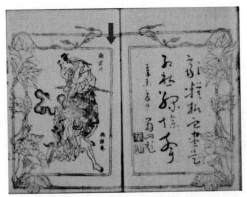

〈그림 8〉 와세다대학 도서관 소장본 『아사가오 일기』

하지만 이와 같은 권두 삽화의 한글표기는 〈그림 6〉의 센슈대학 도서관 소장본에서는 확인되나, 〈그림 8〉[13]의 와세다대학 도서관 소장본에서는 찾아 볼 수 있다. 센슈대학 소장본의 권두 삽화의 나팔꽃에 우스즈미薄墨[14]가 그려져 있는 것으로 비춰봐 와세다대 소장본보다 먼저 간행된 것이라 추측할 수 있다. 이를 통해 『아사가오 일기』의 초기 간행본에는 장식용으로 권두 삽화에 한글을 그려 넣었지만, 그 후 삭제되었음을 알 수 있다.

Ⅳ. 조선본

고증수필에는 근세 문인들이 다수의 조선본을 읽었음을 확인할

---

13 〈그림 8〉는 와세다대학교 도서관 소장본(청구기호:ヘ13_00962)에 의함.
14 삽화의 윤곽선을 인쇄한 종이에 엷은 먹색을 덧대어 인쇄하는 표현기법 원근감, 비, 바람, 어둠, 요괴, 귀신 등을 표현하는데 사용된다.

27

수 있는 기사들이 존재한다. 먼저 요시시게의『가이로쿠』권5의「조총鳥銃」을 보겠다. 조총은 화승총火繩銃의 옛 말로 요시시게는 다음과 같이 기술하고 있다.

조총이 조선에 처음 건너간 것이『징비록懲毖錄』1권의 3丁裏에 쓰여 있고, 거기에 덴쇼天正 18년(1590) 봄에 대마도주對馬守 다이라노 요시토시(平義智: 소 요시토시(宗義智)를 가리킴-필자 주)가 일본으로 돌아가는 이야기가 적혀 있다. 조선의『진법陣法』하권 8丁裏에 활과 총, 방패가 적혀 있다. 이 책에는 경태景泰 2년(1451)의 서문이 있다. 그렇다면 이는 덴쇼년간(1573-1593)보다 100여 년 전에 이미 조선에 조총이 있었다는 증거가 된다.[15]

주지하는 바와 같이『징비록』은 유성룡柳成龍이 임진왜란 동안에 경험한 사실을 기록한 책이며,『진법』은 수양대군首陽大君이 당시 육전의 진형을 모은 병서兵書이다. 요시시게는「조총」을 고증함에 있어서 조선본 자료를 근거로 조선에는 1450년경에 이미 조총이 존재했음을 명확히 밝히고 있다.

근세 중기의 유학자 세이타 단소(淸田儋叟, 1719-1785)의『구자쿠로힛키孔雀樓筆記』권4(1768)에는 최부崔溥의 중국표류기『표해록漂海錄』에 관한 다음과 같은 기술이 있다.

---

15 야마자키 요시시게, 주9 전게서, 152쪽.

조선의 최부는 명나라 효종孝宗 때 대주台州에 표착한다. 그 곳에서 수 천리의 길을 떠나 북경에 도착해 그 후 다시 조선 국경인 의주義州를 거쳐 조선에 돌아갔다. 그 뒤 국왕의 명으로 표류를 시작한 날부터 의주에 도착할 때까지의 일기를 쓴다. 이를 『표해록』이라 부른다. 나는 이것을 번역했다. 당나라의 산과 강, 풍토, 성곽, 생산되는 물건 등이 자세히 기술되어 있다.[16]

세이타 단소는 1764년 조선통신사 일행과 교토에서 학문적 교류를 나눈 에치젠번(越前藩, 현 후쿠이현(福井県))의 유학자로 1769년에는 최부의 『표해록』의 일본어 번역본을 완성한다.

이 외에도 유학자이자 사상가인 이토 진사이伊藤仁斎의 『도지몬童子問』중권에는 이황의 『주자서절요朱子書節要』에 관한 기사가, 아메노모리 호슈의 『다와레구사多波礼草』와 『교린제성交隣提醒』에는 이수광李睟光의 『지봉유설芝峰類説』, 『고사촬요故事撮要』 등의 다수의 조선본이 확인되면, 이를 통해 당시 근세 문인들이 어떠한 조선본을 접했는지 알 수 있다.

V. 조선인

소화집笑話集 『시카노마키후데鹿の巻筆』의 「목욕탕의 해녀湯屋の海士」

---

16 中村幸彦 외 2人 『近世随想集』 日本古典文学大系96, 岩波書店, 1965, 351-352쪽.

(1686)에는 "중국의 구슬은 매우 훌륭하다고 들었기에 어떻게든 갖고 싶다고 생각하고 있었다. 마침 지난 8월 21일에 조선인이 왔다. 그렇게 많은 사람들 중에 구슬을 갖고 있지 않은 사람이 없을 것이라고 생각하여 혼세이지本誓寺에 가서 온갖 정성을 다해서 대금 1량 2부로 그것을 구해서 항상 몸에 지니며 소중히 했다"는 이야기가 나온다. 본 이야기의 '8월 21일에 조선인이 왔다'는, 1682년 8월 21일부터 약 2주간 에도에 머물다 9월 11일에 다시 조선으로 돌아간 제7차 조선통신사의 행렬을 가리킨다. 그리고 이야기의 주인공이 구슬을 구하기 위해서 찾아갔다는 혼세이지는 조선통신사 사절단의 에도 숙소였던 곳이다. 이 이야기에서 주목해야 할 것은 쇄국정책을 펼쳤던 일본에서 공식적으로 볼 수 있었던 외국인 행렬인 조선통신사는 당시의 서민들 사이에서도 굉장한 흥미와 관심의 대상이었다는 점이다. 고증수필집에는 이외에도 다음과 같은 조선인들에 관한 기술이 존재한다.

먼저 세이타 단소의 『구자쿠로힛키』권4(1768)에는 "하쿠세키白石, 난카쿠南郭 선생님의 책을 나가사키長崎에 온 청나라 사람들 및 조선 사람들이 사서 돌아간다"는 기술이 보인다. 이는 나카사키에 온 조선인이 근세 중기의 유학자 아라이 하쿠세키新井白石와 핫토리 난카쿠服部南郭의 책을 사간다는 기록이나, 구체적으로 조선인의 이름은 명기되어 있지 않다.

그리고 다노무라 지쿠덴(田能村竹田, 1777-1835)의 그림과 문장에 대한 평론집인 『산추진조세쓰山中人饒舌』상권(1835)에는 조선의 유학자 이매계李梅溪에 대한 기록이 다음과 같이 있다.

난키(南紀: 현 와카야마 현과 미에 현 남부-필자 주)의 이매계는 조선왕의 자손이라 전해지고 있다. 겐나년간(元和年間:1615-1624) 말에 전란을 피해서 귀화했다고 한다. 글 솜씨가 뛰어나다. 그렇지만 그의 필적은 높이 평가받지 못하고 있다. 나는 남기 유람 때 (그의 필적이 담긴-필자 주) 글을 한 장 샀다. 가격이 상당히 저렴했다. 교토로 돌아왔더니 모든 사람이 노로 가이세키(野呂介石:1747-1828, 기슈(紀州)에서 활약한 문인화가-필자 주)와 기시 난쿄(岸南嶠:1804-1816, 기슈에서 활약한 학자-필자 주) 두 사람에 대해서 묻는다. 소란스러움이 싫어서 7언 절구를 부채에 적어 대답을 대신했다.[17]

이매계는 1593년 제2차 진주성 전투에서 일본군과 싸우다 포로로 잡혀간 유학자 이진영李眞榮의 장남으로 일본 기슈(紀州:현재 와카야마(和歌山)) 출생의 유학자이다. 번주藩主인 도쿠가와 요리노부德川賴宣는 이진영이 죽자 17살이 된 그의 아들인 이매계에게 아버지의 직을 승계시키고 교토에 유학을 보냈다. 그리고 38세 때 에도에 가 조선통신사의 종사관 남용익南龍翼 일행을 만난 것으로 전해지고 있다.

아메노모리 호슈는 『다와레구사』에 다음과 같은 조선인과의 교류에 대해 기술하고 있다.

한국의 고위 관리들이 다수 처벌을 받았을 무렵, 박사부朴射夫라는 노인이 조용히 나에게 말했다. "우리나라는 군현제여서 아랫사람이 윗자

---

17 상게서, 537-538쪽.

리로 올라가기 쉽기 때문에 자연히 사람들이 머리를 굴리는 일이 많고 뇌물도 행해져 아침에는 성하고 저녁에는 쇠하니 조용할 날이 없습니다. 그대 나라의 사람들은 제각기 그 분수가 정해져 있으니 부럽습니다".[18]

박사부는 정확히 어떤 인물인지 밝혀져 있지 않지만, 호슈는 그와 조선의 정치적 상황에 대해 이야기를 나눴음을 확인할 수 있다. 호슈가 활약한 당시 조선은 숙종이 재위하고 있었으며, 이 시대는 경신환국庚申換局과 기사환국己巳換局과 같은 집권세력이 급변하는 불안정한 사회였다. 상기의 기사는 이러한 조선의 정국을 박사부와 호슈가 이야기 나눈 것이다.

호슈의 조선 외교서인『교린제성』에는 부산 초량왜관의 역관, 조선 통신사의 제술관 등과의 만남이 소상히 그려져 있는데, 이를 통해 그가 어떤 조선인과 교류를 맺었는지를 알 수 있다.

박첨지는 당시 박동지·안동지와 같은 일을 했는데, 쓰시마 번에 도움이 되는 자라 하여 역관 가운데서 3걸로 불리었다. 박동지는 일본인이 입을 모아 칭찬했고, 박첨지는 사람에 따라 칭찬하는 사람도 있는가 하면, 또 어떤 이는 그를 싫어하기도 했다. 원래 박첨지는 역관들 사이에서도 특별히 존경받는 인물로 젊은 역관들은 함부로 말을 붙일 수도 없는 인품의 소유자였다.[19]

---

18 아메노모리 호슈 지음·김시덕 옮김『한 경계인의 고독과 중얼거림』, 태학사, 2012, 68쪽.
19 한일관계사학회,『역주 교린제성』, 국학자료원, 2013, 53쪽.

박동지, 박첨지, 안동지는 부상 초량에 근무하던 역관으로 그들의 성품이 어떠한 지까지 기록하고 있다. 이는 역사적인 입장에서도 상당히 중요한 자료라 말 할 수 있다.

1719년 제9회 조선통신사의 제술관(製述官:문서 기록 담당)으로 방일한 신유한의 『해유록海遊錄』의 6월 28일 기사에는 아메노모리 호슈와의 대화가 다음과 같은 기술이 되어 있다.

> 우삼동雨森東이 스스로 말하기를, "신묘년에 건너오셨던 분들과는 교분이 아주 두터웠습니다"하고는, 이중숙의 문장과 풍채를 자꾸 칭찬하였다.[20]

우삼동은 호슈의 조선식 이름으로 그는 신묘년(1711년)에 방일한 제8회 조선통신사들의 에도江戸 행을 동행했었다. 대화에 등장한 이중숙은 당시 조선통신사의 제술관으로 방일한 이현李礥으로 호슈가 그와 각별한 관계였음을 유추할 수 있다.

VI. 조선관련 지식 교류

문인이라고 하면 일반적으로 작가, 화가, 장서가藏書家와 같은 문예적 활동을 하는 사람을 가리키는데, 그들 사이에 다양한 지적교류

---

20 신유한 저·김찬순 옮김, 『해유록 조선 선비 일본을 만나다』, 보리, 2006, 65쪽.

가 이뤄졌음은 주지의 사실이다. 본 절에서는 일본 근세기의 문인들
사이의 조선관련 지식 교류의 양상을 살펴보고자 한다. 본 발표에서
는 요시시게의 『가이로쿠』을 중심으로 용례를 제시하겠다.

『가이로쿠』의 조선관련 기사에는 린치輪池라는 사람에게 의견을
묻는다는 기술이 자주 보인다. 『가이로쿠』 권1의 「상평전常平錢」과
권2의 「호랑이 그림에 대한 이해画虎の心得」를 확인해 보겠다.

> (1) 상평통보常平通寶라는 옛날 돈이 있다. 어느 나라의 돈인지 잘 모르
> 겠다. (중략) 『경국대전經國大典』에 상편전이 쓰여 있으므로 조선의
> 돈인 것이 분명하다. 얼마 전 조선인이 왔을 때(1811년 조선통신사를 가
> 리킴-필자 주) 린치 영감에게 부탁해서 조선인의 의견을 물어봤다.[21]

> (2) 경진庚辰년 겨울 12월 12일, 린치 영감 집에서 조선인 연주煙洲라는
> 사람이 그린 호랑이 그림을 봤다. 이 그림은 다른 사람의 것과 크게
> 다른데, 이 사람이 그린 그림은 얼굴색이 매우 고양이와 유사하다.
> 그리고 털은 황색을 칠하였다. 조선인이 항상 말하기를 호랑이는
> 살아있을 때는 검은 빛을 띠며 사후는 검은 빛은 없어지고 황색이
> 된다고 한다.[22]

상기의 인용문 (1)을 통해 요시시게가 『경국대전』을 통해 상평통
보가 조선의 화폐임을 알았으나 린치 영감을 통해서 조선인의 생각

---

21 주9 전게서, 2쪽.
22 주9 전게서, 48-49쪽.

을 물어봤음을, (2)를 통해 린치 영감의 집을 방문해 조선의 호랑이 그림을 감상했음을 알 수 있다. '린치'는 국학자인 야시로 히로카타(屋代弘賢, 1758-1841)의 호號이다. 상기의 인용문을 통해 린치는 조선통신사들과의 직접적인 교류가 있었으며, 조선 관련 문물도 소장하고 있었음을 유추할 수 있다. 요시시게와 린치는 탐기회耽奇会라고 하는 지식 교류회의 멤버이기도 했다. 탐기회에는 히로카타와 요시시게뿐만 아니라, 교쿠테이 바킨曲亭馬琴, 다니 분초谷文晁 등 수 명의 문인, 작가들이 참석한 일종의 연구회로 1824년 5월 15일부터 이듬해 11월 13일까지 20차례에 걸쳐 진귀한 물건, 서적 등을 교류하는 모임을 가졌다.[23] 또한 히로카타와 요시시게는 탐기회뿐만 아니라 1825년 1월부터 12월까지 한 달에 한 번 열린 토원회兎園会라는 교류회에도 참가해, 수 명의 문인들과 지식 교류를 했다.[24]

『가이로쿠』권3의 「조선인내조 한 장의 그림朝鮮人来朝一枚摺」에는 오오타 난포大田南畝와의 교류를 엿볼 수 있는 다음과 같은 기술이 있다.

'조선인내조 어대명방 어치주 어고장소부朝鮮人来朝御大名方御馳走御固場所附'라는 한 장의 그림을 소장하게 되었다. 그 연대를 판단하기 어려웠다. 그런데 최근 난포南畝 어르신의 『고지퇴故紙堆』라는 권축巻軸을 봤더니 그 안에 이 한 장의 그림이 있었다. 게다가 (그림을 보관하는-필자 주) 봉투까지 있었다. 봉투에 엔쿄延享 5년(1748) 2월이라고 적혀 있었다.[25]

---

23 탐기회의 고증내용을 기록한 것으로 『탐기만록(耽奇漫録)』이 있다.
24 토원회의 고증내용을 기록한 것으로 『토원소설(兎園小説)』이 있다.
25 주9 전게서, 94-95쪽.

　오오타 난포는 교카狂歌 시인이자 『한니치간와半日閑話』(1768-1822), 『이 치와이치겐一話一言』(1775-1822) 등의 고증수필을 집필한 문인이다. 요 시시게가 소장한 그림은 난포의 도움으로 1748년 2월에 파견된 제 10차 조선통신사 행렬을 그린 그림임을 알게 된다.

Ⅶ. 맺음말

　이상 일본 근세 중·후기의 고증수필에 보이는 조선관련 기사를 고찰하였다. 그 내용을 분류해 보면, 조선의 물건(조선의 먹, 대모갑 비녀, 신발 등), 문자(비석에 '나무아미타불' 한글표기), 조선본(『징비록』, 『진법』, 『표해록』 등), 조선인(나가사키에 온 조선인, 이매계, 박사부 등)이 있다. 또한 이와 같은 일본 문인들 사이에서 조선의 상평통보, 호랑이 그림, 조선통신사 행렬도에 대한 지적 교류가 이루어 졌음을 알 수 있다. 이를 통해 근 세 중·후기 일본의 문인들 접한 조선 문물의 구체상을 확인 할 수 있 다. 특히 조선에서 건너간 먹의 모양, 조선 신발의 밑바닥 모양 등에 관한 조선측 자료는 찾아보기 힘들다. 또한 조선인이 나가사키에 자 주 가서 책을 사왔다는 이야기와 박사부라는 인물 역시 일본 문인의 고증수필 기록을 통해 새롭게 밝혀진 된 사실이다. 이처럼 일본 문 인들의 조선 관련 기사는 그들이 어떠한 조선 문물을 접했는지에 관 한 것뿐만 아니라, 이를 통해 우리가 알지 못했던 조선 문물의 일면 을 엿볼 수 있는 귀중한 자료라 할 수 있다.

　조선과의 교류를 통해 때로는 종래의 일본에 없었던 새로운 문물이 만들어지기도 했다. 예를 들어 근세 후기의 최고의 풍속 수필집 인『모리사다만코守貞謾稿』권3과『기유쇼란嬉遊笑覧』권1·상의「조선 대나무 담장朝鮮矢来」에 대한 기록을 살펴보고자 한다.

(1) 호레키(宝暦, 1751-1764) 중에 조선인이 내빙(来聘, 1764년 조선통신사-필 자 주)했을 때, 처음으로 만들었기 때문에 이렇게 이름을 붙였다.[26]

(2) 대나무로 만든 일종의 담장, 이것을 '조선 대나무 담장'라고 부르는 것은 최근에 생긴 것이다. 단, '담장矢来'라는 것은 옛날부터 있었 다. 조선인 내빙 시 왕래하는 마을에 언제나 이것을 설치했기에 이 렇게 불리게 되었다.[27]

상기의 두 개의 인용문을 통해「조선의 대나무 담장」은 1764년 11 차 조선통신사의 일본 방문 시, 통신사 일행이 통과하는 마을에 설 치한 대나무로 만든 담장이라는 것을 알 수 있다. 이는 조선에서 전 래된 담장이 아니라, 조선통신사의 교류가 낳은 일본 고유의 것을 고증한 것이다. 즉 양국의 교류는 새로운 문물을 접하는 기회가 되 었을 뿐만 아니라, 종래에 없었던 문물을 생산하는 계기이기도 했던 것이다.

---

26 喜田川守貞著·宇佐美英機校訂『守貞謾稿』권3, 岩波書店, 2008, 379쪽.
27 주7 전게서, 59쪽.

한일문화 연구의 새 지평 1

한일문화의 상상력 : 안과 밖의 만남

제2장

일본 헤이안平安시대 문학에 나타난 한국

― '고려高麗'·'백제百済'·'신라新羅'를 중심으로 ―

❀ ❀ ❀

김 유 천

I. 머리말

이른바 국풍문화国風文化가 형성되는 일본 헤이안平安시대 문학에
서는 이전 시대에 비해 고대 한국에 대한 기술이 그다지 많이 등장
하지 않는다. 그러한 가운데 몇몇 작품에 '고려高麗', '백제百済', '신라
新羅'라는 표현이 보이는 점이 주목된다. 백제(기원전 37-660년)와 신라
(기원전 57-935년)에 대해 '고려'라는 명칭은 고구려高句麗(기원전 37-668년),
발해渤海(698-926년), 고려(918-1392년)의 3국을 가리킨다. 헤이안시대의
문학작품에 보이는 '고려'는 주로 '고마こま'라고 읽히며 동시대에
존재했던 고려보다는 오히려 고구려나 고구려·백제·신라를 포함한
고대 한반도, 그리고 발해를 의미하는 경우가 많았다.

이들 고대 한국을 가리키는 표현들은 그 대부분이 『우쓰호 이야기宇津保物語』나 『겐지 이야기源氏物語』를 중심으로 하는 모노가타리物語 작품과 설화문학인 『곤자쿠 이야기집今昔物語集』에 등장하고 있다[1]. 그리고 그 양상 또한 모노가타리와 설화집이라는 두 문학 장르 사이에 의미 있고 흥미로운 차이들을 보여주고 있다. 그러한 두 문학 장르 간의 차이에 주목하는 것은 헤이안시대 문학 속에 나타난 고대 한국의 표현의 다의성을 밝히는 데 유효한 방법이 될 것으로 보인다.

본 논문에서는 헤이안시대의 모노가타리 작품과 설화집인 『곤자쿠 이야기집』을 중심으로 '고려', '백제', '신라'에 관련한 표현들이 어떤 특징을 보이면서 이미지화되어있으며, 작품 세계 형성에 밀접하게 관여하고 있는지에 관하여 고찰해보고자 한다.

Ⅱ. 모노가타리에 나타난 '고려'

모노가타리 작품에 보이는 '고려'의 용례를 살펴보면 『우쓰호 이야기』에 18례, 『겐지 이야기』에 20례, 『사고로모 이야기狹衣物語』에 3례, 『쓰쓰미추나곤 이야기堤中納言物語』에 1례 등이 보인다. 그 외에 수필인 『마쿠라노소시枕草子』에 4례가 보이지만 『도사 일기土佐日記』를 비롯한 일기문학 작품에는 보이지 않는다. '고려'라는 표현을 크

---

1 『곤자쿠 이야기집』 외의 『대일본국법화경험기(大日本国法華経験記)』 등 헤이안시대의 다른 설화집에 대한 전반적인 검토와 고찰은 향후의 과제로 한다.

게 나누어보면 '고려 비단高麗錦', '고려 종이高麗の紙' 등의 문물 관련, '고려악高麗楽', '고려 피리高麗笛' 등 무악舞楽 관련, '고려', '고려인高麗人' 등의 이국異国, 이국인異国人을 가리키는 것으로 등장한다.

【표 1】 모노가타리 작품 속의 '고려' 용례

	고려 비단	고려 종이	고려악 고려무	고려 피리	고려	고려인	기타
우쓰호 이야기	2	-	3	4	2	5	2
겐지 이야기	3	3	3	4	1	4	2
사고로모 이야기	2	-	-	-	1	-	-
쓰쓰미추나곤 이야기	-	-	-	-	-	-	1

먼저 문물 관련으로는 '고려 비단'이 『우쓰호 이야기』에 2례, 『겐지 이야기』에 3례 보인다. 『우쓰호 이야기』「로노우에 상楼の上上」권에서는 교고쿠京極 저택의 우아하고 아름다운 누각의 모습을 '누각의 천장에는 거울문양, 구름문양을 짠 고려 비단을 붙여놓았다楼の天井には、鏡形、雲の形を織りたる高麗錦を張りたり'(459쪽)[2]라고 기술하고 있고, 「로노우에 하楼の上下」권에는 비전秘伝의 금琴이 들어있는 '매우 기품이 있고 아름다운 고려 비단의 주머니いみじく清らなる高麗の錦の袋'(590쪽)라는 표현이 보인다.

『겐지 이야기』「에아와세絵合」권에서는 레이제이冷泉 천황 앞에서

---

2 『우쓰호 이야기』의 원문 인용은 中野幸一校注・訳『新編日本古典文学全集 うつほ物語①〜③』, 小学館, 1999-2003에 의한다.

벌어지는 그림 경합의 장면에서 좌측인 히카루겐지光源氏 쪽의 '당나라 비단唐の錦'에 대해서 우측인 곤노추나곤権中納言 쪽의 '고려 비단高麗の錦'이 대비되어 등장한다. 또한 「와카나 하若菜下」권에서 아키시노키미明石の君가 '고려의 청색 비단으로 가장자리를 싼 요 위에 조심스럽게 앉아있고高麗の青地の錦の端さしたる褥に、まほにもゐで'(193쪽)[3]라며, 고급스러운 고려 비단을 자신의 분수에 맞지 않는 것으로 여기는 겸손한 태도를 취하는 모습이 보인다. 한편 「야도리기宿木」권에서는 니오노미야匂宮가 육조원六条院의 로쿠노키미六の君의 '휘황찬란하게 고려, 당나라의 비단으로 장식한輝くばかり高麗、唐土の錦、綾をたち重ねたる'(436쪽) 방과 나카노키미中の君의 방을 비교하는 장면이 보인다. 또한 『사고로모 이야기』에도 '고려, 당나라의 비단高麗、唐の錦'이라는 표현이 2례 보이며 호화찬란한 물건의 대명사처럼 쓰이고 있다.

이와 같이 '고려 비단'에는 최고급의 박래품舶來品이라는 이미지가 담겨져 있다. '고려'라는 표현은 고대 일본의 이른 시기에는 고구려를 가리켰으나, 점차 고구려·백제·신라를 포함한 한반도, 그리고 발해, 고려 등을 의미하는 포괄적인 호칭으로 쓰이게 된다. 위 작품들에서도 '고려 비단'이란 한반도에서 건너온 최고의 비단이라는 의미로 쓰이고 있다. '고려 비단'은 「에아와세」권에서 볼 수 있듯이 종종 '당나라 비단'과 함께 기술된다. 즉 〈좌방-당, 우방-고려〉라는 한 쌍으로 등장하여 양측의 문화적 우열관계, 나아가서는 권력의 대립관계를 상징적으로 그려내는 장면을 연출하기도 한다. 또한 아카시노

---

3 『겐지 이야기』의 원문 인용은 阿部秋生 他校注·訳 『新編日本古典文学全集 源氏物語 ①~⑥』, 小学館, 1994-1998에 의한다.

키미나 나카노키미에서 볼 수 있듯이 '고려 비단'의 호화로움이 그것과 대비되는 인물들의 위상을 부각시키는데도 효과적으로 기능하고 있다.

한편 '고려 종이高麗の紙'가 『겐지 이야기』에 3례 보인다. 그 중 하나가 「아카시明石」권에서 히카루겐지가 아카시노키미에게 처음으로 편지를 보낼 때 '고려의 호두색 종이高麗の胡桃色の紙'(248쪽)에 정성스럽게 정취 넘치는 글귀를 담았다는 구절이다. 이 '고려 종이'에는 남녀 간의 연애편지에 어울리는 세련된 이미지가 담겨있다고 할 수 있다. 또한 「우메가에梅枝」권에는 히카루겐지가 딸인 아카시노히메기미明石の姫君의 입궁을 위해 '고려 종이'로 책자 제작을 의뢰하는 장면이 그려져 있다. 여기에서 '고려 종이'는 기품과 아름다움이 넘치며 최고의 권력가 히카루겐지의 딸의 입궁에 걸맞은 종이임을 보여주고 있다. 이와 같이 '고려 비단', '고려 종이' 등 문물에 보이는 '고려'는 모두 한반도에서 건너온 최고급품이라는 이미지를 가지고 있으며, 그러한 이미지가 등장인물이나 작품의 장면을 그려나가는데 효과적으로 활용되고 있는 것이다.

무악 관련으로는 '고려악高麗楽', '고려무高麗舞', '고려 피리高麗笛'의 용례가 많다. 고려악은 고구려로부터 전래된 무악으로 683년 정월 백제악百済楽, 신라악新羅楽과 함께 처음으로 연주되었다. 그 후 발해악渤海楽이 포함되고 헤이안시대 중엽에 이들 한반도 전래의 무악에 일본의 무악이 가미되어 '고려악'으로 통합되었고 중국 전래의 '당악唐楽'을 '좌방의 악左方の楽', 고려악을 '우방의 악右方の楽'으로 병칭並稱하게 되었다. 고려악의 악기는 고려 피리高麗笛·필률篳篥의 2종의 관악기와 3종의 타악기(三の鼓·鉦鼓·太鼓)로 편성되어 있으며, 당악의 관악기인 생笙과 관현악기인 비파琵琶, 쟁箏이 포함되지 않으므로 당악과 악풍이 상당히 다르다고 한다[4].

『우쓰호 이야기』에는 '고려악'이 3례 보인다.

> 우대장은 강의 건너편에서 아름답고 아담한 배를 정취가 넘치도록 공을 들여 만들어 진귀한 물건을 가득 실고 멋스러운 술병에 술을 담아 술잔을 손에 들고는 시종들에게 고려악을 연주하게 하면서 강을 건너오신다.
>
> 右大将のぬし、川のあなたより、をかしき小舟、興あるさまに調じて造り、をかしきものを、興ある胡瓶して、かはらけ取りて、侍従に高麗の楽せさせて渡りたまふ。　　　　　(祭の使, 470-471쪽)

「마쓰리노쓰카이祭の使」권에서는 우대장右大将 후지와라 가네마사藤原兼雅가 별장에서 신을 제사지내는 무악神楽을 주최하게 되는데 좌대장左大将인 미나모토 마사요리源正頼를 맞이할 때 우방右方인 '고려악'을 연주했다는 구절이 나온다. 또한 「나이시노카미内侍のかみ」권에는 우대장 가네마사로부터 매를 선물 받은 좌대장 마사요리 측에서 답례로 우방의 고려악을 연주하는 장면이 보인다. 그리고 「구라비라키 상藏開上」권에서는 나카타다仲忠가 딸 이누미야いぬ宮의 탄생 소식을 전해 듣고 너무나도 기쁜 나머지 당악인 만세악万歳楽의 춤을

---

4 角田文衛監修『平安時代史事典』, 角川書店, 1994, 925-926쪽, 国史大辞典編集委員会『国史大辞典 6』, 吉川弘文館, 1985, 4-5쪽.

추었는데, 같이 있었던 왕자들이 일부러 고려악의 악기인 고려 피리
를 불어서 장난을 쳤다는 장면에서 '고려무'가 등장한다. 이와 같이
『우쓰호 이야기』에서는 〈좌방의 당악, 우방의 고려악〉이 한 쌍을 이
루며 유형화되어 있으며 연석宴席이나 의례의식의 자리에서 감사나
환대, 축복의 표현으로 연주되고 있음을 알 수 있다.

한편 『겐지 이야기』에도 '고려악'이 3례 보인다.

행차에는 친왕들을 비롯하여 한 사람도 빠짐없이 모든 분들이 참석
하셨다. 동궁도 오셨다. 의식의 예에 따라 용두익수의 무악의 배가 연
못을 떠다니고 배 위에서 연주되는 당나라와 고려의 수많은 무악들도
그 종류가 많았다. 관현의 소리와 북소리가 사방에 울려 퍼졌다. ……
히카루겐지님이 청해파의 춤을 빛을 발하듯 추는 모습은 참으로 소름
이 끼칠 정도로 아름답게 보인다.

行幸には、親王たちなど、世に残る人なく仕うまつりたまへ
り。春宮もおはします。例の楽の船ども漕ぎめぐりて、唐土、高麗
と尽くしたる舞ども、くさ多かり。楽の声、鼓の音世をひびか
す。……青海波のかかやき出でたるさま、いと恐ろしきまで見ゆ。

(紅葉賀, 314쪽)

「모미지노가紅葉賀」권에서는 스자쿠인朱雀院의 생일을 맞아 당악
과 고려악이 함께 연주되는 성대한 축하연을 배경으로 청해파青海波
의 춤을 추는 히카루겐지의 환상적인 모습이 매우 인상적으로 그려
져 있다. '당악'과 '고려악'이 화려하고 현란한 공적 의례의 공간을

45

표상하는 표현으로 쓰이고 있으며, 주인공 히카루겐지의 이상적인 모습을 부각시키는 역할을 하고 있는 것이다.

또한 「와카나 상若菜上」권에서 칙명에 의해 유기리夕霧가 히카루겐지의 40세 생일 축하연을 주최하는 장면에서도 '하사품인 말들을 수령하고 우마료의 관인들이 고려악을 연주하며 떠들썩하게 흥을 돋우었다御馬ども迎へとりて、右馬寮ども高麗の楽してののしる'(101쪽)라는 기술이 보인다. 레이제이 천황으로부터 히카루겐지에게 하사된 말 40필을 유기리가 수령했는데, 유기리가 우대장이어서 우마료右馬寮의 관인들이 우방의 고려악을 연주했다는 것이다. 발상으로는 앞서 본 『우쓰호 이야기』의 예와 같은 취향이지만, 레이제이 천황이 후원하는 공적인 성격이 짙은 축하연이라는 점에서 축하 받는 히카루겐지의 위상을 더욱더 높여주는 역할을 하고 있다.

또 다른 예로 「와카나 하若菜下」권의 히카루겐지의 스미요시 신사住吉大社 참배 장면에서 '격식을 차린 고려, 당나라의 무악보다는 귀에 익은 일본의 아즈마아소비가 친근하고 흥겹고ことごとしき高麗、唐土の楽よりも、東遊の耳馴れたるは、なつかしくおもしろく'(171쪽)라는 구절을 들 수 있다. 스미요시 신사에서 연주하는 무악으로는 격식을 갖춘 고려악과 당악보다는 일본 고래의 친근한 아즈마아소비東遊 쪽이 어울린다는 것이다. 이는 일본 고래의 무악과 대비되는 고려악과 당악의 높은 위상을 말해주는 것이라고 하겠다. 이와 같이 고려악은 특히 당악과 병기됨으로써 그 의례적의 권위를 표상하는 역할을 하고 있는데, 그 자리에는 항상 히카루겐지의 존재가 있다. 『겐지 이야기』의 '고려악'은 주인공 히카루겐지를 인상적으로 그려내는 장면을 연

출하는 표현이라고 할 수 있을 것이다.

다음으로 '고려 피리'에 대해서 살펴보기로 하자. '고려 피리'는 고려악에 쓰이는 피리이다. 일반적으로 쓰이는 피리橫笛보다 짧아 길이가 약 36센티미터이고 구멍도 일반 피리가 7개인데 비해 6개이다[5].『우쓰호 이야기』에는 4례가 보이며, 앞서 살펴보았듯이 나카타다가 만세악의 춤을 추자 왕자들이 일부러 고려악의 악기인 고려 피리를 불어 장난을 쳤다는 장면에서 등장한다. 나머지 3례는 모두 고려 피리의 명수인 사가嵯峨 상황과 관련해서 등장한다. 「로노우에 하樓の上下」권에서 사가 상황이 이누미야의 금琴의 연주에 맞추어 고려피리를 불어 감동한다는 장면[6]에 1례, 나카타다가 사가 상황에게 고려 피리를 헌상하는 장면[7]에서 2례가 보인다. 즉, 3례가 도시카게俊蔭가 당나라 황제로부터 받은 고려 피리를 도시카게의 손자 나카타다가 사가 상황에게 헌상한다는 이야기 속에서 등장한다. 이것은 사가상황에 대한 도시카게의 원한이 해소되고 도시카게 일족의 부귀영화의 이야기가 완성된다는 것을 상징하고 있으며[8], 고려 피리가 작품의 주제와 밀접하게 관련되어 있는 것이다.

『겐지 이야기』에는 고려 피리가 4례 보인다. 헤이안시대에 있어서 피리는 남성들이 부는 악기였다[9].『겐지 이야기』에서도 남자들끼리

---

5 『新編日本古典文学全集 源氏物語①』, 273쪽 頭注.
6 「いとになく上手に吹かせたまふ高麗笛を、これに合はせて吹かせたまふに」(608쪽).
7 「高麗笛を好ませたまふめるに、唐土の帝の御返り賜ひけるに賜はせたる高麗笛を奉らむ」(618-619쪽).
8 大井田晴彦「『うつほ物語』の言葉と思想ー「孝・不孝」「才」をめぐってー」『国文学』 45-10, 2000, 111-112쪽.
9 近藤みゆき「ふえ」『王朝語辞典』, 東京大学出版会, 2000, 374쪽.

피리를 합주하는 장면을 2례 찾아볼 수 있다. 「스에쓰무하나末摘花」 권에는 히카루겐지가 장인인 좌대신의 저택에서 피리를 불자 좌대신이 참지 못하고 고려 피리를 꺼내어 능숙하게 불었다는 장면이 보이고, 「와카나 하」권에도 육조원에서 히카루겐지가 고려 피리를 불자 아들 유기리가 이에 맞추어 피리를 합주했다는 장면이 나온다. 고려악의 악기인 고려 피리는『우쓰호 이야기』와『겐지 이야기』에서는 왕자나 상황, 좌대신이나 히카루겐지와 같이 최고의 귀인들이 부는 피리로 등장하고 있으며 이 점이 특징적이라 할 수 있다.

한편 고려 피리는『우쓰호 이야기』의 사가 상황의 예처럼 최고의 선물로서 등장하기도 한다.『겐지 이야기』에서도 히카루겐지가 호타루노미야螢宮에게, 유기리가 태정대신太政大臣에게 보내는 선물로도 등장하고 있다. 즉, 고려 피리는 악기의 합주나 선물의 증여를 통하여 등장인물 간의 관계의 긴밀함을 보여주는 기능을 하고 있는 것이다.

Ⅲ. 모노가타리에 나타난 '고려인'

『우쓰호 이야기』에서는 '고려인'의 용례를 5례 찾아볼 수 있는데, 「도시카게俊蔭」권 모두에는 다음과 같은 기술이 보인다.

일곱 살이 되던 해 부친이 고려인을 만나 응대하고 있자 이 일곱 살 아이는 부친을 따라 고려인과 한시를 지어 주고받으니 천황이 이를 듣고는 이는 예삿일이 아니며 참으로 진귀한 일이다, 어떻게든 그 재능을 알아보고 싶다고 생각하는 사이에 아이는 열두 살이 되어 성인식을 치렀다. ……그 무렵 도시카게는 용모가 출중하고 재주와 학식의 뛰어남이 참으로 비길 데가 없었다. ……도시카게가 열여섯이 되던 해 견당사의 배가 출발하게 되었다. 이번에는 특별히 학문이 뛰어난 자를 뽑아 견당사 대사, 부사 등을 소집하니 도시카게도 부름을 받았다.

七歲になる年、父が<u>高麗人</u>にあふに、この七歲なる子、父をもどきて、<u>高麗人</u>と詩を作り交はしければ、おほやけ聞こしめして、あやしうめづらしきことなり。いかで試みむと思すほどに、十二歲にてかうぶりしつ。帝、ありがたき才なり。……そのほど、俊蔭がかたちの清らに、才のかしこきこと、さらにたとふべきかたなし。……俊蔭十六歲になる年、唐土船出だしたてる。こたみは、ことに才かしこき人を選びて、大使副使と召すに、俊蔭召されぬ。

(俊蔭, 19-20쪽)

이것은 도시카게의 뛰어난 학문의 재능을 보여주는 일화로서, 일곱 살 때 '고려인'과 한시를 주고받아 그 영특함에 천황까지도 장래를 기대할 정도였고 열여섯 살에는 탁월한 학식을 인정받아 견당사로 뽑히게 되었다는 내용이다. 여기에서 '고려인'이란 바로 발해에서 파견된 사절단 중 한 사람을 말한다.

발해는 668년 고구려가 나당군에 의해 멸망한 후 698년에 고구려의 무장 대조영大祚榮이 고구려의 유민과 말갈족靺鞨族을 이끌고 중국 동북부에서 한반도 북부에 걸쳐 세운 나라로 926년까지 번창하였다.

당나라와 일본과 적극적으로 통교하였고, 일본에 대한 발해사渤海使의 파견은 727년 이래 919년까지 34회에 이르고, 일본 측으로부터는 811년까지 15회의 사절단이 발해에 파견되었다[10]. 일본에 파견된 발해사들은 학식이 높고 한시문의 조예가 깊어 그들을 응대했던 일본의 문인들과 활발하게 한시를 주고받았는데, 이는 『분카슈레이슈文華秀麗集』, 『게이코쿠슈経国集』, 『간케분소菅家文草』 등에 남아있다[11].

『우쓰호 이야기』에 보이는 '고려인'의 기술에는 이러한 한시문의 세계에서 형상화된 발해 사절단의 모습, 그리고 이들과 일본 문인들의 교류의 모습이 투영되어 있다고 할 수 있다. 「구라비라키 상蔵開上」권에서도 스자쿠 천황이 나카타다에게 발해국의 사절단을 응대하기 위해서는 뛰어난 학식과 문학의 재능이 필요하다고 언급하고 있으며[12], 발해사로서의 '고려인'이 작품세계 속에서 실재감을 가지고 그려져 있는 것이다.

그 외에도 「나이시노카미内侍のかみ」권에는 아테미야가 시녀를 통해 자신을 응대하고 있는 것이 불만인 나카타다가 이를 비유하여 통역을 통해 고려인과 대화하는 것도 아닌데 라고 비꼬아 말하는 장면이 있다[13]. 한편 「구니유즈리 상国譲上」권에서는 스자쿠 천황이 오랜

10　金鍾德「高麗人の予言と虚構の方法」『源氏物語の始発―桐壺巻論集』, 竹林舎, 2006, 197쪽.
11　田中隆昭「渤海使と日本古代文学―『宇津保物語』と『源氏物語』を中心に―」『別冊アジア遊学No.2渤海使と日本古代文学』, 勉誠出版, 2006, 9쪽, 11-12쪽.
12　「学問など心に入れてものせらるるは、朝廷のためにも、いと頼もしきことなり。高麗人も来年は来べきほどなるを…」(436쪽).
13　「高麗人などこそ通辞はありといふなれ、まかり渡ると思はぬに、あやしくもあるかな」(211쪽).

만에 찾아온 후궁에 대해 "좀처럼 오지 않는 고려인이 온 모양이다高
麗人来たんなりや"(113쪽)라고 농담을 던지고 있는 구절이 나온다. 당시
발해의 사절단이 일본을 찾는 일이 그리 자주 있는 일은 아니었음을
두고 하는 비유이다. 이와 같은 비유를 통해서도 '고려인' 즉 발해사
에 대한 인식이 실재감을 동반하고 있음을 엿볼 수 있을 것이다.

또한 '고려'의 2례[14]에 있어서도 발해는 바다 넘어 있는 국가로서
실재감을 가지고 인식되어 있었음을 알 수 있다. 『우쓰호 이야기』의
'고려인'에는 역사상의, 혹은 한시문 등에서 그려진 발해사의 이미
지가 짙게 반영되어 있으며, 주인공의 학문적 재능의 탁월함을 보장
해주는 역할을 하고 있다고 볼 수 있다.

한편 『겐지 이야기』에도 '고려인'이 4례 보이며, 모두 발해사의 인
물로 등장한다. 「기리쓰보桐壺」권에는 일본에 온 '고려인' 즉, 발해사
중에 뛰어난 관상가가 있어서 일곱 살이 된 히카루겐지의 관상을 보
고는 불가사의한 운명을 예언한다는 기술이 보인다.

> 그 무렵 일본에 와있는 고려인 중에 뛰어난 관상가가 있다는 말을
> 천황이 들으시고 궁중에 외국인을 들여서는 안 된다는 우다 선왕의 훈
> 계가 있어서 각별히 내밀하게 이 어린 왕자를 홍려관에 보내셨다. 후
> 견인격으로 왕자를 모시고 있는 우대변이 자신의 아이처럼 보이게 하
> 여 데리고 가자, 이 관상가는 놀라며 몇 번이고 고개를 갸우뚱하며 신

---

14 「ほに、われ、この世に生まれてのち、妻とすべき人を、六十余国、唐土、新羅、
高麗、天竺まで尋ね求むれど、さらになし」(藤原の君、154쪽),「種松、財は天の下
の国になきところなし。新羅、高麗、常世の国まで積み納むる財の王なり」(吹上
上、378쪽).

기하게 여긴다. "나라의 부모가 되어 제왕이라는 최고의 자리에 틀림없이 오를 상이 있는 분이지만, 그렇게 보면 나라가 어지러워지고 백성이 고통을 받는 일이 있을지도 모릅니다. 한편 조정의 주석이 되어 천하의 정치를 보좌하는 쪽으로 본다면 또한 그러한 상도 아닌 것 같습니다"라고 말한다. 우대변도 학문이 뛰어난 박사로 이 발해인과 주고받은 여러 이야기들은 매우 흥미로운 것이었다. 서로 한시를 주고받으며 오늘내일로 귀국을 하게 되자 발해인은 유례를 찾을 수 없을 정도로 귀한 인물을 만난 기쁨과 그러기에 오히려 슬픈 이별이 되리라는 내용을 재치 있게 한시로 지었고, 이에 대해 어린 왕자 또한 매우 감흥이 넘치는 시구를 지었다. 고려인은 찬사를 아끼지 않고 왕자에게 여러 훌륭한 선물들을 드렸다.

　そのころ、高麗人の参れる中に、かしこき相人ありけるを聞こしめして、宮の内に召さむことは宇多帝の御誡あれば、いみじう忍びてこの皇子を鴻臚館に遣はしたり。御後見だちて仕うまつる右大弁の子のやうに思はせて率てたてまつるに、相人おどろきて、あまたたび傾きあやしぶ。「国の親となりて、帝王の上なき位にのぼるべき相おはします人の、そなたにて見れば、乱れ憂ふることやあらむ。朝廷のかためとなりて、天の下を輔くる方にて見れば、またその相違ふべし」と言ふ。弁も、いと才かしこき博士にて、言ひかはしたることどもなむいと興ありける。文など作りかはして、今日明日帰り去りなむとするに、かくありがたき人に対面したるよろこび、かへりては悲しかるべき心ばへをおもしろく作りたるに、皇子もいとあはれなる句を作りたまへるを、限りな

うめでたてまつりて、いみじき贈物どもを捧げたてまつる。

(桐壺, 39-40쪽)

이 '고려인'은 홍려관鴻臚館에 머물며 일본 측의 박사나 히카루겐
지와 한시를 주고받는 등 『우쓰호 이야기』와 마찬가지로 그 탁월한
학식과 교양이 인상적으로 그려져 있다. 그런데 『겐지 이야기』의
'고려인'이 『우쓰호 이야기』에서 형상화된 발해사의 이미지를 이어
받으면서도 이와 다른 점은 관상이나 예언이라는 요소이다. 그 예언
이란 히키루겐지가 제왕도 아니고 신하도 아닌 불가사의한 운명을
지녔다는 것이다. 바로 주인공에게 부여된 이 운명이 작품세계를 움
직이는 가장 핵심적인 원동력이 되고 있으며, 그 만큼 이 '고려인'의
등장은 대단히 중요한 의미를 지니고 있다고 하겠다.

이 '고려인' 관상가에 대해서는 한반도와 관련한 관상 설화의 모
티브나 『쇼토쿠 태자 전력聖德太子伝暦』 비다쓰敏達 천황 12년(583) 7월
기사에 백제의 승려 일라日羅가 쇼토쿠 태자의 관상을 보는 기술이
보이는 점, 그리고 『일본삼대실록日本三代実録』 닌묘仁明 천황 가상嘉祥
2년(849) 기사에 발해국의 대사 왕문구王文矩가 도키야스時康 왕자(고코
(光孝) 천황)의 관상을 보고 훗날 즉위할 것을 예언한다는 기술이 보이
는 점 등이 지적되고 있다[15].

『겐지 이야기』의 경우 시대 설정을 다이고醍醐 천황(재위 897~930년)
무렵으로 하고 있으므로 발해는 작품 속 허구의 세계에는 존재하지

---

15 金鍾德「高麗人の予言と虚構の方法」(前掲書), 203-206쪽, 田中隆昭「渤海使と日本古
代文学―『宇津保物語』と『源氏物語』を中心に―」(前掲書), 12-13쪽.

만 실재 작품이 쓰인 시대에는 이미 존재하지 않았다고 말할 수 있다. 그렇게 볼 때 그러한 발해에 대한 실재감의 희박함이나 사라진 이국異國이라는 인식이 비현실적인 히카루겐지의 이상성을 표명하는 관상이나 예언이라는 요소를 활용하는데 효과적으로 기능하였다고 할 수 있을 것이다. 「기리쓰보」권의 '고려인'에는 스가와라 미치자네菅原道眞 등 일본의 문인들과 교류했던 실제 역사상의 발해사의 모습[16]과 함께 왕위계승과 관련해서 관상을 보았다는 전승의 세계에서의 발해사의 이미지가 공존하고 있는 것이다.

Ⅳ. 모노가타리에 나타난 '백제'와 '신라'

헤이안 시대의 모노가타리 작품 속에 보이는 '백제'와 '신라'의 용례는 '고려'에 비해 매우 적은 편이다. '백제'는 『우쓰호 이야기』와 『겐지 이야기』에 각각 1례씩에 불과하다. '신라'의 경우 『오치쿠보 이야기落窪物語』에 1례, 『우쓰호 이야기』에 4례, 『겐지 이야기』에 1례, 『쓰쓰미추나곤 이야기』에 3례 보인다.

---

16 田中隆昭 「『源氏物語』における高麗人登場の意味と背景」『交差する古代』, 勉誠出版, 2004, 310-315쪽.

【표 2】 모노가타리 작품 속의 '백제'와 '신라' 용례

	백제	백제남	신라	신라무	신라조	신라의 장식	신라의 옥
오치쿠보 이야기	-	-	1	-	-	-	-
우쓰호 이야기	-	1	2	1	1	-	-
겐지 이야기	1	-	-	-	-	1	-
쓰쓰미추나 곤 이야기	-	-	2	-	-	-	1

『겐지 이야기』「와카무라사키若紫」권에는 기타야마北山의 승도僧都
가 히카루겐지에게 '쇼토쿠 태자가 백제로부터 손에 넣은 금강자金
剛子의 염주를 선물했다는 기술이 보인다.

승도는 쇼토쿠 태자가 백제로부터 입수한 금강자의 염주를 장식한
것을 그 나라에서부터 넣어두었던 당풍의 상자에 담아 속이 비치는 주
머니에 넣어 오엽송 가지에 묶고, 감색 유리 단지 등에 여러 약들을 넣
어 등나무나 벚나무 가지에 묶는 등 이곳에 걸맞은 여러 선물들을 히
카루겐지에게 드린다.

僧都、聖徳太子の百済より得たまへりける金剛子の数珠の玉の
装束したる、やがてその国より入れたる箱の唐めいたるを、透き
たる袋に入れて、五葉の枝につけて、紺瑠璃の壺どもに御薬ども
入れて、藤桜などにつけて、所につけたる御贈物ども捧げたてま
つりたまふ。

(若紫, 221쪽)

앞서 언급한『쇼토쿠 태자 전력』상권에는 비다쓰 천황 12년 백제로부터 승려 일라가 일본에 건너와 신분을 숨긴 12세의 쇼토쿠 태자의 관상을 보고 '신인神人'이라고 말하고 '구세관세음救世観世音'이라고 칭송했다는 기술이 보인다[17]. 백제는 일본에 불교를 전파한 나라로서 쇼토쿠 태자의 전설과 밀접한 관련이 있다. 하카루겐지가 받은 염주가 쇼토쿠 태자 전래의 것으로 더군다나 백제에서 건너온 것이라고 하여 그 신성함이 강조되어 있다. 이 장면에서 히카루겐지는 기타야마의 승도에 의해 '우담화優曇華の花'와 같은 성스러운 존재로 찬양되고 있으며[18], 쇼토쿠 태자의 염주를 받음으로써 더욱 더 이상화되고 있는 것이다.

한편『우쓰호 이야기』「아테미야あて宮」권에 보이는 '백제남百済藍'은 백제로부터 전해진 짙은 청색을 말한다. 작품 속에서는 오미야大宮와 마사요리正頼가 중태에 빠진 아들 나카즈미仲澄가 걱정되어 얼굴이 새파래진 것을 비유하여 '백제남색百済藍の色'이라고 표현하고 있다[19]. 그러나 이것은 직접 '백제'의 구체적인 이미지를 환기시키는 표현이라고 볼 수는 없을 것이다.

'신라'의 경우는 '당나라'와 함께 전 세계를 가리킬 때 쓰이고 있는 것이 특징이다.『오치쿠보 이야기』1권에는 다음과 같은 기술이 보인다.

17　阿部秋生 他校注·訳『新編日本古典文学全集 源氏物語①』「漢籍·史書·仏典引用一覧」, 小学館, 1994, 436쪽.
18　「優曇華の花待ち得たる心地して深山桜に目こそうつらね」(221쪽).
19　「宮、おとど、百済藍の色してうつ伏し臥して、願を立てたまへどかひなし」(124쪽).

"심하게 화려하지 않은 여성이면서 남녀의 정을 잘 이해하고 용모가 아름다운 사람을 당나라 신라까지라도 구하러 갈 것이다"라고 생각한다.

<いとはなやかならざらむ女の、物思ひ知りたらむが、かたち をかしげならむこそ、唐土、新羅まで求めむ>と思ふ。　　　(91쪽)[20]

이상적인 여성을 당나라, 신라까지라도 구하러 갈 것이라는 변 소장弁の少将의 발언인데, 『우쓰호 이야기』에도 이와 유사한 표현을 찾아볼 수 있다.

"정말이지, 나는 이 세상에 태어난 이래 아내로 삼을 사람을 일본의 60여국, 당나라, 신라, 고려, 천축까지 찾아 구해보았지만 전혀 없었다.
「ほに、われ、この世に生まれてのち、妻とすべき人を、六十余 国、唐土、新羅、高麗、天竺まで尋ね求むれど、さらになし。

(藤原の君, 154쪽)

다네마쓰의 보물은 천하의 온 세계의 것들을 모아놓은 것이며 없는 게 없다. 신라, 고려, 도코요 국의 보물까지 쌓아놓은 재물의 왕이다.
種松、財は天の下の国になきところなし。新羅、高麗、常世の国 まで積み納むる財の王なり。　　　　　　　　　　(吹上上, 378쪽)

---

20 『오치쿠보 이야기』의 원문 인용은 三谷栄一·三谷邦明·稲賀敬二校注·訳『新編日本 古典文学全集 落窪物語·堤中納言物語』, 小学館, 2000에 의한다.

「후지와라노키미藤原の君」권에는 간즈케노미야上野の宮가 아내로
삼을 이상적인 여성을 일본 전국, 당나라, 신라, 발해, 천축까지 다
찾아보았지만 전혀 구할 수 없었다고 말하고 있으며,「후키아게 상吹
上上」권에서는 다네마쓰種松라는 인물에 대해 신라, 발해, 도코요 국
의 보물까지 쌓아놓은 재물의 왕이라고 설명하고 있다. 그 외에『쓰
쓰미추나곤 이야기』「요시나시고토よしなしごと」에서도 '당나라, 신라
에 사는 사람, 나아가 도코요 국에 있는 사람唐土、新羅に住む人、さては
常世の国にある人'(501쪽)[21]이라는 표현이 보인다.

이와 같이 '신라'는 당나라나 발해, 천축, 도코요 국 등과 함께 전
세계를 가리킬 때 다소 과장된 유형표현 속에서 쓰이고 있다. 그리
고 그것은 모두 얻기 힘든 귀중한 것을 구하러 가는 곳이라는 이미
지가 담겨져 있다고 할 수 있다. 여기에는 공간적인 의미와 더불어
신라를 '금은보물의 나라'[22]라고 보는 옛 역사와 전승의 기억이 반영
되어 있는지도 모른다.

'신라'의 이름이 붙는 문물로는『겐지 이야기』「가게로蜻蛉」권에
'신라의 장식新羅の飾り'이라는 표현이 보인다. 히타치노스케常陸介가
딸의 출산 후의 축하연을 성대하게 열기 위해서 집안을 당나라나 신
라의 물품으로 화려하게 장식하고 싶지만 신분의 제한 때문에 마음
대로 할 수 없었다고 아쉬워하고 있는 장면이다[23]. 또『쓰쓰미추나

---

21 『쓰쓰미추나곤 이야기』의 원문 인용은 三谷栄一·三谷邦明·稲賀敬二校注·訳『新編
日本古典文学全集 落窪物語·堤中納言物語』, 小学館, 2000에 의한다.
22 金鍾德「古代日本における「韓国」のイメージ」『交差する古代』, 勉誠出版, 2004, 30-32쪽.
23 「常陸守来て、主がりをるなん、あやいと人々見ける。少将の子産ませて、いかめ
しきことせさせむとまどひ、家の内になきものは少なく、唐土、新羅の飾りをもし
つべきに、限りあれば、いとあやしかりけり」(蜻蛉、44쪽).

곤 이야기』「요시나시고토」에는 '당나라의 황금의 테두리를 두른唐土
の黄金の縁に磨きたる'(505쪽) 병풍과 '신라의 옥을 못으로 박은新羅の玉を
釘に打ちたる' 병풍을 함께 들면서 일본의 '아지로網代 병풍'보다 호화
찬란한 것으로 언급하고 있다. 실내의 장식품이나 병풍의 장식으로
쓰인 옥 등 신라의 문물은 당나라의 장식물과 쌍을 이루며 최고의
호화로운 박래품으로 그려지고 있는 것이다.

V. 『곤자쿠 이야기집』에 나타난 '고려'·'백제'·'신라'

『곤자쿠 이야기집』에 보이는 '고려'의 용례는 21례이며, 진단부震
旦部가 1례, 본조부本朝部 20례이다. '백제'의 용례는 19례이며 모두
본조부에 들어있다. '신라'의 경우는 16례이고 진단부에 3례, 본조부
에 14례 보인다. 모노가타리 작품들과 달리 '고려'와 더불어 '백제'
와 '신라'도 수적으로 적지 않게 보이고 있으며, 그 대부분이 일본 설
화를 모은 본조부에 등장하고 있다. 본조부의 용례의 내역은 다음과
같다.

【표 3】『곤자쿠 이야기집』본조부의 '고려' 용례

고려 (*고려국)	고려승	고려사	고려악인 고려무인	고려악 대기실	고려 음악	고려단의 다다미
7(*1)	1	3	3	1	1	4

【표 4】『곤자쿠 이야기집』 본조부의 '백제' 용례

백제 (*백제국)	백제승	백제대사 백제사	백제강	백제씨	구다라 가와나리
12(*11)	1	2	1	1	2

【표 5】『곤자쿠 이야기집』 본조부의 '신라' 용례

신라 (*신라국)	신라 황후	신라의 산
11(*5)	1	1

　먼저 '고려'는 국명으로서의 '고려'가 7례로 전체 용례의 3분의 1
를 차지하고 있으며, 무악舞楽 관련이 5례, '고려단의 다다미高麗端ノ
畳'가 4례, '고려승高麗僧'이 1례, '고려사高麗寺'가 3례 보인다. 국명으
로서의 '고려'는 고구려를 뜻하며 고구려에서 승려가 일본에 건너온
이야기가 다음과 같이 보인다.

　　어느 날 태자가 칠일칠야 몽전에서 나오시지 않는 일이 있었다. 문
　　을 닫은 채 아무런 소리도 나지 않았다. 사람들이 어찌된 일인지 궁금
　　해 하자 그 때 고려의 혜자법사라는 사람이 "태자는 분명 삼매에 드시
　　고 계십니다. 말을 걸어서는 안 됩니다"라고 말했다.
　　或時二、七日七夜不出給。戸ヲ閉テ、音ヲモ不聞ズ。諸ノ人此ヲ
　　怪ミ、其時二、高麗ノ恵慈法師ト云フ人ノ云ク、「太子ハ是レ、三
　　昧定二入リ給ヘル也。驚カシ奉ル事無限シ」。　(11권1화, 32-33쪽)[24]

'고려의 혜자법사'가 쇼토쿠 태자가 몽전夢殿에 들어가 7일 동안 나오지 않아 사람들이 걱정하자 태자가 삼매정에 들어갔으니 방해해서는 안 된다고 말하는 대목이다. 혜자(?~623년)는 고구려의 승려로 595년에 일본에 건너와 쇼토쿠 태자의 불교의 스승으로 있다가 615년에 고구려로 귀국한다. 태자의 죽음을 애도하며 태자의 기일에 자신도 죽을 것이라고 예언하고는 그 말대로 이듬해 623년 태자의 기일에 생을 마쳤다고 전해진다[25]. 또 고구려에서 일본으로 건너온 승려의 이야기는 19권31화에도 보인다[26].

한편 일본에서 고구려로 불교를 배우러간 승려의 이야기도 등장한다.

옛날에 □□천황 때 교젠이라는 승려가 있었다. 속성은 다테베씨였다. 조정에서는 그가 불법을 배워와 세상에 널리 전하도록 고려국에 파견하였다.……교젠이 고려에서 전란을 만나 강을 건너지 못하게 되었을 때 노인이 와서 배를 태워 건네주었던 일들을 자세히 전하였다.

今昔、□□天皇ノ御代ニ行善ト云フ僧有ケリ。俗姓ハ堅部ノ氏、仏法ヲ習ヒ令伝ムガ為ニ、高麗国ニ遣ス。……行善高麗ニシテ、乱ニ値テ河ヲ不渡ナリシ時、老翁来テ船ヲ渡セリシ事共、具ニ語リケリ。

(16권1화, 151-152쪽)

---

24 『곤자쿠 이야기집』의 원문 인용은 馬淵和夫 他校注·訳『新編日本古典文学全集 今昔物語集①-④』, 小学館, 1999-2002에 의한다.
25 『新編日本古典文学全集 今昔物語集①』 人名解説, 572쪽.
26 「今昔、高麗ヨリ此ノ朝ニ渡ケル僧有ケリ。名ヲバ道登ト云フ。元興寺ニゾ住ケル」(19권31화, 557쪽).

이 이야기는 '고려국', 즉 고구려에 건너간 유학승 교젠行善이 고구려의 전란을 만나 피난하는 도중에 노인의 모습을 한 관세음보살의 가호로 위기를 모면하고 당나라로 건너가 수행을 하여 무사히 일본에 귀국했다는 이야기이다.

그 외 불교 관련으로는 야마시로 국山城国의 '고려사高麗寺'(14권 28화)도 고구려에서 도래한 고마씨狛氏가 창건한 것으로 되어있다. 그 밖에도 반란을 일으킨 후지와라 히로쓰구藤原広嗣가 '용마龍馬'를 타고 바다를 건너 '고려'에 가려고 했다는 이야기(12권 9화), 먼 바다 저편을 '고려에 건너갈 정도의 먼 거리高麗二渡ル許カリ程ノ遠サ'(544쪽)라고 비유하는 이야기(31권 21화) 등이 보인다. 후지와라 히로쓰구의 반란은 이미 고구려가 멸망한 한참 후의 일로, 여기서 '고려'는 널리 한반도 전체를 가리키는 것이라고 할 수 있다. 이와 같이 '고려'라는 표현은 불교관계에서 등장할 경우 거의 고구려를 뜻하며(7례 중 5례), 고구려의 불교 전파국으로서의 이미지가 짙게 깔려있다. 그리고 모노가타리 작품과는 달리 '고려'를 발해로 특정할 수 있는 예는 보이지 않는다.

한편 '고려악' 관련이 5례 보이며 '고려'의 용례의 4분의 1을 차지하고 있다. '당, 고려의 무인, 악인唐高麗ノ舞人楽人'(12권 9화, 31권 2화), '당, 고려의 음악唐高麗ノ音楽'(12권 10화), '당악, 고려악의 대기실唐高麗ノ楽屋', '당, 고려의 악인唐高麗ノ楽人'(12권 22화) 등이 보이며 모노가타리 작품과 마찬가지로 '당악'과 한 쌍의 형태로 나타나고 있다. 『곤자쿠이야기집』에서 고려악 관련표현은 모두 사원의 법회의 장에 등장하고 있으며, '고려'라는 단어와 불교의 밀접한 관련성을 엿볼 수 있다.

또한 '고려단高麗端'이란 다다미의 가선, 즉 가장자리를 천으로 감싸
놓은 것의 일종으로 백색바탕에 국화나 구름모양 등의 문양을 짜놓
은 것이다. 원래 고구려 내지 한반도에서 건너온 데서 붙여진 이름
이지만 헤이안시대의 일상생활 속에 녹아들어가 등장하는 것으로
특별히 '고려'의 이미지를 환기시키는 것은 아니라고 할 수 있겠다.

다음으로 '백제'의 경우 국명国名으로서의 '백제'의 용례가 반 이
상을 차지하고 있으며, 그 12례 중 11례가 '백제국百済国'으로 표기되
어 있는 것이 특징이다. 백제를 하나의 국가로서 존중하려는 우호적
인 의식이 담겨져 있다는 인상이 있다.

특히 본조부의 시작인 11권1화聖徳太子於此朝始弘仏法語에는 '백제국'
이 6례로 집중되고 있으며, 쇼토쿠 태자가 불교를 일본 국내에 널리
전하는데 있어서 백제로부터 건너온 승려, 경전, 불상 등이 큰 역할
을 한 점이 기술되어 있다.

> 태자가 여섯 살이 되던 해에 백제국에서 승려가 경론을 가지고 건
> 너왔다. ……태자가 여덟 살이 되던 해 겨울……백제국으로부터 일라
> [라는 사람이 건너왔다.]……일라는 무릎을 꿇고 합창을 하면서 태자
> 를 향해 "경례구세관세음. 전등동방속산왕"이라고 말하고는 그 몸에
> 서 빛을 발했다. 그러자 태자도 미간에서 일광과 같은 빛을 발했다. 또
> 한 백제국에서 미륵 석상을 보내왔다.……백제국의 사자로 아좌라는
> 왕자가 일본에 왔다.……백제국에서 도흔이라고 하는 승려 등 10명이
> 와서 태자를 모시게 되었다.……백제국으로부터 도래한 미륵 석상은
> 현재 옛 도읍의 원흥사의 동쪽에 안치되어 있다.

太子六歳ニ成給フ年、百済国ヨリ僧来テ、経論持渡レリ。……太
子八歳ニ成給フ年冬、……百済国ヨリ日羅ト□□□□□衣着テ下
童部ノ中ニ交ハリ、難波ノ□□□□□舎奉ル。太子驚キ逃給フ
時、日羅跪テ掌ヲ合テ、太子ニ向テ云ク、敬礼救世観世音　伝灯東
方栗散王ト申ス間、日羅身ヨリ光ヲ放ツ。其ノ時ニ、太子亦眉ノ間
ヨリ光ヲ放給フ事日ノ光ノ如ク也。亦、百済国ヨリ弥勒ノ石像ヲ渡
シ奉タリ。……百済国ノ使、阿佐ト云フ皇子来レリ……百済国ヨリ
道欣ト云フ僧等十人来テ、太子ニ仕ル。……百済国ヨリ渡リ給ヘリ
シ弥勒ノ石像ハ、今、古京ノ元興寺ノ東ニ在ス。(11권1화, 26-36쪽)

이 중에서도 백제의 승려 일라가 쇼토쿠 태자의 관상을 보고 관세
음보살이라 하며 몸에서 빛을 발하고 쇼토쿠 태자도 미간에서 빛을
발하였다는 기술은 앞에서도 언급했듯이 쇼토쿠 태자 전설에서도
가장 인상적인 기술이며, 일본에서의 백제의 위상을 대변하는 것이
라 하겠다[27].

그리고 '백제국에서 건너온 비구니百済国ヨリ来レル尼'(12권 3화, 161쪽),
'백제에서 건너온 승려百済国ヨリ渡レル僧'(14권 32화, 484쪽), '백제국에서
건너온 [구라쓰쿠리노토리]라는 자에게 명하여 동으로 16척 되는 석
가상을 주조하게 하여銅ヲ以テ丈六ノ釈迦ノ像ヲ、百済国ヨリ来レル□□ト云
フ人ヲ以テ令鋳給テ'(11권 22화, 107-108쪽) 등 백제에서 승려나 비구니, 불사

---

27 문명재 「『今昔物語集』의 聖徳太子 설화 고찰 – 설화의 모티브를 중심으로-」『일본
　　연구』38, 2008, 164-167쪽에서 『곤자쿠 이야기집』의 쇼토쿠 태자 설화에 있어서
　　태자의 전생을 밝히는데 삼한(三韓)의 승려가 중요한 역할을 하고 있음을 지적하
　　고 있다.

佛師 등이 일본에 건너왔다는 기술이 보인다. 그 외에도 '백제대사百済大寺'(11권 16화), '백제사百済寺'(14권 32화) 등 백제와 관련이 있는 절이나, '구다라 가와타리百済川成'(24권 5화) 등 백제 도래인의 후손에 대한 기술도 보인다.

한편 나당군의 공격을 받은 백제에 대해 일본이 지원군을 파견하였다는 역사적 사실에 대해 언급한 이야기도 있다.

오치노아타이라는 자가 있었다. 백제국이 패망하려 할 때 그 나라를 돕기 위해서 조정에서는 대군을 파견하였는데 그 중에 이 아타이도 파견되었다.

越智ノ直ト言フ者有ケリ。百済国ノ破ケル時、彼ノ国ヲ助ケムガ為ニ、公ケ数ノ軍ヲ遣ス中ニ、此ノ直ヲ遣シケリ。(16권2화, 153쪽)

'백제국이 패망하려 할 때……그 나라를 돕기 위해서百済国ノ壊レケル時ニ、……彼ノ国ヲ助ケムガ為ニ'라는 표현은 19권30화에서도 동일하게 보인다. 이는 일본과 백제의 역사적 관계에 대한 하나의 관념으로 자리 잡고 있었음을 말해주는 것이라 하겠다.

이와 같이 『곤자쿠 이야기집』에서 보이는 '백제'에는 작품의 특성상 불교의 정식 전파국으로서의 위상이 강하게 반영되어 있으며, 특히 쇼토쿠 태자의 전승과의 밀접한 관련에 의해 그 이미지가 한층 더 깊이 뿌리내리고 있었음을 알 수 있다. 한편 동맹국이었던 백제의 멸망과 일본의 지원군 파견이라는 역사의 기억이 또 하나의 '백제'의 이미지로서 각인되어 있다고도 할 수 있다. 모노가타리 작품

에서는 수용되지 않았던 상대上代 이래의 백제의 역사적, 종교적 위
상이 설화인 『곤자쿠 이야기집』에 전승되어 있는 것이다.

다음으로 '신라'에 대해 살펴보기로 하겠다. '신라'의 경우 국명
단독으로 쓰이는 경우가 전체 13례 중 11례를 차지하고 있으며, '고
려'나 '백제'와 비교해서 그 표현방식이 상당히 한정되어 있다. 국명
의 경우 앞서 본 11권1화 쇼토쿠 태자 관련 이야기 속에서 '신라국에
서 불상을 보내 왔다新羅国ヨリ仏像ヲ渡シ奉ル'(27쪽), '신라로부터 건너온
석가여래상新羅ヨリ渡リ給ヘリシ釈迦如来ノ像'(36쪽) 등의 기술이 보이고,
그 외에도 '신라국의 500명의 도사新羅国ノ五百ノ道士'(11권 4화) 등 불교
관련으로 등장하고 있다. 그 밖에 신라에 건너간 규슈지방의 남자가
항해 중에 무시무시한 호랑이를 보았다는 이야기(29권 31화)에서 '신
라'가 3례 보인다.

한편 몬토쿠文徳 천황 때 신라 정벌을 위해 파견된 장군이 신라 측
이 행한 조복調伏 의식에 의해서 횡사한다는 이야기(14권 45화)에서 '신
라'가 4례 등장한다.

옛날 옛날에 몬토쿠 천황의 치세에 신라국에 명을 내린 것을 이 나
라가 받아들이지 않자 대신과 공경들이 의견을 모아 말하기를 "……신
속하게 군사를 모아 그 나라를 정벌해야 한다"고 정하고 그 무렵 진수
부의 장군 후지와라 도시히토라는 자를 그 나라에 파견하였다.……그
러나 신라는 이 일을 모르고 있었다.……그런데 삼정사의 치쇼 대사는
젊어서 송나라에 건너가 이 법전 아사리를 스승으로 하여 진언을 배우
고 있었는데 치쇼 대사도 이 스승과 함께 신라에 건너오게 되었다. 그

러나 대사는 스승이 이곳에 온 것은 일본에 대해 조복 의식을 행하기
위함이라는 사실을 어찌 알 수 있었으랴.……그 후 치쇼 대사가 송나
라에서 일본으로 돌아와 신라에 건너갔을 적 일을 이야기했는데, 그것
을 들은 우리나라 사람들은 "과연 도시히토 장군이 죽은 것은 그 조복
의식의 영험에 의한 것이었구나"라며 납득을 하였다고 한다.

今昔、文德天皇ノ御代ニ、新羅国ニ仰セ遣ス事ヲ不用ザリケレ
バ、大臣公卿被僉議テ云ク、「……速ニ軍ヲ調ヘテ、彼ノ国ヲ可被
罰キ也」ト被定テ、其ノ時、鎮守府ノ将軍藤原ノ利仁ト云ケル人ヲ
彼ノ国ニ遣ケリ。……而ル間、彼ノ新羅ニ此ノ事ヲ不知ズ。……其
ノ時ニ、三井寺ノ智証大師ハ、若クシテ宋ニ渡テ、此ノ阿闍梨ヲ師
トシテ真言習テ御ケルガ、其レモ共ニ新羅ニ渡テ御ケレドモ、我
ガ国ノ事ニ依テトモ何デカハ知給ハムト為ル。……其ノ後、智証大
師宋ヨリ此朝ニ返リ給テ、新羅ニ渡タリシ事ヲ語給ケルヲ聞テナ
ム、此ノ国ノ人、「然ハ、利仁ノ将軍ノ死ニシ事ハ其調伏ノ法ノ驗
シニ依テ也ケリ」トハ知ケレ。   (14권45화, 521-523쪽)

일본의 군사 파견에 대해 신라에서는 중국의 법전法全 아사리阿闍
梨를 초빙하여 적을 물리치는 밀교密教의 조복 의식을 행하였고, 그
러자 정벌군 장군인 후지와라 도시히토藤原利仁가 도중에 횡사하고
말았다. 마침 중국에 건너가 법전 아시리 밑에서 수행 중인 일본의
치쇼 대사智証大師가 스승과 함께 신라에 와서 스승이 행하는 조복 의
식에 참석하였는데, 일본에 돌아가 그 이야기를 전하자 사람들은 도
시히토의 죽음이 신라 측의 조복 의식에 의한 것이었다는 것을 알았

67

다는 이야기이다.

또한 불의를 범한 '신라 황후新羅后'가 일본의 하세데라 관음長谷寺
観音에 의해 구원 받는다는 이야기(16권 19화)도 실려 있다. '신라'의 용
례는 총 14례 중 4례가 불교와 관련해서 등장하여 일본에 불교를 전파
한 나라로서 긍정적으로 그려져 있다. 나머지 용례를 보면 신라의 호
랑이 이야기에서 3례가 보이고, 4례가 신라 정벌 관련, 1례가 불의를
범한 신라 황후의 이야기 등 그다지 우호적인 이미지로 그려지고 있
지는 않다. 『곤자쿠 이야기집』에 등장하는 '신라'는 앞서 살펴본 '고
려', '백제'와는 다르게 인식되어 있음을 알 수 있다. 이는 대립관계에
있었던 고대 일본과 신라와의 역사를 반영한 것이라고 하겠다. 『고지
키』나 『니혼쇼키』에 등장하는 진구神功 황후의 신라 정벌에 상징되어
있듯이 신라는 금은의 나라이며 따라서 약탈과 정벌의 대상이라는 인
식[28]과 그것을 전하는 전승과 관련이 있다고 할 수 있을 것이다.

Ⅵ. 맺음말

헤이안시대 문학 속에 한국이 어떤 표현과 이미지로 등장하고 있으
며, 그것이 작품세계에 어떻게 기능하고 있는가를 『우쓰호 이야기』,
『겐지 이야기』 등 모노가타리 작품과 『곤자쿠 이야기집』의 설화를
통해 살펴보았다.

---

28 金鍾德「古代日本における「韓国」のイメージ」(前掲書), 30-32쪽.

'고려', '백제', '신라'라는 명칭에 주목해보면, 모노가타리 작품에서는 '고려'의 용례가 대부분이고 '백제'와 '신라'의 예는 그다지 많지 않다. 모노가타리에서는 고구려, 백제, 신라를 개별화하는 관념은 희박하고, 발해를 포함한 고대 한국은 '고려'라는 통합적인 명칭으로 등장하여 작품세계를 형성하는데 다양하게 기능하고 있다고 할 수 있다. '고려'는 '고려 비단' 등 문물 관련, '고려악' 등 무악 관련, 발해인을 가리키는 '고려인'으로 작품 속에 나타나고 있다. '백제'는 가장 용례가 적으며 불교 전래와 관련하여 쇼토쿠 태자 전설과 함께 등장하고 있다. 한편 '신라'는 당나라와 더불어 바다 넘어 존재하는 이국의 이미지로 그려지고 있다.

한편 『곤자쿠 이야기집』에는 고구려, 백제, 신라 3국과 일본과의 불교 전래와 역사적 관계에 관련된 전승들이 담겨져 있어서 모노가타리 작품과는 또 다른 양상을 보여주고 있다. '고려'는 불교 관련에서는 고구려를 뜻하며, 모노가타리와 달리 발해를 가리키는 예는 찾아보기 어렵다. '백제'의 경우는 불교 전파국의 이미지가 강하며 일본과의 우호관계와 백제의 패망이라는 역사적 사실 또한 관련되어 있다. '신라'의 경우 불교 관련과 더불어 일본과 대립관계에 있었던 역사가 그 이미지에 적지 않게 반영되어 있다. 이와 같이 헤이안시대 문학에 보이는 '고려', '백제', '신라'는 표현과 의미의 위상을 달리하면서도 서로 공명하며 다의적인 이미지를 형성하고 있다고 할 수 있다.

이러한 양상과 특징은 헤이안시대 이전과 이후의 문학작품들에 대한 면밀한 검토와 비교를 통해 보다 명확하게 제시될 수 있을 것으로 보이며 향후의 과제로 삼고자 한다.

한일문화 연구의 새 지평 1

한일문화의 상상력 : 안과 밖의 만남

제3장

엇갈림과 어울림, 한·일 문사 교류의 두 시선

- 원중거와 축상을 중심으로 -

❀ ❀ ❀

윤 재 환

Ⅰ. 머리말

한국과 일본 두 나라 사이의 지리적 거리는 부산과 九州의 福岡을 기준으로 200여㎞에 불과하다. 부산을 떠나 九州에 도착하기까지 배로 2시간 남짓, 비행기로는 채 한 시간이 걸리지 않는다. 부산에서 대전 정도의 거리 밖에 되지 않는 214㎞의 하늘 길을 날아가는 데는 1시간이라는 시간으로도 충분하다. 또 그 사이에 對馬島와 壹岐島 등의 섬들이 징검다리처럼 늘어 있어 한국과 일본 사이의 지리적 거리는 육로로 이어진 중국과 비교해도 그다지 큰 차이를 보이지 않는다.

하지만, 지리적 거리의 멀고 가까움이 관계의 거리를 규정하는 절대적 기준이 되지 않는다. 한국과 일본 두 나라 사이에 존재하는 긴장은 지리적 거리와 관계의 거리가 정비례하지 않음을 보여주는 하나의 예시가 된다. 지리적 거리와 관계없이 존재하는 두 나라 사이의 긴장은 언제부터라고 단언하기 어려운 그 옛날부터 지금까지 이어지고 있다.

두 나라 사이에 존재하는 긴장의 원인이 복잡하고 다양한 과거사 때문인지, 아니면 독도에 대한 일본의 영유권 주장을 중심으로 하는 영토 문제 때문인지, 아니면 경제적·정치적·군사적 이익 때문인지는 분명하게 밝히기 어렵지만 그 긴장의 원인은 복잡하고 다양하며, 그에 따라 예기치 못한 새로운 문제들이 계속되고 있다.

이런 상황에 대한 한국과 일본 지식인들의 대응은 다양한 양상으로 나뉘지만, 크게 보아 두 방향으로 정리할 수 있다. 첫 번째가 두 나라 각각의 현실을 바탕으로 자국의 주장과 이익을 강화하는 것이다. 이를 위해 과거를 되새기거나 덮어 감추기도 하고 미화하거나 강조하는 한편 미래를 그 자신들의 논리로 추단하거나 예측하기도 한다. 두 번째는 막연한 미래의 관념적 희망을 위해 두 나라의 관계를 강조하고 평화와 공존이라는 구호를 제창하는 것이다. 이를 위해 두 나라의 역사와 현재를 되짚어 친연성과 공통점을 찾고 동질성을 강조한다.

이 두 가지 경향 중 첫 번째 보다는 두 번째의 것이 한국과 일본 두 나라의 미래지향적인 관계 설정에 더 큰 도움이 될 것이라 생각할 수 있지만, 반드시 그렇게 보기는 어렵다. 그것은 두 번째의 경우에서 추구하는 본질적인 목표가 타당성을 확보하기 위해서는 친연성과 공통점을 찾아 동질성을 강조하는 행위로만은 불가능하기 때문이다. 한국과 일본 두 나라는 지리적 인근성에도 불구하고 바다라는 지형적 제약에 의해 오랜 기간 원활한 교류를 이루지 못했다. 두 나라는 각자의 환경에 맞춰 스스로의 삶을 발전시켰고, 고유한 문화와 전통을 이루었으며, 중국에서 수입한 다양한 문화를 각각의 삶과 현실적 처지에 맞춰 개변하고 수용하였다. 그런 점에서 한국과 일본 두 나라 사이에 존재하는 긴장의 해소나 완화를 위해서는 친연성과 공통점 그리고 동질성을 강조하는 만큼 두 나라 사이의 이질성에 대한 이해가 이루어져야 한다.

두 나라 사이에 존재하는 이질적인 요소와 그 요소들이 야기한 다양한 갈등에 대한 이해 없이 친연성과 공통점을 강조한다면 드러난 동질성은 언제 어디서 해체될지 알 수 없는 불완전하고 무기력한 것이 될 수밖에 없다. 상대에 대한 진정한 인정은 동질성의 강조만이 아니라 이질성의 이해, 같음의 반복만이 아니라 다름의 수용을 통해 더 분명하게 이루어질 수 있다.

이 글은 이와 같은 인식을 기반으로 서술되었다. 한국과 일본 두 나라 사이에 존재하는 다양한 갈등과 충돌을 해소하기 위해서는 서로에 대한 이해가 전제되어야 하고, 그 이해는 동질성의 확인과 함께 이질성에 대한 인정을 바탕으로 해야 한다는 생각이 이 글을 기획하게 된 기본적인 이유이다. 그런 점에서 이 글은 한국과 일본 두 나라의 역사와 전통 전반을 대상으로 그 이질성과 동질성을 확인하고, 이를 바탕으로 서로의 갈등과 충돌을 해소할 수 있는 방안을 제시하는 지점까지 나아가야 한다. 하지만 현재 필자의 능력으로는 그와 같이 큰 담론을 만들어 낼 수도 없을 뿐만 아니라 한국과 일본 두 나라의 역사와 전통 전반을 훑어 내리는 것도 불가능하다. 따라서 이 글은 전제한 목적을 위한 試論이자 목적의 달성 가능성을 탐색하는 예비적 작업의 하나로 시도된 것이지 그 자체로 목적의 달성을 추구하는 글이 아니다.

한국과 일본 두 나라 사이에 존재하는 동질성과 이질성을 살펴보고자 하는 목적을 가진 글에서 논의의 주제를 "계미 사행시기 한·일 두 나라 문사의 교류에서 확인할 수 있는 엇갈림과 어울림이라는 두 시선"으로 설정한 것은 몇 가지 이유 때문이다. 첫 번째는 현재 필자의 능력으로는 한국과 일본 두 나라의 역사와 전통 전반에 존재하는 동질성과 이질성을 확인하기 어렵기 때문이다. 현재 필자의 능력으로는 한국과 일본 두 나라 사이에서 있었던 하나의 사건이나 현상에 대해서도 완벽한 정의를 내리기 쉽지 않다. 따라서 논의의 시기를 '계미 사행'으로 제한한 것은 필자의 능력 범위 안에서 글의 완성도를 최대한 높여보고자 하는 것이다.

두 번째 논의 대상 사건을 '계미 사행'으로 한정한 것은 이 시기의 한·일 관계가 근대 이전 다른 어떤 시기보다 안정적이었고, 두 나라의 문화적 수준이 높았다는 외적인 요건과 함께 가장 많은 사행 관련 기록물이 한국과 일본 두 나라에 남아 있다는 사건 자체에 대한 기록물의 존재 상황 때문이다. 현재 다양한 형식과 내용의 사행 기록물이 전하고 있지만, 그 내용의 진위여부를 확신하기는 쉽지 않다. 한국에 남아 전하는 사행 기록물의 경우 대부분 여정을 중심으로 하는 공적 기록의 성격이 강하거나 酬唱詩를 중심으로 하며, 일본에 전하는 기록의 경우 筆談 자료와 酬唱詩를 중심으로 한다. 조선 시대 일본 사행의 사행록이 적지 않지만 조선에서 출간된 筆談 자료가 거의 없다는 사실 자체가 조선의 사행원들이 일본 교류 인물들에 대해 지니고 있었던 인식을 보여주는 것이겠지만, 이런 상황은 일본에서 출간된 필담 자료의 내용이 지니는 진위여부에 대한 고민을 하게 만든다. 기억과 기록의 왜곡이 언제 어디서나 있었다는 것을 감안한다면 일방의 기록만으로 하나의 사건을 완전하게 정리하기 쉽지 않은데, 기록을 남기지 않은 쪽에서 상대를 동등한 수준으로 인식하지 않았다면 더더욱 기록의 진위에 대한 의구심이 없을 수 없다. 그런데 계미 사행의 기록 중에는 동일한 내용에 대한 쌍방의 기록이 존재한다. 이 기록들을 검토한다면 같은 사안에 대한 기록자들의 시선이 지닌 同異點을 확인할 수 있을 것이다. 이 시선의 동이점을 그대로 한·일 두 나라 문인들의 동이점으로 확정하기는 어렵겠지만, 당대 두 나라 문인들이 지니고 있었던 상대에 대한 다양한 이해의 하나로 볼 수는 있을 것이다.

세 번째 이 글에서 한·일 두 나라 문사에게서 볼 수 있는 '시선의 엇갈림과 어울림'에 주목한 것은 당대 한국과 일본이라는 두 나라가 개별적인 전통과 문화를 발전시켜 왔지만, 그와 같은 개별성의 형성 기반으로 중국에서 유입된 동아시아 보편 문화가 적지 않게 자리 잡고 있다고 생각해서이다. 특히 文士라는 사회적 위치에 있었던 지식인의 경우 동아시아 문화 전반에 대한 이해의 폭이 상대적으로 컸을 것이라고 추정할 수 있다. 따라서 이들이 상대를 평가하는 기준에는 동아시아의 보편성과 자국의 개별성이라는 두 관점이 얽혀 있었을 것이고, 보편성에서의 어울림과 개별성에서의 엇갈림이 錯

綜하는 그 지점이 바로 상대에 대한 평가가 완성되는 지점이라고 할 수 있다.

이상과 같은 세 가지 이유를 바탕으로 이 글의 주제를 제약하였지만, 전제한 것과 같이 이 글은 시작 지점에서부터 글이 추구하는 본질적인 목표를 달성하기에는 부족한 점이 적지 않다. 따라서 이 글은 한국과 일본 두 나라 사이에 존재하는 다양한 동질성과 이질성을 찾아 서로의 갈등과 충돌을 해소할 수 있는 방안을 제시하고자 하는 연구의 試論이자 예비적 작업이 될 수밖에 없다. 이와 같은 작업들이 모여 한국과 일본 두 나라의 역사와 전통 전반을 대상으로 그 이질성과 동질성을 확인하고, 이를 바탕으로 현재까지의 갈등을 해소하고 미래의 공존을 도모할 수 있는 총체적인 연구 결과가 제시될 수 있기를 기대한다.

Ⅱ. 교류 기록의 거리, 사실과 기억 그리고 왜곡

癸未 通信使行은 조선시대 전 시기에 걸쳐 이루어진 총 20회(임진왜란 이전 8회, 이후 12회)의 통신사행 중 19번째, 임진왜란 이후 이루어졌던 12번의 통신사행 중 11번째에 해당하는 일본사행이다. 조선시대의 통신사행은 시기별로 조금씩 목적이 달랐는데, 사행 목적의 대체적인 구분은 임진왜란 전후로 선명하게 나뉜다. 임진왜란 이전 1413년(태종 13)부터 1479년(성종 10)까지 있었던 6차례의 통신사행은 당대 조선의 가장 큰 골칫거리였던 倭寇 문제를 해결하기 위한 것이었다.

따라서 이 시기의 통신사는 倭寇 禁壓의 요청에 주력했다. 이후 1590년(선조 23)에 실시된 통신사행은 1510년(중종 5) 발생한 三浦倭亂 이후 중지되었던 조선과 일본 사이의 공식 교류를 재개하는 것이었으나 그 이면은 일본을 통일한 豊臣秀吉의 조선 침략 야욕을 살펴보기 위한 것이었고, 1596년(선조 29) 실시된 통신사행은 임진왜란의 講和와 포로의 刷還을 위한 것이었다.

임진왜란 이후 실시된 12차의 통신사행 중 1607년(선조 40), 1617년(광해군 9), 1624년(인조 2)의 사행은 回答兼刷還使라는 명칭으로 실시되어 포로의 刷還을 목적으로 했음을 알 수 있다. 또 마지막 사행인 1811년(순조 11)의 사행은 대마도에서 국서를 교환하는 '易地通信'으로 시행되었다. 따라서 敵禮的인 입장의 對等한 국가 사이에 信義를 通하는 사절이라는 通信使의 의미에 부합하는 사행은 1636년(인조 14)부터 1764년(영조 40)까지 이루어진 8차례에 불과하다.

하지만 이 8차례의 통신사행도 표면적인 將軍襲職의 축하와 달리 각기 다른 이면적인 시행 이유와 목적을 가지고 있었다. 1636년(인조 14)의 사행은 명·청의 세력 교체에 따른 일본과의 연대감 확립과 국서개작사건 이후 대마도주의 옹호와 국정탐색을 목적으로, 1643년(인조 21)의 사행은 청나라의 압력에 대한 견제와 兼帶 제도 이후 늘어나는 무역량의 축소 교섭, 그리고 일본의 海禁政策과 島原生變에 대한 국정탐색을 목적으로, 1655년(효종 6)의 사행은 '假道朝鮮'에 대한 정보 확인을 목적으로, 1682년(숙종 8)의 사행은 대마도와의 무역통제를 위한 7개 조의 朝市約定을 목적으로, 1711년(숙종 37)의 사행은 新井白石의 외교의례 개정에 대한 국가의 체면과 일본과의 우호관계

유지를 목적으로, 1719년(숙종 45)의 사행은 외교의례 복귀에 대한 조선의 외교방침 전달 및 대마도에서의 '漂人差倭' 조약의 체결을 목적으로 이루어졌다.

그러나 18세기에 들어서 조선과 일본의 국내 정치 상황이 안정기에 접어들고 중국의 정세까지 안정되면서 통신사행의 파견 목적도 의례적으로 바뀌었다. 이 시기 시행 되었던 1748년(영조 24)과 1764년(영조 40)의 통신사행은 장군습직의 축하와 교린관계의 확인을 목적으로 하는 명실상부한 통신사행이었다. 그런데, 1748년과 1764년의 통신사행을 살펴보면 1748년의 사행보다 1764년의 사행에서 한·일 두 나라의 교류가 훨씬 더 활발했다고 보인다. 그것은 1748년의 사행 기록으로 한국의 자료가 洪景海의『隨槎日錄』, 曺命采의『日本日記』·『奉使日本時聞見錄』3종, 일본의 자료가『來庭集(內閣文庫本)』이하 39종이 전하고 있지만, 1764년의 사행 기록으로 한국의 자료가 趙曮의『海槎日記』이하 11종, 일본의 자료가『歌芝照乘(內閣文庫本)』이하 48종이 전하고 있기 때문이다.[1] 물론 사행 기록이나 필담창화집의 수가 확대되었다는 것이 교류의 활발함을 증명하는 필요충분조건이라고 단언하기는 어렵지만, 거의 비슷한 규모의 인원과 조직, 목적을 가지고 시행되었던 사행에서 필담창화집과 사행록의 저술 규모가 확대되었고, 저술에 참여한 인원이 증가하였다면 교류가 활성화되었다고 보아도 큰 무리는 없을 것이다.

---

1 연세대 산학협력단『통신사기록 조사, 번역 및 목록화 연구』, 문화재청, 2014, 8쪽, 13-17쪽. ; 장진엽「계미통신사 필담연구」, 연세대학교 박사학위논문, 2017, 14-17쪽.

1764년 통신사행의 교류 결과물이 양적으로 확대된 이유에 대해 장진엽은 교류에 참여한 인물들의 태도와도 관련 지어 "이 시기 일본에서는 학문적으로 자신감과 실력을 갖춘 문사들이 대거 등장하였다. 이들은 조선인과의 필담창화에 다투어 참여하면서 자신들의 학문적 기량을 펼쳐 보이고자 하였다. 조선의 문사들 역시 능동적으로 일본의 인재를 탐색하고자 하였다. 또한 일본 정보의 수집에도 적극적이어서 이 시기 사행록에 담긴 다채로운 일본 지식 중 상당 부분이 이러한 필담을 통해 획득한 것이라고 할 수 있다."[2]고 했다. 이와 같은 점을 바탕으로 계미 사행의 교류 양상에 대한 연구의 중요성과 의미에 대해 일본에서는 다양한 학파가 풍미하고 있었고 조선 사행원들은 일본 바로보기를 시작하는 시기였다[3]고 보기도 한다.

이 글은 1764년 사행에 참여한 조선의 문사들에게 가장 큰 인정을 받았던 일본의 두 인물 那波師曾(那波魯堂, 1727~1789)과 竺常(大典顯常, 1719~1801) 중 竺常과 조선의 문인들이 주고받았던 필담 자료를 논의의 대상으로 한다. 那波師曾이 護行으로 통신사행을 大阪에서 江戸까지 수행하여 竺常보다 통신사행과 먼저 그리고 더 오래 만났고, 당시 일본에서 程朱學을 묵수하여 조선과의 사상적 친연성이 더 컸으며, 통신사행의 製述官 南玉과 세 書記에게 문학적 재능을 인정받았다는 점에서 那波師曾을 논의의 우선 대상으로 두는 것이 타당하지만, 현재 전하는 那波師曾의 저작 『東遊篇』에는 詩와 序文, 尺牘만 수록되어 있어 당시 那波師曾과 통신사행의 문인들이 직접 주고

2　장진엽 「계미통신사 필담연구」, 연세대학교 박사학위논문, 2017, 1-2쪽.
3　구지현 『계미 통신사 사행문학 연구』, 보고사, 2006, 16-17쪽.

받았던 대화의 내용을 구체적으로 확인할 수 없다. 따라서 이 글에서는 1764년 사행에 참여했던 조선의 문사들에게 가장 큰 인정을 받았던 일본의 두 사람 중 筆談 기록이 두 나라 모두에 남아 전하는 쓰네츠네(常)와 조선 文士들의 기록을 분석의 기본 자료로 한다.

쓰네츠네(常)의 筆談 자료는 현재 『萍遇錄』이라는 제목으로 전하는데, 이 책은 조선통신사행단이 1764년 4월 5일부터 5월 6일까지 大阪에 체류하는 동안 통신사행단의 8명과 만나 나눈 필담과 주고받은 시문 및 서간을 상하 2권으로 묶어 정리한 것이다.[4] 쓰네츠네(常)이 만난 8명 중 4명이 製述官 南玉과 세 書記 成大中·元重擧·金仁謙이며, 나머지 4명은 營將 柳達源, 良醫 李佐國, 判事 李彦瑱, 處士 趙東觀이다. 이들 중 사행관련 기록을 남긴 인물은 南玉(『日觀記』·『日觀唱酬』·『日觀詩草』)과 成大中(『日本錄』)·元重擧(『乘槎錄』·『和國志』)·金仁謙(「日東壯遊歌」)인데, 南玉의 『日觀唱酬』는 일본에서 주고받은 酬唱詩를, 『日觀詩草』는 일본 사행 기간 개인적으로 창작한 시를 모은 시집이고, 元重擧의 『和國志』는 일본 聞見錄이며, 金仁謙의 「日東壯遊歌」는 가사 작품이다. 따라서 이 글에서 쓰네츠네(常)의 『萍遇錄』과 비교·대조해 볼 조선의 자료는 南玉의 『日觀記』, 成大中의 『日本錄』, 元重擧의 『乘槎錄』 세 종류이다.

그런데 쓰네츠네(常)의 『萍遇錄』과 조선 사행단의 필담 자료를 비교해 보면 서로에 대해 언급한 기록이 나오는 날짜에서 조금 차이를 보인다.

---

4 『萍遇錄』에 관한 설명은 진재교 외 역·다이텐 저 『18세기 일본지식인 조선을 엿보다』, 성균관대학교 출판부, 2013에 자세히 나와 있다. 이 글에서 대본으로 삼은 本은 국립중앙도서관 소장 『萍遇錄(한古朝51-나174)』임을 밝힌다.

쓰네(竺常)의 『萍遇錄』에는 4월 5일, 6일, 7일, 20일, 21일, 27일, 5월 2일, 3일, 4일, 5일, 6일 모두 11일의 기록이 존재하지만, 南玉의 『日觀記』에는 4월 5일, 29일, 5월 4일, 5일, 6일 모두 5일의 기록이, 成大中의 『日本錄』에는 4월 13일, 5월 3일, 4일, 5일, 6일 모두 5일의 기록이, 元重擧의 『乘槎錄』에는 4월 6일, 8일, 29일, 30일, 5월 3일, 4일, 5일, 6일 모두 8일의 기록이 나온다. 이를 간략하게 표로 정리하면 다음과 같다.

날짜	기록 존재 여부				비고
	쓰네의 『萍遇錄』	南玉의 『日觀記』	成大中의 『日本錄』	元重擧의 『乘槎錄』	
4월 5일	○	○			
4월 6일	○			○	
4월 7일	○				
4월 8일				○	
4월 13일			○		
4월 20일	○				
4월 21일	○				
4월 27일	○				
4월 29일		○		○	
4월 30일				○	
5월 2일	○				
5월 3일	○		○	○	
5월 4일	○	○	○	○	
5월 5일	○	○	○	○	
5월 6일	○	○	○	○	

이렇게 보면 竺常의『萍遇錄』과 조선 사행단의 필담 자료 중 한 곳에만 기록이 있는 날이 4월 7일, 8일, 13일, 20일, 21일, 27일, 29일, 30일, 5월 2일로 모두 9일이다. 4월 5일 처음 만나 5월 6일 헤어지기 까지 기록이 있는 전체 15일 중 9일의 기록이 한 쪽에만 있다면 기록 내용이나 과정의 진위에 대한 고민이 없을 수 없다. 그런데 이 중 4 월 7일과 21일, 27일, 5월 2일의『萍遇錄』기록을 살펴보면 이날 만 나지 않았음을 알 수 있고,[5] 南玉의『日觀記』와 元重擧의『乘槎錄』, 成大中의『日本錄』에 나오는 4월 13일과 30일의 기록으로 볼 때 이 날은 만나지 않았음을 알 수 있다. 이렇게 본다면 문제가 되는 날은 4월 8일과 20일, 29일 3일이다.

元重擧의『乘槎錄』4월 8일의 기록에 元重擧가 竺常을 도발한 것 과 이에 대한 竺常의 답이 나오며,[6]『萍遇錄』의 4월 7일 기록[7]으로 보아 4월 8일 축상이 大阪에 있었다고 보인다. 元重擧의『乘槎錄』4 월 8일 기록에 대해 나중에 추가 기술한 것이 많아 일어난 착오로 보 이며, 이날의 기록에 최천종 사건이 해결되기 전에는 결코 귀국하지 않겠다고 하는 등의 이야기가 나오는 것으로 보아 이날의 기록을 4 월 10일 이후 추가한 것으로 보기도 하지만,[8] 이렇게 단언하기는 쉽

---

5 竺常『萍遇錄』권1, "七日, 余子玄詣館, 屬有凶變, 禁不得入.. …… 二十一日, 余歸洛. 二 十七日, 余寄書秋月玄川, 且記傳藏事以附. 五月二日, 子玄來報曰, 傳藏獄成, 今日當斬, 朝鮮使者當次四日發浪華云.……"
6 元重擧『乘槎錄』권3, "初八日己丑, …… 筑常是日入來, 余因筆談挑之曰, …… 筑常曰 ……"
7 竺常『萍遇錄』권1, "七日, 余子玄詣館, 屬有凶變, 禁不得入."
8 진재교 외 역·다이텐 저『18세기 일본지식인 조선을 엿보다』, 성균관대학교 출판 부, 2013, 28-29쪽.

지 않아 보인다. 그것은 원중거가 최천종 사건에 대해 시종일관 강경한 태도를 유지하고 있었던 점을 생각해 본다면 正使 趙曮에 의해 원중거가 앞서 언급한 것과 같은 내용이 사행단의 공식 입장으로 결정되기 이전이라고 하더라도 원중거는 축상에게 충분히 그와 같은 주장을 할 수 있었을 것이고, 또 趙曮의 『海槎日記』 4월 9일에 나오는 내용도 사행원 전체에게 내린 명이나 결정이라기보다 그 스스로가 하는 다짐이라고 보이기 때문이다.[9]

4월 20일의 기록은 반대로 『萍遇錄』에만 나오는데,[10] 이날의 기록을 살펴보면 축상이 성대중, 남옥, 원중거를 모두 만났고, 최천종 사건의 범인을 잡았다는 것과 科擧제도 및 佛家의 일로 이야기를 나누었음을 알 수 있다. 그런데 이날의 筆談 내용이 통신사행 세 사람의 기록에는 모두 누락되었다. 그리고 『萍遇錄』에는 4월 21일 축상이 西京으로 돌아갔다가 5월 2일 저녁에 大阪으로 내려왔다고 했는데, 南玉의 『日觀記』에는 이런 기록들이 모두 빠져 있고 4월 29일에 범인을 체포한 전말에 대한 축상의 편지를 받았다고만 했으며,[11] 元重擧의 『乘槎錄』에는 4월 29일 축상이 이날 서경으로 돌아가면서 편지를 보내와 傳藏 사건의 전말을 알렸다[12]고 했다.

---

9 趙曮 「初九日庚寅」, 『海槎日記』, "凡事我急則彼緩, 我緩則彼急, 此倭人例態也. 卽以賊人如不得捕捉正法, 則雖閱月經歲, 使行必無乘船之理, 以此意布諭於彼我人等處, 以爲持久之計."

10 진재교 외 역·다이텐 저 『18세기 일본지식인 조선을 엿보다』, 성균관대학교 출판부, 2013.의 132면에서 이날 축상이 왔다는 기록이 원중거의 『승사록』에 보인다고 했고, 그 원문을 440면에 기록해 두었는데, 필자가 확인한 바에 다르면 원중거의 『승사록』 4월 20일 기록에 축상을 만났다는 내용이 보이지 않는다. 또 위 책의 440면에 수록된 원문이 4월 29일의 기록과 동일하다.

11 南玉 『日觀記』, "筑常書中有捕賊顚末, 而亦不言賊供之如何."

『萍遇錄』의 기록을 신뢰한다면 이들은 4월 8일과 축상이 西京으로 돌아간 4월 21일부터 5월 2일까지 만나지 못했고, 원중거의 기록을 신뢰한다면 이들은 4월 8일 만난 이후 축상이 서경으로 돌아간 4월 29일까지 만나지 못했다가 4월 29일 잠깐 만난 뒤 다시 5월 2일까지 만나지 못한 것이 된다.

南玉의 『日觀記』나 元重擧의 『乘槎錄』에 있는 4월 29일의 기록은 4월 21일 서경으로 돌아간 축상이 4월 27일 보낸 편지가 이날 남옥과 원중거에게 전달된 것[13]이라고도 볼 수 있다. 그러나 4월 8일과 20일의 경우 축상과 통신사행 세 사람의 기록 가운데 무엇을 더 신뢰할 수 있을지 확신하기는 어렵다. 그 기록의 차에 대해 단순하게 축상이나 통신사행 세 사람 각각의 오류라고 단언하기는 쉽지 않다. 그것은 축상의 경우 관례와 같이 필담 기록을 직접 가져갔다고 생각되고, 통신사행 세 사람의 경우 기록의 누락이 세 사람 모두에게서 동시에 일어나기 쉽지 않기 때문이다. 특히 당시 통신사 일행에게 가장 큰 문제가 최천종 살해범을 잡아 처단하고 사건의 내막을 확인하는 것이었는데, 4월 20일 축상의 기록과 같이 원중거가 축상에게 진실을 명백히 밝혀 범죄의 실상을 알 수 있게 하고 사행하는 사람이 돌아가 보고할 수 있게 해 달라고 부탁했다면[14] 내용상 이 기록이 누락되기는 쉽지 않았을 것이기 때문이다.

만약 『萍遇錄』의 4월 8일 기록이 원중거의 도발 때문에 누락되었

---

12 元重擧 『乘槎錄』 권3, "是日歸西京, 有書告別, 兼錄傳藏事首末以送."
13 竺常 『萍遇錄』 권1, "二十七日, 余寄書秋月玄川, 且記傳藏事以附."
14 竺常 『萍遇錄』 권1, "玄川曰……惟望明覈得情, 昭揚邦章, 俾行人亦有藉手而歸."

고, 이 때문에 축상이 통신사행과 만나지 않다가 4월 21일 서경으로 돌아간 이후 4월 27일 보낸 편지가 4월 29일 남옥과 원중거에게 전해졌다면, 통신사행 세 사람의 기록은 사실과 부합하는 것이 된다. 그렇다면『萍遇錄』의 4월 20일 기록은 이후『萍遇錄』을 정리하는 과정에서 축상이 의도적으로 첨가한 것이 된다. 이와 달리『萍遇錄』의 기록이 사실이라면 元重擧의『乘槎錄』에 나오는 4월 8일의 기록은 이후 시기 첨가한 것이고, 남옥·성대중·원중거 세 사람의 기록에 4월 20일이 누락된 것은 세 사람 모두의 오류라고 할 수 있다. 또 만약 4월 8일과 20일 모두 만났거나 만나지 않았다면 양쪽 모두의 오류라고 할 수 있는데, 글 전체의 내용으로 보아 이 가능성은 희박해 보인다.

축상의『萍遇錄』이나 통신사행 세 사람의 기록 어느 것도 오류거나 사실이라고 단언하기 쉽지 않다. 그것은『萍遇錄』이 일본에서 필담 이후 얼마 되지 않은 시간에 완성되었을 것이기는 하지만 끝내 정본으로 간행되지 못했고, 통신사행 세 사람의 기록은 사적 기록물이지만 공적 기록물과 같은 정도의 인정을 받아 후대 사행원들의 필독서로 기능할 수 있다는 생각에서 기술된 것이기 때문에, 이들의 기록 사이에서 확인되는 차이를 단순히 일방의 기억 오류나 후대에 추가된 결과라고 규정하기는 쉽지 않다.

그런데 원중거의『乘槎錄』4월 8일 기록과『萍遇錄』4월 20일의 기록을 비교해보면 축상에게 한 원중거의 이야기에서 유사한 부분을 확인할 수 있다. 4월 8일『乘槎錄』의 마지막 부분에서 원중거는 "진실로 힘을 빌려 돌아가 임금님께 아뢸 말씀이 있다면 비록 죽더라도 사양하지 않을 것이니 지체하는 것이 무슨 근심이겠습니까."[15]
라고 했는데, 이 말은『萍遇錄』의 4월 20일 기록에서 원중거가 축상
에게 "진실을 명백히 밝혀 범죄의 실상을 알 수 있게 하고 나라의 법
도를 밝게 보이며 사행하는 사람이 힘을 빌려 돌아가 보고할 수 있
기를 바랍니다."[16]라고 한 것과 유사하다.

이 내용을 동일한 것으로 본다면 원중거 기록의 4월 8일과 축상
기록의 4월 20일이 같은 날이 되는데, 축상의 기록에는 원중거의 도
발이, 원중거의 기록에는 이날 축상이 물은 과거제도와 霜月大師,
栗谷에 대해 문의 내용이 누락되어 있다. 만약 원중거『乘槎錄』의 4월
8일과 축상『萍遇錄』의 4월 20일을 같은 날로 추정하고, 기록 날짜
의 차이를 이 두 사람 중 한 사람의 오류로 인정한다면 문제가 되는
것은 기록 날짜에서 차이가 일어난 이유와 기록된 내용의 차이이다.

원중거의『乘槎錄』은 나날의 일상을 기록한 일기체 형식으로 이
루어진 기행문으로 사실적 표현과 현장감 있는 묘사를 특징으로 하
며, 논평부를 통해 자신이 접한 내용에 대해 세밀하고 구체적인 평
가를 가한 기록물이다. 원중거의 경우 서얼이라는 신분적 한계로 인
해 다른 문집을 남기지 못했지만, 그의『乘槎錄』은 사행에서 있었던
일과 사행원으로 가졌던 소회를 일일이 기록해둔 것이어서 공적인
성격을 어느 정도 지니고 있기 때문에 후대에 전해질 수 있었다고
보인다. 특히 그가 사행기록을 남기는 것이 향후 어느 정도의 직분
을 보장받을 수 있는 방법이라고 생각했을 수 있다는 점에서 사행

---

15 元重擧『乘槎錄』권3, "苟有藉手歸報天陛之語, 則雖死無辭, 遲滯何足恤乎."
16 竺常『萍遇錄』권1, "玄川曰……惟望明覈得情, 昭揚邦章, 俾行人亦有藉手而歸."

기록의 작성은 그 자신의 삶과 행로에 중요한 의미가 있었을 것이라고 추정할 수 있다.[17] 그런 점에서 그의 기록은 자신의 행위를 강조하는 내용이 첨가되었을 수 있지만 기록 날짜에서 오류가 일어나기는 쉽지 않으리라고 추정할 수 있다.

그러나 그렇다고 竺常의 『萍遇錄』 기록이 오류라고 단언하기는 어렵다. 그것은 관례에 따라 축상이 필담 자료를 가져갔을 것이고, 그의 『萍遇錄』이 정본으로 간행되지는 못했다고 하더라도 필담 이후 얼마 지나지 않은 시점에 완성되었으리라 생각되기 때문이다. 다만, 『萍遇錄』에서 4월 20일 축상이 그날 성대중·남옥·원중거를 차례차례 만났고 다양한 이야기를 나누었다고 했는데 만난 세 사람 모두의 기록에 그와 같은 사실이 누락되었다는 점, 원중거에게 한 과거제도와 霜月大師, 栗谷에 대해 문의 내용이 4월 6일의 것과 유사하며, 『萍遇錄』의 권2에 수록된 과거제도에 대한 문답 내용이 4월 20일의 필담 내용이 아니라 4월 6일의 기록이라는 점 등으로 볼 때 『萍遇錄』의 기록에 대한 의구심이 사라지지 않는다.

하지만, 이런 상황은 원중거의 『乘槎錄』 역시 마찬가지이다. 『乘槎錄』의 4월 8일 기록에 원중거가 축상에게 필담한 이후 여러 벗들의 필담이 더욱 엄하게 섞여 나왔다고 했는데,[18] 그 내용을 다른 기록에서 확인할 수 없기 때문이다. 물론 다른 사람의 기록에 이날의 필담이 누락된 이유가 필담의 주재자가 아니기 때문에 누락한 것이

---

17 박채영 「玄川 元重擧의通信使行錄 硏究」, 이화여자대학교 석사학위논문, 2009, 18-19쪽.
18 元重擧 『乘槎錄』 권3, "時同座諸友之筆談錯出愈峻."

라고 볼 수도 있지만 만났다는 기록조차 없는 것은 재론의 여지가
있다.

일본에서 나온 필담창화집의 경우 대체로 작자 이외의 일본 문사
들이 나눈 이야기를 모두 빼버리는 특징을 보인다. 일본에서 나온
필담창화집의 경우 자신과 아무리 가까운 사람과 같이 가서 이야기
를 나누더라도 자신이 관여하지 않은 내용은 모두 제외한다. 이런
특징으로 인해 대화가 끊기거나 내용이 어색해도 그다지 구애하지
않는다. 하지만 자신의 이야기는 아무리 사소한 것이라고 하더라도
반드시 상세하게 수록한다. 필담창화집을 이와 같이 만드는 것은 필
담창화집이 조선 문사와 자신의 직접 만남을 증명하는 자료가 되기
때문이다.[19]

원중거의 『乘槎錄』을 보면 4월 9일부터 4월 29일까지 공무 외에
그가 만난 인물은 접반을 담당하는 加番長老 維天承瞻의 徒僧 周規
와 周遵·周宏, 玉嶺守瑛의 徒僧인 心緣과 通節·一持, 館伴 籐平君
中의 從人 安井屬玉과 福世謙·三宅彬에 불과한데, 이들은 모두 통
신사행의 護從과 接伴에 일정한 책임을 지닌 인물이었다. 竺常의
『萍遇錄』 4월 20일 기록에 축상이 그의 제자 藥樹을 데리고 사행단
의 관사를 찾았다고 했지만, 일반적인 필담창화집의 저작 용례와 같
이 기록에서 藥樹는 모두 제외되었다. 이렇게 보았을 때 진위의 여
부를 떠나 4월 8일이 아니라 4월 20일 축상이 사행단 일원을 만났다
고 한다면 그 만남은 다른 이들에게 상당한 의미로 작용할 수 있을

---

19 구지현 『계미 통신사 사행문학 연구』, 보고사, 2006, 241-243쪽.

것이라 추정할 수 있다.

4월 8일과 4월 20일을 같은 날의 엇갈린 날짜 기록이라고 보았을 때 이날 기록 내용의 차이는 원중거와 축상의 기억과 선택의 결과라고 생각된다. 관례와 같이 통신사행원들과 한 필담 자료를 축상이 모두 가졌다고 한다면 쓰常의 『萍遇錄』은 전체 필담 내용 중 그가 선택한 것만으로 구성된 것이라고 추정할 수 있는데, 자료들을 비교해 보면 『萍遇錄』이 전체 필담 자료 중 쓰常이 선택한 일부로만 구성되어 있음을 알 수 있다. 이런 모습은 원중거의 기록에서도 확인할 수 있다. 원중거의 4월 8일 기록에 축상과 나눈 과거제도와 霜月大師, 栗谷에 대해 이야기들이 모두 누락되었다. 그런데 과거제도에 대해 나눈 이야기가 원중거의 『乘槎錄』 5월 7일 논평부에 정리되어 있는데, 그 내용이 『萍遇錄』의 4월 6일 필담과 유사하다. 그렇다면 원중거는 『萍遇錄』의 4월 20일 또는 『乘槎錄』의 4월 8일 필담 중 최천종 사건과 관계없는 다른 내용에 대해서는 그다지 주목하지 않았고, 그래서 의도적으로 기록하지 않은 것이었다고 할 수 있다.

이렇게 본다면 『萍遇錄』의 4월 20일과 『乘槎錄』의 4월 8일 중 어느 날이 정확한 것인지는 확신하기 어렵지만 두 날의 기록 모두 온전한 것이라고 할 수 없다. 쌍방의 기록 중 어느 한 쪽의 기록에 보다 큰 오류가 있다고 해서 다른 쪽의 기록을 완전한 것으로 간주할 수는 없다. 조선 통신사행의 일원이 일본 문사와 필담을 주고받은 뒤 그 필담 자료를 일본 문사가 가져갔다는 점에서 조선의 기록은 근본적으로 기억에 의존할 수밖에 없다. 필담 자료를 상대방에게 주었다면 원중거의 기록은 그가 기억하는 것만, 또는 기억하고자 하는 것만으로 이루어질 수밖에 없다. 일본 문사의 경우 가지고 간 필담 자료 가운데 자신이 원하는 것만으로 필담창화집을 만들었다고 보이는데, 이런 점은 竺常의 『萍遇錄』 역시 마찬가지라 보인다.

기록은 언제나 사실 그 자체가 아니라 사실 중 자신이 원하는 내용의 선택으로 이루어질 가능성을 지닌다. 그런 점에서 한·일 문사들의 필담창화집은 거짓이라고 하기는 어렵지만 기본적으로 사실 그 자체라고 보기에 어려운 점이 너무 많다. 『萍遇錄』과 『乘槎錄』의 기록 차에서 볼 수 있는 것처럼 그 자체를 거짓이라고 하기는 어렵지만 기록된 내용이 기억하는 진실, 기억하고자 하는 진실 또는 스스로 선택한 진실일 가능성이 크다. 따라서 한·일 문사들의 필담 자료에 대한 이해는 쌍방의 기록에 대한 비교·검토 이후에 온전해 진다고 할 수 있고, 그런 점에서 필담 자료는 사실과 기억 그리고 선택과 왜곡의 결과라고 할 수 있다. 결국 우리가 주목해야 할 것은 기록 그 자체가 아니라 기록의 이면에 숨은 의도가 된다.

Ⅲ. 엇갈림과 어울림, 그 변주의 의미

『乘槎錄』과 『萍遇錄』을 비교해 보았을 때 기록된 내용에서 적지 않은 차이가 있음을 알 수 있다. 특히 구체적인 필담 내용에 있어서는 상당한 정도의 거리를 발견할 수 있는데 이와 같은 현상은 기본적으로 筆談唱和集의 간행이 대체로 개인적 차원에서 이루어졌기 때문이다. 필담창화집의 경우 한·일 문사의 필담 내용을 중심으로 하는데, 대부분의 경우 진지한 학문적 탐구보다 지적 유희에 관한 것들이 중심을 이룬다. 이와 같은 경향은 필담창화집이 조선 문사와 자신의 직접 만남을 증명하여 자신을 내세우는 자료로 사용하기 위해 간행되었기 때문이다. 따라서 대부분의 필담창화집은 필담의 내용 중 자신이 필요로 하는 부분만을 추려 간행된다.

조선 통신사행원들의 기록과 『萍遇錄』 사이에서 발견할 수 있는 거리 역시 필담의 구체적인 내용에서 나타나는데, 이 거리는 각자의 기억과 선택의 결과라 생각된다. 무엇을 선택하고 기억할 것인가는 각자의 판단에 달린 것이고, 그 판단에 따라 기록 내용이 다른 것이다. 그런 점에서 조선 통신사행원들의 기록과 『萍遇錄』의 차이는 당연하다고 할 수 있는데, 자세히 살펴보면 차이와 함께 같은 부분 역시 적지 않다. 하지만 이 동일성은 기록의 세부적인 내용의 동질성을 의미하는 것이 아니라 기록의 골격과 지향점의 동질성을 의미한다.

『萍遇錄』에서 축상이 당시 조선 사행원 세 사람과 나눈 필담은 몇 가지로 정리가 가능한데, 크게 보아 조선과 중국의 관계, 조선 불교, 일본 훈독의 문제, 조선의 과거제도로 정리가 가능하다. 또 각각의 질문을 던진 축상의 의식은 다양한 층위로 나뉘지고 그 층위에 따라 조선 사행원들의 답변도 달라진다. 이 달라지는 질문과 답변의 층위에서 축상과 조선 사행원들의 의식이 엇갈리고 어울리는 착종의 지점을 발견할 수 있다.

그런데 문제는 필담의 현장에 관한 자료가 한 쪽에만 남아있다는 것이다. 『萍遇錄』을 살펴보면 축상이 원중거보다 南玉이나 成大中

과 더 많은 필담을 나누었음을 알 수 있는데, 南玉의『日觀記』와 成
大中의『日本錄』의 경우 축상과 나눈 대화의 내용을 확인할 수 있는
구체적인 어떤 자료로 찾아내기 어렵다. 두 사람의 기록에는 단순히
축상을 만났다거나 필담을 나누었다는 것과 함께 축상의 재능과 인
간적인 면모에 대한 아주 간략한 평가가 수록되어 있을 뿐이다. 元
重擧의『乘槎錄』에서는 이것보다 구체적인 내용이 확인되지만 그
렇다고 해서 필담의 현장까지 완전하게 확인할 수 있는 것은 아니다.
따라서 이 글에서는『萍遇錄』의 내용을 바탕으로 논의 주제를 선정
하고『乘槎錄』에서 이 주제에 대한 원중거의 언급을 찾아 두 사람의
필담 내용을 정리한 뒤 그들의 시선이 보여주는 어울림과 엇갈림의
착종 지점을 살펴보기로 한다.

『萍遇錄』과『乘槎錄』을 살펴보면 축상은 4월 5일 공관에서 남옥
과 성대중을 만났지만, 원중거를 만나지는 못했던 것 같다.[20] 원중거
와 축상의 대면은 4월 6일 시작되는데,『萍遇錄』에는『乘槎錄』에 있
는 당시 축상이 원중거에게 한 인사말이 누락되었다.[21] 이날 축상은
원중거에게 조선의 불교에 대해 물었는데,『乘槎錄』에는 그 내용이
누락되어 있다.『萍遇錄』을 살펴보면 축상은 4월 20일 원중거와 과

---

20 竺常『萍遇錄』권1, "甲申四月五日, 朝鮮使者反于浪華, 余與木世肅及子玄, 到公館, 始
見製述官書記通名字."『평우록』의 이날 기록에 남옥, 성대중과의 필담 내용만 기록
되어 있는 것으로 보아 축상은 이날 원중거를 만나지 못했던 것 같다.
21 元重擧『乘槎錄』권3, "筑常者, 號蕉中道人, 時年四十五. 自言巖居數歲, 聞諸公前日應
接極誠信, 爲來奉筆云. 不但老於文辭, 蓋偉人也."『평우록』의 4월 6일 기록에 이 내용
은 보이지 않는다. 그리고 축상을 만난 조선 문인들의 기록 중 원중거의『승사록』
에서만 '筑常'이라고 되어 있다. 다른 기록에는 모두 '竺常'이라고 되어 있는데 필
담을 하면서 이런 차이가 생긴 이유에 대해서는 확인하기 어렵다.

거제도와 불교, 霜月大師와 栗谷에 대해 필담하였다고 기록되어 있
는데, 앞 장에서 살펴본 것처럼『乘槎錄』에는 4월 20일 만났다는 기
록 자체가 없으며, 4월 8일의 기록에도 만나기는 하였으나 이와 같
은 내용이 없다. 축상과 원중거의 문답은 5월 3일 재개되는데,『萍遇
錄』을 살펴보면 이날 축상은 원중거와 儒佛에 관한 문답을 나눈 것
으로 되어 있다. 그런데『萍遇錄』에는 이날 생년월일에 대한 물음이
나와[22]『乘槎錄』의 4월 6일 내용이 반복되고 있으며, 축상이 대판윤
과 관계있을 것이라 생각하고 묻는 원중거의 질문으로[23] 구성된『乘
槎錄』의 기록과 차이를 보인다. 각각의 질문이 다른 기록에 누락되
어 있다.

　이런 차이가 있다고 해서 한 쪽의 기록이 완전히 잘못된 것이라고
보기는 어렵다. 특히 원중거의『乘槎錄』에는 구체적인 대화 내용이
누락되어 있지만 그 내용의 일부가 이후 논평부에 수록되어 있기 때
문이다.『乘槎錄』의 일별 기록에 이 내용이 누락된 것은 원중거가
보기의 축상과의 대화가 그날의 중요한 사건으로 인식되지 않았기
때문이라고 생각된다. 축상과 나눈 대화 중『乘槎錄』의 논평부에 수
록되어 있는 것은 과거제도와 불교 두 가지에 관한 것이지만, 이 글
에서는 이들의 시선이 만나는 지점의 확인이 보다 용이한 과거제도
에 관한 내용을 정리하여 축상과 원중거의 시선에 대해 살펴보도록

22　竺常『萍遇錄』권1, "玄川曰, 師年幾何. 余曰四十六. 川曰與我同庚, 生於己亥, 何月何日.
　　余曰賤生五月九日, 未知公初度在何日. 川曰僕生於九月二十一日, 與師差得四月有餘,
　　萍水中得同庚, 喜甚." 이 내용이『승사록』에는 4월 6일에 나온다.

23　元重擧『乘槎錄』권3, "筑常自西京來, 與其徒淨王入來閒話, 聞仲達亦來門外, 而不敢
　　入, 盖馬人阻搪愈甚. 而獨筑常穩坐, 移時語及獄事, 亦說無難, 色容主徐, 略無所憚. 余問
　　師安與大阪尹有舊否, 常曰不然云. 而觀其氣色, 除非挾得大阪尹, 不能若是無懼矣."

한다.

① "과거제도에 관해 묻는 대로 다급하게 답하였는데, 근래 용연에게 조목조목의 질문하신 것을 보니 스스로 돌아보아 매우 부끄러웠습니다. 불문 중에서도 세상일에 뜻을 두는 사람이 있으니, 중생을 널리 구제하려는 염원을 생각해보면 정말 미치지 않는 곳이 없습니다." 내가 말하기를 "중생을 구제하는 일을 제가 어찌 감당할 수 있겠습니까? 그렇지만 어찌 세상을 가르치는 일을 도외시하고 불문이라고 하겠습니까. 이는 세상 사람들에게 말하기 어려운 일이니 힘듭니다." 현천이 말하기를 "옛날에 백락천이 스스로 초상화에 찬을 지어 '안으로 불도로 그 욕심을 씻어내고, 밖으로 유학으로 그 몸을 삼간다.'라고 하였는데 지금 스님께서 길은 달리하시지만 생각이 같으시니, 매우 좋습니다."[24]

② 또 말하기를 "과거제도에 대해 익숙히 논의하신 것 역시 자비심으로 중생을 널리 구제하려는 마음이셨군요. 다만 세존의 금빛도 혼자 힘으로는 아무리 해도 멀리까지 이끌어 갈 수 없을까 걱정입니다."[25]

---

24 竺常『萍遇錄』권1, "科制草草隨答, 頃見抵龍淵逐條之問, 自顧媿甚. 第空門中還有留意世務者, 可想普濟之念, 無所不及. 余日普濟之任則吾豈敢. 雖然豈有外世敎, 而所謂空門者乎. 此難爲俗輩語也. 高哉. 川日昔樂天自作寫眞讚曰, 內以佛道汰其欲, 外以儒行飭其形, 今禪師則跡異而揆一, 好好."
25 竺常『萍遇錄』권1, "又日科制之熟講, 知是慈悲普濟之心, 第恐世尊金色, 劈力莫能遠引也."

③ 축상이 이전에 우리나라의 과거제도를 몹시 자세하게 물어보아 내가 장난삼아 '과거제도는 실로 불교 밖의 일이니 스님께서 아시고자 하는 것은 무엇 때문입니까.' 하니 축상이 웃으며 '과거제도는 나라의 중요한 것입니다. 『주례』에도 이미 보이고 여러 세대를 거치며 더욱 완비되었으나 우리나라에만 없습니다. 지금 묻지 않는다면 뒤에 비록 배우려고 하더라도 따를 방법이 없을 것입니다. 또 인재를 양성하고 선발하는 법은 제왕의 큰 제도입니다. 중이 알더라도 『반야경』 한 부를 삼기에 충분합니다.' 하였다. 내가 '그렇다면 스님께서는 임금의 스승이 되기를 바라십니까.' 하니 '선생께서는 쓸 곳을 묻지 마시고 만약 나라에서 법으로 금지하는 것이 아니라면 자세히 가르쳐 주시면 좋겠습니다.' 하였다. 내가 '과거제도는 삼대로부터 지금까지 통행하는 법이니 비록 세대마다 바뀌는 것이 있어도 이것은 왕자가 하늘을 본받은 것이니 땅이 하늘이 내려준 지위와 벼슬을 공적인 것으로 하는 법입니다. 어찌 이웃나라에게 피하는 의가 있겠습니까.' 하고 이어 문무과의 명칭과 제도를 간략하게 적어서 답했다. …… (중략) …… 축상이 반복하여 자세히 보고는 '문장은 경술을 겸하였고, 수재는 학례와 통하며 잡과의 여러 기예는 하나의 과정을 따르니 훌륭합니다. 문장이여. 다스림과 교화가 삼대와 어우러짐이 당연합니다.' 하였다.[26]

---

26 元重擧『乘槎錄』권3, "筑常嘗問我國科制甚詳, 余戱之曰, 科制實禪敎外事, 師欲學之何爲. 常笑曰科制有國之所重, 周禮已見. 歷三代尤備, 而獨弊邦無之矣. 今不問, 後雖學之, 其道無由. 且造士賓興, 帝王之盛節也. 柄子知之, 足當一部般若. 余曰然則師欲希爲王者師耶. 曰先生勿問用處, 如不係國禁, 幸詳敎之. 余曰科制卽自三代至今日, 通行之法, 雖代有沿革, 是王者敎天, 則地公天位公天爵之法, 豈有可諱於隣國之義耶. 因畧書文武科名科制以答之. …… 常反復詳見曰, 文章兼經術 秀才通學禮, 雜科旁技專一經, 郁郁乎文

길게 인용한 글의 ①과 ②는 각각 『萍遇錄』의 4월 20일과 5월 3일의 기록이고, ③은 『乘槎錄』의 5월 7일 기록 뒤에 나오는 평이다. ③의 내용에 ①과 유사한 부분이 나오는 것으로 보아 ③의 필담이 실제 행해졌던 날은 『萍遇錄』의 4월 20일[27]로 추정된다. ①, ②, ③을 나란히 살펴보면 ①, ②에 나오는 축상은 원중거에게 완전한 인정을 받은 인물이다. 또 ③의 마지막 부분이 ①, ②에는 전혀 거론되지 않았는데 이런 현상은 지금까지 살펴본 『萍遇錄』의 대체적인 기술 양상과 동일하다. 이 글들을 종합해 보면 이 기록은 조선의 과거제도에 대한 축상의 물음과 그에 대한 원중거의 답이라고 간단하게 정리가 가능하다. 그런데 ③을 조금 자세하게 살펴보면 원중거의 태도에 몇 차례 변화가 있음을 알 수 있다. 최초 원중거가 "과거제도는 불교와 관계없는 것인데 스님이 알고자 하는 이유는 무엇인가."하고 물은 것은 과거제도에 관한 축상의 집요한 질문이 識者로 알려진 일본 승려의 지적 유희 혹은 지적 호기심에 의한 것이라는 先驗的 판단에 따른 것으로 보인다. 특히 원중거가 사행 이전 익숙하게 접했던 선대의 사행록은 이런 판단을 부추기는 하나의 기제가 되었을 것이다.

그런데 원중거의 첫 번째 질문에 대한 축상의 답을 듣고 원중거는 다른 의심을 가진다. 축상의 답을 그대로 인정한다면 원중거가 생각하기에 축상은 상당한 정치적 야욕을 지닌 인물이 되기 때문이다. 이에 원중거는 자신의 생각을 감추지 않고 "스님께서는 임금의 스승

哉. 宜氣治化之幷將三代也."
27 『萍遇錄』의 4월 20일이 『乘槎錄』의 4월 8일과 같은 날인지 다른 날인지 단언하기 어렵고, 이날 이런 필담이 이루어졌는지도 보장하기 어렵지만, 여기서는 우선 『萍遇錄』의 기록에 따라 4월 20일이라고 한다.

이 되기를 바라십니까."라는 직접적인 질문을 던졌다. 이에 대해 축상은 별다른 답을 하지 않았지만, 원중거는 조선의 과거제도를 하나하나 설명해주었다.

반면 ①, ②를 살펴보면 원중거는 처음부터 과거제도를 묻는 축상을 "세상 교화에 뜻을 두고 중생을 널리 구제하려는 염원"을 가진 인물로 생각하고 있었던 것이 된다. 이런 축상에 대해 원중거는 어떤 의심도 없었고 다만 그가 걱정한 것은 "혼자 힘으로는 멀리까지 이끌어 가지 못할까"하는 것뿐이었다. 축상의 행위와 태도에 대한 원중거의 신뢰와 인정이 강조되었다.

이런 차이를 보이지만 이 글들을 살펴보면 몇 가지 지점에서 축상과 원중거의 의식이 만나고 있음을 알 수 있다. 첫 번째 지점은 과거제도가 인재를 양성하고 선발하는 적절한 것이라는 인식이다. 원중거나 축상이 과거제도가 인재를 양성하고 선발하는 최상의 제도나 유일한 제도라고까지 생각했는지는 보장할 수 없지만 이 글들로 보아 그들이 과거제도를 적절하고 타당한 제도라고 생각했던 것은 분명해 보인다. 이런 태도는 동아시아 보편 문명에 대한 인정이라고 생각할 수 있다. 두 번째는 당대 일본의 상황이 과거제도를 수용할 수 있고 필요로 할 만큼 문화적으로 성숙되었다는 인식이다. 인재를 양성하고 선발하는 과거제도가 제왕의 큰 법도라고 한 축상의 말은 일본의 문화적 성숙을 강조하는 것이다. 원중거 역시 그가 축상에게 혼자 하는 것이 걱정이라고 했다는 점에서 그 성숙을 완전한 것으로 인식했었는지는 확인하기 어렵지만, ③에서 원중거의 두 번째 질문에 축상이 별다른 답을 하지 않았음에도 불구하고 그가 축상에게 과거제도의 자세한 내용을 답해주었다는 것은 원중거가 당대 일본의 문화적 성숙에 대해 인정하고 있었다고 볼 수 있다. 결국 이들의 의식이 어울린 지점은 동아시아 보편 문명의 문화적 우월성에 대한 인정과 일본이 그 문명 속에 편입될 수 있는 문화적 성숙을 이루었다는 점에 대한 동의라고 할 수 있다.

반면 이들의 시선에서 엇갈리는 지점 역시 적지 않다. 이 엇갈리는 지점은 기록된 내용이나 양상을 의미하는 것이 아니라 기록 너머에 존재하는 이들 각각의 의식을 말하는데, ③을 보면 그 지점을 분명하게 찾을 수 있다. 원중거의 의식은 기본적으로 조선의 문화적 우월성에 대한 자신감을 바탕으로 한다. 즉 그가 보기에 일본은 이제 겨우 동아시아 보편 문명 속에 편입될 준비를 마쳤을 뿐이다. 따라서 일본은 당대 문명의 중심인 조선으로부터 앞선 새로운 문화를 익혀야 하고, 조선은 앞선 문명을 지닌 나라로 이웃나라인 일본을 이끌어야 한다. 그렇게 된다면 더 이상 두 나라 사이에는 더 이상 무력 분쟁이 일어나지 않을 것이라는 것이 원중거의 의식이었다.[28]

축상의 경우 통신사행과의 만남에 다양한 목적과 의미를 부여했던 것 같다. 그의 만난이 대체적인 일본 識者들의 지적 유희와 같지는 않았지만, 그 역시 통신사행과의 만남을 통해 자신을 인정받고자 하는 의식을 지녔던 것 같다. 그런데 『萍遇錄』을 살펴보면 그의 행위는 통신사들로부터 인정받아 일본 안에서 자신을 드러내는 것에

---

28 이와 같은 원중거의 의식은 『승사록』 권4의 6월 14일자 기록 뒤에 나오는 통신사행에 대한 평가 중 통신사의 이익에 대한 논의의 5번째 항목에서 구체적으로 언급되어 있다.

그치는 것이 아니라 통신사들의 답변 내용을 확인하고 검토하여 그들의 오류를 파악하는 것으로까지 나아간다. 부족하고 궁금한 부분에 대해 묻고 배우지만 그 내용을 전면적으로 인정하거나 따르지 않았다. ③에서 원중거의 두 번째 물음에 대해 별다른 답을 하지 않았던 것이나 마지막 부분에 대해 기록을 남기지 않은 것 역시 그와 같은 인식을 지녔기 때문이라 보인다. 축상의 태도는 스스로와 일본에 대한 자부심과 자신감을 바탕으로 한 것이다.

원중거와 축상의 필담 내용으로 볼 때 이들은 문명에 대한 동경과 갈망 그리고 확신이라는 부분에서는 어울리는 동일한 인식을 지니고 있었지만, 각각의 처지와 상대에 대한 인식에는 엇갈리는 이질적 판단을 내리고 있었음을 알 수 있다. 원중거가 축상에게 답한 내용이나 축상이 원중거에게 묻고 답한 내용으로 볼 때 이들의 인식은 각자의 현재를 바탕으로 하고 있으며, 그 현재에 대한 자부심이 존재함을 알 수 있다. 원중거가 축상에게 답한 것으로 볼 때 원중거는 일본을 인정하기는 하였지만 여전히 동등한 수준으로 인정하지 않고 있으며, 축상의 경우 조선을 인정하기는 하지만 조선은 그가 이루어야 할 최종 목표에 다가가는 다양한 방법의 하나로 인식되었을 뿐이다. 축상이 가진 조선에 대한 동경은 조선 그 자체에 대한 동경이 아니라 조선이 이룬 보편 문명에 대한 이해라고 할 수 있다. 그런 점에서 이들의 시선에는 이전까지의 사행에서 확인할 수 있는 일방적인 모습이 상당히 완화되었지만, 여전히 서로에 대한 확신을 주저하는 모습이 보인다. 友誼라는 개인적 情感의 차원에서 서로를 인정하고 못내 그리워 아쉬워한 것과 달리 상대방 전체를 바라보는 시선은 여전히 엇갈려 있는 것이다.

Ⅳ. 맺음말

축상과 통신사행원들과의 만남은 한 달 남짓한 기간 동안 불과 보름이 되지 않는 시간 안에 이루어졌다. 이 기간의 만남이 서로에게 얼마나 큰 영향을 미쳤는지는 모르지만, 통신사행 세 사람은 축상을 깊이 인정했고 축상은 세 사람을 못내 그리워하였다.『日觀錄』권 9의 마지막 부분을 보면 축상은 통신사행원들과 이별한 2년 뒤인 1766년 7월 이들을 그리워하는 시를 지어 조선에 보냈다는 내용이 보인다. 얼마 되지 않는 시간의 만남에 불과하지만, 그 시간을 통해 이들이 쌓은 友誼가 얼마나 깊었는지 충분히 짐작할 수 있다.

하지만 友誼의 정이 얼마나 깊었는가와 관계없이 이들의 만남에는 미묘한 시선의 차가 보인다. 대체적으로 한 곳을 향해 가지만 그 길은 각자 달랐다. 어떻게 보면 그들이 추구했던 최종적인 목표까지도 달랐는지 모른다. 만약 이들이 목표까지 달랐다고 한다면 이들 사이의 공통점은 각자의 목표를 향해 가던 여정의 일부가 같았을 뿐이다. 이렇게 이들 사이에 존재하는 거리는 이들 각각이 살아왔던 삶과 이들이 처했던 상황에 따른 것이다.

이들 사이에 어울림보다 엇갈림이 커 보이기도 하고 엇갈림보다 어울림이 커 보이기도 한다. 하지만 엇갈림과 어울림 중 어느 것이 더 큰가에 대한 고민은 의미 없어 보인다. 엇갈림을 어울림으로 포장할 수도 없고 확인할 수 없는 어울림을 강조할 필요도 없다. 오히려 엇갈림은 엇갈림대로, 어울림은 어울림대로 있는 그대로 받아들이는 것이 옳다. 그것은 엇갈림 속에서도 어울림이 있고, 어울림 속에서도 엇갈림은 나타날 수밖에 없기 때문이다. 엇갈림과 어울림은 언제나 만나는 것이고 그 속에서도 인간적인 友誼는 깊어지기만 한다. 그렇다면 동질성을 강조하고 이질성을 감추기보다 동질성과 이질성을 있는 그대로 밝혀 서로의 다름을 이해하고 각자를 인정하는 것이 옳은 것이 아닐까 생각된다.

한일문화 연구의 새 지평 1

한일문화의 상상력 : 안과 밖의 만남

제4장

新出「俳諧資料」에 관한 小考

⊛ ⊛ ⊛

이 현 영

I. 머리말

2009년말, 국내에서 일본의 하이카이俳諧 관련자료 약 20여점과 단자쿠短冊 100여점을 입수하게 되었다. 하지만, 그 자료의 출처와 원소유주에 관한 자세한 내용은 알 수 없었고, 현재 한국인 소유주로부터 자료는 일제강점기 목포를 중심으로 활동했던 일본인이 지니고 있던 것이라는 점만을 알 수 있었다.

한국에서 일본 근세운문의 주류였던 하이카이 관련 자료와 단자쿠가 아직까지 보관되어 남아있다는 것에 대한 놀라움과 더불어, 과연 일제강점기에 대한민국에서 어떻게 하이카이활동[1]이 가능했을

---

1 일제강점기의 하이쿠에 관한 선행연구로는, 유일하게 일제강점기 京城에서 일본인에 의해서 편찬된『朝鮮俳句一万集』에 관한 귀중한 연구가 있다. (유옥희「일제

까, 가능했다면 어떠한 방식으로 이루어지고 있었는지, 그 내용은 어떠한 것이었는지 궁금해졌다. 본 논문에서는, 새로이 발견된 이들 자료의 일부를 소개하고, 그 자료에 대한 검증을 통해서 자료가 갖는 의미를 검토해 나가고자 한다.

II. 新出「俳諧資料」에 관한 소개

다음 〈표 1〉은 본 논문에서 소개할 하이카이 관련 자료목록이다. 각각의 자료는 모두 족자형태를 갖추고 있으나, 그 중에는 족자형태를 취하고 있지만, 단자쿠를 족자에 붙인 형태도 존재한다.

〈표 1〉 俳諧資料目錄

作者	題目	型式
A. 守村抱儀画, 佐久間甘海筆	蕉門十哲像과 十哲의 句	족자
B. 蕪村筆	「春雨や」句	족자(短冊)
C. 蒼★(虫+礼－ネ)・士朗筆	「たなはしや」句	족자(短冊)
D. 為山	「淸水うけて」句	족자
E. 機一	「爐塞や」句	족자(短冊)
F. 巖谷小波	「河鹿かな」句	족자
G. 河東碧梧桐	「蚕飼」句	족자

위 <표 1>에서 제시한 A－G까지의 자료를 중심으로, 작품을 쓴

강점기의 하이쿠 연구-『朝鮮俳句一万集』을 중심으로-」,「日本語文学」26, 2004.8)

작가를 비롯해서 작품의 내용, 그리고 진위여부를 검증하여 각각의
자료의 의미를 검토해 보고자 한다. 물론 진위여부를 판단하는 과정
은 매우 복잡하고 다양한 시각이 있을 수 있어 힘든 작업이지만, 우
선 기본적인 자료를 통해서 자료가 갖는 가치를 가늠해 보고 소개하
고자 한다.

1. 蕉門十哲像와 十哲의 句를 포함한 족자

먼저 〈표 1〉에서 소개한 족자 A에는 蕉門十哲像와 十哲의 하이카
이 작품이 들어 있는데,『俳文学大辞典』에는「蕉門十哲」에 관해서
다음과 같이 기술하고 있다.

> 俳諧用語。孔門十哲にちなんで作られた語。孔子に見立てた芭
> 蕉と、その周辺の優れた俳家たちを称揚する意図をもつ。蕪村筆
> 「芭蕉画像」、巣兆筆「芭蕉像」など、唐風の衣装を身につけた芭蕉像
> はこの発想による。俳席にこの画像を掲げ、十哲の句会に連座す
> る気分を醸し出すところに、この画像の意図がある。[2]

이처럼「蕉門十哲」란 孔子十哲에서 비롯된 용어로, 바쇼芭蕉의 문
하생 중 10명을 선정해 지칭하는 용어라는 것을 알 수 있다. 이렇게
선정된 바쇼의 10명의 문하생의 모습을 그린 작품을 일반적으로 蕉

---

2 尾形仂『俳文学大辞典』, 角川書店, 1997, 417쪽.

門十哲図라고 하는데, 이러한 蕉門十哲図는
주로 하이카이를 읊는 장소에 걸어두고, 連
座한 사람들이 마치 十哲이 참석한 句会에
함께 있는 듯한 기분을 자아내기위해 만들어
진 것이다. 그렇다면, 蕉門十哲에는 어떤 하
이진俳人이 포함되는가에 관한 문제는 현재
까지도 명확히 밝혀지지는 않았는데, 참고로
『続俳家奇人談』[3]에 수록되어 있는 蕉村의
画賛에는, 其角, 嵐雪, 支考, 許六, 去来, 丈
草, 野坡, 越人, 北枝, 杉風의 10명[4]이 그려져
있다. 바쇼의 문하생으로 이들 10명을 꼽는
기준은, 바쇼 문학에 대한 공감 정도, 인물의
성실성, 蕉風에 대한 공헌도, 지역적인 안배

〈자료 1〉 蕉門十哲의 図

등을 꼽을 수 있을 것이다. 다음으로 족자에 전체적인 형식을 살펴
보기로 하자.

먼저 〈자료 1〉의 족자크기는 가로 42㎝, 세로 117㎝로 상단에는 蕉
門十哲의 하이카이 작품이, 하단에는 蕉門十哲의 모습이 그려져 있
다. 상단의 하이카이 작품은 佐久間甘海가 쓰고, 하단의 그림은 守
村抱儀가 그린 것이다. 그렇다면 글을 쓴 佐久間甘海와 守村抱儀는
어떤 인물일까? 두 작가에 대한 단서를 제공해 주는 자료가 족자 뒷
부분에 붙어 있는 별지別紙/覚え書라고 할 수 있다.

---

3 竹内玄玄一著·雲英末雄校注『俳家奇人談·続俳家奇人談』, 岩波書店, 1994, 83 − 85쪽.
4 이외에도 尾張의 荷分, 野水, 大津의 千那, 尚白, 京都의 凡兆 등을 꼽는 경우도 있다.

<자료2>의 별지를 翻字하여 소개하면, 다음과 같다.

芭蕉十哲の図

守村抱儀筆

抱儀は江戸の俳人なり。通称次郎兵
衛。淺草藏前の米商なり。名は約、
鷗嶼、また不知齋と称す。後、眞實
庵と改む。蒼きゅうの門人。文久二
年正月十六日歿。歳五十八。

〈자료 2〉別紙의 贊

　　贊

佐久間甘海、施無爲庵、金龍子、○○○○、無価道人、初め未足と号す。
信州の人、明治十三年七月六日歿。日光鉢石觀音院に葬る。僧なり。

위 별지에서는 그림을 그린 抱儀와 贊을 붙인 甘海에 관해서 간단히
소개하고 있다. 画像을 그린 抱儀에 관해서는, 『俳文学大辞典』에 다
음과 같이 소개되어 있다.

　　俳諧師。文化三(1806) －文久元(1861)・五・一六<『抱儀句集』>、五
　　六歳。本名、守村次郎兵衛。別号、小青軒・不知斎・鴎嶼・邨約。江戸
　　蔵前の札差。俳諧は蒼きゅう門、画は抱一門。何丸の庇護者として
　　著名。明治四年(1871)、息の永年により『抱儀句集』が刊行された。[5]

5　注2) 前掲書, 833쪽.

별지의 기록과 위의 기록을 비교해 보면, 대부분 일치하고 있지만, 생존기간과 사망연도에서는 약간의 차이를 보이고 있다. 즉, 출생연도를 밝히지 않은 별지에서는 1862년 58세에 사망한 것으로 기록하고 있지만, 『俳文学大辞典』에서는 1806년에 태어나 1861년 56세에 사망한 것으로 기록하고 있다. 한편, 抱儀는 〈자료 1〉에서는 그림을 그리고 있지만, 상기 두 자료를 통해서 원래는 소큐蒼きゅう에게 하이카이를 배우고, 抱一에게 그림은 배운 하이진이면서, 역참의 검사원(米商·札差)이었음을 알 수 있다.

그렇다면, 글을 썼다고 하는 佐久間甘海란 어떤 인물이었을까? 甘海란 인물에 관해서는, 『俳文学大辞典』에 다음과 같이 기술하고 있다.

> 俳諧作者。？－明治一三(1880)·七·六。佐久間氏。別号、未足·施無畏庵·金龍子·風月羅漢·無価道人など。信州の人。雲水行脚後、江戸浅草金龍山境内に住み、「俳諧目安箱」を設けた(『明治俳諧史話』)。編著、遺稿『俳文友垣集初編』。[6]

甘海에 관한 구체적인 내력은 알 수 없지만[7], 승려이면서 하이카

---

6 注2) 前掲書, 183쪽.
7 甘海에 관한 자세한 내력을 알 수 없어, 인터넷 웹을 통해 조사해본 결과, 다음과 같은 내용을 확인할 수 있었다.(撃のほる山や大悲の風かをる 明治二五(1892)弟子たちの集りである晃嶺社中が建てた。佐久間甘海(1813-1880)は僧侶、俳人、書家。俗名善吉。雅号施無畏庵、金竜子、来心、風月羅漢など。浅草寺内の伝法院の客分僧として、生活していたらしい。うくひすの声見上くるや観音寺甘海 http://www.stic－jnb.com/11－16nikkou.html)

이 작가로 아사쿠사 긴류산金龍山 경내境內에서 지내고 있었음을 알 수 있다. 그러면, 抱儀와 甘海는 어떠한 관계인가? 이상의 자료내용을 기초로 추정하자면, 두 사람 모두 하이카이를 즐겼고, 에도 아사쿠사浅草, 혹은 구라마에藏前라고 하는 장소를 근거지로 抱儀는 米商을, 甘海는 수행을 하고 있었음을 알 수 있다.

그렇다면, 이 두 사람의 합작품인 〈자료 1〉의 족자에 등장하는 내용을 살펴보기로 하자. 상단의 하이카이 작품과 俳人을 살펴보면, 다음과 같다.

花盛子て步行るゝ夫婦哉 其角

卯の花や月の力を窓あかり 野坡

十団子も小粒になりぬ秋のかせ 許六

はつ霜や麥まく土のうら表 北枝

簾に入て美人になるゝ玄鳥かな 嵐雪

六玉川高野の外は清水哉 去來

早稲の香や田中を行は弓に弦 支考

鴈かねもしつかに聞はからひすや 越人

菊枯や冬たく薪の置ところ 杉風

鶯や茶の木畑の朝月夜 丈草

①壬申夏月 応需 甘海書 〔□□〕

위 翻字에서 알 수 있듯이, 바쇼의 대표적인 문하생 10명의 대표작품과 이름, 그리고 작성연도가 기록되어 있다. 그렇다면, 밑 줄 그

은 ①壬申夏月은 언제를 가리키는 것일까? 抱儀(1806-1860)와 甘海
(1813-1880)의 생존기간을 바탕으로 해당년도를 조사해 보면, 壬申年은
1812년과 1872년에 해당된다. 하지만, 1812년은 甘海가 태어나기도
전이고, 1872년은 이미 抱儀가 세상을 떠난 후이다. 그렇다면 족자
는 언제 만들어진 것일까? 여기서 실마리가 되는 자료가 바로 앞에
서 소개한『俳文学大辞典』의 抱儀에 관한 기술이다. 그 속에는 抱儀
가 세상을 떠난 뒤, '그의 아들 永年에 의해서『抱儀句集』가 간행되
었다息の永年により『抱儀句集』が刊行された'는 기록이 있다. 또한『俳文学
大辞典』의 甘海에 관한 기술 중에는 編著이면서 遺稿인『俳文友垣
集初編』이 남아있다고 기록하고 있는데, 동사전에는『俳文友垣集
初編』에 관해서 다음과 같이 설명하고 있다.

> 俳文集。小一。染谷松青編。聴松校。明治一四(1881)、東京正風
> 社刊。伊能高老序。聴松跋。「凡例」によれば、甘海が原撰に関与し
> たものという。－中略－　内容は「新年賀雪」「遥峰帯晩霜」などの各
> 文題ごとに、甘海・永年・寿玉ら複数の作者の文を掲げ、「追加」を含
> めて総計八八篇を収録する。[8]

위 기술 내용에서 주목할 부분은, 밑줄 친 甘海・永年에 관한 것이다.
즉, 抱儀의 아들인 永年가 甘海의 俳文集에 俳文을 게재했다는 것
으로, 두 사람 사이에 친분이 있었음을 추정할 수 있다. 결국, 언제였

---

8 注2) 前掲書, 728쪽.

는지 확인할 수는 없지만, 그림을 그린 抱儀가 사망한 후, 아들인 永 年가 부친 抱儀의 그림을 甘海에게 제공하여 글을 써 넣은 것이 아 닐까? 그 해가 바로 ①에 해당하는 '壬申夏月 応需 甘海書', 즉 1872 년으로 추정되는 것이다.

2. 蕪村筆 「春雨や」의 단자쿠

다음 〈자료 3〉의 蕪村筆로 추정되는 단자쿠에 관해서 살펴보기로 한다. 与謝蕪村[9](1716-1783)은 俳諧師이면서 画家로, 바쇼 이후 근세 중흥기의 하이카이를 이끈 대표 적인 하이진이다. 〈자료3〉은 부손蕪村의 단자쿠을 족자 로 만든 것으로, 족자의 길이는 가로 22.8㎝, 세로 66.8㎝ 이고, 단자쿠의 길이는 가로 5.7㎝, 세로 35.8㎝이다. 작 품을 翻字하면, 다음과 같다.

〈자료 3〉

　　　春雨や日暮んとして今日もあり　蕪村

위 작품은 부손의 작품을 모아놓은 『蕪村全句集』[10]에

---

9 生れは摂津国毛馬村といわれ、二十歳のころ江戸にでる。俳諧の師巴人が没してか らは十年余結城をはじめ東国を流浪し、三十六歳にして上京して三年余京都に住 み、やがて丹後に移った。宝暦七(1757)年京都に戻り、画・俳ともに黄金時代を迎 える。明和七(1770)年夜半亭二世を継承し宗匠の列に加わり、俳諧中興の主導力と なる。画はみずから「吾に師なし」というように独学研究し、大雅と並び南画の一家 をなした。(高橋洋二 編『俳句』、平凡社、1987, 86쪽)

10 藤田真一・清登典子編『蕪村全句集』、おうふう、2000, 41쪽.

다음과 같은 형태로 실려 있다.

> 212 春雨や暮なんとしてけふも有
> ○中七「日くれんとして」(士朗宛·春興)
> ○「春の雨日暮むとしてけふもあり」(初懐紙)

〈자료 3〉의 작품과『蕪村全句集』에 실려 있는 212번 작품은 일치하지 않는다. 212번 작품에 실려 있는 주석을 참고로 하면, 부손은 天明2(1782)年에 시로士朗에게 보낸 春興帖와 기토几董에게 보낸 初懐紙에도 유사한 작품이 실려 있는 것을 확인할 수 있다. 그러나 〈자료3〉의 작품과 동일한 형태의 작품은 어디에서도 찾아 볼 수 없다. 〈자료3 〉의 작품은 212번 작품의 또 다른 형태인 것이다. 하이카이 작품에 대한 끝임 없는 수정은, 俳諧의 대성자라고 하는 바쇼의 작품에서도 쉽게 찾아 볼 수 있는데, 이는 작품에 대한 완성도를 높이기 위한 작업임과 동시에, 俳人의 작품에 대한 애착을 엿볼 수 있는 부분이다. 그렇다면, 본 작품은 수정과정에서의 異形일까, 아직은 단정지을 수는 없다. 마지막으로 〈자료 3〉의 작품내용은, '봄비 내리는 날, (하는 일 없이 지내고 있자니) 긴 하루가 저물어 가는데, 이것이 오늘이로구나' 라고 하는 의미이다.

3. 蒼きゅう筆「行人の」와 士朗筆「たなはしや」의 단자쿠

다음 〈자료 4〉의 蒼きゅう·士朗筆로 추정되는 단자쿠 2매에 관해

서 살펴보기로 한다. 우선 소큐蒼きゅう에 관해서
『俳文学大辞典』의 기술을 간단히 살펴보기로
하자.

　俳諧師。宝暦一一(1761)－天保一三(1842)・
三・一三、八二歳。本名、成田利定。通称、久
左衛門。闌更門。加賀国金沢袋町南側小路に
生れる。寛政二年(1790)ごろ闌更門に入り、
－中略－寛政一〇年に闌更が没すると、すぐ
に京東山芭蕉堂を継ぎ、同一一年から『花供養』
の編纂を引き継いだ。－中略－闌更の編著『有
の儘』の作風を梅室とともによく受け継ぎ、折
から芭蕉の炭俵調を志向する天保俳壇のリー

〈자료 4〉

ダーとして活躍、後世「天保三大家」の一人とされる。[11]

이처럼 소큐는 란코闌更에게 입문한 후, 天保期(1830-1844)의 俳壇을 이
끈 대표적인 하이진이다. 다음으로 시로士朗에 관한『俳文学大辞典』
의 기술을 살펴보면,

　俳諧作者。寛保二(1742)－文化九(1812)・五・一六、七一歳。本
名、井上正春。通称、専庵。暁台門。尾張国守山の出身。名古屋新

11　注2) 前掲書, 489쪽.

町の医師井上家を継いで専庵を名乗る。医業の専門は古法に産科
を兼ね、当時城下に評判の高い町医であった。国学は本居宣長に、
絵画を肥前国長崎の勝野范古に、平曲は荻原検校に学び、のち枇
杷園を組織して江戸の道彦、京都の月居とともに寛政の三大家に
数えられ、没後は月居とともに二大家として扱われている。[12]

시로 역시, 天保期(1830-1844)에 앞선 寬政期(1789-1801)의 하이카이를
이끈 대표적인 하이진임을 알 수 있다. 그렇다면, 그들이 남긴 단자
쿠로 만들어진 〈자료 4〉의 족자는 어떠한 모양을 하고 있을까? 족자
의 크기는 가로 25.5cm, 세로 79cm이고, 단자쿠의 크기는 2매 모두 가
로 5.5cm, 세로 34.5cm로 왼쪽에 소큐 작품이, 오른쪽에 시로의 작품
이 배열되어 있다. 단자쿠의 작품을 翻字하면, 다음과 같다.

　　行人のかけさす萩のかき根かな　蒼きゅう
　　たなはしやひよひよ草にうく蛙　士朗

소큐의 작품은, 가을의 7가지 풀꽃의 하나인 '싸리꽃'을 季語로 하
여, 가을 날 지나가는 행인의 그림자가 길게 드리어진 싸리나무울타
리를 회화적으로 읊은 것이다. 시로의 작품은, 냇가에 긴 판자 하나
를 걸쳐놓은 징검다리와 냇가 물풀에 올라앉아 금방이라도 물에 잠
길 듯 떠있는 개구리를 읊고 있다. 두 작품 모두 풍경과 경물을 작품

12　注2) 前揭書, 428쪽.

화해, 인상 선명하다.

그런데 옆의 두 작품이 두 하이진의 작품인
지의 여부를 검증하기위해서는, 필적을 비롯한
料紙의 모양, 문자의 운필방법 등 다양한 검증
을 거쳐야하는데, 우선 이들 하이진의 작품으
로 검증된 단자쿠의 필적과 비교하여 진위여부
를 판단해 보고자 한다.

두 하이진의 필적이 담긴 단자쿠 작품을『俳
人短冊譜』[13]에서 제시하면, 〈자료 5〉와 같다.

앞서 제시한 〈자료 4〉의 휘호와 〈자료 5〉의 휘
호에 주목하여 살펴보면, 소큐·시로의 단자쿠
모두 동일한 필적의 휘호임을 확인할 수 있다.
〈자료 5〉의 두 작품을 翻字하면, 다음과 같다.

〈자료 5〉

　　秋の夜のあはれにまけてねたりけり 蒼きゅう
　　ほととぎす鳴や夜明の飯のあり 士朗

소큐의 작품은 '가을 밤'을 季語로 하여, 긴 긴 가을밤의 정취에 빠
져서 그만 잠이 들어버렸다고 하는 유머러스한 작품이고, 시로의 작
품은 '두견새'를 季語로 하여, '초여름 두견새가 우는구나, 날이 밝아
아침 밥이로다'라고 하는 이 또한 가벼운 유머를 담고 있어 하이카

---

13 『時代鑑俳人短冊譜－近世の裾野－』, 立命館大学, 2009, 37쪽, 12쪽.

이만의 특징을 잘 보여주고 있다.

4. 為山筆 「清水うけて」의 족자

다음 〈자료 6〉의 為山筆로 추정되는 족자에 관해서
살펴보기로 한다. 족자의 크기는, 가로 32.7㎝, 세로
38.5㎝로 작품을 翻字하면 다음과 같다.

　　清水うけて躍る杓子や鍋の中 為山【不觚□】

위 작품은 샘물이 떨어지는 곳에 놓여 있던 냄비 속
바가지가, 떨어지는 샘물을 맞아 춤추듯 흔들린다는
내용이다. 為山은 『俳文学大辞典』에 의하면,

〈자료 6〉

　　俳諧師、文化元(1804)年～明治11(1878)1·19、75歳。江戸の人。
　　幕府御用左官。本名、関永蔵。初号、千蹄。天保13年ごろ、為山と
　　改号。月の本二世。別号、梅閑人、正岡園、渉壁、梅の本。梅室
　　門。明治6年、教部省から推挙され俳諧教導職となり、翌年、教林
　　盟社の初代社長となる。編著『あみだ笠』『今人五百題』ほか。[14]

라고 기술되어 있다. 俳諧師이면서 막부에 고용된 미장左官이었던

---

14 注2) 前掲書, 38쪽.

이잔爲山은, 加賀출신의 하이진인 바이시쓰梅室의 문하생으로 메이지 정부의 俳諧教導職에 임명되었다. 즉, 1872년 국가적 차원에서 俳諧教導職[15]를 만들어 하이카이의 보급과 질을 높이려고 했을 때, 俳諧教導職에 즉위하여 하이카이에 관한 지도적인 역할을 한 인물임을 확인할 수 있다. 하지만, 그의 친필로 추정되는 족자가 어떻게 조선에서 보관하게 되었는지에 관해서는 보다 자세한 고증이 필요한 부분이다.

5. 機一筆「爐塞や」의 단자쿠

다음 〈자료 7〉의 機一筆로 추정되는 단자쿠를 붙인 족자에 관해서 살펴보기로 한다. 먼저 족자의 크기는 가로 23㎝, 세로 72.5㎝로, 족자 안에 단자쿠가 붙여져 있다. 단자쿠의 크기는, 가로 5.6㎝, 세로 35.5㎝로 작품을 翻字하면 다음과 같다.

〈자료 7〉

爐塞や柿縁り目立青畳 七十一叟 機一

작품의 내용은, 겨우내 사용하던 화로를 덮고 새로

---

15 加藤定彦의「教導職をめぐる諸俳人の手紙」(『連歌俳諧研究』88, 1995, 47쪽)에 의하면, 明治6年, 明治政府는 문부성 관할에 大教院을 설치하고, 教導職制度를 도입하여, 대중교화를 꾀한다. 또한 俳人에 대해서도 明治4年4月, 教導職登用試驗을 실시하여, 三森幹雄와 鈴木月彦의 두 사람이 합격한다. 이후 爲山와 春湖도 教導職에 등용되는데, 이를 계기로 신구 세대교체가 진행되었다고 지적하고 있다.

117

다타미를 깔았더니, 가장자리를 마무리한 새 천과 푸른 다타미가 한
층 눈에 띈다는 의미로, 71세에 기록한 것을 알 수 있다. 작품을 읊은
기이치機一는 『俳諧人名辞典』에 의하면,

> 通称、田辺善左衛門。江戸神田須田町の生まれ。明治初年俳諧
> に志して永機の門に入り、其角堂八世をつぎ、向島三囲社内の其
> 角堂に入り、其角堂また老鼠堂と号した。著書に『発句作法指南』、
> 永機と共編の『元禄明治枯尾花』『支考全集』(俳諧文庫)がある。大正
> 八年男永湖に其角堂を譲って退隠し、昭和八年(1932)五月二十九日
> 没した。享年七十八。[16]

라고 기술하고 있다. 역산해 보면, 1854년 태어나 에이키永機의 문하
에서 하이카이를 배운 하이진으로, 하이카이 관련 서적을 다수 저
술·편찬한 인물임을 확인할 수 있다.

6. 巖谷小波筆「河鹿かな」의 족자

다음〈자료 8〉의 小波筆로 추정되는 족자에 관해서 살펴보기로 한
다. 먼저 족자의 크기는, 가로 5.6㎝, 세로35.5㎝로, 작품을 翻字하면
다음과 같다.

---

16 高木蒼梧著『俳諧人名辞典』, 巖南堂書房, 1961, 565쪽.

衣洗ふ尼□はす河鹿かな 小波【小波】

〈자료 8〉의 작품이 담겨 있는 족자에는, 산속 계곡을 배경으로 작은 집과 흐르는 계곡물이 생동감 있게 그려져 있다. 맑은 계곡 물가에는 빨래를 하는 아낙이 보일 것만 같은 그런 곳으로, 맑을 물에서 맑은 소리를 내며 운다는 기생개구리가 경물로서 등장한다. 작품의 배경으로 그려진 수채화는 사자나미小波의 작품으로 추정된다.

이 작품을 완성한 사자나미는 아동문학가로서 널리 알려져 있는데, 『俳文学大辞典』에 의하면,

〈자료 8〉

児童文学者・小説家・俳人。明治三(1870)・六・六―昭和八(1933)・九・五、六四歳。江戸生れ。本名、秀雄。別号漣山人・楽天居。―中略―俳句は、少年期に家の書生の影響を受け、のち紅葉らと紫吟社を興す。日本派に対抗して秋声会を結成。また自宅で俳句会「木曜会」を開く。ベルリン留学中は同地で「白人社」を結び、帰国後は『木大刀』を創刊。作風は軽妙にして洒脱。句集『さゝら波』、合同句集『白人集』。

라고 기술하고 있다. 아동문학가이며 소설가, 그리고 하이진이었음을 확인할 수 있다. 그의 하이쿠 작품은 찾아보기 힘들지만, 일제 강점기인 1926년 경성에서 발간된 『朝鮮俳句一万集』에서 그의 행적

119

을 찾을 수 있었다. 다음 작품이 동경에 거주하는 사자나미의 하이쿠이다.

行く年に振つて見せたる財布かな 東京 小波[17]

'연말이 되어 탈탈 털어보는 지갑이로다' 라고 하는 넉넉지 않은 생활을 그린 작품으로, 족자의 작품과 마찬가지로 기레지切字 'かな'를 이용해 작품의 여운을 이끌어 내고 있다. 위 작품이 실려 있는『朝鮮俳句一万集』의 투고자는 대부분 조선에 살고 있던 일본인이지만, 그 속에는 조선인을 포함해, 일본에 거주하는 일본인의 작품도 포함되어 있다.[18] 사자나미 역시 일본 동경에 거주하면서 작품을 싣게 된 것이다. 사자나미와 조선의 관련성[19]에 관한 검토는, 〈자료 8〉의 사자나미 족자가 조선에서 발견되기까지의 과정을 이해하는데 중요한 작업으로, 앞으로 다방면의 검토가 필요할 것이다.

7. 河東碧梧桐筆 「蚕飼する」의 족자

다음 〈자료 9〉의 河東碧梧桐筆로 추정되는 족자에 관해서 살펴보기로 한다. 먼저 족자의 크기는, 가로 33.5㎝, 세로137㎝로, 작품을 翻刻하면 다음과 같다.

---

17 戸田雨瓢編纂『朝鮮俳句一万集』, 경성부마포, 경성형무소인쇄, 1926, 337쪽.
18 注2) 前揭書, 276쪽 참조.
19 참고로 巖谷小波는 아동문화연구가인 소파(小波) 방정환(1899-1931)의 일본 유학시절, 다대한 영향을 끼친 인물이다.

蚕飼する女夫や妻の唄のそゞろ 碧【秉】

〈자료 9〉

작품은 '봄날 누에를 치는 부부여, 아내의 노랫소리
은은하구나' 라고 하는 내용으로, 부부 나란히 누에를
치고 있는 모습을 소재로 하고 있다. 그런데, 위 작품
을 쓴 헤키고토碧梧桐는『俳文学大辞典』에 의하면,

> 俳人。明治六(1873)・二・二六－昭和一二(1937)2・
> 1、六五歳。愛媛県松山千舟町生　れ。－中略－明治
> 二〇年、伊予尋常中学校に入学、高浜虚子と同級と
> なる。同二六年、松山中学卒業、同六月、京都第三
> 高等中学校予科に入学し虚子と吉田町に下宿。同二
> 七年、学制の変革があり仙台の第二高等学校に転学。小説に熱中
> し、同年一〇月には虚子とともに退学して上京、俳句に身を投じ
> た。同二八年、子規従軍中のため新聞『日本』俳句欄の代選を務め、
> 同三五年、子規没後は選者を継承、のちに『日本及日本人』の俳句欄
> 「日本俳句」の選者をつとめる。－以下略－ [20]

라고 기술하고 있다. 이처럼, 교시虚子와의 만남을 계기로 헤키고토
는 하이쿠에 몰두하게 되고, 후에 '신경향하이쿠운동'을 주도하면서
자유율하이쿠로 방향을 전환하기도 한다. 또한 그는 1915년 10월에

---

20 注2) 前掲書, 182쪽.

조선과 만주를 여행하게 되는데, 조선에서는 부산, 경성을 돌아보게 된다[21]. 그렇다면, 〈자료 9〉의 작품은 헤키고토가 조선을 여행할 당시, 조선에서 본 누에치는 모습을 작품화하여, 누군가에게 선물로 전달한 것을 아닐까 추정해 본다. 이 족자가 한국에서 발견된 만큼 충분히 고려할 수 있지 않을가 생각해 본다.

마지막으로 〈자료 9〉의 족자가 헤키고토의 작품인지의 여부를 검증하기위해서, 헤키고토의 필적으로 확인된 작품을 제시해보고자 한다. 〈자료 10〉은 『俳句』[22]에 실려 있는 헤키고토의 단자쿠이다. 그의 운필법은 매우 특이하여 누구도 흉내 내기 힘든 부분이 있다. 이처럼 특이한 필체는 〈자료 9〉와 더불어 그만의 특징으로 생각할 수 있을 것이다. 또한 단자쿠마다 그의 휘호가 다양하게 바뀌고 있는 점도 주목할 만하다.

〈자료 10〉

Ⅲ. 마무리

이상의 新出「俳諧資料」의 작가 및 작품내용에 관한 조사를 통해서, 부족하나마 하이카이문학에서의 각각의 작가의 위치와 작품의 성립과정, 그리고 그 의미를 검토해 볼 수 있었다. 하지만, 한국에서

---

21 阿部喜三男『河東碧梧桐』, おうふう, 1985, 77쪽.
22 注9) 前揭書, 146-147쪽.

발견된 이들 자료들이 갖는 의미에 관해서는 앞으로 더 많은 고찰이 필요할 것이다. 일제강점기 이주자들에 의해 형성된 일본인 마을에서 하이카이라는 문학이 성행했음은 유옥희의 선행연구를 통해서도 알 수 있었는데, 본 논문에서 소개한 자료들은 그러한 하이카이 문학을 지도하는 지도자들이 수집하여, 句会가 있을 때마다 하이카이의 전통을 고취시키기 위해서 참가자들에게 소개했던 자료들이 아니었을까 추정하는 바이다. 본 자료에서 소개하지는 못했지만, 금번 입수한 다수의 자료에는 [奈良蔵書]라고 하는 낙관이 찍혀 있고, 여러 작품에서 奈良丙山라고 하는 휘호가 쓰여 있었는데, 이 인물이 목포에 거주하면서 이상의 자료를 최초로 소장하고 있었던 일본인이 아니었을까 추정된다. 그런데, 1935년에 일본에서 출판된『朝鮮功労者名鑑』(民衆詩論社)를 살펴보니, 奈良라고 하는 姓을 가진 인물로는 오직 奈良次郎라고 하는 인물이 소개되어 있었는데, 그 내용을 발췌하면 다음과 같다.

木浦府の第一人者として同地財界の重鎮奈良次郎氏は、香川県の出身で、明治元年二月奈良恒五郎氏の長男に生れ、同一六年には家督を相続してゐる。氏は長じて群会議員、県会議員等の公職に就き、新聞社を経営したこともあり、地方に於ける名望家として重きをなしてゐた。後渡鮮して木浦に居住して木浦開発の為めに奮闘努力したことはいうまでもない。氏が関係した会社だけでも木浦無盡、木浦信託、木浦電燈、木浦酒造、木浦製氷、榮山浦倉庫金融、木浦醬油、木浦新報、昭和電灯、平壤無盡等の各社に渉

り、或は取締役、監査役、社長として敏腕を揮つてゐた。 ―中略―
<u>氏は又多趣味の人で詩歌、俳句の嗜みがあり、殊に俳句は堂に入</u>
<u>り、其の門に遊ぶ人が多い。</u>

    일제 강점기, 목포 재계의 제1인자라고 하는 것과 더불어, 밑줄
친 부분에서 알 수 있듯이 다양한 취미를 가지고 있었다는 것을 확
인할 수 있다. 밑줄 친 부분에서 알 수 있듯이 그는 하이쿠에 능했고,
문하에 하이쿠를 즐기던 사람이 많았다는 사실로 볼 때, 입수한 [하
이카이자료]의 소장자에게 들은 원소장자와 관계있는 인물로 주목
하는 바이다.

제5장

메이지明治시대 조선 문화의 소개양상
— 나카라이 도스이半井桃水『胡砂吹く風』에 대해서 —

❀ ❀ ❀

조 혜 숙

Ⅰ. 시작하는 말

히구치 이치요樋口一葉의 연인으로 유명한 나카라이 도스이半井桃水
는 메이지明治시대에 다양한 형태로 조선과 조선 문화를 소개한 소
설기자이다. 그는 사이쿄신문西京新聞, 아사히신문朝日新聞의 신문기
자로 활약하면서 기사를 통해 조선과 조선 문화를 소개하였으며, 일
본에서 최초로 춘향전을 번역하여 신문에 연재하고 조선소설『胡砂
吹く風』를 발표하였다. 춘향전을『雞林情話 春香傳』이라는 제목으
로 번역, 연재함에 있어 도스이는 「조선의 풍토와 인정」을 소개하는
데 그 목적이 있다고 밝히고 있다[1].『雞林情話 春香傳』뿐만 아니라
조선을 배경으로 한 소설『胡砂吹く風』의 집필의도 역시 조선 문화

소개에 있었다. 도스이는 『胡砂吹く風』 머리말에 「조선의 토지, 풍속, 인정의 변화, 제도, 문물, 공예의 차이에 이르기까지 전부 기록한다. (중략) 무엇보다도 기이한 습관과 같은 것은 그 때마다 매회 끝에 덧붙여 적을 것이다」[2]라며 당시에 잘 알려지지 않은 조선과 조선 문화에 대해서 소개할 것을 분명히 밝히고 있다. 『雞林情話 春香傳』과 『胡砂吹く風』는 모두 조선과 조선 문화를 소개한다는 의도를 가지고 연재되었으나 다양한 조선 문화를 소개함에 있어 『雞林情話 春香傳』은 번역이기 때문에 한계성을 지니고 있었던 반면, 『胡砂吹く風』는 비교적 자유로운 설정이 가능했다는 점에서 대조적이라고 말할 수 있다. 이에 본고에서는 조선을 배경으로 한 최초의 소설로 평가받고 있는 『胡砂吹く風』를 통해서 메이지시대 조선과 조선 문화의 소개 및 평가양상에 관해서 고찰해 보고자 한다.

선행연구 가운데 『胡砂吹く風』에 소개된 조선의 모습에 관해서 분석한 것으로는 정미경(鄭美京, 2005)[3]과 권미경(權美敬, 2006)[4]이 있다.

---

1 나카라이 도스이는 1822년 6월 25일자 「大阪朝日新聞」에 『雞林情話 春香傳』1회를 연재하면서 본문 앞부분에 다음과 같이 적고 있다.

　　우리나라(일본-인용자주)가 조선과 관계를 맺은 지가 이미 오래되었지만 아직 조선의 풍토나 인정에 대해서 상세하게 묘사하여 세상 사람들이 볼 수 있도록 제공한 것을 보지 못하여 이 점을 항상 유감스럽게 생각했는데, 최근에 우연히 조선의 연애담을 기록한 소책자 하나를 얻었다. 마침 조선의 풍토나 인정에 관한 것을 충분히 알도록 하여 통상무역을 활발히 하고자 하는 지금 이 때에 가장 필수적인 책이므로 번역하여 연재한다.

2 이하 『胡砂吹く風』의 본문은 半井桃水 『胡砂吹く風』前·後編, 今古堂, 1892.12·1893.1에서 인용한다. 또한, 『胡砂吹く風』본문 인용문 중, 시작 꺽쇠(「)에 대응하는 끝 꺽쇠(」)가 없는 것은 원문 그대로임을 밝혀둔다.

3 鄭美京 「新聞小説 『胡砂吹く風』に描かれた朝鮮」, 『韓国言語文化研究』, 2005.11.

4 權美敬 「風俗小説としての小説—『胡砂吹く風』, 『小説東学党』での「附記す」の問題—」, 『일본어문학』2006.2.

정미경은 논문제목을 「신문소설『胡砂吹く風』에 그려진 조선新聞小
説『胡砂吹く風』に描かれた朝鮮」이라고 하고 있음에도 불구하고 작품 안
에 그려진 조선상을 규명하는 것보다 작품집필 동기, 아사히신문 게
재동기, 정치소설적인 요소를 중심으로 논을 전개하고 있다. 한편
권미경은 도스이가 매회 끝부분에 덧붙인 부기부분을 연구대상으
로 하여 『胡砂吹く風』에 그려진 조선을 정치, 관광, 여자, 문학, 장
례, 형벌의 6개 항목으로 분류·정리하고 이 소설이 가지는 풍속자료
로서의 가치를 서술하였다. 이는 작품에 소개된 조선 문화를 정리했
다는 점에서 의의가 있으나, 부기만을 연구대상으로 하여 분류하고
작품내용에서 보이는 조선과 조선 문화의 소개양상은 거의 다루지
않았다는 점에서 총체적인 연구라고 하기 어렵다. 조선소개양상을
구체적이며 종합적으로 분석하기 위해서는 일본인의 시선으로 좋
고 그름의 가치판단을 하고 있는 부분이 상당수 포함되어 있는 소설
본문까지 연구대상으로 하지 않으면 안 된다. 따라서 본고에서는 부
기와 더불어 소설 본문까지 연구대상에 포함시켜서 『胡砂吹く風』
에 그려진 메이지시대의 조선 및 조선 문화소개 양상을 규명하기로
한다.

Ⅱ. 일본인 임정원의 시선

『胡砂吹く風』에서는 나카라이 도스이가 직접 부가설명을 한 부
기 이외에 소설 주인공인 임정원林正元을 통해서도 많은 조선 및 조

선 문화가 소개되고 있다. 소개된 조선 및 조선 문화를 살펴보기에 앞서 우선 임정원이 어떤 인물인지 확인해 두고자 한다.

임정원은 일본인 아버지 하야시 마사쿠로林正九郞와 한국인 어머니 원소연元小燕사이에서 태어난 혼혈아로 설정되어 있다. 부산의 왜관에 머무르고 있었던 아버지 마사쿠로는 묘지참배가 허락된 7월 15일 일본관에서 꽤 먼 거리까지 외출을 하게 된다. 마사쿠로는 우연히 불량배들에게 쫓기고 있던 원소연을 구해주게 되는데, 정사석의 계략으로 중상모략을 당해 아버지가 돌아가셨고 가문이 멸망했으며 정사석이 자신에게 첩이 될 것을 종용하여 도망치던 중이라 갈 곳이 없다고 하는 소연을 몰래 일본관까지 데리고 와서 거처까지 마련해 준다. 얼마 후 이 둘 사이에서 임정원이 태어났지만, 일본으로 돌아가야 했던 마사쿠로는 조선인 여성을 일본으로 데리고 가는 것이 국법으로 금지되어 있어 부산 앞바다에서 조업을 하던 일본인 어부부부에게 부탁하여 아들 임정원만 일본으로 몰래 보내고 소연과는 헤어지게 된다. 태어나서 얼마 안 되어 일본으로 보내져 13살까지 일본인으로 부모가 누구인지도 모르고 자란 임정원은 아버지 마사쿠로의 죽음을 계기로 자신의 출생에 대해서 알게 된다. 혼혈아인 사실을 알게 된 정원은 외할아버지의 원수를 갚고 싶다는 생각에 조선어를 배우고 조선에 건너가기에 이른다.

임정원이 혼혈아라고는 하지만 근현대소설에서 자주 문제시되는 정체성의 혼돈은 그에게서 전혀 찾아볼 수 없다. 정원은 조선을 어머니의 나라라고는 인식하면서도 자신은 일본인으로 의식하고 있었던 듯하다.

정원이 자신을 어느 나라 사람으로 인식하고 있었는지 알아보기 위해 우선 그가 사용한 조선과 일본에 대한 호칭에 관해서 살펴보기로 하겠다. 조선에 대해서 「우리나라我国」라고 지칭한 것은 자신의 신분을 숨긴 채 조선인으로 활동했던 정원이 타인과 대화하는 경우에 한정되어 있다. 회상이나 심중독백을 하는 장면에서 임정원은 조선을 「이 나라この国」「조선朝鮮」이라고 표현하고 있다. 조선에 대한 호칭과 마찬가지로 일본에 대해서도 「일본日本」이라는 호칭을 사용하고 있으며 정원이 자신의 나라라고 표현하는 예는 없다. 조선과 일본에 대한 호칭만을 보면 정원이 중립적인 위치에 있는 듯 보이지만, 그의 생각이나 행동을 면밀히 살펴보면 정원이 조선을 자신의 나라로 생각하고 있지 않았던 것을 쉽게 알 수 있다.

임정원은 정한론과 관련하여 조선과 일본 사이에 전쟁이 일어나면 자신은 일본 편에서 싸우겠다고 생각(25회)하고 일본과 청나라가 대치하는 상황에서 그 어느 쪽에도 속하지 않겠다고 하면서도 청나라 병사들의 움직임을 포착하여 일본 신문기자에게 알려주었다(89회). 또, 단오날 씨름대회에서 청나라 사람들이 우세하자 「일본류의 씨름으로 거만한 코를 꺾어버리겠다」는 생각으로 씨름에 참가(102회)하고 대원군이 권유한 조선귀화를 단호히 거절(150회)하는 등, 임정원이 일본인의 입장에서 생각하고 행동하는 모습은 작품 곳곳에서 찾아볼 수 있다.

임정원에 대해서 「일본의 이익 대변자」[5]라는 평가까지는 하지 않

---

5 구사나기 사토시(草薙聡志)「半井桃水 小說記者の時代7 ヒーロは朝鮮を目指す」,『AIR21』, 2005.10는 사이쿄(西郷)의 정한론을 지지한 점, 일본이야말로 조선에 대

더라도 일본인의 입장에서 사고하고 행동하는 모습에 주목한다면, 그를 조선보다 일본에 자기중심을 둔 인물로 규정할 수 있을 것이다. 따라서『胡砂吹く風』에서 임정원이 언급하는 조선의 풍물, 문화, 조선상, 조선인상은 일본인의 시선으로 그려졌다고 보아도 무방할 것이다.

Ⅲ. 다양한 조선 문화 소개

3장에서는 혼혈아이지만 일본인의 시선을 가진 임정원을 통해 그려진 조선과 조선 문화, 그리고 도스이가 일본인의 관점에서 부가설명을 덧붙인 부기와 본문서술부분에 소개된 조선 문화에는 어떠한 것들이 있는지 구체적으로 살펴보기로 하겠다. 도스이가 조선 소개를『胡砂吹く風』의 집필목표 중 하나라고 했던 만큼『胡砂吹く風』에서는 다양한 분야에 걸쳐서 조선과 조선 문화가 소개되고 있다. 150회로 구성된『胡砂吹く風』는 내용에 따라 각각 50회씩 크게 3부로 나눌 수 있는데[6], 스토리 전개에 따른 문제때문인지 후반부로 갈수록 조선소개 빈도가 점점 줄어드는 경향을 보인다.[7] 소개내용은

한 야심이 없는 나라라고 믿고 있는 점, 민씨 세력을 악인들로 규정하고 반란을 진압할 때 일본군의 지원을 받은 점, 자기부인이 일본국적을 취득하는 것도 의아해하지 않는 점 등을 들어서, 임정원이 조선과 일본의 혼혈아이지만 실제로는「일본의 이익대변자」라고 주장하였다.

6 구사나기는 앞의 논문에서 1부(1회-50회)는 임정원의 10대 시절, 2부(51회-100회)에서는 임오군란과 갑신정변시기, 3부(101회-150회)에서는 러시아밀약 일시중지 및 외척당이 내란을 일으켰던 시기로 크게 나누고 있다.

크게 연중행사, 관혼상제, 습관, 외국관 등으로 구분할 수 있는데, 먼저 연중행사에 관한 기술을 보면 다음과 같다.

- 새해 도성의 번화함은 모두 우리나라(일본-인용자주)와 다르지 않아 정월 축하주 세 잔에 취해 추위를 잊고 몇 그릇의 떡국으로 배를 채우고 태평한 새해를 맞이한다. 부유한 사람은 선조의 묘지에 갖가지 공물을 바치고 자신의 집에 출입하는 사람에게 옷을 내어주며 친척과 지인을 불러 모아 날마다 술을 마신다. 가난한 사람도 분수에 맞게 축하하고 즐긴다. 예로부터 추운지방이니 밖에서 노는 것이 적합하지 않고 어린아이들은 종이 연을 날리고 여자아이들은 그네를 타며, 가끔 따뜻한 실내에서 남자들은 골패를 즐기고 여자는 쌍륙을 가지고 놀며 웃음소리 넘쳐난다. (72회)
- 1월 14일은 액막이라고 하여 도성사람들이 주연을 개최하고 운수대통기도를 한다. (82회)
- 1월 15일은 답교라 하여 도성사람들이 술과 안주를 가지고 달이 뜰 때부터 다리 위에 자리를 잡고 마음껏 즐긴다. 이날 밤 7번째 다리를 건널 때는 액운과 재난을 면한다고 하여 다리 위는 크게 떠들썩하다고 한다. (84회 부기)
- 5월 5일 단오는 4대 명절 중 하나로 남자는 씨름을 하고 여자는 그네를 탄다. 도성 안의 번화함은 이루 말할 수 없다. (102회)

---

7 간단히 부기부분 항목 수만 세어보아도 50회까지는 52항목, 51-100회까지는 16항목, 101회 이후에는 6회로 후반부로 갈수록 점점 그 수가 줄어든다.

조선의 연중행사 중에서 정월설날, 1월 14일 액막이, 1월 15일 답교, 5월 5일 단오가 작품의 시간적 배경으로 설정되어 있다. 소개부분에서는 연중행사를 맞이한 활기찬 조선의 모습과 함께 연중행사가 가지는 의미와 행사내용을 간략하게 설명하고 있는 것을 알 수 있다.

다음은 관혼상제를 소개한 부분이다. 관혼상제라고는 하지만 장례와 결혼에 관한 소개가 대부분이다.

〈장례관련서술〉

- 조선 사람은 상을 당하면 길에서 얼굴을 감싸서 누구인지 알 수 없다. (9회 부기)
- 조선은 일반적으로 상제를 중요시여기며 묘지의 좋고 나쁨에 따라 자손에게 길흉화복이 있다고 전해지기 때문에 묘자리를 고르는 데에는 천리를 마다하지 않는다. (40회 부기)
- 상을 당한 집은 매일 곡을 한다. 친척이 적은 집은 곡하는 사람을 고용하는 것을 예로 한다. 곡소리는 큰 것이 좋다. 크면 클수록 망자를 추도하는 마음이 깊은 것이다. (40회 부기)
- 이동인의 죽음을 애도하여 이가웅이 상주가 되어 곡을 하고 6일째 되는 날 풍수를 골라 근교에 매장하였다. (91회)
- 초제란 17일을 말함. 풍수란 매장지를 고르는 것을 말한다. (91회부기)

〈결혼관련서술〉

- 정원 「본래 저에게는 넘치는 인연이라 생각하고 있습니다만, 동성

결혼은 국법이 허락하지 않는 것 (38회)

조선에서 중요시되는 장례는 네 가지 측면에서 소개하고 있다. 상을 당했을 때는 얼굴을 가리고, 큰 소리로 곡을 하는 것이 예의이며, 묘의 위치를 선정하는 것을 풍수라 하는데 묘의 위치선정에 있어 길한 곳을 택하려고 하는 습관이 있다는 것이다. 한편, 결혼과 관련해서는 일본과 큰 차이를 보이는 동성혼인금지라는 조선의 관습을 임정원의 대사를 통해서 간접적으로 소개하였다.

습관에 대해서는 다른 항목에 비해 소개 빈도와 그 예가 비교적 많다고 할 수 있다. 그 중에서 몇 가지 예를 들면 아래와 같다.

- 원래 조선 여자는 7살이 넘으면, 남자와 만나는 것이 허락되지 않고 동석하여 말하는 것을 대단히 창피해 한다. (2회)
- 조선 사람은 천연두에 걸리면 집 처마에 금줄을 치고 손님이 왔다고 하여 끊임없이 축하연을 연다. 그리고 천연두 때문에 죽으면 손님이 데려갔다며 더욱 슬퍼한다. (10회 부기)
- 불과 몇 해 전에도 일본인으로 대단히 조선어가 능통한 사람이 조선 사람 복장으로 내륙지방을 여행했을 때에도 무엇인가 물건을 길에 떨어트려 주워서는 소매에 넣으려 하지 않고 평소에 품에 넣는 버릇이 있었기 때문에 갑자기 품에 넣어 정체가 탄로나 반쯤 죽다가 살아났다는 이야기. (14회)
- 엄격한 양가집 딸인 향란은 집 안채에서 지내며 김씨 부부와 1, 2명의 하녀 외에는 다른 사람을 만나는 것도 허락되지 않았다. 정원도

장옷 쓴 기품 있는 모습만 볼 뿐 한 번도 이야기를 나눠본 적 없다.

(23회)

- 정원「게다가 첫째로 탕에 들어가지 않으니, 무엇보다도 나는 일본 식을 버릴 수 없어서 가끔 동래온천에 가기도 하고 집에서도 물을 데워서 때마다 몸을 씻었습니다.   (27회)
- 남자의사가 부인을 진찰할 때는 방 입구에 발을 치고 얼굴을 볼 수 없다. 만약 복부를 진찰하는 일이 있으면 항상 얼굴을 돌린다.

(32회 부기)

- 조선 사람은 놀랐을 때 무릎을 치고 화났을 때는 혀를 찬다.

(38회 부기)

- 남자가 안뜰에 들어가면 국법으로 처벌받기 때문에 만약에 용무가 있어서 다른 사람 집에 갔어도 남자 주인이 집에 없거나 이야기할 남자가 없을 때는 담을 사이에 두고 부인과 말한다.   (43회 부기)
- 조선 사람은 앉은 자리에서 소변을 보고 손님 앞에서도 거리낌이 없다. 이 요강을 옮기는 하인을 도인道引이라 부른다.   (50회 부기)

2회에서는 여자가 외간남자를 가까이 할 수 없는 조선 문화를 남녀 칠세부동석에 관한 설명으로 명쾌히 소개하고 있다. 양가집 딸 김향란의 외출 및 외부인 접견금지 모습, 남자의사가 여자를 진찰하는 모습, 바깥주인이 없는 집에 용건이 있을 경우 남자방문객의 행동에 관한 설명도 여자가 외간남자를 가까이 할 수 없는 조선 문화를 소개한 부분으로 간주할 수 있을 것이다. 그리고 조선내륙을 여행한 일본인 에피소드를 통해서는 소매에 물건을 넣는 조선인의 습관을, 27회 임정원의 대사를 통해서는 탕에 들어가지 않는 목욕습관을 설명하고 있다. 또 천연두를 손님이라고 부르는 습관, 놀라거나 화났을 때의 행동, 손님 앞에서도 소변을 보는 문화를 부기에서 소개하기도 하였다. 이처럼 습관은 대부분 조선 특유의 것들을 소개한 것이 많다.

마지막으로 조선인의 외국관에 대해서 확인해보자.

- 조선 여성들이 외국인을 두려워하는 것은 부산 근방이 그 정도가 심하다. 부산에서 멀리 떨어진 곳에서는 그 모습이 많이 다르다.

  (2회 부기)

- 일본인이 만약 조선 내륙으로 들어가면 길에서 「왜놈이라는 험한 말을 지금도 듣는다.　　　　　　　　　　　　　(5회 부기)

- 일본인에 대한 조선 사람의 거동이 특히 온화하지 못하다.　(72회)

- 조선 사람이 중국인을 욕하여 토이놈(トイノム, 狄奴), 토카지놈(ト カージーノム, 豚尾奴)이라고 한다.　　　　　　　　(26회 부기)

- 정원 「(전략) 그러나 이쪽에서 마법을 사용하면 왜적도 지지 않고 마법을 사용할텐데 산과 바다도 마음대로 할 수 없다면 어떻게 합니까? 승병 「대국에 도움을 구하지요. 정원 「야만인에게, 저 돼지 놈들에게요?」 승병은 혀를 차고는, 승병 「말을 험하게 하는 놈이구만.

  (26회)

2회 부기에는 부산지역의 여성들이 무슨 까닭인지 그 이유는 불분명하지만 외국인을 두려워하는 것에 대해서 서술해 두었고, 일본인을 지금도 왜구라고 부르는 것을 들을 수 있으며 일본인이라는 사실만으로 조선인에게 폭행을 당할 정도로 일본인에 대한 거동이 온화하지 못하다고 서술함으로써 일본에 대해서는 조선이 적대심을 가지고 있음을 보여주었다. 반면에 중국 즉 청나라의 경우, 중국인을 비하해서 부르는 욕이 존재하는 것을 26회 부기에서 적고 있으나 정원과 승려의 대사에서 청나라에 대해 존경심, 신뢰를 가지고 있음을 일본과 대조적으로 표현하고 있다.

이 이외에도 동래온천, 부산성, 진주촉석루, 양산 등의 조선지역과 임진록, 최중전, 춘향전, 구운몽과 같은 문학작품을 소개한 예도 찾아 볼 수 있다. 지역소개는 진주촉석루의 논개일화, 용택의 전설과 같이 해당지역과 관련된 유명한 사항을 언급하는 예도 있지만 위치와 같은 단순한 설명이 덧붙여지거나 지명만 언급된 경우가 많다. 문학작품의 경우도 구운몽은 소설내용까지 조금 소개되었지만, 임진록, 최중전, 춘향전은 작품명만 거론되었거나 필요로 하는 기술만을 각 작품에서 발췌하여 서술하였다. 조선의 지역과 문학작품이 막연하고 생소했을 일본인들에게 장황한 내용설명을 하기보다 이름만을 언급하거나 간단한 설명을 부기에 보충하는 방식으로 소개했다는 점이 특징적이다.

지금까지 검토한 것처럼 연중행사, 관혼상제, 습관, 외국관, 지역소개, 문학작품과 같은 분야의 조선소개는 좋고 나쁨의 가치판단 없이 기술되어 있는 것이 대다수이다. 내용의 사실 진위여부를 떠나 다양한 분야의 조선 문화를 소개하고 있다는 점에서 『胡砂吹く風』를 도스이의 집필의도가 성공적으로 반영된 조선 문화 소개서로 평가할 수 있을 것이다.

Ⅳ. 조선·조선인에 대한 평가

『胡砂吹く風』에는 좋고 나쁨의 가치판단 없이 기술되어 있는 조
선 문화뿐만 아니라 일본인의 시선으로 평가·소개되는 조선의 모습
도 담겨있다. 4장에서는 일본인의 시선으로 평가·소개되는 조선 문
화를 플러스적인 요소와 마이너스적인 요소라는 두 항목으로 크게
분류하여 소개 내용과 평가양상에 관해서 고찰하겠다.

1. 플러스적 평가

『胡砂吹く風』에서 플러스적인 요소로 그려지고 있는 조선 문화로
는 부모자식간의 애정, 여성의 용기와 정조를 들 수 있다. 먼저 부모
자식간의 애정에 대해서, 조선은 「부모자식간의 애정이 매우 깊어서
너무나도 가난한 자라도 아이를 버리는 일이 없으며 종종 최중전崔中
傳에서 버린 아이에 관한 대목이 나오면 책을 덮고 한탄하며 이런 일
을 할 수 있는지 크게 의심할 정도」(7회)라고 긍정적으로 소개한다.

논개의 일화, 김향란의 편지전달 활약상 등을 통해서는 조선여성
이 용기를 지닌 존재로 높이 평가하고 있다. 나라를 구하기 위해 일
본 장수와 함께 강으로 뛰어내린 논개의 일화를 소개한 부분에서
「옛날에는 기생집에서 열부를 내었지만 지금은 장군가에 겁쟁이가
많다. 이렇게 용기가 없으니하고 정원은 탄식하였다」(66회)라며 당시
조선 남성의 모습과 비교하여 논개의 용기를 높게 평가하고 있다.
한편, 김향란은 적으로 돌아선 친군에게 둘러싸여 고립된 상황에 처

137

한 남편 임정원에게 편지를 전달하겠다고 나서는데 이는 이수재가 「남자조차도 할 수 없는 일. 더욱이 정원군의 허락도 없이 그런 일을 시킬 수 없다」(143회)고 고개를 저으며 만류할 정도로 어려운 일이었다. 하지만, 그녀는 「나라를 위해, 남편을 위해서라면 싫지 않습니다. 부디 보내주시기 바랍니다」(143회)라고 부탁한다. 결국 김향란은 「국부군 이가웅이 매우 놀라는 가운데 생긋 웃고 임정원의 답장을 바치」(144회)면서 멋지게 임무를 성공해낸다. 김향란이 성공한 편지전달임무는 「남자조차 하기 어려운 일」이었다는 점에서 논개일화와 마찬가지로 조선의 여성이 남성보다 용기 있는 존재로 비교적인 측면에서 그려진 예라고 말할 수 있다. 또 논개와 김향란은 나라를 위해서 큰 용기를 내었다는 공통점이 있으며 이는 후술하는 나라를 돌보지 않고 자신의 이익만을 중시하는 부패한 남성 관료상과도 좋은 대조를 이루고 있다.

마지막으로 여성의 정조에 대한 소개 및 평가에 대해 김향란의 자살시도사건, 기생 향운의 일화를 중심으로 살펴보겠다. 정사석이 자신을 첩으로 삼기 위해 꾸민 계략에 빠져 진퇴양난의 상황에 처한 김향란이 약혼자 임정원에 대한 정조를 지키려고 자살을 시도한 일이 있었는데 이 자살시도사건에 대해 한길준은 정원에게 「당신 슬퍼해 주세요. 지금까지는 말하지 않았지만 향란은 당신과 헤어지고 살아갈 희망이 없다며 요전날 밤, 용택에 몸을 던져 죽으려고 생각한 것을 정노인이 구해주어 목숨을 건졌다는 소문. 그 정도로 따랐던 사람을 소홀히 생각해서는 남자도 아닙니다. 정말 감탄했다. 정말 눈물이 나네」라고 말하며 감탄하고 이 이야기를 들은 정원도 「황급

히 눈물을 닦고 방긋 웃었다」(47회)며 감동한 모습을 보인다. 또 가문이 몰락한 후 김향란은 향운이라는 이름의 유명한 기생이 되었는데 기생으로 유명해진 이유가 「향운이 다른 기생과 다른 점을 말한다면, 우선 첫째로 남편이 없습니다. 둘째로는 누구와도 결코 잠자리를 하지 않으니 금새 세상에 소문이 자자하게 되었지요」(69회)라고 한다. 조선여성의 정조는 춘향전에서도 도스이가 높이 평가한 부분이다[8]. 도스이는『胡砂吹く風』에서 김향란의 자살시도사건과 기생향운의 소신 있는 모습을 그려냄으로써 다시 한 번 조선여성의 정조에 대해서 긍정적으로 평가하고 있다[9].

2. 마이너스적 평가

플러스적인 요소로 그려지는 조선의 모습을 찾아볼 수 없는 것은 아니지만, 가치판단이 수반된 조선소개는 대부분이 마이너스적인 이미지를 띄는 것들이다.

- 정원「(전략) 게다가 눈이 내리면 거리가 깨끗해져 나쁜 냄새도 없어
  질테니. 상인「그것도 그렇습니다. 이렇게 불결한 도성은 어디에도

---

8 1822년 7월 23일자「大阪朝日新聞」에 게재한『雞林情話 春香傳』20회 마지막 부분에 나카라이 도스이는「세상의 여자들이여, 이 책을 한번 읽고 수절이 소중히 해야하는 것임을 알도록 하라」라고 자신의 의견을 적고 있다.
9 히구치 이치요(樋口一葉)는 1823년 2월 23일 일기에서『胡砂吹く風』의 문장이 거친 것에 대해서는 비판하면서도「임정원의 지혜와 용기, 향란의 정조, 청양의 고절 모두 조금도 부족한 곳이 없고 보고 있으면 기뻐해야 할 곳은 기쁘고 슬퍼해야 할 곳은 그저 눈물이 흘렀다」(『樋口一葉全集』筑摩書房, 1976)라며『胡砂吹く風』에 그려진 조선여성의 정조를 긍정적으로 평가하고 있다.

없을 것입니다. 내가 조선인이라면 거리의 청소부가 되어 소, 말의 뼈, 배설물을 치우겠지만 정말로 대단합니다. 오늘도 돌아가는 길에 유명한 왕족 저택을 지나는데 돌담 사이에서 밖으로, 아 정말로 생각만 해도 속이 울렁거립니다. (73회)

• 조선의 도시에 인가가 모여 있는 곳은 어디든 더러운 것은 말할 수 없고, 정원이 경성에 온 후로는 악취와 더러움 속에서 호흡하였다.
(67회)

• 남존여비의 폐해가 극심하여 사람들이 만약 아이수를 물으면, 우선 남자아이를 세고 여자아이는 별도로 대답한다. (10회 부기)

• 모두 이 나라의 풍습으로 장유의 차이가 매우 중요하고 자신보다 15살이 많다면 아버지를 대하듯 예를 갖추고 10살이 많으면 형님으로 부르고 형과 같이 존경해야 한다. 만약 이를 지키지 않으면, 예의를 모르는 사람으로 창피를 당하니, 누구든지 빨리 어른이 되기를 바란다. 부자이며 신분이 높은 사람은 남녀 11, 12세에 혼인을 하지만 가난하고 천한 사람은 혼인을 하지 못하여 언제까지나 아동으로 멸시 당한다. (25회)

우선 조선이라는 나라에 대해서 수도 한성에는 양가집 저택에서도 더러운 오수가 흘러서 불결하며 길에는 가축의 배설물과 뼈가 그대로 방치되어 있고, 대부분의 도로는 험악하고 비가 오면 하천이 범람하고 바람이 불면 나무가 쓰러진다면서 위생개념과 거리의 제반정비가 확립되지 않았음을 비판하였다. 또 남존여비의 폐해가 심각하고 장유유서가 매우 중요시되는 등 전근대적인 유교사상이 근대가 되어서도 뿌리 깊게 남아있는 나라로 소개하고 있다.

형벌제도는 장죄杖罪, 능지처참, 참죄斬罪, 음독에 관해서 다음과 같이 설명하고 있다.

- 기자(나카라이 도스이-인용자주)는 예전에 종종 장죄를 보았다. 곤장에 대중소의 구분이 있어서 단지 죄인을 지면地面 위에 엎드리게 하여 옷을 들춰서 둔부를 때리는 것과 사다리와 같은 나무에 묶어서 엎드리게 하여 때리는 것 등 그 방법은 다양하다. 때리는 사람이 곤장을 쳐서 죄인은 땅에 부딪혀 괴로워하는 가운데 때로는 손가락을 움직여서 뇌물을 약속한다. 곤장을 때리는 사람에게 호소하는 일도 있으며 손가락 하나를 구부리고 손가락 두 개를 보여주는 것은 돈의 많고 적음이라고 한다.　　　　　　　　　　　　　(34회 부기)
- 능지처참은 우선 손과 발을 자르고 나중에 목을 친다. 혹은 그 후에 소금에 절여 나라 안을 끌고 돌아다닌다고 한다. 손과 발을 자르고 목을 칠 때까지는 기자(나카라이 도스이-인용자주)가 이전에 실제로 보았다. 참죄는 상투에 작은 화살을 관통하여 이것에 끈을 묶어 전면에서 끌어 목을 잡아당겨서 친다. 무딘 칼을 사용하기 때문에 몇 번인가 내려친 후에야 겨우 목과 몸이 분리된다.　　　　　(89회 부기)
- 조선에서 지위가 있는 사람이 죄를 저질렀을 때는 국왕이 독을 내려 자살하게 한다.　　　　　　　　　　　　　　　　　(113회)
- 국법으로 신분이 높은 사람의 대기는 성문 밖에서 한다. 또 독을 받는 자는 성에서 3리 밖으로 나가는 것을 통상적인 예로 한다.
　　　　　　　　　　　　　　　　　　　　　　　(113회부기)

권미경(2006)은 위와 같은 형벌제도소개와 관련하여 「뇌물과 결합한 부패성, 그리고 잔혹성은 아직 근대화되지 않은 전근대적인 조선의 형법제도에 대한 비판이 배경에 있었음을 놓쳐서는 안 된다」[10]고 서술하고 있다. 일본에서는 메이지유신 이후에도 남아있었던 「효수형梟首刑」을 1879년 1월 4일 태정관太政官 포고 제 1호에 의해 폐지하였고 이듬해에는 참형도 폐지한다. 범죄도 흉악하고 잔혹하지만, 그 형벌도 또한 잔혹하여 인정人情으로 보아도 문명국의 법률로 보아도 있어서는 안 되는 형벌이라는 것이 폐지이유였다고 한다[11]. 잔혹한 형벌이 문명국과는 어울리지 않는 것이라고 보았던 일본에 조선의 형벌종류와 그 잔인한 모습을 자세히 소개하여 조선에 「전근대적」인 미개국이라는 이미지를 부여했다고 말할 수 있을 것이다.

한편, 조선인에 관해서는 주로 부패한 관료, 어리석은 백성, 농락당하는 여성을 그리고 있다. 먼저, 이 중에서도 관료계급에 관한 설명을 먼저 살펴보기로 하자.

- 최후의 수단으로 가지고 있던 금은을 꺼내어 건네자, 욕심에 눈이 먼 자들은 즉시 정원을 놓아주었다. 정말로 부패한 사람들이라고 정원은 마음속으로 비웃었다.　　　　　　　　　　(96회)
- 당시 이 나라의 당파를 나누면, 정부 즉 외척당, 국민 즉 국부당 2개

10　權美敬 앞의 논문 165쪽.
11　http://f48.aaa.livedoor.jp/~adsawada/siryou/060/resi029.html
　　http://www.surugadai.ac.jp/gakubu_in/hogaku/gakubu/fukuro.html 참조.

이며 전자는 일본에 후자는 중국에 의존한다. 각각 자신의 이득을
취하고자 하고 자신이 있음은 알지만 나라가 있음은 잊어버린 무리
뿐.   (88회)

- 본래 각 도의 지방관은 암행어사를 마치 독벌레같이 싫어하고 두려
  워한다. 실제로 치적이 어떠한지와 관계없이 만약에 암행어사 때문
  에 험담을 당할 때는 지위가 위험하기 때문에 경쟁적으로 뇌물을
  주고 환심을 사는 습관이 있으니.   (112회)

- 한량은 무관, 유학은 문관 후보자로 소위 유한공자(遊閑公子)이며
  이들은 대부분 방탕하다.   (67회 부기)

하급 졸개들은 돈이라면 죄인을 놓아줄 정도로 부패하였고 고위
관료들은 자기의 이득을 중요시하고 나라가 있음을 잊은 무리들이
며, 자신의 지위를 지키고자 하는 지방관들이 암행어사에게 뇌물을
주어 환심을 사는 습관이 있다고 소개하는 등 관료들은 지위의 상하
를 막론하고 모두 부패한 모습으로 그리고 있다. 관료후보자들인 한
량과 유학들에 대해서도 유한공자이며 대부분 방탕하다고 소개한
다[12]. 지배층 다수의 부패와 방탕은 작품 안에서 여러 번에 걸쳐 반
복, 강조되고 있는데 이는 자력으로 존립할 수 없는 조선의 무력함
을 암시하는 것이기도 하다. 관료들은 조선에 검은 야욕을 가지고
있는 청나라, 러시아 등과 관계를 돈독히 하며 조선의 이권을 내어

---

12 權美敬도 앞의 논문에서 관료들의 부패성에 대해 지적하고 있다. 기생 놀이하는 지
   방관, 뇌물을 받는 관아, 방탕한 관료후보자와 같은 조선의 관료를 「정치」항목에
   포함시켜 「주로 조선정치의 전근대적인 부패상을 설명하고 있는 항목이 많다고
   말할 수 있다」(161쪽)고 적고 있다.

주는 것도 주저하지 않는 등 나라의 존립보다 자신의 이득을 우선시
하는 인물들이였기 때문이다.

다음으로 백성들에 관한 묘사를 살펴보자.

- 이조의 운명을 예언한 것은 가장 유명한 선인이다. 이 나라에서는
  모두 선인도사를 존경하고 신뢰하는 습관이 있다.　　(100회 부기)
- 얼마 전부터 각 도에서 천진도사라는가 하는 놈이 나타나 며칠 안
  으로 예언문대로 정씨가 나와 이씨를 대신할 것이라고 떠벌리고 있
  었다고 한다.　　　　　　　　　　　　　　　　　　　(128회)
- 정사용의 세력은 마치 파죽지세와 같다. 수도 부근을 침략했을 즈
  음은 충청도 산적을 같은 편으로 하여 점점 그 세력이 걷잡을 수 없
  이 강해졌다.　　　　　　　　　　　　　　　　　　　(130회)
- 정원의 무예와 용기가 두려워 요괴가 스스로 자취를 감추었다고 말
  하고 서로 기뻐했다. (중략) 정원의 이름을 세 번 외치면 요괴를 퇴
  치하는 주문이라고 한다. (중략) 정원이라고 써서 베게 맡에 붙이면
  병이 있는 사람을 고친다고 하여 이 일에도 정원 저 일에도 정원하
  고 불러서 정원의 이름은 금새 궐내에 울려 퍼졌다.　　(109회)

조선왕조가 500년이 되면 멸망한다는 예언을 굳게 믿고 이 예언
을 한 선인을 모든 지역에서 존경하고 신뢰하며, 백성들이 정씨일가
가 나라를 다시 세울 것이라는 가짜 천진도사의 예언을 무조건적으
로 믿고 정사용을 따르는 모습을 소개하고 있다. 또 궐내에서 요괴
가 출몰한다는 소문이 급속도로 확산되었을 때, 분명 속임수가 있을

것이라 생각한 정원이 요괴퇴치를 하겠다고 나선 후로 요괴가 나타
나지 않자 사람들은 귀신은 물론이고 모든 병에도 정원, 정원하고
그의 이름을 부르고 다녔다고 한다. 어떻게 보아도 조작되고 모순투
성이인 천진도사등장사건과 궐내요괴출몰사건을 통해서, 미신을 숭
배하는 조선백성은 현실적으로 있을 수 없는 일에도 의심하지 않고
모순이 있음을 깨닫지도 못하는 어리석은 존재로 묘사되고 있는 것
이다. 그리고 두 사건 모두 조작되었을 것이라 판단하고 사실을 밝
혀낸 것이 자신을 일본인으로 의식하고 있었던 임정원이라는 점은
조선인이 어리석다는 것을 대조적으로 부각시키고 있다고 하겠다.

조선여성과 관련해서는 용기 있는 사람으로 높이 평가된 부분도
있었지만, 반대로 힘없는 존재로 그리고 있는 부분도 있다.

- 조선에서는 여자를 유괴하여 강간적 결혼을 하는 일이 있다. 때로
  는 다른 사람의 처첩을 빼앗는 일도 있는데 이는 강도가 물건을 훔
  쳐 달아나는 것과 같다. (3회 부기)
- 여자의사는 주로 관비로 부인 치료에 전념하지만, 간혹 건강한 남
  자가 병을 빙자하여 부르는 일이 있다. (32회 부기)
- 주요 지방관은 수 명 내지는 수십 명의 기생을 돌아가면서 관아에
  숙직시키고 마음에 드는 기생은 첩으로 삼는다. 이 기생도 관비로
  공적인 의식에 참여한다. (3회 부기)

조선에서는 여자를 유괴하여 강간적 결혼을 하기도 하고 남의 부
인을 빼앗는 일도 있으며 주로 부인을 치료하는 여의사를 가끔 건강

145

한 남자가 병을 빙자하여 부르는 일, 중요관직의 지방관은 관가소속의 기생 중에서 마음에 드는 여자를 첩으로 삼는 일이 있다고 설명한다. 자신의 의지와는 상관없이 남성들에게 농락당하는 힘없는 조선여성들을 소개하고 있는 것이다. 또한 조선여성들은 앞에서도 예로 들었던 남존여비의 폐해가 심각한 조선사회에서 억압받는 존재들이기도 하였다. 일본에서도 당시 남녀의 불평등, 남존여비는 비판의 대상으로 문제시되었다. 후쿠자와 유키치福沢諭吉가 남녀평등사상을 주장하였으며 남존여비와 일부다처제에 대해 일관되게 메이지유신직후부터 평생에 걸쳐 비판하였음은 새삼스럽게 언급할 필요가 없을 것이다[13]. 일본에서도 쉽사리 사라지지 않았던 남녀불평등, 남존여비 문제를 조선이 일본보다 더욱 심각한 수준인 것처럼 소개함으로써 조선여성에게 마이너스적인 이미지를 부여함과 동시에 조선이 일본보다 미개함을 암시하고 있는 것이다.

V. 『胡砂吹く風』의 의의—맺음말을 대신하여

마지막으로 지금까지 고찰한 『胡砂吹く風』의 조선, 조선인에 대

---

13 후쿠자와 유키치(福沢諭吉)는 1870년 「남자든 여자든 동등하게 천지간의 한 인간으로서 경중의 차이가 있을 리 없다」(「中津留別の書」『福沢諭吉選集 第9巻』, 岩波書店, 1981)라고 남녀평등사상을 주장하였다. 그리고 후쿠자와의 남존여비비판에 대해 마루야마 마사오(丸山真男)는 「후쿠자와는 후년에 보수화되고 있지만, 「부인예속의 타파」라는 점에서는 유신 직후부터 평생 변하지 않았다. 남존여비와 일부다처제에 대한 비판은 후쿠자와의 사회비판 중에서 가장 일관된 점이다」(『「文明論之概略」を読む』, 岩波新書, 1986)라고 평가하고 있다.

한 소개 양상이 동시대 조선을 소재로 한 조선텍스트들과 어떠한 차이를 보이는지 살펴보기로 하자. 『胡砂吹く風』에 그려진 조선, 조선인에 대한 마이너스적인 이미지는 메이지 일본사회에서 쉽게 찾아볼 수 있다. 잘 알려져 있는 바와 같이 후쿠자와 유키치福沢諭吉는 『문명론의 개략』에서 문명발전단계설에 입각하여 서양각국은 문명국임에 반해 일본을 포함한 아시아를 반개半開, 즉 야만과 문명의 중간단계로 규정하였다. 이후 문명발전단계설에 입각한 일본의 위치는 「탈아입구脱亞入歐」즉 「탈아론」적 주장을 거쳐 청일전쟁, 러일전쟁을 통해 반개에서 문명으로 변질되어 간다. 뿐만 아니라 아시아에서의 이권다툼이 치열해지면서 아시아 내에서 우위를 선점하고자 했던 일본은 〈일본:조선〉=〈문명:야만〉이라는 도식을 정착시켜갔다. 나카네 다카유키中根隆行는 『〈朝鮮〉表象の文化誌』에서 일본이 지적언설을 통해 이러한 도식을 정착시켜간 과정에 대해 고찰하였는데 그에 따르면 이러한 경향은 청일전쟁 이후부터 짙어지기 시작한다고 한다.

청일전쟁기를 중심으로 하여 조선텍스트의 특징을 파악하기 위해 아래에 예를 몇 개 들어 두겠다. (중략) 지리, 문화적 특징, 위생학적 관점, 병적 비유라는 형태로 언급되는 전제는 조선이 일본보다도 열등한 「야만국」이라는 인식이다. [14]

小松運編述 『朝鮮八道誌』(東山堂, 1887), 矢津昌永 『朝鮮西伯利紀行』

---

14 中根隆行 『〈朝鮮〉表象の文化誌』, 新曜社, 2004, 48-49쪽.

(丸善株式会社書店, 1894), 大庭寬一 『朝鮮論』(東邦協会, 1896)의 예를 들어서 조선=야만이라는 인식을 전제로 한 언급이 청일전쟁시기에 빈번하게 확인된다고 지적한 나카네는 청일전쟁기의 조선인상에 대해서도 다음과 같이 적고 있다.

청일전쟁기의 조선인상은 그 중에서 쉽게 알 수 있음을 기준으로 기호화된 마이너스 이미지가 양산되는 경향이었다고 말할 수 있다. [15]

청일전쟁 3년 전인 1891년에 발표된 『胡砂吹く風』에서도 조선은 야만국이라는 도식과 조선인의 마이너스 이미지를 확인할 수 있다. 하지만 『胡砂吹く風』가 조선과 조선인에 대해 플러스 이미지로 소개하고 있는 요소도 분명히 존재하며 좋고 나쁨의 가치판단 없이 다양한 분야의 조선 문화를 소개하기도 하였다는 점도 역시 간과해서는 안 된다. 이와 같은 『胡砂吹く風』의 조선소개특징을 고려한다면, 『胡砂吹く風』는 조선 문화 소개서이며, 동시에 조선과 조선인을 마이너스 이미지로 그린 최초의 소설작품이라는 이중적인 의미를 지닌 것으로 평가할 수 있을 것이다. 『胡砂吹く風』가 이러한 이중적인 의미를 가지는 것은 청일전쟁이전에는 조선상, 조선인상이 획일화, 고착화된 형태로만 그려진 것이 아님을 증명하는 것이기도 하다.

---

15 中根隆行, 앞의 책, 131쪽.

제6장

일본 무사의 조선 호랑이 사냥

― 이미지 표현을 중심으로 ―

❀ ❀ ❀

최 경 국

Ⅰ. 머리말

일본열도에서는 홍적세경의 남방 호랑이 유골이 발견되었지만 인류가 살기 시작한 시기에는 이미 호랑이는 절멸되어 있었다. 그러니 일본열도에서 일본인이 호랑이를 만날 기회는 없었다. 하지만 호랑이는 백수의 왕으로서 그냥 동물 이상의 상징성을 지니고 있다. 여러 가지 문화적 경로에 의해 호랑이에 대한 문화가 전래되었기 때문에 일본인도 호랑이에 대해서는 잘 알고 있었다. 호랑이와 조우하는 일 조차도 이야기 거리가 되는 시대였었는데 하물며 호랑이를 만나 싸워서 이긴다면 이보다 더 이름을 떨칠 기회는 없었을 것이다. 그리하여 일본인에게 있어서 한반도로 건너가 호랑이를 쓰러뜨리는 일은 무사로서의 명성을 드높이는 일이기도 하였다.

그래서 이미 『日本書紀』(720년 완성) 欽明紀 545년 3월의 기사에는 처음으로 일본인이 호랑이를 만나 죽이는 이야기가 기록된다. 이렇게 일본인이 호랑이를 죽이는 일은 일본어로 '호랑이 사냥虎狩' 혹은 '호랑이 퇴치虎退治'라는 이름으로 일본 문학에 계속해서 나타난다.

『日本書紀』뿐 아니라 최초의 와카(5-7-5-7-7의 음절로 이루어진 일본의 정형시)집인 만요슈(万葉集, 759년 이후 성립)에서도 일본인이 한반도로 건너와 신적인 존재인 호랑이를 잡아 껍질을 벗겨 바닥에 깐다고 되어있다[1].

한반도에는 호랑이가 살고 있었는데도 호랑이를 죽임으로서 무명武名을 날리게 되는 무사의 이야기가 없는데 비해, 일본은 호랑이가 없었음에도 불구하고 호랑이를 죽여 이름을 날리는 무사 이야기의 전통이 있다. 본 논문에서는 일본인 무사에 의한 호랑이 사냥에 대한 문학적 기술과 그것이 어떻게 그려졌는지에 대해 이미지를 중심으로 살펴보기로 하겠다.

Ⅱ. 하스히(巴提便)의 호랑이 사냥

1. 『日本書紀』545년 3월의 기사

545년은 삼국시대도 후기로 접었을 무렵으로, 신라新羅 진흥왕眞興

---

1 韓国の虎とふ神を 生取に 八頭取り持ち来 その皮を 畳に刺し 乞食者の詠(万3885部分)

王 6년, 고구려高句麗 안원왕安原王 15년, 백제百濟 성왕聖王 23년에 해당한다. 이 시대의 주요 역사적 사실을 보면 538년에 백제는 국호를 남부여로 고치고 수도를 사비성(부여)로 옮겼다. 545년에는 신라, 거칠부가 역사책인『국사』를 지었고, 551년에는 신라가 백제와 연합하여 고구려를 공격하였다. 552년에는 백제의 노리사치계가 일본에 불상과 불경 등을 전하였다. 일본에서는 이 해에 공식적으로 불교가 전래되었다고 한다.

『日本書紀』의 일본인 호랑이 사냥의 기록은 다음과 같다.

겨울 11월에 선신(천황의 식사에 봉사하는 전문직의 성) 하스히巴提便가 백제로부터 돌아와서 말하기를, "신이 사신으로 파견되었을 때 처자를 동반하여 갔습니다. 백제의 항구(항구는 바다의 항구이다)에 도달하여 해가 저물어 하룻밤을 묵었습니다. 어린애가 홀연히 사라져서 간곳을 몰랐습니다. 그날 밤은 눈이 많이 내렸습니다. 아침이 되어 비로소 찾아보니 호랑이가 지나간 흔적이 있었습니다. 신은 바로 칼을 차고 갑옷을 입고 암석동굴에 도달하였습니다. 칼을 빼들고 말하기를 "삼가 천황의 뜻을 받들어 땅과 바다를 건너 산과 들을 지나 풀을 베개로 삼고 가시나무를 이불 삼은 것은 그 아이를 사랑하여 아버지의 업을 잇게 하기 위함이다. 생각해보면 너 두려움의 신도 자식을 사랑하는 마음은 같다. 오늘 밤 내 자식을 잃고 뒤를 쫓아 찾아왔다. 목숨을 두려워하지 않고 보복하기 위해서 왔다"고 말했습니다. 이미 그 호랑이는 앞으로 나와 입을 열고 삼키려 합니다. 하스히는 곧바로 왼손을 뻗어 그 호랑이의 혀를 붙잡고 오른 손으로 찔러 죽이고 껍질을 벗겨서 돌아왔

다"고 아뢰었다.(이하 필자 역)

이 이야기는 호랑이가 사는 동굴로 찾아가 호랑이와 싸운다는 것인데, 호랑이가 입을 크게 열어 하스히를 삼키려고 하자 왼손을 뻗어 호랑이의 혀를 잡고 오른손 칼로 찔러 죽인다. 호랑이의 사냥을 생각해 보면 호랑이는 그 큰 몸집으로 상대방에게 달려들어 쓰러뜨리고 급소를 물어 죽인 다음에 고기를 먹는 것이니까 입을 크게 벌려 삼키려고 한다는 자체가 호랑이의 생태를 모르고 있는 것이다. 설사 사람을 삼키려고 덤벼들었다고 할지라도 혀를 잡히는 일은 없을 것이다.

13세기 전반에 성립된 설화집『宇治拾遺物語』의「견당사遣唐使의 아들, 호랑이에게 먹힌 이야기遣唐使子虎に食るゝ事卷一二ノ二○」는 앞의『日本書紀』의 호랑이 퇴치 기사와 거의 유사하다.

이 이야기를 읽어보면『日本書紀』의 기사와 설화적 모티브는 거의 같다고 할 수 있다. ① 일본인이 중국 사신으로 갈 때 자식을 동반한다. ② 눈이 오는 날 ③ 자식이 없어진다. ④ 눈에 짐승 발자국이 나 있다. ⑤ 산의 바위 동굴로 찾아간다. ⑥ 호랑이를 칼로 죽인다.

장소가 백제에서 당으로 바뀌어져 있고 좀 더 논리적이고 알기 쉽게 서술되어 있지만 같은 이야기라고 볼 수 있다.『日本書紀』의 시대에는 한반도와의 교류가 왕성하였지만『宇治拾遺物語』가 쓰여진 시대에는 교류가 별로 없었기 때문에 한반도로 사신으로 가는 이야기를 하기에는 그다지 적합하지 않았기 때문에 당으로 바뀌었을 것이다.

그러나 『日本書紀』에서는 호랑이 혀를 잡는다고 되어있는데 『宇治拾遺物語』에서는 호랑이가 웅크렸다 뛰어오르려고 하는 찰나에 칼을 내려친다. 같은 이야기지만 시대에 따라 합리적으로 바꾸어졌다는 생각이 든다.

2. 에도시대의 에혼(絵本)

이 이야기가 다시 기록되는 것은 에도시대 다치바나 모리쿠니橘守国의 『絵本故事談』(1714)이다. 이곳에 그림과 설명이 들어있다. 이 책은 화가가 되기 위하여 그림을 배우는 책으로 유명하였다. 그러므로 그림을 그리는 사람이라면 화제畵題를 찾기 위해서라도 반드시 보는 책이었다. 그림과 함께 쓰인 설명을 번역하면 다음과 같다.

하노시巴提便

선신 하노시는 긴메이천황欽明天皇 재위시의 사람이다 견사遣使로 임명되어 백제국으로 건너가는데 처자를 데리고 갔다. 날이 저물어 백제의 해변에 숙소를 얻었는데 어린 자식이 갑자기 사라져서 행방을 몰랐다. 그날 밤은 눈이 내렸고 눈에 호랑이의 발자국이 있어서 하노시는 바로 칼을 차고 투구를 쓰고 뒤를 따라서 험준한 산에 들어가 호랑이를 향해 칼을 빼고 말하기를 "집에서 멀리 떨어진 바다와 육지를 지나 이 고생을 하는 것도 자식을 사랑하여 부모의 업을 잇게 하기 위함이다. 너도 자식을 사랑하는 마음은 이와 같다. 오늘 밤 내 자식을 잃고 뒤를 쫓아 여기 왔다"고 말했다. 그 호랑이는 입을 벌리고 뛰어와서 하노시를 물려고 하였다. 하노시는 재빠르게 왼손으로 호랑이의 혀를 잡고 오른손으로 찔러 죽이고 그 껍질을 벗겨서 일본으로 돌아와 그 사실을 보고하였다고 한다.

『絵本故事談』6권

이 이야기는 『宇治拾遺物語』가 아니라 『日本書紀』의 뒤를 잇는다고 할 수 있다. 『日本書紀』를 바탕으로 해서 에도시대에 맞게 각색하였다. 생략된 말을 보면 천황에 대한 언급, 두려움의 신 호랑이이라는 말이 없어졌다. 에도시대는 쇼군의 시대이므로 천황에 대한 찬양이 사라졌고 한반도의 호랑이를 신으로 보는 생각도 없어졌다. 그리고 巴提便를 『日本書紀』에서는 하스히라고 하였는데 여기서는 하노시라고 읽고 있다는 점이 다르다. 또 다른 그림에서는 '하테베'라고 읽기도 한다.

이 책은 그림을 배우는 책이라 그림이 함께 실려 있다. 그림을 보면 눈이 내린 산에서 갑옷을 갖추어 입고 오른손으로 칼을 들고 왼손을 위로 치켜든 일본인 무사가 자신에게 달려드는 호랑이를 향해서 자세를 잡고 있는 모습이다. 하지만 글에는, "입을 벌리고 뛰어와서 하노시를 물려고 하였다. 하노시는 재빠르게 왼손으로 호랑이의 혀를 잡고 오른손으로 찔러 죽이고"라고 쓰여 있는데 뛰어 오는 호랑이를 칼을 뽑아 내려치려는 모습으로 그려져 있다. 즉 문장은 『日

本書紀』의 글을 따왔으나 그림은 『宇治拾遺物語』의 기사를 따르고 있다.

『宇治拾遺物語』에서는 "남자는 칼을 들고 뛰어들자 호랑이는 도 망치지 않고 웅크리고 뛰어오르려는 것을 칼로 머리를 치니 잉어 머 리를 가르듯이 잘라졌다. 그런데 다시 호랑이가 옆구리를 물려고 달 려들기 때문에 호랑이 등을 치자 등뼈가 부러져서 주저앉았다"라고 적혀있다.

일본에는 호랑이가 없었기 때문에 호랑이를 그리기 위해 서는 전에 그려진 그림을 보 고 따라 그렸다. 호랑이가 뛰 어오는 그림은 가노 단유(狩野 探幽, 1602~1674)가 그렸다고 전해 지는 《群虎図》(重要文化財, 40面)

狩野探幽 《群虎図》

와 유사한 점이 많다. 이 그림에서 영향을 받았을 것이다.

또 일본 무사의 그림은 헤이안시대 이후의 투구와 갑옷을 입고 있 으니 야마토시대(3세기 말부터 7세기 중엽)의 고증이 안 되어있다.

『日本書紀』를 그대로 그린 책으로 기타 부세이(喜多武清)가 그림을 그린 『增補 繪本勳功草』(1839)가 있다. 문장은 『日本書紀』와 거의 유 사하다. 삽화는 눈이 내린 골짜기에서 하스비가 갑옷과 투구를 갖추 어 입고 등장한다. 호랑이 입에 왼 손을 넣어 혀를 잡고 오른 손에는 검을 힘 있게 잡고 내려 찌르려고 하는 모습이 그려져 있다. 그림 속에 소나무가 있고 폭포가 있는 것은 일본의 호랑이 그림에서 전형적으로 보이는 형식이다.

일본인 무사가 든 칼은 앞의『絵本故事談』에서는 일본도가 그려져 있으나 여기서는 검이 그려져 있다. 지금의 일본도가 만들어진 것은 헤이안시대(794~1185) 말기이기 때문에 검

『增補 繪本勳功草』

으로 그렸을 것이다. 그러나 갑옷은 일본적이기보다는 중국의 복식과 닮아있다.

이 이외에도 文政初年(1818년)에 쓰기 시작하여 明治元年(1868년)에 완성된『前賢故実』에는 호랑이를 눕히고 위에 올라탄 후 왼손을 호랑이 입 안에 넣어 호랑이 혀를 잡고 오른손으로 칼을 쥐고 찌르는 모습이 그려져 있다. 여기서도 칼은 보이지 않으나 칼집이 직선인 것을 보면 칼이 아니고 검으로 그렸다는 것을 알 수 있다. 그리고 투구와 갑옷이 일본 야마토시대에 사용되었던 투구와 갑옷

『前賢故実』

으로 그려져 있다.『日本甲冑史』[2]와 비교해 보면 알 수 있듯이 투구는 충각투구衝角形兜이고 갑옷은 대금식판갑을 입은 모습으로 그려

져 있고 직선의 검을 차고 있다. 이
그림에 와서 처음으로 야마토시대
의 고증을 하여 고대의 일본인 무
사 복장을 하는 정확한 모습으로
그려졌다. 그러나 호랑이는 아직도
인간에 비해 크기가 작고 형태도
작은 곰과 같은 느낌이 든다.

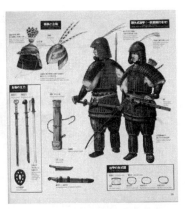

『日本甲冑史』

1857년 우타가와 구니요시(歌川国
芳: 1798~1861)의 우키요에인 「英雄五
色合 積雪 白 膳部巴提使」를 보면
배경은 앞의 『增補 繪本勳功草』와
마찬가지로 눈 쌓인 소나무에 폭포
가 떨어지는 곳이고 하스히는 호랑
이를 눞혀놓고 양 손으로 호랑이 입
을 붙들고 벌리려고 하고 있다. 그
런데 여기서 하스히의 복장을 보면,
투구는 가토 기요마사加藤清正의 장
오모자두長烏帽子兜이고 갑옷 위에
두른 천에 그려진 문양은 가토 기요
마사의 문장인 도라지꽃 문장桔梗紋

英雄五色合 積雪 白 膳部巴提使

이다. 그림은 충실하게 하스히의 모습을 나타내고 있지만 주인공은

---

2 中西立太『日本甲冑史』, 大日本絵画, 2008.

구니요시 『和藤内虎狩之圖』

가토 기요마사이다.

호랑이 그림은 입체적이지 않고 매우 평면적이다. 구니요시의 호랑이 그림은 이렇게 평면적인 호랑이가 여럿 있다. 1846년에 그린 『和藤内虎狩之圖』에도 호랑이가 길게 평면적으로 그려져 있다. 물론 구니요시가 그린 호랑이가 이 그림 왼편 절벽에서도 그려져 있듯이 다 평면적으로 그린 것은 아니다. 그러면 왜 이처럼 평면적인 호랑이가 있는 것일까? 그것은 호랑이를 볼 수 없는 일본에서 호랑이를 화보를 보고 그리는데, 에도시대 중기 이후에는 '사생'이라는 개념이 화가에게 있어서 매우 중요하게 작용하게 된다.

에도시대 사생화를 확립한 대표적인 화가는 마루야마 오쿄(円山応挙: 1733~1795)이다.[3] 이전의 화가들은 자신이 소속한 계파의 화보나 밑

---

3 冷泉為人「応挙の写生図について : 新出の「写生図貼交屏風」をめぐって」, 『大手前女子大学論集』29, 1995, 37쪽.
　　応挙の絵画の特質が写生画にあることは衆知のことである。彼はまず狩野派を学習してそれに飽きたらず、中国の古典、すなわち趙昌や銭舜挙の花鳥画、さらには仇英の美人画を学んだり、当時の西欧の銅版画を研究したり、渡辺始興を通して光琳風の装飾画風に習熟したり、ついには当時の実証主義的な面であるスケッチの意

그림을 통해서 배운대로 그렸는데 비해 오쿄 이후에는 직접 자신의 눈으로 보고 스케치하려는 풍조가 형성되어 오쿄는 호랑이를 보지 못한 일본인으로서 호랑이 대신 고양이를 보고 그렸다. 그 이후 일본인 화가들이 호랑이 대신에 고양이나 개를 스케치하여 그렸는데 비해 구니요시는 호피를 보고 그렸다는 느낌이 드는 평면적인 호랑이를 그렸다.

3. 중국 수호전 무송의 영향

1858년 구니요시가 그림을 그린 『英雄武者ぶるい』를 보자. 아래 그림은 이 책의 첫 번째 그림으로서 오른 쪽에는 제일 먼저 야마토 다케루노미코토日本武尊를 그렸고 왼쪽에는 두 번째로 하스히가 그려져 있다. 적혀있는 글을 보면 다음과 같다.

> 가와시데노 하테베는 긴메이천황 때 조정에 출사하여 용맹을 떨쳤는데, 한국에 가서 해변에 숙소를 정했을 때 호랑이가 나타나서 자식을 잡아먹었다. 하테베는 크게 노하여 결국 그 호랑이를 때려죽이고 껍질을 벗겨서 일본으로 돌아왔다.[4]

「英雄五色合 積雪 白 膳部巴提使」에서 하스히는 맨손으로 호랑

味の写生を消化して、独自の写生画を確立したのである。

4 膳臣巴堤使は欽明天皇の朝に仕へて大剛の聞へありに、韓に至りて海辺に舎りしとき虎出来りて、一子を取喰ふ。はてべ大いに怒り、終に其虎を打殺して皮をはぎ、帰朝せり

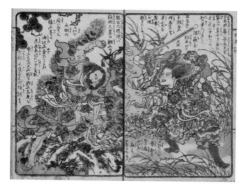

『英雄武者ぶるい』

행자 무송

이와 싸우고 있다. 그런데 이 그림에는 왼쪽 발과 왼손으로 호랑이의 머리를 누르고 한 손으로는 주먹을 쥐고 내려치는 자세를 취하고 있다. 그런데 이 그림은 「通俗水滸傳」의 한 그림으로 그려진 무송[5]과 상당히 유사한 포즈이다. 적혀있는 글을 보면, "경양의 언덕에서 갈색 피부를 드러내며 주먹으로 대호를 때려죽였다景陽の丘で、褐色の肌も露わに、拳で大虎を打ち殺す"고 되어있다. 그림을 보면 왼발 무릎으로 호랑이를 누르고 왼 손으로 호랑이 목덜미를 억누르고 오른손으로 내려치려는 장면이 똑같다. 같은 화가의 그림이므로 있을 수 있는 일이라고 볼 수도 있겠으나 무송과 하스히를 같은 자세로 그린다는 것은 맞지 않는다. 일본인이 맨손으로 호랑이를 잡는 이야기는 없었다.

일본에 수호전이 전래된 사실은 에도시대 초기 덴카이 승정(天海僧

---

5 歌川国芳「清河縣之産武松」『通俗水滸傳濠傑百八人一個』(1827-1830)

正: 1536~1643)의 장서에 『水滸志伝評林』가 들어있는 것으로 알 수 있다. 1757년에는 오카지마 간잔岡島冠山이 간행한 번역본 『通俗忠義水滸伝』이 간행되지만 한문조여서 읽기 어려웠다. 1805년에는 교쿠테이 바킨曲亭馬琴에 의해 읽기 쉬운 『新編水滸画伝』이 간행되지만 중도에 중지되었다. 1825년이 되어 다시 바킨이 수호전의 호걸 108인을 모두 유녀로 치환하여 만든 『傾城水滸伝』이 간행되자 순식간에 베스트셀러가 되어 일본에 수호전 붐을 일으킨다.

周萍에 의하면 에도시대 중후기에 수호전을 그린 사람은 도리야마 세키엔鳥山石燕, 기타오 시게마사北尾重政, 가츠시카 호쿠사이葛飾北斎, 우타가와 구니요시歌川国芳, 도토야 홋케이魚屋北渓, 가쿠테이 데이코岳亭定岡, 츠키오카 요시토시月岡芳年 등 11명의 화가를 들고 있다.[6] 실로 에도시대 수호전의 인기를 엿볼 수 있는 대목이다.

Ⅲ. 『宇治拾遺物語』「무네유키(宗行)의 부하, 호랑이 잡은 이야기」

다음 이야기는 위의 이야기와는 달리 일본 사무라이를 한국인들의 입을 빌어 칭송한다. 새로운 한일관계를 느끼게 하는 호랑이 퇴치 이야기이다.

---

6 周萍 「国芳の「水滸伝」絵画について」, 『アート・リサーチ』11, 2011, 66~69쪽.

「무네유키宗行의 부하, 호랑이 잡은 이야기宗行郞等射虎事 卷一二ノ一九」

무네유키의 부하가 어처구니없는 일로 주군을 해치려고 하다가 신라로 피해있을 무렵, 신라의 김해에서 호랑이가 마을로 들어와 사람들을 잡아먹었다는 이야기를 듣는다. 마을 사람에게 호랑이가 몇 마리인가를 묻자 호랑이는 한 마리라고 한다. 그 말을 듣고 "그 호랑이를 만나 활을 쏘아 호랑이가 강하면 같이 죽기밖에 더하겠느냐, 이 나라 사람은 무술이 강하지 않은 듯 하다"라고 말하자 옆에서 이 말을 들은 사람이 사또에게 전하였다. 사또가 그를 불러 호랑이를 잡을 수 있냐고 묻자 "이 나라 사람은 자신의 안위를 먼저 생각하기 때문에 적을 물리칠 수 없습니다. 적당한 마음으로서는 그렇게 사나운 맹수를 잡을 수 없습니다. 일본인은 자기 자신의 안부를 생각지 않고 적을 상대하기 때문에 적을 물리칠 수 있습니다."고 말한다. 사또가, 그러면 자네는 그 호랑이를 잡을 수 있냐고 묻자, "제가 죽든 살든 반드시 쏘아 죽이겠습니다"라고 대답한다. 사또는 기뻐하며 호랑이 퇴치를 부탁한다. 그는 호랑이를 만났던 사람에게 호랑이가 사람을 덮칠 때의 습성을 묻고 나서 활과 화살을 갖추고 호랑이가 있는 장소를 찾아 나선다. 신라 사람들이 "일본인은 어리석다. 호랑이에게 잡혀 먹힐 것이다" 하며 비난하였다.

그리하여 그는 호랑이가 사는, 4척이나 자란 삼밭 속으로 들어가니 호랑이가 엎드려 있었다. 날카로운 화살을 꺼내어 한 쪽 무릎을 세우고 자세를 잡았다. 호랑이는 사람 냄새를 맡고 고양이가 쥐를 잡을 때처럼 웅크렸지만 그가 활시위를 잡고 소리 없이 지켜보고만 있자 큰 입을 벌리고 그의 위를 덮쳐왔다. 그는 활을 힘차게 당겨 덮쳐올 때 화살을 쏘자 턱에서부터 목덜미까지 박혔다. 호랑이가 쓰러져 버둥거릴 때 다시 배를 쏘았다. 그리고 한 방을 더 쏘아 호랑이가 죽은 다음 화살도 뽑지 않고 사또에게로 돌아갔다. 사또가 많은 사람들을 대동하고 호랑이가 있는 장소로 가니 정말로 화살 3촉이 박혀 죽어있는 호랑이 시체가 놓여있었다. 사또는 기뻐하며 "참으로 백천마리의 호랑이가 덤벼온다 하더라도 일본 사람이 10명정도 말을 타고 쏜다면 호랑이들도 어쩔 수 없을 것이다. 이곳 사람은 한 척짜리 화살에 날카로운 날을 달고 게다가 독을 발라 쏘면 끝내는 그 독 때문에 죽을텐데도 막상 호랑이를 만나면 쏘지를 못한다. 일본사람은 자신이 죽더라도 조금도 겁내지 않고 커다란 화살을 쏘니 그 자리에서 죽인다. 무도에 있어서는 일본인을 당해낼 수 없다. 그러니 더욱더 겁이 나는 나라이다"라고 무서워하였다.

그런데 이 남자를 더욱 아쉬워하며 신라에 묶게 하려 했지만 처자를 그리워하여 구주로 돌아가 무네유키에게 가서 그간 사정을 이야기하자, "일본의 체면을 살린 사람"이라고 하여 죄를 사하여 주었다.

(『宇治拾遺物語』)

간단하게 요약하면 무네유키의 부하가 죄를 지어 신라로 건너와 있을 때 활로 호랑이를 잡고 신라 사람들로부터 '역시 무사도로는 일본 사람에게 도저히 당할 수 없다'고 칭송을 받는다는 내용이다. 그런데 호랑이 퇴치 기사는 원래가 일본 무사의 용맹성을 강조하기 위한 이야기이지만 이 이야기처럼 일본인과 한국인을 비교하여 구

체적으로 일본인 무사가 무도에 있어서 뛰어나다고 강조하는 기사
는 없었다. 앞에서 예를 든 「견당사遺唐使의 아들 호랑이에 먹힌 이야
기」의 평도 당나라 사람이 일본인의 무용을 칭송한다. 즉 일본이 무
사의 시대가 되면서 무사의 무용을 강하게 부각시키게 되었다는 점
을 알 수 있다.

이 이야기는 두루마리 그림絵
巻로 남아있다. 나라에혼奈良絵本
『宇治拾遺虎物語』가 그것이다.
설명에 의하면 近世前期(寬文·延
宝頃)에 그린 작품이라고 되어있
다. 폭 33cm, 길이 1090cm의 두
루마리로 그림은「용호의 싸움」
「호랑이가 악어(상어)를 잡는 일」
「견당사의 아들 호랑이에게 잡
혀먹는 일」「우치히사가 호랑이
를 쏜 일」로 모두 5개이다. 『宇

『宇治拾遺虎物語』

治拾遺物語』의 호랑이에 대한 이야기를 모은 두루마리이다. 그런데
이 이야기가『宇治拾遺物語』에서는 무네유키의 부하로 되어있는데
이곳에서는 나가토長門国의 우치히사라고 되어있다. 이 이야기는 조
선에 건너간 일본인이 호랑이에 고통 받는 사람들을 구하기 위하여
혼자 가서 활로 쏘아 죽였다는 이야기이다. 옆의 그림을 보면 왼쪽
어깨를 드러내고 긴 활을 쏘고 있고 호랑이는 가슴에 화살을 맞고
쓰러져있다. 다음 그림에는 신라 사람들이 몰려들어 죽은 호랑이를

보고 있다.

앞의 하스비에 비하면 무네
유키의 부하는 그다지 그림으로
그려지지 않았다. 그러나『新編
水滸画伝』에 위 그림과 유사
한 그림이 실려 있다.

이 장면은 화면 하단에「해

『新編水滸画伝』

진 해보, 달밤에 독 화살에 맞은 호랑이를 쫓는 그림解珍解宝、月夜ニ毒
箭ニ中たる虎を追圖」라고 쓰여 있듯이 수호전의 등장인물인 해진, 해보
의 이야기이다.

해진은 동생 해보와 함께 등주登州에서 사냥을 하며 살고 있었다.
어느 날 등주 성 밖의 산에 호랑이와 표범등 맹수가 나와 사람들을
괴롭혔기 때문에 사냥꾼들이 관아로 불려갔다. 3일 이내에 호랑이
를 퇴치하지 못하면 엄벌에 처한다고 하였다. 그래서 해진과 해보는
활에 독화살을 준비하여 산에 들어갔다. 3일째 되는 날 한 밤중에 되
어서야 장치를 해 놓은 독화살이 발사되어 호랑이 한 마리에 명중하
였다. 두 사람이 서둘러 뛰어갔으나 독화살을 맞은 호랑이는 산에서
굴러떨어졌다. 떨어진 장소는 친척인 모태공毛太公의 뒷마당이었다.
이미 날이 밝고 있었기 때문에 두 사람은 모태공의 집을 방문하였다.
모태공에게 사정을 설명하자 모태공도 같은 명령을 받았기 때문에
몰래 하인을 시켜서 호랑이를 빼돌렸다.

『宇治拾遺虎物語』의 무대는 한반도이고『新編水滸画伝』의 무대
는 중국이기 때문에 전혀 관계가 없는 이야기지만『新編水滸画伝』

의 화가인 가츠시카 호쿠사이는 『宇治拾遺虎物語』의 호랑이 그림을 전용한 것으로 보여진다.

가쿠테이 하루노부(岳亭春信, 1815-1852)의 1820년대의 인쇄물(摺物)[7]은 오른쪽에 그림이 그려져 있고 왼쪽에는 교카가 2 수 적혀있다. 그림은 무네유키의 부하가 호랑이를 잡는 그림인데 오른손에 활을 들고 있는데 그 활을 호랑이 입에 넣고 왼손은 호랑이 등 위로 들고 있다. 이처럼 교카

사의 인쇄물에 그려진 것을 보면 에도시대 후기에도 이 이야기는 잘 알려져 있었다고 생각된다.

Ⅳ. 가토 기요마사(加藤清正)의 호랑이 사냥

1. 총

일반적으로 일본에서 호랑이 사냥을 한 무사의 대표격은 가토 기요마사이다. 그런데 가토 기요마사가 실제로 호랑이를 사냥했는지에 대해서는 의문이 많이 남아있다.[8] 임진왜란이 끝난 지 140년이 지

---

7 에도시대에 비매품으로 나누어주었던 목판화. 교카사(狂歌師)의 설날 선물이나 개명을 널리 알리기 위해 만든 것이 있다.

8 일본 학계에서도 이 두 가지 논이 대립하고 있다. 이에 대해서는 졸고 「에도시대 말 대중문화 속의 호랑이 사냥 : 가토 기요마사를 중심으로」, 『日本研究』48, 2011 참조.

난 1739년의 『常山紀談』에 처음으로 가토 기요마사加藤淸正의 호랑이 퇴치담이 수록되어 있다.

조선의 어느 곳인지 모른다. 기요마사淸正는 큰 산의 기슭에 진을 치고 있었는데 밤에 호랑이가 와서 말을 집어 올려 울타리 위를 뛰어 나갔다. 기요마사는 "아깝게 되었다"고 화를 내었는데, 또 시동 고즈키 사젠上月左膳도 호랑이가 와서 물어 죽였다. 기요마사는 날이 새자 산을 둘러싸고 호랑이 사냥을 나서는데 한 마리의 호랑이가 무성하게 자란 갈대숲을 헤치고 기요마사를 겨냥하여 뛰어오고 있었다. 기요마사는 커다란 암석 위에서 조총을 들고 겨누었는데 그 거리는 30간 정도에서 호랑이는 기요마사를 노려보며 멈추어 섰다. 사람들이 조총으로 쏘려하는 것을 지시하여 쏘지 못하게 하였다. 자기가 쏘려는 것이었다. 그리하여 호랑이가 맹렬하게 가까이 다가와 입을 벌리고 덮쳐오는 것을 쏘자 목을 맞아 그 자리에서 쓰러져 일어나려고 버둥대지만 급소를 맞아서 결국은 죽었다.

加藤淸正의 호랑이 퇴치담은 이 기록이 처음이다. 이 기록을 다룬 문학작품이 『繪本太閤記』(1797~1802년)이다. 『繪本太閤記』는 오사카의 다케우치 가쿠사이武內確齋가 쓰고 오카다 교쿠잔岡田玉山이 삽화를 그린 요미혼読本이다. 도요토미 히데요시豊臣秀吉로서 정밀한 삽화를 대량 삽입하여 1797년 출판되자마자 대단한 인기를 끌어 5년 7편 84책에 이르는 장편이 되었으나 1802년 갑작스러운 막부의 절판 명령에 의해 끝나게 된다.

『絵本太閤記』속의 가토 기요마사 호랑이 퇴치담은『常山紀談』의 내용과 거의 유사하다. 단지『常山紀談』에서는 '30간' 정도 앞에서 호랑이가 멈춰 섰다고 썼는데『絵本太閤記』에는, '14, 5간' 앞에서 멈추었다고 적혀있다. 1간은 약 1.8미터이다. 15간이면 약 27미터, 30간이면 54미터이다. 새벽녘에 산속에서 50미터 넘게 떨어져 있는 호랑이를 본다는 것은 쉽지 않은 일이다. 그래서 거리를 반으로 줄였다고 생각된다.

또 한 가지 다른 점은 『常山紀談』에서는 기요마사가 쏜 총이 호랑이의 목덜미에 맞아 죽었는데『絵本太閤記』에서는 기요마사가 총을 겨누자 입을 벌리고 뛰어와서 기요마사가 쏜 총알이 입안으로 명중하였다고 쓰여 있다.

『絵本太閤記』

지금은 인터넷으로 동영상을 검색해 보면 입을 벌리고 뛰는 호랑이가 없다는 것은 금방 알 수 있지만 이때는 일본에서 호랑이를 볼 수 없었던 시절이었다. 앞에서『日本書紀』에서도 입을 벌리고 달려들어서 혀를 잡고 칼로 찔러 죽인다고 되어있는데 사실 호랑이가 달려들면서 입을 벌리는 일은 없다. 물기 직전에 입을 벌리는 것이다.

삽화를 보면 오른 편에는 호랑이가 입을 벌리고 달려오고 있고 왼

쪽 바위 위에는 갑옷을 입은 무장이 총을 겨누고 있다. 갑옷 배 부분에 동그라미가 그려져 있는 듯이 보이는데 동그라미 문양은 가토 기요마사의 집안 문장인 뱀눈 문장蛇の目紋이다. 기요마사임을 알 수 있는 또 하나의 증거는 기요마사 뒷 쪽에 그려진 깃발이다. 깃발 위를 동그랗게 파초와 같은 잎으로 장식하였는데 그림 자료에서 이 깃발이 기요마사의 상징으로 자주 사용되었다.

호랑이는 왼쪽 아래, 기요마사는 오른쪽 위로 대치하고 있는 그림으로 매우 역동적인 화면 구성이다. 배경으로는 호랑이 앞으로 커다란 소나무가 한 그루, 그 앞쪽으로는 계곡물이 흐르고 있다.

『絵本太閤記』에 수록된 것을 시작으로 해서 에도시대 말기로 가면 이 이야기가 크게 유행한다. 또한 많은 우키요에도 그려졌다. 예를 들면 앞에서 예를 든 国芳의 「和藤内虎狩之図」는 『国性爺合戦』의 주인공 와토나이의 이름을 빌었지만 그림을 보면 여러 가지 요소로서 기요마사라는 것을 알 수 있다. 역사적으로 존재했던 무사를 직접 그릴 수 없었기 때문에 이름은 다른 이름을 썼지만 그림으로 알아볼 수 있게 그렸다.

여기서 다시 간과해서는 안 될 것이 『常山紀談』에서 기요마사가 호랑이를 죽인 무기는 조총인데, 구니요시의 그림과 그림책에서는 창으로 그려져 있다. 1802년 『絵本太閤記』에서는 조총으로 그려졌으나 시대가 뒤로 갈수록 무사의 무용을 더욱 극적으로 그리기 위해 기요마사가 즐겨 사용하던 창으로 바뀌어졌다. 창뿐 아니라 더욱 근접전으로 그릴 때에는 칼로 그려지기까지 한다.

즉, 최초로 그려진 가토 기요마사의 호랑이 퇴치 그림은 총이었으

169

나 시간의 흐름에 따라서 창이나 칼로 그려진다는 것이다. 오히려 총은 시대의 흐름과 함께 완전히 사라져버린다. 가토 기요마사가 영웅화됨에 따라 호랑이와의 거리가 점점 가까워진 것이다.

2. 편겸창(片鎌槍)

졸고 「에도시대 말 대중문화 속의 호랑이 사냥 : 가토 기요마사를 중심으로」(日本硏究, Vol.48, 2011)에 정리한 우키요에로 그려진 가토 기요마사의 호랑이 퇴치 그림을 보면 창이 13, 칼이 4, 맨손이 1이다. 압도적으로 창이 많다. 그런데 창으로 호랑이를 잡았다는 역사적 근거는 없다. 그렇다면 어떤 연고로 호랑이를 창으로 잡는 그림이 그려지기 시작했을까가 의문이다.

지금 전해지는 가토 기요마사의 편겸창片鎌槍에 얽힌 이야기는 두 가지이다. 우선 아마쿠사天草의 민중반란을 토벌하기 위해 격전을 벌이던 중에 지니고 있던 십문자초승달창十文字三日月槍의 한 쪽 날이 부러져서 편겸창이 되었다는 설과, 임진왜란 때에 호랑이와 싸워서 호랑이가 물어서 부러졌는데 그 창을 편겸창이라고 부르고 애용하였다고 하

편겸창

는 전설이다. 이 편겸창은 딸 야소히메八十姬가 결혼할 때 가지고 가서 도쿠가와 집안에서 전해져 현재는 동경국립박물관에 소장되어 있다.

하지만 이 편겸창은 부러진 것이 아니라 원래부터 이렇게 만들어

졌다고 하는 것이 정설이다. 누마타 겐지沼田謙次의 『日本の名槍』[9]에
는 다음과 같이 서술되어 있다.

> 기요 마사가 임진왜란 때 어디선가 갑자기 습격해 온 호랑이의 입
> 안에 창을 찌르려했는데, 날카로운 이빨로 물어 부러져서 이렇게 되었
> 다고 그럴듯하게, 아마 에도시대부터 전해지고 있다. 오늘날까지도 이
> 것을 믿는 사람이 반드시 적지 않다.
> 그러나 이것은 이야기로는 재미있지만, 실은 말도 안 되는 잘못으
> 로 이처럼 제대로 단련된 창이 호랑이 이빨에 물리는 정도에 부러질
> 리가 없으며 실물을 보면 알 수 있듯이 부러진 흔적도 없다. 즉, 형태에
> 조금도 부러진 흔적이 없으며 바탕, 칼날에 전혀 이상이 없다.
> 내 생각에는, 이것은 1589년 히고肥後의 영주로 봉해진 기요마사가
> 아마쿠사의 기야마 단조木山弾正와 전투를 벌였을 때 십문자창의 한
> 쪽이 부러졌다는 기록에 바탕을 두고 만들어진 것으로 믿을 수 없는
> 이야기다.

전문가가 아니라 일반인이 보아도 왼쪽 부분은 부러진 것이 아니
라 처음부터 짧게 만들어진 것이라고 알 수 있다.

우타가와 구니요시가 그림을 그린 『和漢英雄画伝』(간행년 불명)에
는 창을 쥐고 내지른 무사가 오른 쪽에 그려져 있고, 왼쪽에는 높여
져서 웅크리고 그 창을 입으로 물고 발톱으로 창을 잡고 있는 호랑

---

9 人物往来社, 1964.

이가 그려져 있다. 창은 일반적으
로 알려진 편겸창이 아니고 평범
한 창이다. 배경으로는 나무가 한
그루, 계곡이 호랑이 뒤를 흐르고
있다.

『和漢英雄画伝』

무사의 특징으로 가토 기요마사
라는 것을 알아볼 수 없으나 오른
쪽 하단에, 「가토 기요마사 조선에
들어가 맹호를 퇴치하다加藤清正、朝
鮮に入りて猛虎を討つ」라고 쓰여 있다.
구니요시의 무사그림武者絵에는 이
런 구성의 그림들이 많이 그려졌다.
몇 가지 예를 들어보자.

구니요시가 그린 1835년의 「虎狩之図」에는 가토 기요마사의 도
상적 특징이 잘 나타나 있다. 투구 장오모자두長烏帽子兜, 갑옷 위로
걸친 진바오리陣羽織에 그려진 뱀눈문장은 가토 기요마사를 나타낸
다. 그리고 창도 편겸창이 그려져 있다. 앞의 그림과 마찬가지로 호
랑이가 창 자루를 물고 앞발로 잡고 있다. 그런데 이 그림에서는 기
요마사와 호랑이가 매우 근접해서 그려져 있다.

이번에는 서민들의 소망을 담아 절이나 신사에 봉납하는 에마絵馬
에 그려진 호랑이를 보자. 에마에도 가토 기요마사의 호랑이 퇴치
그림이 매우 많이 그려졌다. 무장의 용맹함과 담대함을 닮기 위해서
일 것이다. 이 에마는 후쿠오카에 있는 산쇼진자三所神社에 봉납되어

있는 것으로 화가는 류류쿄 신사
이柳々居辰斎이고 편액에 쓰여 있
는 봉납일은 1803년 6월이다. 세
월에 의해 열화된 곳이 있으나
부분적으로 금박이 보이고 채색
도 화려하여 잘 보존된 편이라고
할 수 있다.

이 에마에도 무장은 기요마사를 암시하고 있는 뱀눈문장이 갑옷
과 투구에 세 군데 보인다. 호랑이가 창날을 물고 있는 것을 누르고
있는 듯한 자세이다.

이처럼 우키요에와 에마 및 어린이 장난감, 미코시를 꾸미는 장식
품 등에 기요마사가 창으로 호랑이를 퇴치하는 모습은 널리 사용되
었고 지금도 그려진다. 하지만 역사적 뒷받침도 없는 화제畵題가 왜
만들어지고 또 어떻게 서민들 문화 속에 뿌리를 내렸는지 항상 의문
을 갖고 있었다.

그러던 중에 다치바나 모
리쿠니(橘守国: 1679-1748)의 『画
典通考』(1727년 간행)를 보게
되었다. 그림을 보면 호랑이
가 등장하는 장면이면 어디
나 있는 계곡이 흐르는 산에
호복胡服풍의 사람 둘이 말
을 타고 호랑이 사냥을 하고

『画典通考』

있다. 왼쪽 말을 탄 사람이 창을 찌르자 호랑이가 그 창의 나무 자루를 물고 앞발로 움켜쥐고 몸을 누워서 웅크리고 있다. 이 그림은 호인들의 사냥풍속을 그린 것으로 호랑이 이외에도 토끼, 곰, 여우, 사슴, 멧돼지 등을 잡는 모습이 그려져 있다.

한국 민화에서도 호인胡人이 사냥하는 그림이 그려진다. 『胡獵図八曲屏風』(부분)[10]에는 말을 탄 두 사람이 호랑이를 사냥하고 있고 그 뒤쪽에는 말 위에서 달리는 사슴의 다리를 잡고 칼을 내려치려는 모습이 보인다. 호랑이 사냥하는 사람도 한 사람은 창을 내려치고 있는데 맨 앞에 있는 사람은 창으로 호랑이를 찌르고, 호랑이는 그 창을 입으로 물고 있다.

『胡獵図八曲屏風』

이 그림은 한국 민화뿐 아니라 중국에서도 그려졌다. 명대 후기 장용장張龙章의 『胡人出獵図』[11]에도 말을 탄 호인들이 호랑이를 쫓고 있다. 왼쪽을 보면 창을 든 사람이 곧 찌를 듯이 달려가고 있고 그 앞쪽에는 활시위를 당긴 사람이 쫓아가고 있다.

『胡人出獵図』

---

10 김효근, 윤열수 엮음 『한국 호랑이』, 열화당, 1986에서 전재.
11 견본수묵, 미국 개인소장, 미술사학과 이주현 교수 교시.

이를 보면 중국 명대에 호인이 호랑이 사냥을 하는 화제가 있었고 그 화제가 일본에 전해져서 『画典通考』에 그려진 것이라는 생각이 든다. 『画典通考』를 그린 다치바나 모리쿠니는 그림을 그리는 사람에게 중국, 일본의 화제를 보여주는 그림책을 많이 간행하였다. 1714년 『絵本故事談』, 1720년 『絵本写宝袋』, 1729년 『絵本通宝志』, 1735년 『扶桑画譜』, 1740년 『絵本鶯宿梅』 등 20여종의 그림책을 그렸다.

마지막으로 막부말기 우키요에를 하나 더 보고자 한다. 1856년 우타가와 구니토라 歌川国虎의 「신공황후 삼한정벌 시 호랑이를 잡은 그림 神功皇后三韓征伐の時虎を捕らえる図」

을 보면 정 가운데 말을 탄 무장은 깃발에 의해 가토 기요마사라는 것을 알 수 있다. 가토 기요마사가 말을 탄 채로 편겸창을 호랑이에게 찌르고 있고 호랑이는 누워 웅크린 채로 편겸창 봉 부분을 물고 있다. 이 우키요에는 확실하게 『画典通考』의 호인의 사냥을 모방하였다는 것을 알 수 있다.

V. 맺음말

일본에서 호랑이는 문화로서 받아들여졌다. 그러므로 일본에서 호랑이는 그 자체가 비교문화적인 요소를 갖고 있다. 특히 그림은 보수적이어서 어딘가에 그 영향을 남기게 마련이다.

일본은 호랑이가 살지 않았기 때문에 일본인의 호랑이 사냥은 주로 한반도에서 행하여졌다. 첫 번째 사냥자는 하스히巴提便였다. 하스히는 눈이 덮힌 날 아들의 원수인 호랑이 발자국을 찾아가서 찾아낸 호랑이를 죽이고 호피를 벗겨 일본으로 돌아간다.『日本書紀』545년 3월 기사에는 죽이는 장면도 상세하게 묘사되어 있는데 입을 벌리고 달려드는 호랑이 혀를 잡고 칼로 찔러 죽인다고 되어있다.

이와 유사한 이야기가 13세기 설화집『宇治拾遺物語』에 실려 있는데 여기서는 호랑이를 죽이는 방법이 호랑이가 웅크렸다 뛰어오르려고 하는 찰나에 칼로 내려친다고 되어 있다. 같은 이야기가 전래되어도 장소를 바꾸고 죽이는 방법을 바꾸는 등 좀 더 합리적으로 바뀌었다. 하지만 하스히가 호랑이를 사냥하는 그림은『日本書紀』의 형태로 에도시대에 널리 퍼져 그림의 화제畵題로서 애용된다.

에도시대는 다양하게 호랑이 사냥이 그려진다. 임진왜란을 통하여 많은 일본인 무사들이 한반도에서 호랑이 사냥을 체험하게 되고 또 그 것들이 기록되게 된다. 하지만 임진왜란이 끝나고 난 후 200년이 지난 후『絵本太閤記』에 그려진다. 이 작품의 인기와 더불어 가토 기요마사의 호랑이 사냥은 널리 알려지게 되고 그림으로도 많이 그려진다. 그런데『絵本太閤記』에는 총으로 그려진 것이 그림에서는 총이 사라지고 창이나 칼, 혹은 맨손으로 그려진다. 맨손으로 그려진 것은 수호전의 무송이나 가부키『国性爺合戦』의 영향이고 칼은 하스히巴提便의 영향이다. 창의 경우는 일본에서 화보가 유행하게 되어 중국의 화제가 전해져서『胡人出獵图』처럼 호랑이를 말을 타고 창으로 찌르는 사냥 그림에 접하게 되어서 만들어진 것으로 보인다.

일본인 무사가 호랑이 사냥을 했다는 이야기가 일본에서 전승되었다고 하더라도 그것을 그리는 것은 또 다른 차원이다. 일본인 화가가 호랑이 사냥을 그릴 때, 직접 호랑이 사냥을 한 사람에게서 듣는 것이 아니라 몇 백 년 뒤에 그림을 그리게 되면 당연히 참고가 되는 그림을 찾아보아야 할 것이다. 그렇기 때문에 수호전의 호랑이 사냥 그림이나 화보를 참고로 하였을 것이다.

한일문화 연구의 새 지평 1

한일문화의 상상력 : 안과 밖의 만남

제7장

손진태孫晋泰의 일본유학

❀ ❀ ❀

히구치 아쓰시

I. 들어가며

손진태는 1921년에 일본으로 유학을 떠나 1927년에 와세대 대학을 졸업하고 1934년에 근무처인 동양문고를 퇴직할 때 까지 오랜 세월을 일본에서 보냈다. 본고에서는 그가 일본유학 중에 출판한 『조선고가요집朝鮮古歌謠集』, 『조선신가유편朝鮮神歌遺篇』, 『조선민담집朝鮮民譚集』이라는 3편의 주요 업적과 그에 관한 여러 편의 논고를 고찰하여 그의 일본유학의 궤적을 집어보고자 한다.

Ⅱ. 유학에 이르기까지

유학에 이르기까지의 손진태의 발자취를 알 수 있는 주요 자료는 4가지가 있다. 이것을 연대순으로 배열하면 ① 1928년 1월 잡지 「신민新民」의 「기미년 전후의 문화상」, ② 1928년 7월 잡지 「동양東洋」의 「최근 조선사회상의 변천」, ③ 1930년 5월 『조선민담집』의 「서문」, ④ 1937년 5월 잡지 「조광朝光」의 「향수설문鄕愁設問」이라는 짧은 설문지 회답으로 이것을 우리들의 관심에 맞춰 재배열해 보겠다.

먼저 살펴볼 자료는 『조선민담집』의 「서문」으로 해당 자료에는 다음과 같은 기술이 있다.

> 나는 부산에서 서쪽으로 1리里 정도 떨어진 동래 군의 하단이라는 마을에서 태어났다. 어려서 할머니와 어머니를 잃고 누나들도 없었기 때문에 다른 아이들에 비해 옛날이야기를 들을 수 있는 기회가 없었다. 철이 들었을 때부터는 가난함에 쫓겨 여기저기 여관에서 생활하는 삶을 살았기 때문에 나의 옛날이야기에 대한 흥미와 지식은 빈약했다[1].

그러나 이것으로는 어머니를 잃은 원인이나 가난함에 쫓긴 여관 생활의 실태를 잘 알 수 없다. 잡지 「조광」의 「향수설문」에는 "고향은 어디입니까? 고향에 대해서 무엇을 떠올립니까?"라는 질문에 대해, 고향은 낙동강 입구의 가난한 마을 동래이고 집은 34년 전에 해

---

1 『孫晋泰先生全集』제3권, 大學社, 1981, 1쪽 → 민담집.

일이 덮쳤을 때 쓸려 내려갔다고 대답하며 "해일이 덮쳤을 때 바다에서 돌아가신 어머니가 생각난다"고 덧붙이며 이는 5살 소년시절의 일로 "작은 배를 타고 노도怒禱를 표류했을 때의 공포를 추억한다"라는 '여관 생활'에 이르기까지의 충격적인 사실이 밝혀져 있다[2].

유학을 떠나기까지의 손진태의 발자취를 꼼꼼히 조사한 한영우韓永愚의 연구에 의하면 그는 밀양 손密陽孫씨 손수인孫秀仁의 차남으로 태어나 1909년에 소학교에 입학했으며 1912년에 서울로 유학을 가 중학교를 다녔다고 한다. 중학교 2학년인 그는 "대담하게도 한국사를 편집하고 저술하는 일을 하고 싶어 했던 적이 있다"고 할 정도로 일찍이 역사에 관심을 갖고 있었으며 소년 시절에는 정치가가 되려고 꿈을 꾸었다고 한다. 그것은 일제 강점기 초기에 한국 각지에서 유행했던 민족주의 역사학의 영향을 받았기 때문인데 그는 1920년에 동경으로 유학을 가 와세다 대학 사학과에 들어가서도 소년 시절의 꿈을 실현하는 것을 잊지 않았던 것이다. 그는 중학교 시절 주시경周時經에게도 공부를 배웠으며 그 밖에도 언론·문예 등의 문화 각 방면에서 이루어진 감상주의적 민족해방운동에 많은 감화를 받은 소년시절을 보냈다[3].

한영우가 이러한 손진태의 궤적을 밝히기 위해 참조한 자료 중 하나가 잡지 「동양」의 「최근 조선사회상의 변천」이다. 본 자료에는 다

---

2 『孫晋泰先生全集』제6권, 大學社, 1981, 505쪽.
3 한영우 「손진태(孫晋泰)의 신민족주의(新民族主義) 사학(史學)」 2005 (검색일 : 2018.05.31).
   http://blog.naver.com/PostView.nhn?blogId=okinawapark&logNo=67184805&parentCategoryNo=&categoryNo=24&viewDate=&isShowPopularPosts=false&from=postView

음과 같은 기술이 보이는데 손진태가 받은 학교 교육의 사정을 이해
할 수 있다는 점에서 매우 흥미롭다.

나는 지금으로부터 20년 정도 전에 시골 소학교에 입학했는데 그
때가 9살로 기억한다. 나보다 어린 사람은 한 명도 없었다. 또한 내 연
배의 사람도 매우 적었다. 최고령인 사람은 38살, 보통 20살에서 25살
정도로 손자를 낳은 딸과 사위를 맞이한 자도 많이 있었다. 그리고 당
시 정계의 정황은 언제 국가가 무너질지 알 수 없는 위험한 시절이었
기 때문에 그러한 소학교에 우국적 정치교육이나 군대 교육을 설치한
것은 오히려 당연한 것이었다. 나는 아이였기 때문에 아무것도 몰랐지
만 학생들 사이에서는 연설회가 활발히 열려 정치 논쟁이 이루어 졌으
며 경성에서 파견된 듯 한 육군하사가 체육 선생으로 매일 실전 연습
이라는 것을 가르쳤다. (중략) 내가 소학교를 졸업할 때 너는 장래에
어떤 사람이 될 것이냐는 질문을 받아 "저는 중학교에서 대학교에 진
학할 겁니다."라고 대답했더니 선생님이 훌륭하다고 극찬했던 것을
지금도 선명히 기억하고 있다. 나는 대충 적당히 말한 것임에 틀림없
지만, 전문학교가 불과 두세 개 생겼던 당시, 아이인 내가 말한 것은 분
명히 선생님을 놀라게 했을 것이다. 그러나 사실은 그 때 어린 마음이
었지만 정치가가 되고 싶다고 생각했었다. (중략) 12살에 경성으로 유
학을 가, 13살에는 선배가 쓴 원고를 밤새 암송하여 다음날 연단에 올
라 대중 앞에서 나폴레옹이 어쩌고 비스마르크가 어쩌고 막힘없이 연
설을 하는 능력 있는 정치가가 될 생각에 기뻐했었던 적이 있다. (중
략) 요컨대 청일전쟁에서 합병 전까지의 조선의 교육은 주로 정치적·

군사적·애국적이었는데 또 하나의 중요한 교육상의 조류는 자유·평등사상 운동이었다. 일본에서 유입된 루소의 사상으로 문명개화라는 술어와 함께 자유평등이라는 단어는 오늘날의 무산계급·사회주의라는 단어처럼 청년들 사이에서 자주 이용되었던 것이다. 보수적인 양반계급이나 노인들은 이것을 송충이처럼 싫어했는데 젊은 사람은 이러한 사상을 부정하면 동년배들 사이에 낄 수 없었다[4].

긴 인용문이지만, 이것으로 손진태가 유학을 가기 전에 경험한 교육의 일단이 분명해졌다. 이 기사 속에서 언급된 '시골의 소학교'라는 것은 1906년 11월에 박형전朴馨詮, 윤상은尹相殷, 이경화李敬和 이하 26

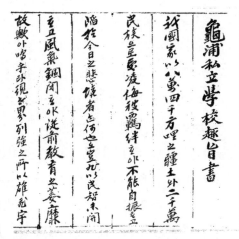

명의 발기인發起人이 설립한 구포龜浦사립구명龜明학교이다. 구포는 낙동강 하류에 위치하고 바다와 내륙을 연결하는 지역으로 일찍이 상업이 활발히 이루어 졌으며 국내외 정보가 가장 먼저 들어오는 결코 '시골'이라고는 말할 수 없는 곳이었다. 그 구포사립학교 취지서를 읽으면 유학 전에 손진태가 경험한 학교 교육이 어떠한 것이었는

---

4 『孫晋泰先生全集』제6권, 674-676쪽.

지 잘 알 수 있다[5].

이는 그가 12살에 경성으로 유학을 가 입학한 중동中東학교도 동일하다. 중동학교는 구포사립구명학교의 설립과 동일한 1906년에 한어韓語학교 교관 3명이 관립 외국어학교 교실 세 개를 빌려 한학·산술을 가르친 야간학교를 설립한 것이 계기가 되어 1907년에 중동야간학교로 한학·산술에 한어·일본어·영어·산수·부기를 설치, 1909년에 사립중동학교로 정식 인가를 받았다. 손진태가 입학한 것은 1912년으로 당시 오세창吳世昌이 교장을 맡고 있었다. 오세창은 대학제국 말기의 개화파 이론가로 두 번에 걸쳐 일본에 망명하여 1907년에는 동경외국어학교 조선어 교사로 일본에 일 년 체재한 경험을 갖은 인물인데 1919년에는 민족대표 33인의 한 명으로 3·1운동에 참가하여 체포 구금되어 유죄판결을 받았다.

중동학교는 1914년에 경영위기에 빠졌지만 최규동崔奎東이 교장으로 취임하여 곤란한 재정문제를 극복하면서 학교 체재를 정비하고 후진 육성에 힘을 쏟았다. 최규동은 재직 중 일관되게 창시개명을 하지 않고 학생에게 한국어로 훈화를 한 것이 알려져 광복 후 서울시 교육회장, 서울대학교 이사장, 서울대학교 총장 등을 역임했는데 손진태와 동일하게 6·25 때 납치되어 귀환되지 못했다.

한영우는 손진태가 "중학교 2학년인 그가 '대담하게도 한국사를

---

5 부산역사문화대전 「구포사립구명학교(龜浦私立龜明學校) 설립취지문」 (검색일: 2018.05.31).
   http://library.bsbukgu.go.kr/html/06story/story/070201.php
   http://busan.grandculture.net/Contents?local=busan&dataType=01&contents_id
   =GC04201327

편집하고 저술하는 일을 하고 싶어 했던 적이 있다'고 할 정도로 일 찍이 역사에 관심을 갖고 있었다"고 하는데, 이와 같은 「최근 조선사 회상의 변천」에 나타난 그의 소년 시절 역사에 대한 관심은 훗날 그 가 확립한 「신민족주의사관」과도 조금 다르기 때문에 설명이 필요 한 것이다.

손진태는 역시 「최근 조선사회상의 변천」에서 그 당시 학생들 사이 에서 공유된 민족주의적 '역사운동'에 대해서 이렇게 기술하고 있다.

> 서적의 제목은 잘 기억하고 있지 않지만, 『동국사략東国史略』・『요년 필독幼年必読』 등의 역사물을 어린 시절에 애독했다. 수 황제 양광楊廣 의 20만 대군을 무찌른 고구려의 을지문덕, 당 황제 이세민李世民의 한 쪽 눈을 명중시켜 안시성을 구했다고 하는 양만춘楊萬春, 히데요시秀吉 의 해군을 무찌른 이순신 (중략)과 같은 충성심 가득한 장군이 구가謳 歌되어 (중략) 신숙주申淑舟, 하위지河緯地 그 밖의 충신이 가장 숭경되 었고 단군, 동명왕 (중략)과 같은 조선 고대 건국 시조가 숭배되었다. 즉 외적을 무찌른 명 장군, 영토를 개척한 명군명상名君名相, 희생적인 충신, 개국의 시조를 구가한 것은 당시의 역사운동이었다[6].

> 용장・명장・충신・영군이 구가된 것은(종래는 지나(支那)의 그렇게 이야 기된 인물이 숭경 받던 대신에) 그들(조선인)의 독립 자존심을 충동 발양하 기 위해서였다. 합병 후에도 미력하지만 이러한 운동이 계속되었다.

---

6 『孫晋泰先生全集』제6권, 680쪽.

사범학교, 중학교, 소학교 등에서 등사판으로 인쇄된 조선사가 비밀리에 학생들 사이에 배포되어 때로는 세상을 소란스럽게 했다. 그들은 어린 마음이었지만 비밀결사를 조직하여 교묘하게 감시자의 눈을 피해 이러한 인쇄물을 배포했다. 이와 같은 것의 내용은 골계를 극대화한 것으로 조선은 전쟁을 해서 진 선례가 없고 조선사는 세계 중 가장 눈부신 것이라고 말하고 있다. 그러나 그들의 그러한 심중의 견해는 너무 편중되어 하나의 사회상으로 간주될 수 없었다. 나도 중학교 2학년 때 대담하게도 한국사를 편집해 보려고 했던 적이 있다[7].

손진태는 중동학교 시절의 역사관을 이렇게 회고하고 이를 "이러한 역사운동도 간략히 이야기하면 '센티멘털리즘sentimentalism에 의한 일종의 민족해방운동'이라고 총괄했다[8].

잡지 「동양」은 손진태가 당시 근무하고 있었던 동양문고의 운영 모체인 동양 협회가 발행한 월간지로 이상의 기술은 시라토리 구라키치白鳥庫吉나 이시다 미키노스케石田幹之助와 같은 그와 함께 일하던 선배나 동료를 위해 집필한 것으로 문장은 편안한 좌담회와 같은 분위기이다.

이에 반해 「동양」보다 조금 일찍이 1928년 1월 「신민」에 한국인 독자를 위해 집필된 「기미년 전후의 문화사」 기사는 「동양」과 거의 동일한 내용을 다루지만 총괄은 좀 더 냉정하고 엄격하게 기술되어 있다.

---

7 『孫晋泰先生全集』제6권, 682쪽.
8 『孫晋泰先生全集』제6권, 682쪽.

조금 중복되는 부분이 있지만 「신민」의 해당 부분을 인용해 보
겠다.

조선은 신라 통일신라 이후 약간의 국민의식이 발생하였고, 임진왜
란과 병자호란 이후 약간의 국민의식이 발달했지만, 그것은 당시의 온
전히 지식 계급에 한해서 발생·발달한 현상으로 일반 민중은 이전부
터 봉건적인 사상의 소유자였다. 그것은 사상을 전달하는 문자가 어려
운 비민중적非民衆的인 한자였으며, 문화는 일부 지배계급의 전유물이
었기 때문이다. 그런데 대한제국 건설 당시에 문화의 민중화 운동이
일어났다. 민중적인 단결을 형성하기 위해서는 문화를 민중화하지 않
으면 안됐다. 기미년 전후 10년간 조선은 민족적 각성시대였다고 할
수 있다. (중략) 제국건설과 함께 이러한 운동은 역사운동이었다. 『동
국사략』·『요년필독』 등이 이와 같은 (역사운동을 반영하고 있는-역자 주)
서적으로, 각 학교에서는 학생들에게 등사판으로 조선사를 인쇄하여
배부했다. 정치적 애국적 역사운동에 반드시 수반·발생하는 현상으로
당시의 조선사는 조선이 산출한 위인의 찬미, 조국의 구가로 전면에
장식되어 있었다. (중략) 당시 전 세계가 제국주의 시대였기 때문에 조
선의 교육도 동일했으며 역사운동도 군국주의적이었다. (중략) 당시
의 역사를 살펴보면 을지문덕·양만춘 등이 지나의 대군을 무찌르는
것은 물론이고 임진왜란에도 조선은 조금도 해를 입지 않았고, 일본군
은 이순신·곽재우·조헌·김덕령 등의 장군이나 명나라 장수 이여송에
게 참담한 패배를 당했다. 사천년의 역사, 삼천리금수강산이라는 말이
당시의 민중에게는 위대한 애국적 충동을 주었다. 합병 이후에는 당시

의 일본 관헌이 이러한 운동을 극도로 감시했고, 주지의 사실이지만 관·사립학교 학생들 사이에서 비밀 등사판으로 제작된 조선사가 유행했으며, 세상을 소란스럽게 만드는 일이 자주 일어났음을 지금도 기억하고 있다. 해외에 있는 많은 사람들은 수년 전까지도 이러한 종류의 역사 운동을 계속했다.

합병 이후 역사운동은 매우 미미한 일이 될 수밖에 없었지만 그래도 종식되지는 않았다. 그러나 요즘은 종래의 군국적·애국적 역사운동이 '과학적 혹은 문학적 역사운동'으로 방향을 전환한 경향이 있다. 그것은 오늘날 사회가 옛날과 동일하게 단지 흥분제로써 역사를 요구하지 않고 장래의 생활을 실질적으로 지도하고 논리적·과학적인 역사를 요구하고 있기 때문이다. 당시 사회는 '흥분제'를 요구했지만 오늘날의 사회는 한번 흥분한 후 정사숙려靜思熟慮를 요구한다. 사회운동 혹은 정치운동의 한 부문으로서의 역사운동은 조국찬미·선조찬미에 의해 봉건적 배타사상 즉 지방적 배타관념을 타파하고 단군이라는 공동 선조를 내세워 조선민족이라는 민족의식을 강화하고 지금 우리들은 아직 약하지만 우리 민족은 선천적으로 우수한 민족으로 장래에 다시금 위대한 민족이 될 것이라는 관념을 조장했다. 물론 어떠한 운동도 세계의 많은 소산이겠지만 한편 운동은 일종의 우월감의 만족이다. 나쁘게 말하면 일종의 허영심 만족인 것이다. 선조가 위대하고 조국이 강대해도 지금의 우리가 무식하고 약소한 이상 그와 같은 자만은 단지 자화자찬에 지나지 않는다. (중략) 선조가 위대하면 나도 위대하다는 기분으로 집안을 자랑스럽게 생각하는 것은 소극적인 충동이다. 그러

나 시대는 벌써 그러한 감정적 충동을 요구하기 보다는 합리적인 자각
을 더욱 요구한다[9].

「신민」은 1925년 5월에 창간되어 1931년 6월 67호를 마지막으로
간행을 마치기까지 최남선崔南善, 이은상李殷相, 이병기李秉岐 등이 집
필한 한국어 종합잡지로 조선총독부위탁의 이각종李覚鍾편집 겸 발
행인으로 서울을 비롯한 한국 각지의 독자들에게 정보를 제공했다.

손진태는 「동양」에서 센티멘털리즘에 의한 일종의 민족해방운동
으로 총괄한 운동을 「신민」에서는 '흥분제'라고 부르며 "당시 사회
는 '흥분제'를 요구했지만 오늘날의 사회는 한번 흥분한 후 정사숙
려静思熟慮를 요구한다"라고 기술하고 있다. 이 "한번 흥분한 후 정사
숙려"가 필요하다는 외침은 설령 동일한 내용이라도 「동양」과 같은
동료들에게 쓴 것 같은 편안한 느낌은 나타나 있지 않으며 동시대
의 조선의 지식인층을 향한 일종의 위기의식과 긴장감으로 가득 차
있다.

손진태는 경성의 중동학교에서 배우고 오세창, 최규동, 주시경 등
당시 가장 훌륭한 교육자의 경해謦咳를 접하며 민족의식을 갈고닦아
18세에는 고향인 구포의 구포시장에서 3월 29일에 일어난 독립만세
운동의 선두에 서서 체포되어 부산 형무소에 수감되었으며 1921년
에 중동학교를 졸업하고 동경으로 유학을 떠나 와세다 대학 제1고
등학교 학원예과에 입학한다. 1924년에 문학부 사학과에 진학하여

---

9 손진태 「을미년 전후의 문화상」, 「신민」33号, 1928.1, 195-196쪽.

1927년에 졸업했다. 그리고 1929년 6월에 첫 저서 『조선고가요집』을 도강서원刀江書院에서 간행한다.

Ⅲ. 『조선고가요집』 간행에 대해서

『조선고가요집』는 당시 알려져 있던 한국의 시조 2100수 중 558수를 번역하여 소개한 것인데 손진태는 간행에 이르기까지 5편의 논문을 썼다. 이것을 연대순으로 나열하면 ① 1925년 8월 「단가잡지短歌雜誌」85호에 게재된 「조선가곡소개」, ② 1925년 9월 「단가잡지」 86호에 게재된 「가곡으로 본 조선인」, ③ 1926년 5월 「동양」에 게재된 「조선의 고가古歌와 조선인」, ④ 1926년 7월 「신민」15호에 게재된 「시조詩調와 시조에 표현된 조선인」, ⑤ 1927년 3월 「신민」23호 시조 특집에 최남선 등과 함께 투고한 「시조는 부흥한다(그러나 고형(古型)을 고집하는 것은 퇴보)」의 5편이다.

『조선고가요집』에 대해서 고찰하기 전에 이러한 선구적인 논고에 대해서 살펴보고자 한다.

먼저, 「단가잡지」의 「조선가곡소개」는 아마도 와세다 대학 제1고 등학교 학원예과에서 지도를 받은 가인 구보타 오쓰보(窪田空穂, 1877-1967)의 소개에 의한 것일 것이다. 오쓰보는 저널리스트 출신 가인으로 시가집 「마히루노まひる野」의 간행(1905)으로 가인으로서의 지위를 확립하고 1920년에 와세다 대학 국문과 강사로 막 취임했을 때 손진태는 이미 「어린이オリニ」나 「신여성新女性」에 논고를 싣고 동인잡지 「금

성」에 시작詩作이나 번역시를 기고하는 문학지향이 강한 학생이었다.
　그는『조선고가요집』의「자서自序」에 시조연구의 흐름에 대해 다
음과 같이 기술하고 있다.

　　시조는 우리들의 선조가 우리들에게 남겨준 커다란 보물 중 하나이
　며 조선 문학사에서 가장 중요한 지위를 차지하는 것이다. 나는 이 중
　요한 시조를 일본인에게도 소개하고 싶다는 희망을 8년 전부터 갖고
　있었다. 그 때 나는 와세다 대학 제1고등학원에 재학 중이었는데 구보
　타 오쓰보 선생님에게 제출할 작문 과제로 고민 끝에 조선의 고가에
　대해 무언가 써보려는 마음이 들었다. 그리고 가장 번역하기 쉬운 것
　은 10수 정도 번역하여 그에 나의 의견을 덧붙여 제출했다. 다음 학기
　초에 그 작문이 나에게로 되돌아 왔을 때 마지막 부분에 선생님의 평
　가가 적혀 있었다. 그 가운데 "번역이 서투르지만, 이것을 조직적으로
　일본에 소개해 볼 의향은 없는가? 그것은 큰 의미가 있을 것이다"라는
　의미의 글이 적혀 있었다. 내가 이 번역을 본격적으로 시도해 보려고
　한 것은 오쓰보 선생님의 이 말에 자극을 받았기 때문이다. 아마도 다
　이쇼 11(1922)년 일로 기억하고 있는데 그해 여름 방학에 나는 200여 수
　의 시를 문어체로 게다가 원문에 극도로 구속된 태도로 번역하였고 그
　것을 오쓰보 선생님에게 보여드렸다. 문어체로 번역한 것은 원문의 옛
　날 표현과 고풍스러운 느낌을 표현하는데 가장 적절한 표현이라고 생
　각했기 때문이다. 선생님은 나의 번역을 보시고는 "자네 이것은 아직
　제대로 된 일본어 표현이 아니네"라는 충고를 하셨다. 나는 실망했지
　만 다음에는 번역 태도를 바꿔 보겠다고 결심하고 이전의 번역을 전부

파기하고 새로운 태도로 번역하기 시작했다. 그것은 구어체, 의역이라
는 태도였다[10].

「시가잡지」의 「조선가곡소개」와 그 다음을 잇는 「가곡으로 본 조
선인」에 소개된 시조는 구보타 오쓰보와의 이러한 작업을 거쳐 완성
된다.

그 「조선가곡소개」의 도입 부분에서 손진태는 시조에 대해 이렇
게 기술하고 있다.

오늘날의 시가도 아닌 민요도 아닌 일본의 고금(고금와카집〈古今和歌
集〉) 혹은 만엽(만엽집〈万葉集〉)에 해당되는 흔히 시조라고 불리는 가곡
이 조선에는 상당히 오래된 옛날부터 있었다. 오늘날 전해져 오고 있
는 가곡 중 가장 오래된 것으로 여겨지는 것은 고구려의 고국천왕 때
에 국상이었던 을파소乙巴素의 작품이다. 시 그 자체는 대단한 것은 아
니지만 조선 가곡의 기원을 생각하는데 상당히 문제시되는 것이다. 왜
냐하면 을파소 후로 7세기 백제 말기의 성충成忠에 이르기까지 시조는
거의 어떤 사람에게도(작자 불명의 것은 별도로) 지어지지 않았기 때문이
다. 성충이 지은 시조는 백제 말기의 느낌이 표현되어 있어 대부분의
사람들은 이것을 인정하고 있다. 성충 이후 12세기 초기까지는 작자의
이름이 명확한 작품은 전해져 오고 있지 않지만 작자 불명의 노래(옛날
작품일수록 작자를 알 수 없다)로부터 우리들은 고려시대를 떠올리게 하

---

10 『孫晋泰先生全集』제3권, 1981, 4-6쪽.

는 불교적 색채가 농후한 노래들을 찾아낼 수 있기 때문에 고려시대에는 시조가 상당히 많이 지어 진 것 같다. (중략) 조선의 시조는 12세기 경부터 조금 씩 제대로 만들어 지고 고려 말기부터 이조에 걸쳐 성행하였으며 이는 순수한 조선인의 생활을 읊고 꿈을 읊고 철학을 읊고 그리고 포부를 읊었던 것이다.

그러나 이 느긋하고 밝은 풍의 시조는 근세에 이르러 단번에 양상이 바뀐다. "근세에 이르러 정치의 혼란과 함께 일시적으로 쇠퇴했으며 최근에는 젊은 계몽 시인이나 의고가인擬古歌人들에 의해서 부흥이 시도되었지만 독자적인 시풍을 이룰 정도의 작가는 좀처럼 나오지 않고 있다. 쓸쓸한 가을밤에 거문고나 장구에 맞춰 시조 한 곡을 들을 때는 우리들은 완전히 중세의 평화롭고 소박한 세계로 소생할 수 있다"라고 매우 비관적, 영탄적이며 분석도 도중에 좌절해 버린다[11].

이 비관적이며 영탄적인 시조의 이해는 「단가잡지」86호의 「가곡으로 본 조선인」에서 더욱 암담해지지만, 1926년 5월 「동양」에서는 불식되었으며 1926년 7월 「신민」에 발표된 「시조詩調와 시조에 표현된 조선인」에서 시조時調가 '시조詩調'로 불려 그 가치가 민족의 역사 속에서 되물어져 무신이나 문신이라는 관료·지식층뿐만 아니라 기생을 비롯한 천민이나 농부, 이름도 모르는 서민의 문예, 계층을 넘어선 민족통합, 국민통합의 상징으로 자리매김 하게 된다. 시조는

---

11 손진태 「조선가곡소개」, 「단가잡지」85호, 1925.9, 35-36쪽.

감상적인 회고의 대상으로부터 조선민족통합의 상징으로서 그 '역사적 의미와 과학적 지식'이 무엇인지 질문 받게 된다.

손진태는 「시조詩調와 시조에 표현된 조선인」에서 이렇게 선언한다.

> 삿갓笠보다도 큰 갓冠을 쓰고 신장보다 긴 지팡이를 꽂고 긴 곰방대에 삼지巾着袋를 씌우고 개자형介字形의 수염에 넉넉한 도포를 입고 있었던 우리들의 선조들, 그들은 우리들에게 커다란 보물을 많이 남겨주고 갔다. 그 보물 중 하나는 분명히 시조이다. 시조는 유일하게 한국인만이 갖고 있는 넓은 세계를 통틀어서 단지 하나밖에 없는 보물이었다. 보물은 오직 한국인만의 보물이 아닌 전 인류의 역사적 보물이고 장래에는 반드시 전 인류의 보물이 되지 않으면 안 된다. 이러한 보물의 가치와 의미를 정말로 이해하고 있는 사람이 어느 정도 있을까? 조각의 문외한이 Laokoon의 작품을 보고 "아... 말의 힘과 열정이 담겨있는 작품이로구나!"라고 말하며 감탄하는 것만으로 이 조각의 의미와 가치 전부를 이해했다고 할 수 없다. 우리들은 이 예술품의 예술적 가치는 물론이거니와 그것에 관한 '역사적 의미와 과학적 지식'을 자세히 이해한 후에 비로소 그 작품을 전체적으로 이해하고 감상할 수 있다[12].

그는 시조 작품의 역사적 배경을 찾아 을파소나 성충成忠所의 작품이나 삼국유사에 보이는 이두문吏讀文으로 된 향가나 불교의 영향을 분석한 후에 이렇게 기술하고 있다.

---

12 『孫晉泰先生全集』제6권, 527쪽.

오늘날에 전해져 오는 시가를 개괄적으로 살펴보면 우리들은 그 중 두 개의 흐름을 발견할 수 있다. 첫 번째는 비교적 단순하고 정서적이며 구체적, 적극적, 해학적인 것에 반해, 다른 하나는 비교적 복잡하고 의지적이며 사상적이고 추상적, 퇴폐적, 둔세적, 비분강개적悲憤慷慨的인 것을 발견할 수 있다. 이 두 가지 방면의 관례는 이하의 고려시대 한국인의 생활과 이조시대 한국인의 생활을 시조를 통해서 열거되는데 여기에서는 자세히 다루지 않겠지만, 간단히 말하자면 시대와 작자가 불명확한 작품 중에는 시로서 비교적 단순하고 정서적이며 적극적, 구체적, 해학적인 경우가 많고, 고려시대 말기나 이조시대(대체적으로 작자가 명확한) 작품은 이지적, 사상적이며 추상적, 퇴폐적, 둔세적, 비분강개적이다. 따라서 나는 전자에 속한 시조에 고려시대 혹은 신라신대 말기의 작품이 많다고 생각된다. 작자가 불명확하다는 것은 그와 동시에 연대가 오래된 것을 의미하는 경우가 많고 추상적, 사상적인 작품은 문학 발달사에서 천진적天眞的, 정서적, 구체적인 것보다도 훨씬 더 새로운 시대여야 한다[13].

손진태는 시조 작품에 존재하는 두 가지 다른 타입을 구조적인 차이로 적출하고 그 차이의 배경을 고대와 근세의 정치사·경제사의 구조적 차이에서 찾으려 하고 있다.

근세 작가가 비상적이고 폐퇴한 작풍인 것에 반해 중세 사람들의

---

13 『孫晋泰先生全集』제6권, 531쪽.

작품은 어찌하여 해학적이며 경쾌하며 양적陽的인 오락성을 갖고 있는 것일까? 이 문제에 대한 대답을 얻기 위해 나는 중세 사람의 생활과 근세 사람의 생활을 정치적·경제적으로 간단히 고찰해 보고자 한다. 신라의 삼국통일(668년) 이후 고려 중엽에 이르기까지 약 500여 년간 한반도는 대체적으로 평화로운 시대였다. 견훤이 전라도에 후백제를 건립한 것은 물론, 신라 말기의 일시적인 내란도 그것이 국민생활을 근본적으로 위협한 것은 아니다. 정인지의 『고려사』 식화지食貨志에 의하면 신라 말 토지제도가 상당히 문란했다고 한다. 그러나 고려 태조가 건국 벽두에 토지 국유제를 확립했기 때문에 그 삭란索亂은 일과적 현상에 지나지 않았다. 게다가 신라와 고려 사이의 왕조 수수授受는 매우 평화리 수행되었을 뿐만 아니라 고려왕조는 구 신라인이나 백제인에 대해서 그 어떤 박해도 가하지 않았다. 이러한 고려 초기의 민중은 별도의 불평등이 없고 경제적으로도 생활이 보증되었으며 내란과 외구의 우환도 크지 않았다. 따라서 평화리에 염불을 외우고 극락으로의 길을 찾았던 것이다. (중략) 고려 중세에도 함경도 일대가 여진족의 침략을 받았다. 그러나 그것은 윤관과 그 부하의 무력으로 형퇴磬退했다. 그 배경에 있는 여진족, 즉 퉁구스 족이 만주와 지나의 북부를 점령하고 금나라라는 제국을 건설했을 때에도 고려는 조금도 침략을 받지 않았다[14].

이러한 고려 말부터 조선왕조 초기까지의 사람들의 평화로운 삶은 세조 때 시작되어 연산군(1495~1505)에 극도로 심각해지는 양반들

---

14 『孫晋泰先生全集』제6권, 545~46쪽.

사이의 당쟁에 의해 일변한다. 민중과 뜻이 확고한 사인±人은 이를 혐오하여 이반離反한다.

손진태는 "연산군 시대는 1495년부터 시작하여 약 사백 수십 년, 연산군 시대 이전의 이조는 1392년부터 1494년의 약 백년간이다. 나는 전에 시조를 이조 이전의 것과 이조의 것을 구분한 것은 연산군 시대 이전의 백년을 무시한 것으로 이에 대해서는 이해해주길 바란다[15]"라고 기술하며 연산군 시대를 경계로 조선왕조를 초기와 후기 두 개로 구분하여 고찰한다.

> 이조는 초기에 고려 말에 개혁된 토지국유제도를 본받아 평화리에 비교적 문화 사업을 이행했다. 국문을 창제하고 주자鑄字를 발명하고 각 방면의 기록 사업에 힘썼다. 그러나 이때부터 이미 사람들은 이기적이 되어 인생의 고된 일이 많고 현실 생활을 점점 부정하기 시작했다. 그 뿐만이 아니라 세조 때(1446~68)에 왕위 계승문제가 일어나 소위 사육신의 반란을 시작으로 사신 유학자들이 완미頑迷하고 세상에 어둡고 고집이 있어 국왕의 말을 듣지 않고 일으킨 사화史禍, 사화土禍가 계속되어 정치의 동서 분당 등이 일어나 무의미하고 불필요한 분란과 권력투쟁을 일상적으로 행하는 가운데 민중은 정치에 실증을 느끼고 (염증), 성실한 정치가까지도 은둔하여 무사주의를 숭배했다. 내정이 문란하고 교활하고 시기심 넘치는 권력계급의 토지를 점령하기 시작했다. 그와 같은 시기에 일본 병사가 화난 파도처럼 바다를 건너 밀어

---

15 『孫晋泰先生全集』제6권, 549쪽.

닥쳤으며 한국의 운명은 극에 다다랐다. 조선 역사에 임진왜란만큼 비
참한 기록을 남긴 시대가 없다는 것을 결코 우연의 일이 아니다[16].

당쟁에 의해 타격을 받은 조선의 정치·경제는 임진왜란·병자호란
등의 외환에 의해 한층 더 피폐해진다.

　이러한 큰 전쟁(임진왜란·병자호란 등)을 겪은 뒤, 경제회복이 무엇보
다 급선무였다. 조선의 문란해진 토지제도의 정비가 최대의 급선무였
다. 그런데 조선의 위정자들은 무엇을 했단 말인가. 다시 정권쟁탈에
빠져 소위 서인과 남인파가 서로를 미워하며, 노론, 소론파는 원로와
청년 사이에서 충돌하며 세월을 보냈다. 이러한 반목反目과 충돌이 완
전히 국가와 민중생활을 끌어들여 신봉하는 파의 유학적 도덕률에 세
세한 일을 왈가왈부하여 각 각 진부한 해석을 덧붙여 사실상 권력쟁탈
의 도구가 되었다. 이러한 점에서 바라본다면 지나의 유학이 조선 문
화에 많은 공헌을 했으며 동시에 커다란 치명적인 상처를 남긴 것은
부정할 수 없다. 이러는 사이에 토지는 지방호족과 권력계층의 점탈에
방임되었다. 양반 상인의 계층구분이 점점 맹렬하게 되었으면 임진왜
란 후의 300여 년간 만들어진 토지사유제도는 국민생활의 보증을 뿌
리부터 파괴하여 세상은 점점 이기적, 개인주의적이 되었다. 이러한
분위기 속에서 성장한 예술은 옛날의 소박하고 오락적인 작품을 지지
하지 못한 것은 같은 말을 되풀이할 여유가 없다.

---

16 『孫晋泰先生全集』제6권, 547-548쪽,

우리들이 만약 전래의 이조 시풍을 연산군 시대 이전과 이후를 양쪽으로 구분하고 그 작품을 비교해 본다면 그 가운데 현저한 차이를 발견할 수 있다. 조준趙俊이나 정도전鄭道傳, 김종서金宗瑞, 남이南怡, 황희黃喜, 성석린成石璘 등의 작품에는 연산군 시대 이후의 작품과 같은 퇴폐적, 은둔적 색채가 그 만큼 나타나 있지는 않다[17].

이상과 같이 시조의 역사를 중세(고려시대~연산군)와 근세(연산군~조선 왕조의 종언)로 나누고 손진태는 다음과 같이 총괄하고 있다.

중세 한국인은 비교적 평화로운 생활을 보냈다. 그들은 해학을 사랑하고 소박한 감정과 순박하고 인정 많은 마음을 갖고 있었다. 그러나 고려 말부터 그 생활은 점점 이기적이고 물질적이 되어 외적의 침입과 무의미한 전쟁 때문에 사회적 경제적 생활은 근본적으로 동요되기 시작했다. 이조 초기의 소강少康이 있었지만 그것은 시적時的이고 16세기 말과 17세기 초의 왜란·호란 때문에 그들의 생활은 다시금 구하기 어려울 정도로 파괴되었다. 경제적으로 문화적으로 중세의 밝은 희망이 넘치는 소박하고 해학적인 민족성은 점점 침울하고 절망적이 되었으며 결국 은둔적이고 폐퇴하게 변했다. 처음에는 그들은 커다란 부담과 이상을 갖고 있었다(세계를 농촌화하려고 하는 위대한 포부를). 그러나 차가운 현실은 그것을 조소했다. 그들은 현실과 싸워 봤다. 그러나 그것은 허무했다. 그들은 사람의 세상을 버리고 사연의 세상으로 들어

---

17 『孫晉泰先生全集』제6권, 548-549쪽.

가려고 했다. 자연을 노래하고 자연과 함께 늙어가려고 했지만 그들이
그렇게 하면 할수록 사람의 사회가 그 만큼 해방되어 연약하고 가난한
동포를 눈감는 것을 참을 수 없었다. 따라서 그들 가운데 일부 사람은
강개慷慨한 노래를 부르고 독주를 뒤집어 쓸 정도로 마셨다. 또한 일부
사람들은 적극적으로 폐퇴한 국민의 활력을 불어넣고 진흥하려고 애
국가를 불렀다. 이러한 근세 사람들은 비장하고 강개한 민족이 되었
다. 이러한 민족성이 시조를 통해서 분명히 나타나 있다. 세계의 많은
민족 중에도 그들과 같은 인생의 고됨을 맛본 민족은 드물 것이다. 그
러나 그들은 그러한 고초에도 귀중한 우정을 현재까지 보고 있으며 고
소한 벼의 냄새가 나는 농촌 낙원을 이 지상에 건설하려고 한 포부를
지금도 품고 있음을 나는 마지막 말로 남기고 싶다[18].

이 총괄에 나타난 역사관은 손진태가 구명학교나 중동학교에서
배운 역사관과 비슷하지만 조금 다른 부분도 있다. 우선 공통되는
것은 '민족주의'이다. 이 민족주의는 유학 이전에도 이후에도 광복
후에도 일관된다.

그러나 유학 후의 민족주의는 유학 이전의 단군·을지문덕·이순
신·신숙주 등의 용장·명장·충신·영군을 숭경하고 건국 시조를 숭배
하는 애국적·군국적인 민족주의가 아니다. 왕·양반·상인·기생·농
부 등의 신분이나 계급을 초월한 그 중심에 자유와 평화를 사랑하는
민중을 두고 새로운 민족주의, 훗날의 신민족주의의 맹아로서의 민

---

18 『孫晋泰先生全集』제6권, 562쪽.

족주의이다.

신분이나 계급을 넘어선 이러한 종류의 민족주의는 국민국가의 성립과 함께 태어난 것으로 한국·조선의 역사에서는 1897년 대한제국의 성립, 일본의 역사에서는 1868년 대일본제국의 성립을 하나의 계기로 한다는 것은 틀림없다. 그리고 손진태가 와세다 대학 사학과에서 지도를 받은 쓰다 소키치津田左右吉는 1917년에 『문학에 나타난 우리 국민사상의 연구』를 간행한 역사가로 당시 손진태가 「을미년 이전의 문화상」에서 기술한 '종래의 군국적·애국적 역사운동'을 대신할 '과학적 혹은 문학적 역사운동'을 대표하는 역사가의 한 명이었다.

손진태가 신분이나 계급을 초월한 조선의 민족통합의 중심에 '민중'이라는 개념을 둔 것처럼 쓰다는 일본의 민족통합의 중심에 '국민'을 두었다. 또한 그는 손진태가 단군을 실증적인 문헌사학의 입장에서 비평했듯이 일본의 신화나 신대의 역사를 실증적인 문헌사학의 입장에서 비판하고 1942년에는 군국적·애국적인 역사가에 의해 형사소추되어 실형판결을 받았다. 그러나 그는 손진태가 단군을 한국·조선의 상징적인 시조로 했듯이 신화적 시조를 갖은 천황의 상징적인 역할을 계속하여 옹호하고 마지막까지 그 민족주의를 관철했다.

또한 쓰다는 손진태가 시조의 역사를 조선왕조 초기까지의 태평한 시대와 연산군 이후의 굴절한 시대로 나누어 생각했듯이 일본문학에 나타난 국민사상의 역사를 귀족, 무사, 평민의 시대로 나누어 고찰하고 있다.

쓰다는 『조선고가요집』의 서문에서 "일본에서도 요즘 가요 수집이나 연구가 활발해 행해지게 되었다. 그것은 '지나 전래의 문자 문화와 그 핵심을 이루는 천박한 주지주의적 사상과 생각이 치우치고 완고한 도덕경道德経의 압박'에서 해방된 민중사회의 상층에, 아니면 표면에 광채를 띠우고 있는 '문화 권위를 과언하고 또는 전쟁이나 정치상의 변동과 같은 특이한 사건에 현혹되고 있는 미몽迷夢'에서 눈뜨기 시작한 민중이 민중 자신의 생명을 그 일상 속에서 간취看取하려고 하는 것에서 태어난 새로운 기운이다. 이 때 조선의 가요가 일본어로 변역되어 세상에 나온 것은 우연이 아니다. 일본의 민중은 다른 민족성을 통해 거기에 자신과 동일한 '사람'을 발견하고 자신과 동일한 민중을 인지하고 자신과 동일한 생명의 약동을 느낄 것이다. 정치적 안공眼孔으로만 조선을 바라본 자는 이것에 의해 반도에 새로운 세계가 열릴 것이다. 뿐만 아니라 이것은 스스로 조선 사람들에 대한 이해와 동정을 갖게 될 것이다"라고 기술하고 있다[19].

여기서 쓰다가 말하는 "지나 전래의 문자의 문화와 그 핵심을 이루는 천박한 주지주의적 사상과 생각이 치우치고 완고한 도덕경道德経의 압박"은 손진태가 밀어낸 양반문화이며 "문화의 권위를 과언하고 또는 전쟁이나 정치상의 변동과 같은 특이한 사건에 현혹되고 있는 미몽迷夢"은 피상적인 군국적·애국적 민족주의임에 틀림없다.

이에 대해서 쓰다는 시조의 '과학적 혹은 문학적 역사'의 탐구가 국경을 넘어서 민중의 상호이해와 연대를 낳았다고 이야기하고 있는 것이다.

---

19 『孫晋泰先生全集』제4권, 1쪽.

Ⅳ. 『조선신가유편』과 『조선민담집』에 대해서

원고의 남은 분량에서는 손진태의 일본유학 중의 두 가지 일에 대해서 이야기하고자 한다.

『조선신가유편』과 『조선민담집』이라는 두 개의 업적을 이뤄내기 이전에 면밀한 현지조사(필드워크)와 문헌조사가 이루어 졌다.

손진태는 1923년 여름에 함경남도 함흥군의 무당 김쌍석윤金雙石尹을 만나 이후 경상남도 평안북도 등의 각지의 무격巫覡의 무가巫歌를 조사하여 기록했다. 특히 「청구학총靑丘学叢」 20호 이후에 4회에 걸쳐 연재된 「조선 무격의 신가神歌」는 강계읍江界邑의 무격 전명수田明守 집에 일주일 간 체재하며 이야기를 듣고 자료 조사를 하며 무격이 행한 제사 전체를 소상히 빠짐없이 기록한 것으로 그 정확한 기록방법은 우선 아키바 다카시秋葉隆의 『조선 무속 연구』(1937)에 계승되어 광복 후 「한국민속 총합조사」를 통해 장수근張壽根, 최길성崔吉城 등의 무가巫歌 조사에 지표를 내주어 김태곤金泰坤 등이 풍부한 성과를 만들어 냈다.

그러나 손진태의 무격과의 만남은 일본 유학 이전의 소년시절에 시작된다. 그는 고향인 동래군 하단에서 궁징이(걷는 무녀, 태자 무녀)를 만났다[20]. 궁징이는 유학 후 조사 대상이었던 제사를 주재한 무격과는 달리 '태자무(太子巫)'라는 다른 사람의 눈에는 보이지 않는 사자를 구사하여 점을 보는 태자 무녀지만, 그는 이 기억에 의지하여 중국

---

20 손진태 「支那及朝鮮に於けるの巫の腹話術について」, 『郷土研究』, 1931.9, 3-5쪽

의 고문헌을 조사하고 무당의 기원을 거슬러 올라가 일반 무격(직업 무당)과는 다른 '가족 무당'의 존재에 이르게 된다[21]. 손진태는 1925년 11월에 간행된 잡지 「조선의 샤머니즘」에서 이것을 '가족적 샤먼'이라고 부르고 "조선의 가족 샤먼은 다른 그 어떤 샤먼보다도 그 형태가 원시적이고 보편적이다"라고 기술하고 있다. "가족적 샤먼은 일가족 중에 상당한 나이를 먹은 그리고 기도 경험이 있는 부인이 할수 있는 일"로 주로 산신産神, 조신竈神, 창고신倉庫神 등의 집신의 제사를 지낸다[22]. 원고의 지면이 한정되어 있기 때문에 본고에서 이 문제를 자세히 논할 여유는 없지만, 이러한 집신을 모시는 여성과 선조의 제사를 모시는 남성 제사직의 분업은 이것도 나중에 아키바 다카시 등에 의해 주장된 '제사의 이중구조'론의 선구자게 된다. 그리고 전통적 한국사회에서 가장 중시된 제사에서 선조의 제사를 모시는 남성 역할에 대해 '집신을 모시는 여성의 대등한 역할'을 인정한 것은 유학 이전부터 손진태가 강하게 의식해 온 '페미니즘 옹호의 자세'를 보강하는데 중요하다.

　마지막으로 『조선민담집』에 대해서 필자의 생각을 정리하고자 한다. 손지태의 민담연구에 야나기타 구니오柳田國男의 영향이 나타나 있다고 보는 경향도 있지만 이것에는 근거가 없다. 『조선민담집』은 한반도 전역이라고는 말할 수 없지만 당시 가능한 많은 지역을 방문하여 이야기를 듣고 화자의 이름이나 기록 일시까지 밝힌 손진태의 독자적인 업적이며 『조선민담집』이 간행된 1930년의 일본에는 이것

21　손진태 「支那の巫について」, 『民俗学』, 1930.4, 16쪽.
22　손진태 「朝鮮に於けるシャマニズム」, 『동양』, 1925.11, 43쪽.

에 필적할 만한 업적이 아직 존재하지 않았다. 또한 손진태가 민담집을 엮을 때 참고한 연구자가 있다고 한다면 그것은 야나기타 구니오가 아닌 야나기타와 함께 잡지 「향토연구」를 주재한 다카기 도시오高木敏雄일 것이다. 다카기는 손진태처럼 필드워크를 한 것은 아니지만, 유럽과 동아시아의 문헌을 읽고 1912년에는 「한일공통 민간설화」를 저술했으며, 『삼국유사三国遺事』·『삼국사기三国史記』 외에 『용재총화慵斎叢話』 등을 언급하고 있다. 다카기는 요절했기 때문에 손진태를 직접 지도를 해 줄 수는 없었지만, 1904년에 저술한 『비교신화학』은 손진태의 스승인 니시무라 신지西村眞次나 쓰다 소키치에게 강한 영향을 주었다. 그리고 1913년에 간행된 다카기의 『일본전설집』은 1911년에 「동경조일신문」의 호소에 의하여 전국에서 모인 옛날이야기·전설을 분류·정리한 것인데 각 이야기의 말미에는 기고자가 명기되어 있다. 그간의 사정에 관해서는 마스오 신이치로増尾伸一郎의 「손진태와 야나기타 구니오」에 소상히 기술하고 있으며[23], 손진태도 「신민」에 연재한 「조선 민간설화의 연구」의 말미에 수차례에 걸쳐 「민간설화모집」을 게재하여 독자의 기고를 불러 모으고 있다. 그리고 실제로 『조선민담집』에는 "1923년 8월 3일, 경북 칠곡군 왜관, 김영석金永奭 노인 이야기"와 같은 이야기하는 사람의 기록 외에 "1928년 2월 경북 김천군 아포면 국사동, 김문환金文煥 씨 기寄"와 같은 기고자라고 생각되는 기록이 다수 확인된다. 이는 김광식金廣植의 「손진태의 동아시아 민간 설화론의 가능성」에서 구체적으로 논하고 있다[24].

---

23 増尾伸一郎 「孫晋泰と柳田國男」, 『説話文学研究』 45호, 2010.
24 金廣植 「孫晋泰の東アジア民間説話論の可能性」, 『説話文学研究』 48号, 2013.

　　손진태가 오늘날의 한국민담연구에 준 결정적인 영향은 아마도 '민담'이라는 개념과 그 분류기준에 있다고 생각된다. 손진태는 민담을 신화·전설류, 민속·신앙에 관한 설화, 만화寓話·돈지頓智 설화·소화, 그 밖의 민담의 4개의 카테고리로 분류하고 있으면 손진태 이후의 한국의 구비문학 연구는 손진태의 민담 분류를 답습해 왔다고 할 수 있다. 이 문제에 관한 자세한 의논은 별도의 기회로 돌리고 싶지만 손진태가 제시한 이 분류에는 '민중이 이야기하는 이야기'를 모두 포괄할 수 있다는 장점이 있다. 이야기하는 사람은 많은 경우 이야기를 할 때 신화·전설·옛날이야기 등이라는 구별을 의식하고 있지 않다. 오늘날의 민속학 연구에서 당연하다는 듯이 받아들이고 있는 '신화·전설·옛날이야기'등 이라는 구분은 민속학자라는 특별한 듣는 이가 '민중의 이야기'에 들어가 제멋대로 정한 분류기준에 지나지 않는다. 손진태가 말하는 '민담'은 구비문학의 카테고리를 횡단하여 '민중의 이야기' 전체를 포괄하고 있는 것이다.

〈감사 인사〉 본고를 집필함에 있어 자료 조사, 번역 등 정유강鄭裕江 씨, 나현정羅炫貞 씨를 비롯한 한국의 지인들과 센슈대학 도서관의 여러분들이 협력해 주셨다. 마지막으로 감사의 말씀을 올리고자 한다.

▎번역 : 김미진(서울여대)

제2부

동질과 차이

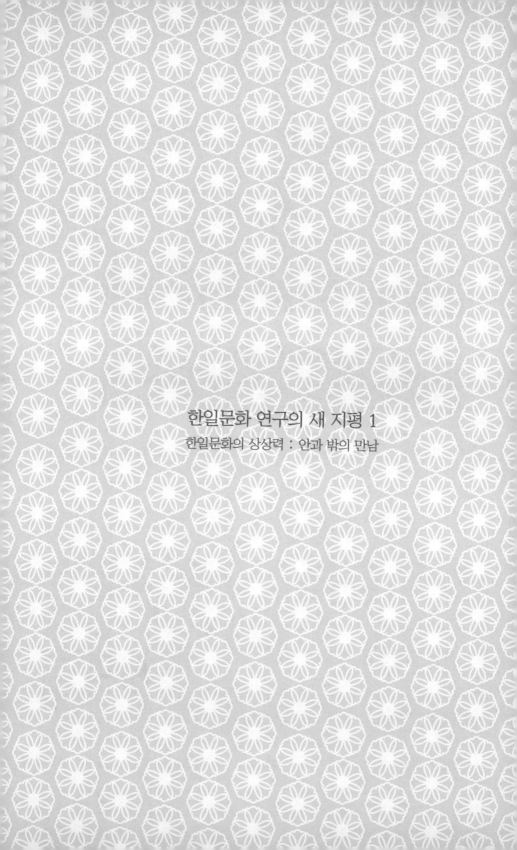

한일문화 연구의 새 지평 1

한일문화의 상상력 : 안과 밖의 만남

제8장

한일 고전소설 속 〈독毒〉

⊛ ⊛ ⊛

소메야 도모유키

Ⅰ. 머리말

조선의 고전소설은 재미있다. 전혀 과장 없이 그리 평가할 수 있다. 어떤 작품을 읽더라도 거기에는 독자적인 세계가 전개되어 여태까지 한 번도 질린 적이 없다. 그러나 이러한 재미가 일본에(그리고 아마 그 외의 다른 외국에도, 어쩌면 한국에도) 별로 전달되어 있지 않은 것이 매우 유감스럽다. 조선의 문물에는 유교정신이 배경에 깔려 있기 때문인지, 조선의 고전소설은 무언가 딱딱하여 거북스럽다는 인상이 있기 때문일 것이다. 그러나 그것은 잘못된 선입견임에 틀림없다.

본고에서는 그러한 상황에 대해서 일본, 특히 조선의 고전소설이 많이 집필된 조선후기와 거의 동일한 시기에 해당되는 근세(에도시대)

부터 접근해 보고자 한다. 일본의 근세소설이라는 세계로 조선의 고전소설을 바라봤을 때, 그 매력이나 소설·문학으로서의 가능성이 어떻게 재인식, 재구성되어 있는지를 고찰하겠다[1]. 구체적으로는 한일 고전소설에 나타난 '풍자'의 양상을 살펴보았다. 한일 고전소설에는 여러 가지 풍자가 그려져 있는데 그것을 자세히 검토해 보면 흥미로운 차이점을 확인할 수 있다. 본고에서는 그러한 고전 소설 가운데 특징적인 작품 몇 편을 예로 들어 논평을 시도해 보겠다.

Ⅱ. 한겨레 신문 풍자화와 영화『오아시스』

김태준 저·안우식 역『조선소설사』[2]를 시작으로 많은 조선 문학사 서술에서 이미 지적된 것이지만, 조선의 고전소설에는 '풍자' 정신이 확실한 흐름을 만들고 있다. 나도 이전에『한국의 고전소설』[3]

---

1 또한 소메야 도모유키·정병설 공편『韓国の古典小説』, ぺりかん社, 2008을 출판하여 일본에 조선의 고전소설을 일본에 소개했을 때에도 많은 분들에게 지적을 받은 것이 일본에는 그러한 조선의 고전소설을 가볍게 읽을 수 있는 책이 없다는 것이었다. 해설이나 연구도 중요하지만 그 전에 우선 읽기 쉬운 번역본이 필요하지 않을까. 매우 중요한 의견이다. 최근에 노자키 미쓰히코(野崎充彦)가『洪吉童伝』(東洋文庫, 平凡社, 2010)을 출간하여 조선의 고전소설을 소개하는데 만장의 기염을 쏟고 있지만, 그것 역시 가볍게 읽을 수 있는 대용물은 아니다. 나는『韓国の古典小説』의 개요와 해설에서 다룬 20작품의 현대어 역 출간을 생각해 본 적이 있었지만, 작년의 한일 관계와 출판 불황으로 의뢰할 만한 출판사가 좀처럼 나타나지 않았다. 이 또한 앞서 이야기한 조선 고전소설의 매력이 전달되지 않은 것과 더불어 안타깝고 아쉬운 일이다.
2 김태준 저·안우식 역『朝鮮小説史』, 平凡社, 東洋文庫270, 1975.
3 소메야 도모유키·정병설 공편, 주1)전게서.

을 출판했을 때 조선의 고전소설을 대표하는 20작품을 선별하는 기회가 있었는데 그 때도 이와 같은 점을 중시했던 기억이 있다.

그 후 조선시대 이후의 근현대 상황에도 관심을 갖게 되었고 이후 '풍자' 세계의 양상을 전반적으로 고찰하고 있는데 그러한 과정에서 확실해진 것은 '풍자'의 흐름이 현대 한국에 까지 이어지고 있다는 점이다. 우선 이하의 두 가지 사례를 통해 이와 같은 점의 설명하고자 한다.

2015년 연말 12월 28일, 서울에서 열린 한일외상회담에 출석한 일본의 기시다 후미오岸田文雄 외상은 위안부 문제를 해결하기 위해 아베 신조安倍晉三 수상의 "마음으로부터 사죄와 반성"을 표명하고 위안부 피해 할머니 지원을 위해 일본 측이 10억 엔을 거출하는 것 등으로 "최종적 동시에 불가역적인 해결"로 한다는 것으로 한국 측과 합의했다고 발표했다. 그 회담에서 서울 일본 대사관 앞에 있는 소녀상의 철거에 대해서 한일 간 보이지 않는 합의가 있었는지 없었는지 분쟁의 씨앗이 된 것은 주지의 사실이다.

같은 날인 28일자 한국 신문 한겨레(디지털 판)[4]에 한 장의 풍자화가 실렸다. 그것은 한일 간 문제가 된 위안부상(서울 일본대사관 앞에 설치)이 그려져 있고 일본의 아베 신조 총리로 보이는 사람이 그 소녀상의 어깨에 손을 얹으며 말을 걸고 있는 장면이다. 소녀상은 오들오들 떨면서 눈에서는 커다란 눈물이 흐르고 있다.

---

4 http://www.hani.co.kr/

아베 총리는 "여기서 이러지 말고 가자……", "돈 벌게 해줄게 ……"라고 이야기하고 있다. 그 위에는 "데자뷔"(기시(既視), 반복 영상)이 라고 적혀 있다.

말할 필요 없이 본고에서 이 풍자화를 제시한 것은 위안부 문제나 소녀상 문제를 다루기 위한 것이 아니다. 이 풍자화가 한국의 문화·문학의 중핵에 '풍자'의 전통이 맥맥히 이어져 오고 있다는 것을 잘 나타내고 있기 때문이다.

10억 엔의 거출과 소녀상 이전을 예전에 여성들이 위안부로 끌려 간 것의 '데자뷔'(기사, 반복 영상)라 하는 것, 이것은 일본 측 특히 일본 정부에게는 매우 나쁜 마음보의 '억지'로 비춰졌을 것이다. 그러나 풍자의 시점에서 본다면 일본 정부 측의 의도를 부각시켜 나타낸 훌 륭한 완성도라 할 수 있다. 게다가 이 풍자화가 실린 것이 한일합의 발표와 같은 날이었다고 한다면, 이는 즉석에서 이루어진 '붙임付け[5]' 으로 이 간발에 이루어진 즉흥적인 부분에 놀라지 않을 수 없다.

이 가차 없는 '심술궂음'은 한국 문학 속에서 자주 볼 수 있다. 보통 이 '심술궂음'을 한국에서는 풍자문학의 카테고리에 넣는 경우가 많지만 서구의 새타이어(Satire: 비꼼, 풍자-역자 주)와도 일본의 골계를 구사한 '패러디'와도 다른 독특한 〈독毒〉이 한국의 풍자세계에는 펴져 있다.

또 다른 예를 하나 더 들어보겠다. 2002년에 상영된 이창동 감독의 영화『오아시스』[6]도 〈독〉을 이해하는데 중요한 작품이다.

이 작품은 뇌성마비를 앓는 여성(공주)과 가벼운 지적 장애를 갖은 남성(종두)의 연애 이야기이다. 영화는 종두가 형무소에서 출소하는 장면으로 시작된다. 그는 뺑소니 사건을 일으켜 1년 반 복역을 했다. 종두는 뺑소니한 상대의 딸 공주를 만나고 나서 좋아하는 감정을 갖기 시작한다. 공주도 종두를 점점 좋아하게 되어 결국 두 사람은 침대에서 관계를 맺는다. 그러나 주위 사람은 둘의 연애감정을 전혀 이해하지 못한다. 둘이 침대에 누워 있는 것을 본 공주의 오빠 부부는 공주가 종두에게 강간당했다고 오해하여 경찰을 부르는 소동이 일어난다. 결국 둘의 애정은 시청자 이외의 누구에게도 이해받지 못한 채 이야기는 끝난다. 그리고 종두의 뺑소니는 그가 한 것이 아닌 형이 저지른 것을 대신 자신이 한 것처럼 꾸민 것이라는 것이 밝혀진다. 또한 공주의 오빠 부부가 동생을 돌보는 것은 장애인 동생이 부여받은 깨끗한 아파트를 부부가 이용하기 위한 것임이 밝혀진다.

---

5 일본 렌가(連歌, 렌쿠〈連句〉)에서의 붙임 구(付け句). 앞 구에 멋진 구를 빨리 붙이는 것이 훌륭한 렌가로 여겨졌다.
6 베네치아 국제영화제에서 감독상을 비롯하여 한국내외에서 다수의 작품상과 감독상을 수상했다. 일본에서는 2004년에 공개되었다.

오빠 부부는 공주를 관공서에서 확인하러 오는 날에만 아파트에 데려오고 그 외의 날은 지저분한 싼 아파트에 방치했다.

한국 영화를 이해하기 위해 수업 중에 이 영화의 일부를 학생들에게 보여주고 설명을 덧붙인 적이 있다. 그러나 학생들로부터의 평판은 매우 좋지 않았다. 공주를 연기한 여배우 문소리 씨의 연기가 너무 현실감 넘쳐 제대로 볼 수 없다고 했다. 또한 그들이 놓여 진 현상·현실이 너무 혹독하여 감정이입하기 어렵다고도 했다.

『오아시스』가 상영되기 2년 전에 일본 텔레비전에서 장애를 갖은 여성과 그녀를 응원하는 남성의 드라마가 방영되었다(TBS계열『뷰티풀 라이프』). 여자 주인공 역할을 도키와 다카코常磐貴子 씨, 남자 주인공 역할을 기무라 다쿠야木村拓哉 씨라는 당시 최고 인기 배우가 연기한 것도 요인이 되어 인기를 얻었다. 한국 측의『오아시스』와 비교하여 현실을 깊이 파고들어가는 부분도 없고 사회의 어두운 부분에 초점을 맞춘 부분도 거의 없으며 둘의 연애를 아름답게 그리고 있다. 소위 판타지라고 해도 좋을 것이다. 일본 학생들은 일본의 드라마에 훨씬 감정이입을 할 수 있지만, 이 두 작품을 비교하면 판타지와 사실적인 사회파 영화라는 틀을 뛰어넘어 한일 혹은 조선과 일본 양국의 문화 차이를 선명히 드러내고 있다. 그것은 역시 한국 측의 강렬한〈독〉의 존재이다.

Ⅲ. 조선 고전소설의〈독〉

본 장에서는 본고의 주제인 조선 고전소설에 대해 살펴보겠다. 앞서 언급했듯이 조선의 고전소설에는 훌륭한 풍자 작품이 많이 있다. 그러한 작품에 짙게 표현되어 있는 것은 본고에서 다루고 있는 풍자화나 영화 속의 강렬한 〈독〉이다. 우선 김만중 작『사씨남정기』에 대해서 이야기하겠다. 이하는 본 작품의 줄거리이다.

중국 명나라 때, 류연수劉延壽라는 훌륭한 사대부는 사려 깊고 심지가 곧은 사정옥謝貞玉과 결혼하여 행복한 가정을 이루었지만 아이가 생기지 않았기 때문에 정옥의 진언으로 교채난喬彩鸞이라는 첩을 맞아들이게 되었다. 채난은 미인이지만 악녀로 정실의 자리를 빼앗기 위해 연수의 측근인 동청달董淸達과 손을 잡고 정옥에게 여러 가지 음모를 꾀하여, 정옥을 집에서 내쫓는데 성공한다. 그 후도 정옥을 죽이려 하고 연수의 관위를 박탈하는 등 횡포는 극에 달하지만 결국은 악행이 밝혀져 채난은 처형당한다.

언뜻 봐도 알 수 있듯이『남정기』는 전형적인 정처와 후처와의 가문을 둘러싼 쟁탈 극이다. 교채난의 악녀 모습 등 조금은 격심한 내용이지만 가족 내의 쟁탈 극으로 본다면 이러한 이야기는 일본에도 여럿 있다. 그래서 이 작품을 처음 읽었을 때에는 각별히 놀랄 만큼의 가치가 없는 평범한 작품으로 보였다. 그러나 이 감촉이 일변한 것은 작품 뒤에 작자 김만중과 동시대 왕이었던 숙종肅宗과 정처(중전) 인현왕후仁顯王妃와 후처(희빈 《禧嬪》) 장 씨의 권력쟁탈을 지탄한 우의寓意가 숨겨져 있다는 것을 알았을 때이다. 작품 속 등장인물과 실재인물을 다음과 같이 정리할 수 있다.

작품의 등장인물	실재 인물
류연수·················숙종	
사정옥················인형왕후	
교채난················희빈 장 씨	
연수의 측근 동청달······숙종의 측근 남인파	

게다가 김만중은 이 이야기를 직접 숙종에게 읽게 하여 왕을 회오 悔悟시키려 했던 목적을 갖고 있었던 가능성이 있다(이규경『오주연문장 전산고(五洲衍文長箋散稿)』등에 지적되어 있다).

이러한 대상을 향한 극심하고 직접적인 비판은 조선의 고전소설 에 많이 보인다. 그 전형적인 작품이 허균의『홍길동전』이다. 본 작 품을 읽고『사씨남정기』이상으로 놀랐다. 이 이야기의 주인공 홍길 동은 자신이 서자(첩의 자식)인 것에 의해 겪는 차별에 분개를 하여 의 적이 되어 모든 권위에 반항하고 가난한 서민을 위해서 싸운 끝에 조선 반도를 뛰쳐나가 외딴 섬의 왕이 되었다는 이야기이다.

현대 한국인이라면 누구나 알고 있는 작품이지만 놀라운 것은 홍 길동의 엄청난 '분노'이다. 한글을 만든 명군名君으로 한국에서도 명 성이 높은 세종도 이 이야기에서는 홍길동에게 당하고, 현재 세계문 화유산의 하나로 등록된 해인사(팔만대장경 목판이 있는 곳으로 유명)도 승 려가 서민을 괴롭혔다는 이유로 홍길동에게 보물을 약탈당하는 등 벌을 받는다.

이러한 혁명적인 내용 때문인지『홍길동전』은 19세기 이후에 성립되었다는 설도 있다. 이 점에 대해서는 필자의『한국의 고전소설』[7]에 수록된 좌담회나 해설을 참조 부탁하며, 이러한 분노에 넘친 혁명적인 이야기는 일본에서는 찾아 볼 수 없다.

그러나 더욱 중요한 것은 이 분노가 홍길동의 해외로의 모험을 낳아 외딴 섬(율도)라는 유토피아(세상에 존재하지 않는 곳)를 그려낸 것에 있다. 알고 있듯이 서구 근대 소설은 모험 소설에서 시작되었다. 그 첫 페이지를 장식하는 것이 디포Defoe의 『로빈스 크루소』인데 『홍길동전』이 통설대로 17세기 초엽에 성립되었다면 『로빈스』보다 1세기 전에 이 혁명적인 이야기가 완성된 것이 된다(『로빈스』는 18세기 초). 게다가 중세적 종교적 권위로부터 벗어나 자유공간을 방랑하는 것이 근대소설의 중요한 요소라면 (미란 군데라『소설의 정신』 등), 『홍길동전』은 『로빈스』보다 훨씬 명확히 그 특징을 구현하고 있는 것이 된다. 종래 서구를 중심으로 논의 된 『근대소설이란 무엇인가』에 이 『홍길동전』은 아시아 소설로서 중요한 파문을 일으켰을 가능성이 높다. 어찌되었든 『홍길동전』의 풍자는 단순한 비평·비난이 아닌 상지의 모험문학·유토피아 문학으로 이어진다고 할 수 있다.

『사씨남정기』와 『홍길동전』을 읽고 조선의 고전소설에 이미 알려지지 않은 경이적인 풍자세계가 있다는 것을 알게 된 나는 그 후로 여러 작품을 계속해서 읽었다. 모든 작품이 재미있었지만, 『계축일기』 『인현왕후전』 『한중록』 등 소위 궁중소설이라 불리는 작품을 읽고 그 충격적인 내용에 다시금 놀랐다. 이는 조선왕조의 알려지지 않은 숨은 역사라 할 수 있는 내용으로 주로 궁정의 여성들이 바라

---

7 소메야 도모유키·정병설 공편, 주1)전게서.

본 왕가의 사람들이나 그 주변의 혈육 간의 싸움을 적나라하게 그린 것이다. 특히『한중록』의 내용은 내 눈을 의심할 정도였다.

이 이야기의 작자는 혜경궁 홍씨로 명군으로 불린 영조대왕(치세 1724~1775)의 아들인 황태자(세자) 사도세자의 정처로 궁중에 들어온 여성이다. 그녀의 눈을 통해 그려진 영조와 사도세자와의 확집確執은 생각하기도 싫은 세계이다. 특히 영조의 죽음과 관련된 이야기를 듣고 이에 사로잡히지 않으려고 하거나 아들의 살인이라는 중대한 사건에는 관심을 표현하지 않는 데 반해, 작은 일에는 이상적으로 집착하는 명성과는 정반대의 신경질적이며 편집적인 태도와 그러한 아버지 밑에서 강박신경증적으로 이상해져 가는 세자의 모습에 전율을 느끼지 않는 사람은 없을 것이다. 그리고 결국 아버지는 아들을 쌀뒤주에 넣어서 죽인다. 이 때 아내인 홍 씨는 남편이 참살되는 것을 지켜볼 수밖에 없지만, 본 작품의 시작 부분에는 작자 홍 씨가 궁중에 들어갈 때의 화려한 모습과 그 때의 그녀의 설렘이 아름답게 그려져 있다. 이 가련한 소녀의 모습과 남편을 살해당하여 통곡하는 불행한 아내의 모습의 낙차는 너무나도 잔혹하다.

이러한 궁정 사람들의 마음 속 깊은 곳을 날카롭게 찌른 이야기라고 하면 일본 헤이안平安 시대의 모노가타리物語나 일기가 연상될 것이다. 이전에 그러한 관련성으로 양자의 비교를 시도해 본 적이 있지만 연구가 활발히 이루어지고 있다고는 말하기 어렵다. 양자 간에는 약 700년에서 800년의 격차가 있기 때문에 어쩔 수 없지만, 양자의 관련은 동아시아 언어사·문학사에서 봤을 때 매우 중요한 것임에도 불구하고 연구가 이뤄지지 않고 있다.

그것은 두 작품이 꽃을 피운 시대는 전혀 다르지만, 꽃을 피우기까지의 과정이라고 해야 될까 그 구조는 매우 유사한 점이 있다는 것이다. 예를 들어 일본의 헤이안 모노가타리는 여성들이 사용하는 문자라고 불린 '가나'가 발명되고 나서 230년 후 여성들의 손에 의해 태어났는데 그와 동일하게 조선시대 궁정 소설·일기도 한글이 발명되고 나서 230년 후에 출현했다. 한글은 여성이 만든 것이 아니지만 조선시대에는 여성이나 아이들이 주로 사용했었다. 즉 일본이나 한국이 중화문화에서 이탈하는 것을 시도하려고 독자적인 문화나 문자를 만드는 그 과정에 헤이안 시대와 조선시대의 소설과 일기가 태어난 것이다. 7~800년의 격차는 그 이탈을 시도한 시기가 빠른지 늦은지의 차이에 지나지 않는다.

이 중심문화(문명)에서 주위문화가 이탈할 때 나온 새로운 언어·여성이나 아이들의 힘이라는 문제는 중화문화와 그 주변뿐만 아니라 유럽의 라틴어를 중심으로 한 로마나 중세 기독교 문화에서 영국·프랑스·독일 등이 각각 영어·불어·독일어 등을 지니고 독립해가는 과정과 중복되는 매우 세계적인 문제이기도 하다. 그렇다면 이 조선시대의 궁정 소설이나 일기는 앞서『홍길동전』등과 동일하게 매우 세계사적인 문제를 내포하고 있다고 할 수 있을 것이다.

그러한 시점에서『한중록』과 일본의 헤이안 시대의 소설·일기를 비교했을 때 현저한 것은『한중록』이 지닌 〈독〉일 것이다. 널리 알려진 바와 같이 일본의 헤이안 시대의 소설이나 일기에 그려진 것은 그러한 〈독〉이 아닌 남녀의 연애 세계를 바탕으로 한 개인의 '근심愁' 혹은 '우려愛'이다. 이 '근심'이나 '우려'가 태어나게 되는 배경에는

불교가 있고 개인의 내면에 있는 정욕을 응시하게 하는 불교적 체관
諦観이 있다.

Ⅳ. 일본문학의 「현실을 감추며うつつを打ちかすめ」

본 장에서 불교 문제를 논하면 쓸데없이 논점이 확산된 것이다.
따라서 더 이상 깊숙이 들어가지 않겠지만, 어찌 되었던 조선의 고
전소설의 〈독〉 혹은 풍자세계는 단순한 풍자의 틀을 뛰어 넘어 여러
가지 가능성을 갖고 있는 것이다. 그러나 이것을 일본의 풍자문학과
비교해서 그 구조를 비교 검토한 선행연구는 거의 없다. 그것은 한
일·조일 고전에 정통한 연구자가 적다는 것이 첫 번째 이유가 되겠
지만, 앞서 『오아시스』에 대한 일본 학생들의 반응처럼 일본은 직접
적이고 노골적인 풍자에 거부 반응을 갖고 있기 때문이라고 생각
된다.

앞서 언급했듯이 일본문학에도 풍자적인 작품은 많이 있지만 다
수가 골계나 패러디로 전개되고 노골적인 비평·비난은 별로 없다.
이 그 점에 대해서 예전에 부라이 파無頼派[8]로 명성을 떨친 사카구치
안고坂口安吾가 『일본문화사관』에서 다음과 같이 주장했다[9].

---

8 2차 세계대전 이후, 기존의 문학 전반에 대한 비판의식을 갖고 있던 일본 작가들의
   총칭-역자 주.
9 坂口安吾『日本文化私観』, 文体社, 1942.

강담講談을 읽으면 우리들의 선조는 매우 복수심이 강하고 거지가 돼서도 샅샅이 뒤져 찾아다녔다. 사무라이의 시대가 끝난 지 아직 7~80년밖에 지나지 않았는데 이것은 이미 우리들에게 꿈 속 이야기이다. 오늘날의 일본인은 여러 국민들 중에서 아마도 가장 증오심이 적은 국민 중 하나이다. 내가 아직 학생시절이었을 때의 이야기인데 아테네 프랑스어Athénée Français[10]의 로베르ロベール 선생님의 환영회가 있었고 테이블에는 명찰이 놓여 있고 자리도 정해져 있었는데 어찌된 일인지 나만 외국인 사이에 앉게 되었고 정면에는 곳트コット 선생님이 계셨다. 곳트 선생님은 채식주의자였기 때문에 혼자만 식단이 달랐는데 오트밀 같은 것만 드시고 계셨다. 나는 상대가 없어서 지루했기 때문에 선생님의 식욕만 계속해서 관찰했지만 맹렬한 속력으로 한번 숟가락을 들면 입과 접시 사이를 쾌속력으로 왕복하여 모두 다 먹을 때까지 (접시를-역자 주) 아래에 내려놓지 않고 내가 고기를 한 덩어리 먹는 사이에 오트밀을 한 접시 들여 마셔 버렸다. 선생님이 만성적으로 위가 약해진 것은 당연한 일이었다. 테이블 스피치가 시작됐다. 곳트 선생님이 일어섰다. 그런데 선생님의 목소리는 침통했고 갑자기 클레망소Clemenceau의 추도 연설을 시작한 것이다. 클레망소는 전대전(前大戰:제1차 세계대전-역자 주)의 프랑스 수상으로 호랑이로 불린 결투를 좋아하는 정치가였는데 마침 그 날 신문에 그의 죽음이 보도된 것이었다. 곳트 선생님은 볼테르Voltaire 류의 니힐리스트로 무신논자였다. 엘레자elegy의 시를 가장 사랑하고, 자주 볼테르의 교훈을 학생에게 가

---

10 1913년에 세워진 언어학교로 현재 도쿄도(東京都) 치요다구(千代田区) 간다(神田)에 있다-역자 주.

르치고, 또한 자진해서 즐겨 춤을 추었다. 따라서 선생님이 사람의 죽음에 대해서 사상을 통해서가 아닌 직접적인 감상으로 이야기하는 것을 나는 꿈에도 생각지 못했다. 나는 선생님의 연설이 농담이라고 생각했다. 한 번에 뒤집어 질 유머가 준비된 것이라고 생각한 것이다. 그렇지만 선생님의 연설은 침통에서 비통으로 바뀌어 어느새 농담이 아니라는 것을 확실히 알 수 있었다. 너무 생각지 못한 일이었기 때문에 나는 놀라서 기가 막혀 나도 모르게 웃었다.──그 때의 선생님의 눈을 나는 평생 잊지 못한다. 선생님은 죽여도 만족하지 못하는 피에 굶주린 증오심을 가득 담은 눈으로 나를 노려보았다.

이런 눈은 일본인에게는 없다. 나는 한 번도 이러한 눈을 일본인한테서 본 적이 없었다. 그 후로 의식해서 주의 깊게 살펴봤지만 한 번도 만난 적이 없다. 즉 이러한 증오가 일본인에게는 없는 것이다. 『삼국지』의 증오, 『채털리 부인의 사랑』의 증오, 피에 굶주린 갈가리 찢겨도 만족할 수 없는 증오심이 일본인에게는 거의 없다. 어제의 적은 오늘의 친구라는 적당함이 오히려 일본인이 공유하는 감정이다. 앙갚음에 적합하지 않은 자신들이라는 것을 아마도 많은 일본인이 통감하고 있음에 틀림없다. 오랜 세월에 걸쳐 철저하게 끝까지 증오하는 것조차 불가능에 가깝고 기껏해야 '달려들어 물 것 같은' 눈빛 정도가 한계인 것이다.

안고가 말하는 "어제의 적은 오늘의 친구라는 적당함이 오히려 일본인이 공유하는 감정이다. 앙갚음에 적합하지 않은 자신들이라는 것을 아마도 많은 일본인이 통감하고 있음에 틀림없다"는 일본문학·문화의 여러 부분에서 간취看取되는 것이다.

그러나 이러한 일본인·일본문화의 '적당함'이 풍자성 그 자체의 약함을 의미하는 것은 아니다. 앞서 이야기했듯이 일본에는 중세의 교겐狂言이나 하이카이俳諧, 에도시대의 센류川柳나 교카狂歌, 라쿠고落語 등을 중심으로 한 문예에 풍자가 제대로 살아 숨 쉬고 있다. 문제는 조일·한일의 풍자의 방식의 차이, 질적인 차이이다.

여기서 그 차이를 여실히 나타내는 자료를 하나 들어보겠다. 그것은 에도시대 중기인 안에이·덴메이기(安永天明期:1751~1789)에 활약하고 국학자·가인이며 요미혼 작자이기도 한 우에다 아키나리上田秋成가 일본의 모노가타이의 성격에 대해서 이야기한 다음의 인용문이다.

> 모노가타리란 대체 어떠한 것이라고 생각하는가. 중국의 저편의 이러한 종류의 것은 오직 거짓으로 오직 사실이 아닌 것이라 하지만 작자가 생각하는 것은 때로는 세상일의 요염함을 슬퍼하고 때로는 국가의 낭비를 한탄하고 그 시대의 기세를 누를 수 없음을 생각하며 신분이 높은 사람의 악랄함을 두려워하여 옛날 일에 천거하여 지금의 현실을 감추며 어렴풋이 써가는 것이다. (『누바타마노마키(ぬば玉の巻)』[11])

즉 모노가타리의 작자는 세상에 대한 분노가 있지만, 권력자로부터의 증오를 피하기 위해서 옛날 일로 그려내 현재의 모습을 살포시 지적하고 어렴풋이 그려내는 것이라는 것이다. 풍자를 이러한 것까

---

11 中村幸彦 他『ぬば玉の巻』,『上田秋成全集』5, 中央公論社, 1992.

지 넓힌다면 일본에는 풍자문학이 많이 존재하게 된다.

이에 관한 일례를 들겠다. 이하라 사이카쿠井原西鶴의 우키요 조시
浮世草子『부케기리모노가타리武家義理物語』 권1의 5화「죽으면 같은
베개다死なば同じ浪枕とや」이다. 이 모노가타리의 줄거리를 간단히 소
개하겠다.

간자키 시키부神崎式部 부자는 주군 아라키 무라시게荒木村重의 차
남 무라마루村丸와 함께 동국(東國:교토로부터 동쪽-역자 주)에 가게 되었
다. 그 때 동료인 모리오카 단고森岡丹後의 아들 단자부로丹三郎가 함께
길을 떠나게 되어 단고는 시키부에게 자신의 아들 시중을 부탁한다.
오오이大井 강을 건널 때, 계속해서 내리는 비로 수위가 높아졌음에도
불구하고 무라마루는 일행을 무리해서 강을 건너게 했다. 결국 많은
가신이 물이 빠져 죽었고 단자부로도 죽었다. 시키부는 아들인 가쓰타
로勝太郎에게 부탁받은 동료의 아들을 죽게 했는데 자신의 아들만 무
사하다는 것은 무사의 면목이 서지 않는다고 생각하여 임무를 마치고
아내와 함께 출가한다. 그리고 단고 부부도 시키부 부자의 전말을 알
고 그 뒤를 따라 산에 들어가 4명 함께 후세를 부탁하면서 부처님께 귀
의했다.

생각해 봐야 한 것은 강하게 밀어붙여 많은 가신을 잃었는데 아라
키 무라마루가 귀성했을 때의 묘사는 "젊은 주군님, 기분 좋게 성으
로 돌아오신다"라고 적혀있었다는 점이다. 이 묘사에 가신을 죽게
한 무라마루에 대한 정치적 비판이 있는지 없는지 그리고 이 문제에

서 파생된 사이카쿠의 소설에 정치적 비판이 어디까지 있는지가 사
이카쿠 연구의 문제로 논의되고 있다.

이러한 문제를 둘러싼 연구자 간의 자세한 논의는 출판사 「문학
통신」의 사이트에 있는 사이카쿠 연구회 블로그에 게재되어 있는
데[12], 나는 이 문제에 대해서는 정치성의 유무와는 조금 다른 시각에
서 생각해볼 필요성을 느낀다. 그것은 "죽으면 같은 베개다"를 비롯
한 사이카쿠의 풍자적인 기술(이라고 일단 말 해 두겠다)에는 실로 미묘한
표현 방식이 존재한다는 것이다. 즉 정치적 의도가 있다고도 읽을
수 있고 그렇지 않다고도 읽을 수 있는 양의적兩義的인 표현이라는
것이다.

이 미묘한 양의성에 대해서는 시노하라 스스무篠原進가 하이하이
적俳諧的 기법인 '누케ぬけ'를 이용하여 훌륭한 논의를 전개하고 있는
것을 참고할 수 있다. 이 '누케'의 기법에 대해서는 이러한 하이카이
적 기법을 소설 기법으로 응용할 수 있을지 없을지 라는 의문을 제
기하는 것에서 시작되어 여러 논의가 이루어진다. 그러나 이 사이카
쿠의 풍자적 기술이 직절直截하지 않은 매우 미묘한 양의적인 성격
을 담고 있다는 것은 대부분 인정할 수 있을 것이다. 이 점에 대해서
도 시노하라의 일련의 논고[13]가 참고가 되며, 동일한 사이카쿠 연구
자인 다니와키 마시치카谷脇理史도 『사이카쿠 연구와 비평』(若草書房,

---

12 http://bungaku-report.com/saikaku/blog/2012/10/post-20.html
13 篠原進「『西鶴諸国はなし』の〈ぬけ〉」, 『日本文学』38, 1989.1, 「『本朝桜陰比事』の〈ぬ
け〉」, 『青山学院大学文学部紀要』31,1989를 비롯해 여러 논문에서 사이카쿠의 풍자
성·정치성을 논하고 있다. 정리된 것으로는 青山学院大学文学部日本文学科編『文
学という毒 諷刺·パラドックス·反権力』, 笠間書院, 2009에 사시하라의 사이카쿠
를 비롯한 문학 전반에 관한 부감이 나타나 있어 참고가 된다.

1995) 등에서 사이카쿠의 풍자성을 다룬 것은 유명하다. 다니와키도 사이카쿠의 풍자가 매우 미묘한 요소를 갖고 있다는 점을 지적한 것도 매우 흥미롭다. 즉 사이카쿠 소설에도 앞서 소개한 아키나리의 「현실을 감추며」와 공통되는 요소가 흐른다는 것이 된다. 즉 사이카쿠도 아키나리도 풍자의 대상을 확실히 하고 그것을 직절하게 지탄하는 것이 아닌 '현실을 감추는'듯한 미묘함으로 풍자라고 있는 것이라고 생각한다.

지금 사이카쿠와 아키나리의 작품의 일부분을 다룬 것에 지나지 않는데 실은 일본문학에 있어서 풍자란 이 '현실을 감추는' 방법으로 이루어지고 있는 것이 압도적으로 많다.

V. 조선고전소설 속 '꿈'과 유토피아

이와 같이 풍자라는 측면에 있어서 조선의 고전고설이 갖고 있는 직절성과 일본의 고전소설이 갖고 있는 간접성·양의성이 부각되는데 실은 조선의 고전소설 속 풍자에는 또 다른 하나의 특징이 있다. 그것은 유토피아적 풍자세계이다. 이에 대해서는 별고[14]에서 언급한 것과 조금 겹치지만 다시 한 번 설명하고자 한다.

조선고전소설을 전반적으로 살펴봤을 때 유토피아 소설이 많이 존재함을 알 수 있다. 특히 그러한 소설에는 제목에 '몽夢'이 붙는 경

---

14 染谷智幸「両界曼荼羅としての『九雲夢』『謝氏南征記』」, 『明治大学古代学研究所紀要』 26, 2018.4.

우가 많다. 그 대표작이 김만중의 『구운몽』을 들 수 있다. 간략한 줄
거리를 소개해 보겠다.

남악형산南嶽衡山 연화봉蓮花峰의 육관대사六觀大師의 곁에서 수행
을 닦은 성진性眞은 동정용왕洞庭龍王에게 심부름을 가 남악위부인南嶽
魏夫人의 제자 팔선녀를 만나 노는데 여념이 없어 시간이 가는 줄을 모
른다. 성진은 도량에 돌아온 후에도 그에 대한 미련을 버리지 못하고
있자 성진의 심중을 꿰뚫은 육관대사가 윤회의 고통을 경험시키기 위
해 성진을 팔선녀와 함께 속세로 내려 보낸다.

성진은 당나라의 양처사의 자식인 소유少游라는 이름으로 태어난
다. 성장한 양소유는 고향에 어머니를 남겨두고 과거 시험을 보러 떠
난다. 도중에 진어사秦御史의 딸 채봉彩鳳을 만나 결혼을 약속하지만
전란으로 진채봉과 이별하게 된다. 그 상심이 아물기도 전에 낙양洛陽
에 간 소유는 그 곳에서 희대의 기생 계섬월桂蟾月을 만나 인연을 맺고
상심을 치유 받는다. 그리고 장안에 가서 정사도鄭司徒의 딸 정경패鄭
瓊貝의 인물이 출중하다는 소문을 듣고 그녀를 만나 인연을 맺고 정경
패의 시중을 드는 그녀의 친구인 가춘운賈春雲과도 인연을 맺는다. 그
후 눈이 휘둥그레진 출세를 이룬 양소유는 북방의 연나라를 평정하기
위해 황제의 사신으로 그곳을 향하는데 다시 그 곳에서 기생 적경홍狄
驚鴻을 만나 인연을 맺는다.

고관이 된 양소유를 황제는 자신의 여동생인 난양공주蘭陽公主와 결
혼시키려 하는데 소유가 정경패와의 혼약을 이유로 거절하자 황제는
양소유를 하옥시킨다. 그러나 토번의 난적이 다시 당나라를 침략해 와

227

양소유의 지략 없이는 이를 막을 수 없다고 생각한 황제는 양소유에게 자유를 주고 토번 정벌을 보낸다. 전쟁 중에 심요연沈嶤煙이라는 자객의 습격을 받지만 양소유의 인간성을 겪은 심요연은 양소유와 인연을 맺게 된다. 그리고 전쟁 중에 동정용녀洞庭龍女 백능파白凌波와도 부부의 연을 맺는다.

양소유는 8명의 아내들과 함께 더 이상 바랄 것 없는 부귀영화를 누리게 된다. 그러나 60세가 되어 조정에서 물러나 소유는 생일날 문득 인생의 허무함을 강렬히 느낀다. 그 때 육관대사가 나타나 모든 것을 밝히자 영요영화榮耀榮華도 주위의 8명의 아내들도 한 순간에 모두 사라지고 그곳에 있는 것은 연화봉의 도량에 있는 성진 자신이었다. 성진과 팔선녀는 그 경험으로부터 큰 깨달음을 얻고 극락정토를 보장받게 된다.

이상적인 연애적, 가족적 세계이지만 이 이야기 뒤에는 풍자적인 의도가 있다. 그것은 동일한 작가가 『사씨남정기』로 직접 지탄한 숙종의 치세이다. 앞서 지적했듯이 숙종의 치세는 그 때까지 불안정했던 왕권을 확립과 함께 외부적으로는 여러 가지 개혁을 실행했지만 그 왕권을 확립하기 위해 정처(중정)와 그 외의 첩(희빈, 숙빈 등)의 관계가 혼잡하게 얽혀 있다. 이는 『사씨남정기』를 읽으면 잘 이해할 수 있을 것이다.

그러나 『사씨남정기』와는 정 반대인 것처럼 보이는 『구운몽』에서는 매우 이상적인 내실의 세계가 그려져 있다. 다음은 이를 반영시킨 도식이다.

『구운몽』에 등장하는	『사씨남정기』에 등장하는	실재 인물
내실內室의 인물	내실의 인물	
양소유	류연수	숙종
영양공주	사정옥	인형왕후
난양공주	교채난	희빈장씨

이를 통해 알 수 있는 것은 인형왕후(사정옥)과 희빈장씨(교채난)이 상대를 죽이려고 할 만큼 증오심을 갖고 있는데 반해 영양공주와 난양공주는 서로 존경하고 주위를 곤란하게 할 정도로 상석을 양보했다는 점이다. 즉『구운몽』은『사씨남정기』와 같이 직접적이지 않고 그 정반대의 세계를 그려 숙종과 그 측근들의 이상함을 부각시킨 것이다[15].

조선의 고전소설에는『구운몽』과 같은 유토피아 세계를 그린 것이 많다. 그 중에 '몽'을 제목에 넣은 이야기에는 이러한 경향이 강하다. 그러한 유토피아 소설·모노가타리에는 배후에 정반대의 증오스러운 소름 돋는 현실이 숨겨져 있는 것이다.

이러한 조선과 일본의 고전소설 속 풍자의 존재에는 대상과의 거리라는 관점에서 세 가지 단계가 존재함을 알 수 있다.

---

15 『九雲夢』에 풍자적 의도가 있다는 점에 대해서는 동시대의 이재(李縡)의『삼관기(三官記)』耳編도 지적하고 있다.「稗說有九雲夢者、卽西浦所作、大旨以功名富貴、歸之於一場春夢、要以慰釋大夫人憂思、其書盛行閨閤間、余兒時慣聞其說、蓋以釋伽寓言、而中多楚騷遺意云」자세한 것은 전게논문(주12)의 필자의 논고 참조.

대상과의 거리	작품명	작가명
가까움	『사씨남정기』외 풍자소설	김만중 외
중간	사이카구, 아키나리를 중심으로 한 일본의 모노가타리·소설	이하라 사이카쿠·우에다 아키나리 외
멂	『구운몽』와 꿈 소설	김만중 외

이렇게 정리해 보면 한일 고전소설의 비교라는 단계를 넘어서 동아시아 소설의 구조를 알 수 있어서 재미있다. 한일, 동아시아 소설은 왜 이러한 구조를 갖고 있는 것일까. 이것은 커다란 문제로 다음 원고에서 별도로 고찰하기로 하고 본고에서는 상기의 지적에서 멈추고자 한다. 그러나 마지막으로 이 중간에 위치한 일본의 모노가타리·소설 군에 대해서 덧붙이고자 한다. 일견 일본의 소설류는 풍자력이 약한 것처럼 보이지만(실제로 그러한 점이 없는 것은 아니지만), 실은 일본의 풍자가 '현실을 감추는' 방법을 취한 것은 소설이나 문학의 스타일 문제라고 이야기하기 보다는 일본 사회의 구조에서 원인을 찾을 수 있을 것이다.

중국이나 조선(한국)과 비교해 일본의 정치형태는 중앙집권적인 구조가 약하다. 특히 가마쿠라 시대 이후 무가정권이 성립되고 나서 봉건적(Lehen제도적)으로 분권적 구조를 갖게 되었다. 무가정권에게는 그러한 구조가 적합했기 때문이다. 그러한 구조를 갖은 사회에서는 권력이 분산되기 때문에 중심 ↔ 주변적 구조가 약해진다. 그 결과 상의하달적인 권력보다 상호감시적인 분위기 속에 무언의 위압이 침투해가는 경향이 현저해 진다.

이러한 권력구조 앞에서의 직절적인 풍자는 별로 의미를 갖지 않는다. 왜냐하면 책임의 소재가 확실하지 않기 때문이다. 책임이 소수이거나 일부의 권력자가 아닌 사회 전체에 침투한 '구조'인 경우, 그 구조에 대한 비판으로 대항할 수 있는 것은 그 구조에 의해서 생겨난 허무한 슬픈 분위기를 그리는 것이라 생각한다.

예를 들어 앞서 언급한 사이카쿠의 『부케기리모노가타리』 권1의 5화 「죽으면 같은 베개다」의 풍자인데 이 모노가타리에서 지적하고 있는 것은 아라키 무라시게의 차남 무라마루의 횡포라기보다 그것을 허락한 주위의 인간의 존재 그러한 구조를 갖은 무가사회의 그 자체일 것이다. 모리오카 단고도 그 구조 가운데 살 수밖에 없었기 때문에 살아남은 아들에게 죽음을 명령하지 않을 수 없었던 것이다. 이러한 구조에 대치한 풍자로는 그 구조가 낳은 뭐라고 형용할 수 없는 허무한 분위기를 그려낸 것에 있다고 생각한다. 이 한 편의 마지막(4명의 출가)을 지배하는 무상감, 공소감이 풍자의 표현이라고 할 수 있다.

종래 별로 지적되지 않은 이러한 무상감, 공소감을 전면에 그린 미묘한 풍자도 조선의 고전소설 『사씨남정기』와 같은 직절적인 풍자, 또는 『구운몽』과 같은 유토피아적인 풍자도 풍자소설로 매우 가치가 높다고 생각한다.

일본의 미묘하고 옅은 풍자를 이와 같이 적극적으로 해석을 하는 것은 어떠할까. 이는 앞으로의 과제이기도 한데 이미 이러한 시좌를 취하는 것이 가능하다면 이는 오늘날의 일본문학을 이해하는 방법으로 '아시아'의 시점이 매우 유효하다는 것을 이야기해 주고 있다고 할 수 있을 것이다.

▌번역 : 김미진(서울여대)

한일문화 연구의 새 지평 1

한일문화의 상상력 : 안과 밖의 만남

제9장

한일대역자료에 나오는 デゴザル에 대하여

⊛ ⊛ ⊛

최 창 완

I. 머리말

『交隣須知』는 中世부터 19세기말까지 일본에서 한국어학습서로 널리 사용된 사서로 한국어·일본어 대역자료이다. 조선과 에도막부와의 관계가 복원되어 본격적으로 교류가 활발히 이루어지는 임진왜란 이후의 한일대역자료로 국내자료의 대표격인 『捷解新語』가 대화체 및 서간체로 만들어져 있음에 반해, 일본에서 만들어진 『交隣須知』는 사서형식의 용례중심이어서 서지적으로나 언어학적으로 연구할 가치가 많아 매우 중시되고 있다. 당시 한일관계에 있어 『交隣須知』가 한국어학습서로 널리 사용되어 일본인들에게 미친 영향은 또한 상당히 컸을 것으로 생각된다.

본 글에서는 18세기 초에 성립된 것으로 생각되어지는 1881年本

『交隣須知』에 나타나는 본동사로 쓰이지 않는 ゴザル에 대하여 조사하고 이 중 デ(テ)에 접속하는 ゴザル가 京都大學所藏本에서는 어떠한 모양을 띠고 있었는지에 대하여 살펴보고자 한다.[1]

경어의 丁寧化가 정착되어 가는 에도시대 중기의 경어는 중 ゴザル는 가장 발달한 시기이기도 하다.[2] 또한 京都大學所藏本으로부터 1881年本으로 개수되기까지 약 150여년이 흐르고 있어, 이 시기가 丁寧語가 발달한 일본어의 경어사에 있어 중요한 시기인 만큼[3] 京都大學所藏本에 나타난 デ(テ)에 접속하는 ゴザル가 1881年本에서는 어떠한 형태로 나타나는지에 대해 대역 한글을 참조하면서 조사 분석하고자 한다.

『交隣須知』는 필사본으로는 京都大學所藏本, 서울대학교소장본, 제주본, 심수관씨소장본, 東京大學所藏本 등이 있으나 본 글에서의 연구 자료는 사본 京都大學所藏本과[4] 함께 간본으로 日本外務省藏版本을 그 대상으로 하고 있다.

---

1 본동사 ゴザル에 대하여는 기 연구한 바 있어 본 글에서는 보조동사 ゴザル 중에서도 ニゴザル를 중심으로 살펴보도록 한다. 최창완「한일대역자료에 나타나는 ゴザル에 대하여」,『日語日文學硏究』96집, 한국일어일문학회 265-281쪽.

2 공손어에 대하여는 미화어를 중심으로 연구한 바 있고,『交隣須知』에 나오는 친족명칭의 변화에 대하여도 다음의 논문에서 연구한 바 있다.
「일본어의 미화어에 대하여」,『일본연구』제36호, 한국외국어대학교 일본연구소, 551-567쪽.
「交隣須知에 나타난 친족명칭의 변화에 대하여」,『日語日文學硏究』72집, 한국일어일문학회, 2010 302쪽.

3 辻村敏樹『敬語論考』, 明治書院, 1992, 361-362쪽.

4 본 글에서의 연구 자료로 선택한 이유는 필사본 중 4권 모두의 전문이 전해 지고 있는 것이 京都大學藏本이기 때문이다.
京都大學國文學會『交隣須知 本文, 解題, 索引』1966, 1-131쪽.

Ⅱ. 『交隣須知』와 기존의 언어학적 연구

1. 1881년본 『交隣須知』

『交隣須知』의 간행본으로 최초로 나온 것이 1881년에 간행된 日本外務省藏版 交隣須知이다. 비슷한 시기에 호하코寶迫繁勝본이 간행되고 2년 후인 1883년에 우라세浦瀨裕校 교정증보판이 발간되고, 1904년에는 1권으로 마에다前田恭作공정본이 발간된다.[5] 오구라小倉進平는 1883년 외무성장판본 『交隣須知』 및 우라세浦瀨裕가 교정한 增補 『交隣須知』그리고 1883년에 간행된 호오사코宝伯繁勝의 『交隣須知』의 간행에 대하여 시대적 상황 등을 고려하여 상세히 기술하고 있고,[6] 후쿠시마福島邦道는 1881년에 간행된 일본외무성장판본이 간행되기까지의 경위와 1883년에 간행된 일본외무성장판본과 호오사코본宝迫本이 거의 비슷한 내용과 성격의 책이 동시에 발간된 경위에 대하여 자세히 설명하고 있다.[7]

『交隣須知』대한 언어학적 연구로는, 사이토齊藤明美는 일본어에 대하여 음운과 표기, 문법, 어휘, 방언 등의 언어의 지역성으로 나누

---

5 이들 간행본을 정리하면다음과 같다.
  1. 日本外務省藏版 交隣須知 : 四卷 1881년 刊行
  2. 寶迫繁勝刪正, 白石直道藏版 交隣須知 : 四卷 1881年本년 刊行
  3. 浦瀨裕校正및增補版 再刊交隣須知 : 四卷 1883년 刊行
  4. 前田恭作, 藤波貫共訂 校訂交隣須知 : 一卷 1904년 刊行
6 小倉進平「交隣須知に就いて」,『国語と国文学』13-6, 1936, 6-9쪽.
7 福島邦道, 岡上登喜男編「明治十四年版 交隣須知 本文及び總索引 本文篇」笠間索引叢刊 95, 1990, 3-41쪽.

어 연구하고 있는데 한국어에 관하여는 아스톤본과 하쿠스이白水본
과의 비교와, 사본에서 간본으로의 이행에 따른 변화, 그리고 세 간
본의 비교 등을 표기법을 중심으로 살펴보고 있다.[8]

편무진은 언어편에서『交隣須知』의 한국어 표기 및 일본어의 문
법과 표현에 대하여 상술하고 있으며 일본어 간섭에 의한 한국어 오
표기에 대하여도 기술하고 있다.[9]

최창완은 교토대학소장본과 1883년 외무성장판본에 나오는 일본
어 경어와 인칭대명사의 실태와 변천, 그리고 ゴザル의 マス, デア
ル로의 시대적 흐름에 따른 변천에 대하여 경어 표현을 중심으로 비
교적 상세히 분석하고 있다.[10]

2. ゴザル에 대한 기존의 연구

『交隣須知』에 나오는 ゴザル에 대한 기존의 연구는 본동사와 보
조동사의 용법으로 나누어진다. 본동사 ゴザル에 대하여는 최창완
(1996)에서 京都大學所藏本에 나타난 ゴザル를 ある의미, ない의미,
いる의미, いない의미, くる의미, である의미로 나누어 살펴보고 이
들이 1881년본에서는 어떠한 용법을 보이고 있는지를 살펴보고 있
다.[11] 그리고 최창완(2016)에서는 1881년본의 ゴザル가 京都大學所藏

---

8 斉藤明美『交隣須知의 系譜와 言語』, j&c, 2001, 147-332쪽.
9 片茂鎭『交隣須知の基礎的研究』, 제이엔씨, 2005, 227-345쪽.
10 최창완『交隣須知와 敬語』, 대구대학교출판부, 2004, 110-159쪽.
11 최창완「『交隣須知』에 나오는 ゴザル에 대하여」,『日語日文學』6집, 대한일어일문
   학회, 1997, 133-156쪽.

本에서는 어떠한 용법에서 출발하였는지를 살펴보고 있다.[12] 또한 최창완(2006)에서는 오늘날에는 ます에 접속하여 문말에서 丁寧語로 쓰이는 ゴザル가 어떠한 과정을 거쳐 공손어로만 사용되고 있는지를 『交隣須知』를 중심으로 살펴보고 있다.[13]

보조동사 ゴザル에 대하여는 최창완(1997)에서 京都大學所藏本에 나타난 보조동사 ゴザル를 デ(テ)ゴザル, ニゴザル, ヨウニゴザル, ソウニゴザル, テゴザル로 나누어 살펴보고 이 중 デ(テ)ゴザル가 1881년 본에서는 어떻게 변화하고 있는지를 살펴보고 있다.[14] 또한 최창완(2016)에서는 京都大學所藏本에 나타난 보조동사 ゴザル와 함께 ニゴザル의 1881년본으로의 변화에 대하여 살펴보고 있다[15]

Ⅲ. 1881년본에 나타난 デ(テ)ゴザル

1881年本에는 본동사로 쓰이지 않은 ゴザル가 390례 나타나 있다. デ, ニ, ソウニ, ヨウニ 등에 접속하고 있으며 フ, ウ, - 등과 같이 u단에 접속하는 경우도 전체 용례의 절반 넘게 나타나 있었다.

---

12 최창완「한일대역자료에 나타나는 ゴザル에 대하여」, 『日語日文學研究』96집, 한국일어일문학회, 2016, 265-281쪽.

13 최창완「ゴザル의 恭遜語化에 대하여 -『交隣須知』를 중심으로」, 『日本言語文化』9집, 일본언어문화학회, 2006, 215-232쪽.

14 최창완「『交隣須知』에 나오는 補助動詞 ゴザル에 대하여」, 『人文科學藝術文化研究』16집, 대구대학교 인문과학예술문화연구소, 1997, 159-176쪽.

15 최창완「『交隣須知』에 나오는 ニゴザル에 대하여」, 『日語日文學研究』104집, 한국일어일문학회, 2018, 164-181쪽.

이를 정리하면 다음의 〈表 1〉과 같다.

〈表 1〉 1881年本에 나타난 본동사로 쓰이지 않은 ゴザル의 접속

접속 형태	용례수
デ(テ)ゴザル	41 (126)[16]
ニゴザル	66 (90)
ソウニゴザル	49 (27)
ヨウニゴザル	30 (33)
uゴザル	214 (279)
계	390 (559)

京都大學所藏本과 비교해 보면[17] 본동사로 쓰이지 않은 ゴザル는 559례에서 390례로 감소하고 있다. 京都大學所藏本에서는 ニゴザ ル(90례)보다 デ(テ)ゴザル(126례)의 용례가 많이 나타나 있으나 1881 年本에서는 그 반대로 ニゴザル가 더 많이 나타나 있다. ソウニゴザ ル와 ヨウニゴザル는 27례에서 49례, 33에서 30례로 변화하고 있다. 이 외에 uゴザル 등은 278례에서 214례로 감소하고 있기는 하지만 여전히 가장 많이 쓰이고 있다.

---

16 ( ) 안은 京都大學所藏本에 나타난 본동사로 쓰이지 않은 ゴザル의 용례수이다. 앞의 책 166쪽.
17 본동사로 쓰이지 않은 ゴザル의 京都大學所藏本에서 1881年本으로의 변천에 관하여는 다음의 논문에서 상세히 다루고 있어 본 글에서는 1881年本을 중심으로 하여 살펴보도록 한다.
최창완 「『交隣須知』에 나오는 補助動詞 ゴザル에 대하여」, 『人文科學藝術文化研究』 16집, 대구대학교 인문과학예술문화연구소, 1997, 159-176쪽.

1. デ(テ)ゴザル

デ(テ)에 접속하는 ゴザル는 41例 나타나 있으며 이 중 문중에 3
례, 문말에 38례 나타나 있다. マス에 접속하는 것은 5례이고 모두
문말에 나타나 있다. 의미상으로는 오다来る 의미를 지닌 デ(テ)ゴザ
ル가 4례 나타나 있다. 한국어는 문중에 나타난 1례에서만 경어적
요소를 지니지 않은 보통체이다(1-2).

1) 문중의 デ(テ)ゴザル

デ(テ)ゴザル의 형태가 2례 나타나 있는데 모두 ニヨリ에 접속하
고 있고(1-1) (1-2), 1례는 テゴザッテ의 형태로 오다의 의미를 지니
고 있다(1-3).

(1-1)　*四10オ1 憤怒 カツテゴザルニヨリトケラレテカラ申シ上ゲヨ-*
　　　분노허여계시니풀이신후에엿쑵쟈

(1-2)　*四18ウ6 宜 ゴモツトモデゴザルニヨリ仰ノ通リ施行イタシマセウ*
　　　맛당허니니르신대루시힝허오리다

(1-3)　*二56オ7 降 下ツテゴザツテオツカレテゴザリマセウ*
　　　ᄂ려오시니ᄌ부시오리다

2) 문말의 デ(テ)ゴザル

デ(テ)ゴザル의 형태가 29례(1-4), デゴザレ(ヨ) 3례(1-7), デゴザ
ヨウ 1례(1-8), デゴザリマス 1례(1-9), デゴザリマセウ(1-10)와 デ

ゴザリマスカ(1-11)각 2례 나타나 있다.

> (1-4) 二03ウ7 牛 牛ハ六畜ノ中ニ功ガ第一デゴザル
>
> 쇼는육츅즁에공이졔일이오니
>
> (1-5) 二33ウ7 大廳 大廳ニ出頭ナサレテ公事ヲモツバラナサレテ
>
> ゴザル
>
> 대텽에좌긔ᄒ시고공ᄉᆞ를흔챵허십데
>
> (1-6) 四55才3 事々 一一ニ順便デゴザル
>
> ᄉᆞ이슌편허외다
>
> (1-7) 四43才6 曲折 ワケヲシラズバダマツテゴザレヨ
>
> 곡졀을모루거든ᄌᆞᆷᄌᆞᆷ허고잇습소
>
> (1-8) 一29才6 孤 ヒトリデクラサレテサゾナンギデゴザョウ
>
> 외로이지내오니죽히민망허올가
>
> (1-9) 四18ウ7 嘗 カツテ許諾シテゴザリマス
>
> 일쯕허락허여계시옵데
>
> (1-10) 一21ウ5 海 海ヲヒタスラ往來ナサレテマコトニゴメンドフ
>
> テゴザリマセウ
>
> 바다를갓끔건너단니시니과연괴로오시리다
>
> (1-11) 一36ウ6 位 アナタハ何ノ位ニナリテゴザリマスカ
>
> 공은무슨가ᄌᆞ를허여계신잇까

3) 오다 의미의 デ(テ)ゴザル

デゴザル 중 오다 의미의 용법을 보이는 것은 4례로 모두 문말에

나타나 있고 그중 1례는 マス에 접속하고 있다(1-10).

    (1-12) *四11才4 誣* スカシテココニツレテ<u>ゴザレ</u>ヨ

          소기고이리더려<u>오옵소</u>

    (1-13) *四12才7 問* トウテミテソノワケヲクハシクキイテ<u>ゴザル</u>ヨ

          무러보고그곡졀을ᄌ셰이듯고<u>오소</u>

    (1-14) *二04才7 驢* ウサギ馬ニ負テ<u>ゴザレ</u>ヨ

          나귀게싯<u>꼬옵소</u>

2. 그 외의 본동사로 쓰이지 않은 ゴザル

デ(テ)ゴザル 이외의 본동사로 쓰이지 않은 ゴザル로는 ニゴザル
(1-15), (1-16) uゴザル(1-17)(1-18), ソウニゴザル(1-19)(1-20), ヨウ
ニゴザル(1-21)(1-22) 등이 나타나 있다.

    (1-15) *四01ウ1 臥* ネマシタニ心ガユルヤカニ<u>ゴザル</u>

          누어씨니ᄆ음이죵용*(從容)*<u>호외</u>

    (1-16) *三29ウ3 兩耳釘* 手チガヘカスガイヲウタヌニヨリ丈夫ニ<u>ゴ</u>

          <u>ザラヌ</u>

          냥이ᄆ을못박으니든돈치<u>아니허오</u>

    (1-17) *四32才1 頻* ヒタスラキテオ逢下サレテウレシウ<u>ゴザル</u>

          ᄌ루와보시니졍답<u>소외다</u>

    (1-18) *一50ウ2 汗* 汗ガヨケイニ出レバ一身ノ津液ガヌケルニヨリ

241

ヨウゴザリマセヌ

씀이만이나면일신에진읷이짜지니돗치아니허오니

(1-19) 四09才1 畏 オソロシウシテ致シエスヤウ二ゴザリマス

무셔워못허게허엿습네

(1-20) 四19ウ1 依然 依然トテシ朝鮮ノ人ノ言バノヤウ二ゴザル

의연이죠션사룸의말ㅈㅅ오

(1-21) 三57才1 掠 カスメルコトヲ甚シクスル二ヨリ百姓ガ叛ムク

心ガアルサウ二ゴザル

노략질을심이허니빅셩이반홀쯧이인는가시푸오

(1-22) 四12ウ1 詰 アラソヒバカリシテ互二ヨシアシヲシラヌサウ二

ゴザル

힐란만허고서루시비를모르는가시푸외

Ⅳ. 1881년본을 기준으로한 京都大學소장본으로부터의 변화

본장에서는 京都大學所藏本『交隣須知』에 나타난 二에 접속하는 ゴザル가 1881년본에서는 어떻게 변화하고 있는지에 대하여 살펴보고자 한다.

1881년본에 나타난 デ(テ)ゴザル는 京都大學所藏本에서는 デ(テ)ゴザル(12), デゴザリマス(2), uゴザル(3), 二ゴザル(2), マス(7), ゾンジル(1), ナサル(1) 등에서 변화하고 있고, 그 외 보통체(2)와 일본어역이 없는 경우(5), 용례가 바뀌거나(1) 용례가 새로 만들어진

경우(5)도 나타나 있다. 한국어는 보통체에서 변화한 경우(2-55)와 보통체로 변화한 경우(2-23)가 각 1례씩이었고 나머지 39례는 모두 경어적 요소를 지니고 있는 경우에서 변화하고 있었다.

1. デ(テ)ゴザル에서

デ(テ)ゴザル 그대로의 형태에서 나타나 있는 경우는 12례이다.

이중 오다來る 의미로 쓰여진 경우가 3례 나타나 있다. ゴザッテ의 형태로 문중에 나타난 예가 1례 있으며(2-3)(2-4), 한국어는 옵소 (2-2)가 오옵소(2-1)에서, 오시니(2-3)(2-4), 오소(2-5)(2-6) 그대로의 형태로도 나타나 있다.

(2-1) 二09オ5 驢 ウサキムマニヲヲセテ<u>ゴサレ</u>

　　　 나귀게싯고<u>오옵소</u>

(2-2) *二04オ7 驢 ウサギ馬ニ負テ<u>ゴザレ</u>ヨ*

　　　 나귀게싯고<u>옵소</u>

(2-3) 三69ウ3 隆 クダツ<u>テゴサツ</u>テツカレサシサリマシヨ

　　　 느려<u>오시니</u>ㅈ브시오리

(2-4) *二56オ7 降 下ツ<u>テゴザツテ</u>オツカレテゴザリマセウ*

　　　 느려<u>오시니</u>ㅈ부시오리다

(2-5) 四10オ5 間 トウテミテワケヲクワシフキイテ<u>ゴザレ</u>

　　　 무러보와곡졀을ㅈ져히드럭<u>오소</u>

(2-6) *四12オ7 間 トウテミテソノワケヲクハシクキイテ<u>ゴザルヨ</u>*

243

무러보고그곡절을 ᄌ세이둣고오소

(2-7)은 テゴザリマス가 テゴサナサレマシタ에서 변화한 경우로 1881年本에서는 극존칭이 생략 되어 있다. 한국어로는 *계시옵데*가 계시옵데에서, 변화하고 있어 경어의 정도는 같은 것으로 생각된다.

(2-7) 四17才2 嘗 トクキョダクシテゴサナサレマシタ
일즉허락(許諾)ᄒ여계시옵데

(2-8) *四18ウ7 嘗 カツテ許諾シテゴザリマス*
일쯕허락허여계시옵데

문말에 나타난 7례 중 1례는 テゴザツタカ에서 デ(テ)ゴザルカ로 변화하고 있다(2-9). 한국어는 이요가 옵던고에서 변화하고 있다.

(2-9) 一13才2 昨日 サクジツハテテマイロフトヲツシヤレテナク
タツレハドフシタコトテゴザツタカ
어제ᄂᆞ나오마ᄒ시고아니오시니긔어인일이옵던고

(2-10) *一13ウ4 昨日 昨日ハデテコウトイハレテツヒニオイデナサ*
レヌソレハドウシタコトデゴザルカ
어제ᄂᆞ나오마허시고죵시아니오시니그무슨일이요

문말에 나타난 나머지 6례는 テゴザル와 テゴザレ의 형태를 띄고 있으며, 한국어는 ᄉ외 그대로의 형태에서와(2-11)(2-12), ᄉ외에서

이올세로(2-13)(2-14), 허외(2-16)가 ᄒ외(2-15)에서, 이로세(2-18)가
ᄋ도시(2-17)에서, 로셰(2-20)가 올시(2-19)에서, 잇습소(2-22)가 잇
습소(2-21)에서 변화하고 있다.

(2-11) 一16才1 低 山ノ下テ杵ノヲトノタカイヨウナモノ<u>テゴザル</u>
산밋틔방하공이놀기<u>ᄌ소외</u>

(2-12) 一17才1 底 山ジタニ杵木ノ無イヤク<u>デゴザル</u>
산밋테방아ᄭᅵ이놀기<u>ᄌ소외</u>

(2-13) 三33ウ2 法 法ヲ守テコソドウリ<u>テコサル</u>
법을직희여야을<u>소외</u>

(2-14) 一45才7 法 法ヲ守リテ節ニ死シタニヨリ忠臣<u>デゴザル</u>
법을직희여졀에죽으니츙신<u>이올세</u>

(2-15) 二29才4 儲 ヨフジンマイガヨケイニアルニヨリアント<u>デコサル</u>
졔츅미가만히이시니든든<u>ᄒ외</u>

(2-16) 二22才3 儲 儲畜米ガヨケイニアルニヨリアンド<u>デゴザル</u>
졔츅미가만이잇스니든든<u>허외</u>

(2-17) 二60ウ6 綠 アヲイテクリヲキタノガコドモケイセイ<u>テゴサル</u>
프ᄅᆫ뎌고리닙은거슨동기(童妓)<u>ᄋ도시</u>

(2-18) 三14才4 綠 モヨギノ上ハギキタノハヲサナイケイセイ<u>デゴザル</u>
푸은져구리닙은거슨아희기<u>ᄉᆡ이로세</u>

(2-19) 三03才4 裝裟 ケサカケテソキンヲカブツテジュズカケテシヤカニ
ヨライノマヱニテネンブツスルハ長老<u>テコサル</u>
가사메고송냑쓰고념쥬걸고셔가여릭얇픠셔념

블ᄒ기ᄂ쟝노올시

(2-20) 三17ウ7 袈裟 袈裟カケテ僧巾カブツテ念佛申スヤウスガマ

コトニ釋迦如來ノ弟子*デゴザル*

가사닙고숑낙쓰고념불허ᄂ양이진짓셔가여리

데ᄌ로셰

(2-21) 四43才3 曲折 ワケヲシラスバダマツ*テゴザレ*

곡졀을모로거든즘즘ᄒ고*잇습소*

(2-22) 四43才6 曲折 ワケヲシラズバダマツ*テゴザレヨ*

곡졀을모루거든즘즘허고*잇습소*

문중에 나타난 1례는 テコサル 그대로의 형태이고, 한국어는 허니(2-24)가 ᄒ오니(2-23)에서 변화하고 있다.

(2-23) 四17才1 宜 ドウリテコサルニヨリヲヽセラルトヲリニトリヲ

コナイマシヨウ

맛당ᄒ오니니ᄅ신대로시힝ᄒᆞᆸ새

(2-24) 四18ウ6 宜 ゴモツトモ*デゴザル*ニヨリ仰ノ通リ施行イタシマセウ

맛당*허니*니ᄅ신대루시힝허오리다

2. デゴザリマス에서

デゴザリマス 형태에서 변화한 경우는 2례이고, 한국어는 이오(2-26)가 인고(2-25)에서, 오옵소(2-28)가 오읍소(2-27)에서 변화하

고 있다.

    (2-25) 一09ウ5 タ ユフカタハイツモカエリタイト云ワシヤレトソレ

            ハドフシタコト<u>テゴザリマスカ</u>

            져녁째면믜영도라가고겨ㅎ시니그어인<u>일인고</u>

    (2-26) 一11才5タ 夕方ニナレバイツモカヘラウト云ハレテソレハド-

            シタコト<u>デゴザルカ</u>

            져녁되면믜양도라가고쟈ㅎ시니그엇씬<u>일이오</u>

    (2-27) 四08ウ6 誘 スカシテツレテ<u>ゴサリマセイ</u>

            둘래여두려<u>오옵소</u>

    (2-28) 四11才4 誣 スカシテココニツレテゴザレヨ

            소기고이리더려<u>오옵소</u>

3. uゴザル에서

uゴザル 형태에서 변화한 경우는 3례이고, 한국어는 허오(2-30)가 수외(2-29)에서, 수오니(2-32)가 수외(2-31)에서, 수오니 그대로의 형태(2-33)에서 변화하고 있다.

    (2-29) 一10才5 暮 サクジツハクルルマテシヨフモツノドヨフテシヲ

            シタニヨリアセボフカテキテカユ<u>フコザル</u>

            어제ᄂ졈으도록셔칙(書冊)졔마를ㅎ니씀되나셔ᄆ

            렵<u>ᄉ외</u>

(2-30) 一11ウ4 暮クレルマデ遊デ往ニヨリ多幸デゴザル

　　　　져무도록놀고가니다힝허오

(2-31) 三31才6 罰 バツハバツノトヲリスレトモカルフシテコソヨ

　　　　ウゴザル

　　　　벌은벌데로ᄒ되경히ᄒ여야둣스외

(2-32) 三44才2 罰 罰ハバツノトホリニスルギデアレドモ輕ルウシ

　　　　テコソ允デゴザル

　　　　벌은벌대로홀거시로되경이ᄒ여야올스오니

(2-33) 四09ウ1 訟 クジハリヨホフノコトハヲワキマエテコソヨフコ

　　　　サル

　　　　숑ᄉᄂᆫ두편의말을술펴야올스오니

(2-34) 四11ウ4 訟 クジハ兩方ノ言ヲ皆聞テ處斷シデコソ允デゴザル

　　　　숑ᄉᄂᆫ두편말을다드러처단허여야올스오니

4. ニゴザル에서

ニゴザル 형태에서 변화한 경우는 2례이고 한국어는 시푸외
(2-36)가 시브외(2-35)에서, ᄒ외 그대로의 형태(2-37)에서 변화하고
있다.

(2-35) 一36ウ5 汎籃 ……… ヲヲヘイナヒトノヨフニコサル

　　　　져사름(彼人)은눈(目)ᄒ고범남(汎籃)흔사람(人)

　　　　인가시브외

(2-36) 一33才7 汎濫 アノ人ハ日付ヲ見ルニイカツガマシイ人サウ<u>デゴ
ザル</u>

져사롬은눈을보니범남헌사롬인가<u>시푸외</u>

(2-37) 二28才4 農 ノフサクバカリセイダスニヨリキドク<u>ニコサル</u>

녀롬지만힘써ᄒ니긔특ᄒ외

(2-38) 二21才6 農 農作バカリ精出シテ奇特<u>デゴザル</u>

농ᄉ만힘써ᄒ니긔특ᄒ외

5. マス에서

マス에서 변화한 경우는 7례이고, 한국어는 ᄉ오니(2-40)가 리이다(2-39)에서, 시오리다(2-43)가 시오리(2-42)에서, 이은가(2-44)가 옵시(2-43)에서, ᄒ외다(2-46)가 습ᄂ니(2-45)에서, 쓰외다(2-48)가 ᄉ오리(2-47)에서 변화하고 있다.

(2-39) 三67ウ2 進 ススンテイテオオテキ<u>マシヨウ</u>

나아가뵈옵고오오<u>리이다</u>

(2-40) 二54ウ3 進 ススンデマミユルノガ尤<u>デゴザル</u>

나아가뵙는거시올<u>ᄉ오니</u>

(2-41) 三69ウ3 隆 クダツテゴサツテツカレサシサリ<u>マシヨ</u>

ᄂ려오시니ᄭ브<u>시오리</u>

(2-42) 二56才7 降 下ツテゴザツテオツカレテ<u>ゴザリマセウ</u>

ᄂ려오시니ᄭ부<u>시오리다</u>

249

(2-43) 四07ウ3 嘆 ナケカシフテシゼントナンタカデマスル

탄식을ㅎ니절로눈믈이나옵신

(2-44) 四09ウ1 嘆 嘆息シテタメイキヲツカレテナニゴトデゴザルカ

탄식허구한숨치쉬니므슨일이은가

(2-45) 四09ウ3 決 ケツタンヲワタクシノフシテコソウラミヲキキマ

センヌ

결단을공편이ㅎ여야원망을아니듯솝ᄂ니

(2-46) 四11ウ6 決 處決ヲ公平ニナサレテ尤デゴザル

쳐결을공평이허시니지당ㅎ외다

(2-47) 四49才4 切々 子ンゴロニ申マシヨフ

졀졀이솝ᄉ오리

(2-48) 四49才5 切々 一々尤デゴザル

졀々이올쓴외다

6. ゾンジル에서

1례 テゴザリマセウ가 ソンジマス에서 변화하고 있고, 한국어는
오시리다(2-50)가 ᄉ외(2-49)에서 변화하고 있다.

(2-49) 一21才4 海 ウミヲヒタスラヲヲライナサレテ……ゴクロウニ

ソンジマス

바다(海)흘ᄯ곰건너다니시니과연(果然)슈고(受
苦)롭ᄉ외

(2-50) 一21ウ5 海 海ヲヒタスラ往來ナサレテマコトニゴメンドフ

テゴザリマセウ

바다를갓끔건너단니시니과연괴로오시리다

7. ナサル에서

1례가 ナサレマシタカ가 テゴザリマスカ에서 변화하고 있고, 한
국어는 계시온잇까(2-52)가 습던가(2-51)에서 변화하고 있다.

(2-51) 一39ウ5 職 ナンノツトメヲナサレマシタカ

무슴벼슬ᄒ엿습던가

(2-52) 一36ウ5 職 何ノ職ヲナサレテゴザリマスカ

무슨벼슬허여계시온잇까

8. 보통체에서

경어적 요소가 없는 보통체에서 변화한 경우는 2례이고, 한국어
는 계신잇까(2-54)가 ᄂ고(2-53)에서, 이오니(2-56)는 ᄒ지(2-55)에
서 변화하고 있다.

(2-53) 一39ウ6 位 加坐ヤク................ウケサシヤツタカ

가즈ᄂ무슴가좌(加坐)를탓습ᄂ고

(2-54) 一36ウ6 位 アナタハ何ノ位ニナリテゴザリマスカ

251

공은무슨가즈를허여*계신잇까*

(2-55) 三41才4 戰 イクサハ將守ノ智計ガアツテコソナロフ

싸홈은댱슈디혜가이셔야ᄒ지

(2-56) 三56才3 戰 タタカイハ大將ノ智惠ガ第一*デゴザル*

싸움은쟝슈의지혜가웃씀*이오니*

9. 일본어역이 없는 경우에서

5례 나타나 있으며 일본어역이 없어 京都大學所藏本에서도 デ
(テ)ゴザル였는지 분명하지 않다. 대응하는 한국어는 허외다(2-58)
가 ᄒᆞᆸ데(2-57)에서, 이오닛까(2-60)가 이온고(2-59)에서, 수외
(2-62)가 ᄂᆞ라(2-61)에서, 허올가(2-64)가 ᄒ시올가(2-63)에서, 이올
세(2-66)가 ᄋᆞᆸ도ᄉᆡ(2-65)에서, 변화하고 있다.

(2-57) 一22ウ2 溫井 ユハ..........タギツテフシキニ........

온졍은겨올의도ᄭᆞᆯ흐니긔이ᄒᆞᆸ데

(2-58) 一22ウ5 *溫井 溫井泉ハ冬デモワイテフシギデゴザル*

온졍은겨울에도ᄭᆞᆯᄋᆞ니고이*허외다*

(2-59) 一56才3 大息 タメイキヲツカシヤル..........

한숨을지시니어인일*이온고*

(2-60) 一50才6 太息 *タメ一ヲツカレテソレハド―シタコトデゴザルカ*

한숨을치쉬니그엇긴일*이오닛까*

(2-61) 三69ウ4 出 デマワツテキマショフ..............

　　　　나가든녀오오리든녀오ᄂ라

(2-62)　二56ウ1 出 デデオイデナサレテゴ苦勞デゴザル

　　　　나오시니슈고롭ᄉ외

(2-63)　一30ウ1 孤

　　　　　외로이이셔즉히민망ᄒ시올가

(2-64)　一29才6 孤 ヒトリデクラサレテサゾナンギデゴザラウ

　　　　　외로이지내오니즉히민망허올가

(2-65)　一46ウ2 姓本

　　　　　　성본은사조(始組)계신ᄃ롤니른말이요도시

(2-66)　一42ウ7 姓本 姓ト本ハ始祖ノイマシタ處ヲ云フ言デゴザル

　　　　　성과본은시조계시든데를니른말이올세

10. 용례가 바뀐 경우

1례 나타나 있으며 문말의 한국어는 허오(2-68)가 ᄒ외(2-67)에서
변화하고 있다.

(2-67)　四45才6 碍 カカワリマシタコトカアツテイマニマイリマセイ

　　　　テヲソレイリマシタ

　　　　걸리끼온일이이셔진시못와시니황공ᄒ외

(2-68)　四45才5 碍 カカハツテメンドフデゴザル

　　　　걸으쎠민망허오

253

11. 용례가 새로 만들어진 경우

5례 나타나 있으며 1881年本의 한국어는 이로세(2-70), 곳쓰오 (2-72), 허십데, 엿쑵쟈, 허외다로 나타나 있다.

(2-69) X

(2-70) 一05ウ6 飄風 飄風ハ颯颯ト吹クテゴザル

　　　　　표풍은삽삽히부는ㅂ롬<u>이로세</u>

(2-71) X

(2-72) 一38ウ5 親父 他ニ養子ニ往タ人ハ其身ノ親父ハ猶同叔姪ノ

　　　　　ヤウナモノ<u>テゴザル</u>

　　　　　늠의게양ㅈ간사롬은제친부는유동숙질과<u>곳쓰오</u>

V. 맺음말

이상과 같이 1881年本『交隣須知』에 나타나는 본동사로 쓰이지 않는 ゴザル에 대하여 조사하고, 이 중 デ(テ)에 접속하는 ゴザル가 京都大學所藏本에서는 어떠한 모양을 띠고 있었는지에 대하여 살펴보았다.

1881年本에는 본동사로 쓰이지 않은 ゴザル가 390례 나타나 있는데 이 중 デ(テ)에 접속하는 ゴザル는 41례 나타나 있어 京都大學所藏本 126례보다 약 1/3로 줄어들어 있음을 알 수 있었다. マス에 접

속하는 것은 5례였고 모두 문말에 나타나 있었다. 오다 의미를 지닌 ゴザル가 4례 있었는데 모두 문말에 나타나 있고 그 중 1례는 テゴ ザリマセウ의 형태로 マス에 접속하고 있었다. 한국어는 문중에 나 타난 ゴモツトモデゴザルニヨリ(맛당허니, 四18ウ6) 1례에서만 보통체 였고 나머지 40례는 모두 경어적 요소를 지니고 있었다.

　1881年本에서도 京都大學所藏本의 デ(テ)ゴザル 그대로의 형태 를 띠고 있는 것은 12례였고 나머지 29례가 デ(テ)ゴザル 이외의 형 태에서 변화하고 있었는데, uゴザル에서 3례, デゴザリマス와 ニゴ ザル에서 각 2례씩, マス에서 7례, ゾンジル와 ナサル에서 각 1례씩 등에서 변화하고 있었다. デ(テ)ゴザリマス의 형태에서 변화한 경 우도 3례 있었으며 모두 문말에 위치하고 있었다. 그 중 デ(テ)ゴザ リマス의 형태 그대로가 2례였고 1례는 テゴザレヨ의 형태로 マス 가 사라져 있었다. 한국어는 보통체에서 변화한 경우와 보통체로 변 화한 경우가 각 1례씩이었고 나머지 39례는 모두 경어적 요소를 지 니고 있는 경우에서 변화하고 있었다.

한일문화 연구의 새 지평 1

한일문화의 상상력 : 안과 밖의 만남

제10장

소설번역에 나타나는 문말표현의 양상

— 『不如帰』, 『불여귀』, 『두견성』을 대상으로 —

❀ ❀ ❀

탁 성 숙

Ⅰ. 머리말

1910년대 일본에서 대표적인 가정소설로 시대를 풍미했던 徳富蘆花의 『不如帰』[1]를 번역 번안한 작품으로 조중환의 『불여귀』[2]와 선

---

1 『不如帰』は、明治31年(1898年)から32年(1899年)にかけて国民新聞に掲載された徳冨蘆花の小説。のちに出版されてベストセラーとなった。なお徳冨蘆花自身は『不如帰』の読みとして、少なくとも後年「ふじょき」としたが[1][2]、現在では「ほととぎす」という読みが広まっている。2016.8.31. https://ja.wikipedia.org/wiki/%E4%B8%8D%E5%A6%82%E5%B8%B0_(%E5%B0%8F%E8%AA%AC)

2 번안소설. 1912년 조중환이 신문에 연재한 작품. 일본 작가 토쿠토미(德富蘆花)가 지은 가정소설〈불여귀(不如歸)〉를 번안하여 개작한 것이다. 내용은 부부간의 순결한 사랑과 봉건적 가족제도를 그렸다. 이 작품은 연극대본으로 각색되어 1910년대에 신파극의 대본으로 많이 상연되었다. (『국어국문학자료사전』, 한국사전연구사, 1998)

우일의『두견성』[3]이 있다. 한국어로 번역한 조중환의『불여귀』와
『두견성』을 읽으면 원작과는 다른 분위기가 느껴진다. 이러한 원작
과 번역 작품의 분위기가 달라지는 것은 여러가지 요인으로 인해 일
어날 것이다. 지문과 회화문으로 구성된 원작의 일본어원문을 한국
어로 번역할 때, 한국어와 일본어가 갖고 있는 개별언어의 특징을
번역자가 충분히 인지하고 있는가 하는 점과, 외국어를 모국어로 번
역할 때 개인의 모국어인 한국어에 대한 언어감각과 종합적인 문체
감각이 번역에 표출되리라 생각된다. 이러한 번역과정에서 원작품
과 번역작품에 차이가 생겨나게 될 것이다.『不如帰』의 작자 德富蘆
花가 활동한 明治時代는 한문체, 한문훈독체, 보통체, 歐文번역체,
雅文체 등 다양한 문체가 사용되던 시기이다. 德富蘆花의『不如帰』
는 구어문과 문어문이 함께 사용되는『雅俗折衷体』를 채용하고 있
다. 특히『雅俗折衷体』소설의 지문에는 일본의 전통적인 우아함이
기조가 되는 문어문의 요소가 문말표현에 포함된다. 문어문의 요소
가 문말표현에 포함되어 있는 일본어표현이 한국어로 번역되었을
때 어떠한 양상을 띠고 있는가, 그리고 한국어표현과 일본어표현의
차이는 무엇인가? 나아가 이러한 번역에서 사용되던 표현이 한국어
에 어떠한 영향을 미치게 되는가? 원작은 물론 번역작품 또한 당시

---

3 신소설. 1913년, 선우일의 작품이다. 이 작품은 노일전쟁(露日戰爭)을 배경으로 하
여 권문화족(權門華族)에 속하는 인물들을 등장시켜 신구세대간의 갈등과 새 가
정관(家庭觀), 청년의 정의감(正義感)과 용맹, 전쟁모리배의 발호 등, 당시의 가정
과 사회의 부침상(浮沈相)을 그려낸 작품으로, 특히 여순항(旅順港) 근해에서 벌어
진 해전의 치밀한 묘사는 박진감(迫眞感)과 실감을 자아내게 하는 장면이다. 신소
설 중 역작으로 손꼽힐 만한 작품이다. (『국어국문학자료사전』, 한국사전연구사,
1998)

신문의 연재소설, 단행본발간, 연극무대에 올리는 등 당시의 대중에게 크게 어필한 작품이다. 본고에서는 원작품과 번역작품의 문말표현에 보이는 번역의 형태를 대조하여 원작품과 번역작품의 차이를 규명해 보고자 한다.

Ⅱ. 분석대상 및 방법

1. 분석대상

원작 : 德富盧花『不如帰』岩波文庫 綠15-1, 1995.4.15. 제67쇄
번역작 : 조중환역『불여귀』1912, 警醒社, 선우일역『두견성』보급서관, 1912. 본고에서는 원작과 번역 작품의 상편 지문의 문말표현을 분석대상으로 한다.

2. 분석방법

원작의 문말표현에 대한 번역작품의 문말표현의 번역양상을 비교한다. 원작의 문말표현은 번역에서는 문말종지로 끝나는 문, 연결되는 형태의 문, 생략되는 문의 형태로 나타났다. 반면 번역작에서 새로운 문이 생성되기도 한다. 예를 들면 1회의「言いつつ老女はつくづく顔打ちながめ」부분이 번역에서「물그럼이 치어다보면셔 말을 흔다」「부인의 얼골을 물그름이 보고 흐는 말이」로 각각 번역되

었으며 1회2에 「はらはらと落涙し」를 「눈물을 쭉쭉 써러트린다」와 「눈물이 핑그르르 돌며 쏘 ㅎ는 말로」와 같이 번역되어 있다. 특히 체언종지부분의 문말표현에서는 술어로 끝나는 번역으로 대치되기도 한다. 이와 같이 번역에서 새로이 등장하는 문말은 본고의 분석대상에서는 제외한다. 문말표현은 체언종지, 용언종지, 조동사종지, 기타의 큰 항목으로 나누고 각각 세부분류를 행하여 작품에서 등장하는 순서로 정리했다. 일부를 제시하면 다음과 같다. 체언종지, 조동사 「ず, じ, らむ, ごとし」 조사 「とか」 등의 문말표현이다.

〈표 1〉 원문과 번역문의 문말표현의 비교

출현	不如歸	불여귀	두견성
	체언종지		
1-1	ながむる婦人	일위부인이 잇스니, 일듸 가인이라	무심히 바라보는 부인은
1-1	十八九	십팔구셰나 되엇스며	열팔구 셰 가량쯤 되얏는듸
1-1	しおらしき人品	온화흔 긔운이	아담흔 셩품은
1-1	婦人	부인이러라	생략
1-2	五十あまりの老女	오십여 셰 된 노파러라	로파가--- 불을 켜 놋터라
1-3	先刻の壯夫わかもの	앗가 그 졀문 남즈이러라	생략
1-3	なかを出いだせば落つる別封	편지 흔 봉이 쭉 써러진다	별봉 한 장이 짜라나오며 짱에 가 쭉 써러진다
3-2	好男子	관옥 갓든 얼골의 호남즈러라	신수 멀씀흔 호남즈이로듸
4-1	いまいましきは武男	생략	생략
4-2	丸	똥그람이도 잇고	똥구리
4-2	四角	네모지게 그린 것도 잇고	네모
4-2	三角	세모지게 그린 것도 잇고	세모가 나다츳셔
4-2	イの字	생략	생략
4-2	ハの字	생략	생략
4-2	五六七などの数字	슈쯔로 번호를 긔록흔 것도 잇고	六七八의 수쯔

4-2	ローマ数字	생략	혹은 서양수쭌
4-4	襖ふすまの開く音	영창문이 부스시 열니인다	쟝지문이 득륵 열니거늘
5-2	夫人繁子しげこ	그 부인 시게꼬이니	교소는 손갓가히 잇는 부인 츈즈라
6-2	求むるもの少なからぬが世の中	며나리가 잘못ᄒᆞ드릭도 조용이 말노 이르고 가르쳐 쥬리라 ᄒᆞ는 시어머니는 세상에 드물 것시오 그 외는 다 그 시어머니가 그 며나리요 그 며나리가 그 시어머니라	죵이 죵을 부리면 곤쟝에 칼박어치는 격으로 서울 싀어먼이의 원슈를 용도 며ᄂᆞ리에게 갑흐려 ᄒᆞ는 쟈는 별사롭이 안이라
6-2	姑に練ねらるる浪子	셔양 풍속에 져진 계모의 손에 치여나셔 지금은 또 옛젹 풍속을 쥬쟝ᄒᆞ는 시어머니에게 뒥기는 나미꼬는	셔양 공긔마신 계모에게 구박을 밧고 이졔 또 완고습관의 싀어먼이의게 단련밧는 혜경은
	조동사종지		
	ず	불여귀	두견성
2	かえってためにならず	도로혀 두 ᄉᆞ람에게 ᄒᆡ가 도라온다	조금만 불합ᄒᆞ야도 편을 갈나 가지고 시긔를 ᄒᆞ려 들고
3-3	動かず	움작이지 아니ᄒᆞ고	꼼짝 안이ᄒᆞ고
4-2	女もあらず	ᄒᆞᆫ ᄉᆞ람도 업고	ᄉᆞ환 한아도 업고
5-1	著しく描きいだしぬ	무엇시라고 말ᄒᆞᆯ 슈 업는 관후ᄒᆞ고 온략ᄒᆞᆫ 틱도가 보이더라	무엇이라고 형언ᄒᆞᆯ 슈 업는 만 쟝화긔덩어리라
5-3	一度二度にはあらず	생략	면박을 당ᄒᆞ기도 ᄒᆞᆫ 두번이 안이나
6-1	なかなかひと通りのつらさにあらず	멧십 년 동안 고싱ᄒᆞ고 복긴 일은 이로 긔록지 못ᄒᆞᆯ지라	한집에셔 잇는 부인이야 오작ᄒᆞ리오
6-1	年とともに改まらず	그 남편은 ᄒᆡ가 갈스록 셩품이 더ᄒᆞ여	남편의 셩품은 죠곰도 변기 됨이 업고
	기타(조사종지)	불여귀	두견성
2	と言われしとか。	말을 ᄒᆞ니	ᄒᆞ고 말슴ᄒᆞ시닛가
2	言い含められしとか	신신부탁ᄒᆞ엿다 ᄒᆞ며	권고ᄒᆞ시드란 말도 일즉 드럿더라
2	父ありというや	부친이 잇는야	
4-1	結婚の式すでに済みてあらんとは	임의 셩례싯지 지닛인지라 이는 천만 뜻밧게 일이다	하필 즈긔 외척죵되는 리졍위와 발셔 결혼식을 거힝ᄒᆞ얏는지라

261

4-2	小形の手帳を広げ たり、鉛筆を添えて	슈쳡 ᄒ나를 ᄒ 반쯤을 펴 노왓고 그 우에는 연필을 씨여 노앗ᄂ듸	슈텹에 연필을 걸쳐 노앗ᄂ듸
5-1	一つ話として時々い づる佳話なりとか	일샹 말ᄒᄂ 우슴거리 이 야기러라????	생략
5-2	達者なりとか	남ᄌ도 밋지 못홀 만ᄒ게 익슉ᄒ더라	영어는 왼만ᄒ 남ᄌ보다 우승 홀 ᄯᅮᆫ안이라
6-1	少なかりしとか	말 ᄒ마듸 크게 ᄒᄂ 스람 도 업ᄂ 터이러라	방약 무인ᄒᄂ 유명ᄒ 화족이라
6-2	川島浪よりほかに なきを忘るるな	가와시마 나미꼬가 된 쥴 을 이져발이지 말나고	리씨의 집 혜경인쥴로 싱각 ᄒ 지어다
6-2	まさりたらんか	지산은 화족 즁의 몟지 아 니 가ᄂ 부ᄌ이니	친명보다 만타홀지니
	기타조동사종지		
2	春の若菜のごとし	봄풀과 갓ᄒ야	첫봄에 쏫족쏫족 나오는 어린 풀과 갓ᄒ니
5-1	知らぬ目よりはさ こそ見ゆらめ	번역없음	생략
6-1	さもありつらん	앞문장의 번역에 포함	앞문장의 번역에 포함
6-2	惑えるも無理には あらじ	수수이 다 셜어져 엇지ᄒ 면 조ᄂᄂ지 집벅거려지 기만 ᄒ다	가풍 다른 집으로 드러왓스니 일마다 오착되는 것도 큰 허물 이 안인듸

출현항목 하단부의 아라비아수자는 예문이 출현하는 원작의 목차를 표시한 것임.(예를 들어 一の一는 1-1로 표기)

III. 분석결과 및 고찰

1. 1910년- 1920년대작품의 한국어의 문말표현

한국어의 근대소설에 나타나는 종결어미 「一다」가 정착되고 일반화된 것은 이광수의『무정』에 이르러서라 한다. 종결어미「-다」의 가파른 교체를 유도한 데는 번역의 영향이 크며 조중환의『불여귀』 또한 커다란 역할을 했다고 말해지고 있다. 박진영의 연구를 보면[4] 「-다」로 끝난 종결어미의 비율이 45%로 진입했음을 알 수 있다. 또한 이광수의『무정』의 경우, 박진영(2011) 147쪽의 〈표 5〉〈표 6〉을 참조하면 94.76%가「-다」로 끝맺는 종결어미가 출현하고 있다. 그리고 1910년대 번역, 번안소설의 경우「-다」종결어미의 사용이 빈번해 지고 있음을 확인할 수 있다.[5]

〈표 2〉 무정, 불여귀, 두견성의 종결어미「-다」와「-라」의 출현양상[6]

	-다	-라
무정(1917)	4850회(94.76%)	268회(5.24%)
불여귀(1912)	437회(45.14%)	531회(54.86%)
두견성(1912)	170회(25.80%)	489회(74.20%)

한국어종결어미를「-다」와「-라」로 분류하여 근대한국어의 언문일치와 연결하여 생각할 수 도 있겠으나,「-다」가 갖는 의미와 「-라」가 갖는 의미를 단순하게 구별할 수는 없다고 생각된다.「-다」 와「-라」의 분류를 더욱 세밀하게 할 필요가 있으며, 원문의 의미를 나타내기 위해 어떻게 표현하고 있는가를 분석할 필요가 있다. 일본

---

4 박진영(2011)『번역과 번안의 시대』,연세근대한국학총서59L-049, 소명출판 동서, 145-149쪽
5 박진영(2011)『번역과 번안의 시대』,연세근대한국학총서59L-049, 소명출판 동서, 145-149쪽
6 〈표2〉는 박진영(2011)의 147쪽의 표5와 표6에서 무정과 불여귀, 두견성을 뽑아 정리한 표이다.

어의 동일조동사로 끝나는 술어표현은 통일되어 있지 않다. 「터, 박, 것」 등의 형식명사를 포함하는 표현, 「-엇」이라는 과거를 나타내는 접사를 포함하는 표현, 「-이라」와 「-더라」 등으로 표현하고 있다. 일본어술어 각각의 문법적인 정확도 보다 내용에 치중하여 표현하고 있기 때문이라 생각된다. 이희정의 연구에 의하면 1910년대 『매일신보』 연재소설의 종결어미의 유형을 참고하면 이해조의 작품에 나타나는 종결어미는 「-더라, -이라, -지라, -오」가 우세하나 조중환의 번안작품인 『쌍옥루』에서 「-ㄴ다」가 28%를 차지하고 『장한몽』과 『장한몽속편』에 이르러서 「-ㄴ다」는 각각 45%와 57%를 차지하게 된다. 이에 비례해 「-더라, -이라, -지라」의 비율이 낮아지게 된다.[7] 물론 개인별로 차이도 나타나고 있다.

2. 雅俗折衷문체의 문말표현-尾崎紅葉-

德富蘆花의 문말표현과 당시 雅俗折衷문체 작품활동을 한 尾崎紅葉의 문말표현의 양상을 참고하고자 한다. 尾崎紅葉의 雅俗折衷문체의 문말표현을 분석한 木川あづさ(2010)의 논고가 있다.[8] 논문의 분석 결과를 보면 체언종지, 용언종지, 부사종지, 조사종지, 조동사종지문을 분류하여 분석하고 있다. 분석대상으로 하고 있는 작품은 『金色夜叉』(明治30年1月~明治35年5月), 『伽羅枕』(明治23年7月~9月), 『三人妻』(明治25年3月~

---

7 이희정(2008) 『한국 근대소설의 형성과 『매일신보』』, 연세근대한국학총서39IL-034, 소명출판, 273쪽 〈표2〉 『매일신보』 연재소설의 종결어미의 유형
8 木川あづさ(2010) 「尾崎紅葉『金色夜叉』を中心とした, 文語体作品の文体について―文末表現を 手がかりに-」, 『實踐國文學』77(左1-27) (2010-03-15)

5月),『男ごゝろ』(明治26年3月~4月),『心の闇』(明治26年6月~7月)로 読売新聞
에 연재된 작품이다. 〈표 A〉는 5작품의 문말표현에 나타나는 체언종
지, 용언종지, 부사종지, 조사종지, 조동사종지를 분류한 표이다.[9]

〈표 A〉

	체언	용언	부사	조사	조동사
伽羅枕(1890)	12.2%	17.5%	0%	2.1%	68.2%
三人妻(1892)	16.4%	11.4%	0.2%	4.2%	67.8%
男ごゝろ(1893)	12.1%	8.6%	0%	4.4%	74.9%
心の闇(1893)	14.6%	17.9%	0.3%	5.5%	61.7%
金色夜叉(1897-1902)	0.4%	4.7%	0.1%	5.2%	89.6%

전체적으로 조동사종지가 전체의 60%에서 90%까지 차지하고 있음
을 알 수 있다.『金色夜叉』의 문말표현이 다른 작품들과 차이가 보이
며 특히 체언종지와 용언종지가 적고 조동사종지가 많이 나타나고 있
다. 체언종지는 명사가 주를 이루고 있다. 다른 세 작품과 달리『金色
夜叉』에 체언종지가 거의 나타나지 않고 동사와 형용사의 용언종지가
주를 이루고 있다. 조사종지가 4-5%에 이르는데 조사는「を, に, は,
も, か, や, ぞ, が, で。て, ど, ながら, つつ, のみ, まで, やら, ばかり,
よ, ものを, かな, かし, とよ」이다. 이중 작품에 따라 약간의 차이가
있으나,「か, や, のみ, かし」의 출현이 눈에 뜨인다. 조동사종지는 특
히 과거와 완료의 時를 나타내는「き, けり, つ, ぬ, たり, り」와 推量의
「べし」, 指定의「なり」, 打消를 나타내는「ず」의 출현이 빈번하다.[10]

---

9 木川あづさ(2010)「尾崎紅葉『金色夜叉』を中心とした. 文語体作品の文体について―文
末表現を手がかりに-」,『實踐國文學』77(左1-27) (2010-03-15)의 82쪽〈표A〉를 인용

3. 德富蘆花의『不如帰』의 문말표현

德富蘆花의『不如帰』의 지문의 문말표현은 조동사로 끝나는 문이 대부분을 차지하며 동사 등의 용언으로 끝맺는 문말표현과 체언으로 끝나는 문말표현이 뒤를 잇고 있다. 상편의 문말표현을 용언, 체언, 조사, 조동사종지로 분류한 것이 〈표 3〉이다.

〈표 3〉『不如帰』上編 지문의 문말표현의 양상

문말표현	용언종지	체언종지	조사종지	조동사종지	합계
출현수	44(14.3%)	20(6.5%)	10(3.2%)	234(76.0%)	308(100%)

1) 용언종지의 문말표현의 번역양상

〈표 4〉『不如帰』上編 용언종지의 양상

『不如帰』문말표현		출현수
동사의 종지형	あり	15
	―という	4
	기타동사	17
	―とす	2
	―おる	2
	―たもう	1
형용사		2
형용사 なし		1
합계		44

---

10 木川(2010)의 표〈B C D E〉를 참고하여 서술.

먼저, 일본어원작 『不如帰』의 문말을 기준으로 『불여귀』와 『두견성』의 표현양상을 비교하였다. 상편의 지문에 보이는 용언종지는 총 44문이다. 『不如帰』의 용언종지를 보면 동사가 대부분을 차지하고 있다. 형용사는 3문으로 「薄し, 情けなし, 答えなし」이다. 동사에서는 「あり」의 존재가 상당수 나타나며, 일반적인 동사가 17개 종지형으로 나타나고 있다. 「-(と)す」가 2문, 「-おる」가 2문, 경어표현을 동반한 「-たもう」가 1문 나타나고 있다.

<표5> 용언종지의 번역 문말표현

	『불여귀』	『두견성』
생략된 문말표현	6	10
-ㄴ다	14	5
-라	11	16
-연결되는 형태의 문	13	13
	44	44

번역작품인 『불여귀』와 『두견성』의 문말표현을 원작을 기준으로 살펴보았다. 한국어번역인 『불여귀』와 『두견성』의 용언종지문말표현의 번역양상을 보면, 종지형으로 끝나는 문말과 연결되는 형태의 표현으로 나뉜다. 〈표 5〉을 보면 두견성 쪽이 생략이 많으며 두 번역의 가장 큰 차이는 「-ㄴ다」의 문수의 차이다. 그리고 두 작품에 공통적으로 나타나는 현상은 「-라」로 끝맺는 문의 수와 끝맺지 않고 연결되는 표현을 하고 있는 문의 수가 많다고 하는 점이다. 44개의 문중 두 작품에서 똑같이 번역된 표현은 「바른편 져고리 소매로 눈물을 씻는다, 압치마로 눈물을 씻는다, 나미꼬의 얼골을 치어다본다,

혜경부인의 얼골을 치어다본다」로 2문이다. 동사의 종지형의 번역
양상을 구체적으로 보면 다음과 같다. 종지형으로 끝나는 문말표현
은 크게 「-ㄴ다」와 「-라」로 볼 수 있다. 「-라」는 동사의 어간에
「-더라」라 붙는 형태와 명사에 붙어 「-이러라」 또는 형식명사 「것」
또는 「터」에 연결되어 「-것시라」, 「-터이라」의 형태가 보이고 있
다. 「-ㄴ다」와 「-라」의 문말의 이미지는 차이가 있다. 「-ㄴ다」의
간결한 느낌, 「-라」를 포함하게 되면 다양한 뉘앙스를 포함하게 된
다. 『불여귀』의 문말에 등장하는 「-ㄴ다」와 「-라」의 문들이다.

> 편지를 바다 가지고 안팍그로 뒤집어 본다, 바른편 져고리 소민로
> 눈물을 씻는다, 나미꼬의 얼골을 치어다본다, 즁쟝의 얼골을 치어다
> 본다, 비빔밥 등믈을 늬여 놋는다, 다시 쓴 것도 잇다, 비슷시 모로 누
> 어셔 잇다, 고기만 숙이고 업디여 디답이 업다
> 가운이 ᄌ연 건체ᄒ여 여울에서 휘휘 도는 믈의 형상이러라, 아쳠
> ᄒ는 사람을 조아ᄒᄂ 것시라, 늬왕ᄒ기를 누어셔 썩 먹듯 ᄒᄂ 터
> 라, 쓴이 쓴어질 터이라, 군복ᄒ 사람도 잇고 평복ᄒ 사람도 잇더라,
> 여간 풋나기 쓰름군은 명함도 드리지 못ᄒᄂ라, 병즁에 누어 잇든 사
> 람 갓더라

연결되는 형태를 보면, 『불여귀』의 경우 「-고, 으나, 는대, -며,
으니, 으로」의 형태가 나타나고 있다.

> 엽헤다 놋코, 나물아는 말도 듯기 실코, 졈 찍은 것도 잇고, 사랑ᄒ

시는 부친은 잇스나, 져역 연긔는 쳐쳐에 이러나는듸, 가와시마 씨 문
흐에 다니는듸, 긔츠는 발셔 상미역에 이르럿스며, 쌈을 흘닌다 ᄒ며,
큰 체경이 걸녓스니, 한강 가 눈 흘긴다는 격으로

『두견성』의 번역을 보자.

「-ㄴ다」는 5문, 다양한 「-라」의 형태가 보이고 있다. 동사어간에
「-더라」와 「-모양, 지」에 「이라」가 붙는 형태가 나타나고 있다. 한
국어의 「-더라」는 보고자가 있어 이보고자가 직접 지각한 것을 청
자에게 전달하되 내용을 확실히 보장하지 못한다는 거리감을 두고
이야기하는 내포적의미를 지니며, 말하는 내용이 관심거리가 된다
는 화자의 태도가 반영되어 있는 구어체표현이며, 「-이라」도 내용
에 거리감을 두고 청자에게 제시하는 의미를 포함하고 있다.[11]이러
한 한국어의 종결어미는 이야기체에 등장하는 주요표현이라 보인
다. 구어체 중심의 어미가 점차 그 자리를 「-다, -ㄴ다, -엇다」형
태로 변화되어 가는데 조중환의 번역의 문말표현에서도 이러한 경
향을 확인할 수 있다.

(출현예)

압치마로 눈물을 씻는다, 익쳐로온 바이로다, 혜경부인의 얼골을
치어다본다

횟득횟득ᄒ얏스, 아부지의 무릅우에 놋는다

---

11 김미형(1998)「한국어 문체의 현대화 과정 연구 - 신문 문장을 중심으로-」,『어문
학연구』, 상명대학교 어문학연구소, 131-132쪽.

편지 겻봉을 이리 뒤쳐보고 뎌리 뒤쳐보더라, 귤, 과즈 등속을 닉여 놋터라

눈동즈가 혜경쇼쎠의 얼골로 도라가더라, 져녁 연긔는 여긔뎌긔셔 무역무역 니 러나더라, 보석 반지만 불빗헤 반짝반짝ᄒ더라, 겻헤다 놋터라, 한두 거름을 갓가히 나오고져 ᄒ더라, 아조 니러나지도 안이 ᄒ고 아조 눕지도 안이ᄒᆫ 모양이라

『불여귀』의 경우「-고, 으나, ᄂᆞ디, -며, 으니, 으로」의 형태가 보였는데『두견성』의 경우를 보면「-마는, 더니, 고, -며, ᄂᆞ디, ᄂᆞ디다」의 형태가 보이고 있다.

이 몸을 사랑ᄒᆞᄂᆞᆫ 부친은 계시것마는, 혜경은 삼ᄉᆞ 보를 쎠러져 가더니 과도히 수쳑ᄒᆞ야 병인갓ᄒᆞ엿다 ᄒᆞ더니, 큰일을 랑픽홀 념려가 잇ᄂᆞ디 긔셩 명거장에 도착ᄒᆞ얏ᄂᆞ디, 슈염과 눈섭은 희소ᄒᆞᆫ디다, 됴와ᄒᆞᄂᆞᆫ 법인즘

도보로 왕릭ᄒᆞ기를 례ᄉᆞ로 ᄒᆞ얏다ᄒᆞ고

2) 체언종지 문말표현의 번역양상

체언종지문은 총 20개가 출현하고 있다.

(출현예)

「ながむる婦人, 十八九, しおらしき人品, 婦人, 五十あまりの老女, 先刻の壯夫わかもの, なかを出いだせば落つる別封, 好男子, いまい

ましきは武男, 丸, 四角, 三角, イの字, ハの字, 五六七などの数字, ローマ数字, 襖ふすまの開く音, 夫人繁子, 求むるもの少なからぬが 世の中, 姑に練ねらるる浪子」

『불여귀』와 『두견성』의 체언종지의 번역양상은 다음과 같다.

<표 6> 체언종지의 번역 양상

		『불여귀』	『두견성』
생략된 문말표현		3	5
-ㄴ다		2	1
-라		7	3
-연결형태 문	은, 는, 이, 가	2	3
	는디, 고, 어, 이니,	6	4
체언종지		0	4
		20	20

일본어의 체언종지문은 일본어문말표현의 한 특징이며, 현대일본어에서도 사용되고 있는 표현양식이다. 한국어의 술어표현에서 흔히 나타나지 않는 양상이라 하겠다. 번역의 형태를 보면,

첫째 체언 앞에 수식어로 붙은 용언을 뒤로 도치시키는 예

「なかを出いだせば落つる別封 → 편지 흔 봉이 쑥 쩌러진다, 별봉 한 장이 싸라나오며 쌍에 가 쑥 쩌러진다」

둘째 체언에 조사를 붙여 주제어 또는 주어로 문을 시작하는 예

「姑に練ねらるる浪子 → 셔양 풍속에 쪄진 게모의 손에 치여나셔 지금은 쏘 옛적 풍속을 쥬쟝ᄒᄂ 시어머니에게 뒤기ᄂ 나미꼬ᄂ 셔양 공긔마신 계모에게 구박을 밧고 이계 쏘 완고습관의 싀어먼이의

271

게 단련밧는 혜경은」

셋째 술어를 첨가하는 예가 보인다. 문을 종결하는 경우와 연결하는 경우가 보인다. 「ながむる婦人 → 일위부인이 잇스니, 일딕가인이라」

넷째로『두견셩』에만 나타나는 예로 체언종지가 보인다. 『불여귀』의 「-도 잇고」로 번역한 것에 비해『두견셩』에는 「똥구리, 네모, 세모가 나다츠셔, 六七八의 수쯕, 혹은 셔양수쯕」로 번역되었다.

〈표 7〉 체언종지문의 출현양상의 예

『不如帰』上編	『불여귀』	『두견셩』
丸	똥그람이도 잇고	똥구리
四角	네모지게 그린 것도 잇고	네모

3) 조동사종지 문말표현의 번역양상

『不如帰』의 문체는 雅俗折衷体이다. 지문의 76%가 조동사로 종지하고 있는 문으로 이루어졌다. 조동사종지문과 용언종지문의 번역의 차이가 커보이지 않는다. 종언종지에서 나타나는 문말표현과의 차이는 조동사종지의 일부분의 문말표현에 「-엇, 엿」이 삽입되는 차이가 보일 뿐이다.

〈표 8〉조동사종지문의 출현양상

조동사	き	けり	つ	ぬ	たり	り	ず	じ	なり	べし	らむ	ごとし	합계
출현수	17	9	43	65	34	3	6	1	43	10	2	1	234

시제와 관련한 조동사 「き, けり, つ, ぬ, たり, り」의 출현과 지정 또는 단정을 나타내는 「なり」의 출현이 많다. 이러한 조동사를 포함하는 문말표현의 번역에 어떠한 차이를 나타내고 있을까? 일본어의 시제를 나타내는 조동사는 각각의 특징을 갖고 있다. 시제와 관련된 조동사 중 「けり」「り」의 출현이 적게 나타나고 있다.

〈표 9〉 尾崎紅葉의 조동사의 사용과 『不如帰』의 조동사분포[12]

	伽羅枕 (1890)	三人妻 (1892)	男ごゝろ (1893)	心の闇 (1893)	金色夜叉 (1897-1902)	不如帰 (1898-1899)
	319	742	304	190	1235	234
る		1				
らる		1			2	
しむ	1				1	
じ	1		2	5	1	1
ず	39	151	70	38	63	6
き	13	22	45	17	101	17
けり	44	94	49	21	86	9
つ	1			2	55	43
ぬ	86	274	68	51	227	65
たり	22	28	8	10	185	34
り	3	10	7	5	221	3
む		4	2	1	11	
まし		1				
けむ					2	
らむ					2	2
らし		1	2			
べし	22	43	18	10	38	10

---

12 木川あづさ(2010) 「尾崎紅葉『金色夜叉』を中心とした, 文語体作品の文体について─文末表現を 手がかりに─」, 『實踐國文學』77 (左1-27) (2010-03-15)의 78쪽 〈표E〉를 인용했고 본고의 대상작품의 문말표현을 비교하기 위해 첨가했다.

めり					1	
まじ	2	1				
たし			1			
なり	70	100	27	30	234	43
たり					1	
ごとし	15	11	4		4	1
ようだ		1				

동시대의 작가 尾崎紅葉의 조동사의 사용을 보면 작품 간에 차이는 있으며 다양한 조동사를 사용하고 있음을 알 수 있다. 주로 사용되고 있는 조동사는 「ず, き, けり, ぬ, たり, べし, なり」의 사용이 일반적임을 알 수 있다. 「つ」는 1개 작품을 제외하고 거의 사용하지 않고 있으며 「り」가 『金色夜叉』 유독 많이 출현하고 있음을 알 수 있다. 深津愛(2013)는 연구노트에서 일본어 고전 코파스를 이용한 문어 조동사 사용빈도수를 조사, 사용이 많은 10개의 조동사를 열거하고 있는데 순서를 보면 「なり(断定)ず, たり, けり, む, ぬ, り, き, べし, つ」 순이다. 고전작품의 조동사의 사용과 明治시대의 雅俗折衷体의 작품과 큰 차이는 없다고 할 수 있겠다.[13]

『不如帰』의 조동사사용은 단순한 편이다. 다용되고 있는 조동사는 시제를 나타내는 「き, つ, ぬ, たり」와 단정을 나타내는 「なり」이다. 그리고 「べし」와 「ず」가 약간 나타난다. 본고에서는 다용되고 있는 「き, けり, つ, ぬ, たり」의 번역양상을 보기로 한다.

---

13 深津愛(2013) 「外国人留学生の文語文法·古語学習について考える(1)文語助動詞の場合」, 『文学·芸術·文化 = Bulletin of the School of Literature, Arts and Cultural Studies, Kinki University : 近畿大学文芸学部論集』, 127쪽.

① 조동사「き」「けり」의 번역양상

〈표 10〉 조동사「き」의 번역양상

	『불여귀』	『두견성』
생략된 문말표현	1	2
-(ㄴ)다	2	0
-더라, 이러라	12	9
연결되는 형태	2	4
-도다, 이로다	0	2
	17	17

일본어의 조동사「き」는 실제로 경험한 과거를 나타내는 조동사이다. 그러므로 정확하게 번역하기 위해서는 과거를 나타내는 표현이 필요하다. 그러나 한국어번역을 보면『불여귀』와『두견성』에서 과거를 나타내는「엇」이 들어가는 표현은 각각 2문에 불과하다. 2문이외에는 용언종지의 문말번역과 대동소이하다. 이러한 번역의 형태는 객관적인 표현에 누군가의 시선이 개입되어 있는 느낌이 강하게 드는 요소가 된다. 특히「膨ふくれ上がる類にやという者もありき」문은「손을 쑥 써이면 도로 불눅ㅎ여지는 격이라 ㅎ더라」와 같이 전문으로 표현하기도 한다. 이외에 많이 보이는 -이러라 -이로다 이라 등은 조동사「き」에는 없는 의미가 포함되고 있다고 할 수 있다.

「엇」이 들어가는 표현
婢おんなの言えるをきけることもありし―칭찬ㅎ는 소릭도 들엇드니

275

男爵そのままという者もありき。-도라간 남편과 흔판에 빅〈page n="67"〉엿더라

別して辛抱の力をためす機会も多かりし-참을 인 쓰 시험홈이 진실노 잇쎠에 잇다 홀리로다 (이어짐), 극히 고싱되는 것이 만엇도다

別離わかれを傷いたむ暇なかりき-생략-리별홈을 슯허 홀 여가가 업섯더라

(조동사 「き」의 번역 예)

불여귀	두견성
어느 날 흐로 싱각 아니 나는 날이 업다	쓰다듬어 주시던 싱각도 안 나는 날이 업고
칭찬흐는 소린도 들엇드니	아릭사롬들이 말흐는 것을 드른 일도 잇거니와
걱정 업시 자랄 터이라	아모 곤란 업시 잘 즈라낫슬 터인딕
비죽비죽 울기도 흔두 번이 아니러라	눈물을 흘닌 일도 잇는지라
고독흔 스람이라	죠졍위는 조상부모흔 쟈ㅣ라
가와시마 다쎄오의 모친이러라	리졍위의 모친이라
손을 쑥 쩌이면 도로 불눅흐여지는 격이라 흐더라	쮸구러진인 도고통에 바람들어가듯 졈졈 부딘흐야지는 일테라
그 젹은 붕우 즁 흔 스람이러라	권의쟝이 그 희소흔 즁에도 가장 교의가 각별흔 친고라
살샹은 요힝으로 어듬이러라	생략

「けり」를 포함하는 문수는 많지 않다. 「けり」의 의미는 과거를 되돌아보며 인식하거나 회상의 의미가 가미되는 조동사이다. 번역에는 과거를 표시하는 「엇, 엿」의 사용은 많지 않고 문말에 「-더라, 곳이러라, 씬닷는 터이러라, 셰작이 되엿잇더라」와 조동사 「けり」의 의미는 수긍이 간다.

白かりける, 日陰の花なりけり, おのずから安からず覚ゆるなりけり

細作をも務むるなりけり, 伺候しては戴いただきける, 人情博士は

かせはのたまいける。

奉公人は故男爵の時よりも泣きける, 家風の相違も大抵の事には

あらざりけり。

(조동사「けり」의 번역예)

부인의 얼골만 하이슈롬호게 보이더라 나미쇠는 실노 그늘에 쏫이러라 심즁으로 편치 못혼 마음이 싱흠을 씌닷 는 터이러라 그 계모의 셰작이 되엿잇더라 쎠쎠로 문안 와셔는 곱게 가는 날은 젹은 터이러라 그 슈ㅎ에 잇는 스람들은 뒤감 쎡보다 마 님 시절에는 스람이 더 쥭겟다고 원망ㅎ 는 소리쑨이러라 (이어짐)	부인의 얼골만 방불혼디 힛빗을 보지 못ㅎ는 그늘 아릭 쏫이로다 조연히 ᄆᆞ음이 불쾌ᄒᆞ야 지더라 계모를 위ᄒᆞ야 고발ᄒᆞ기로 일을 삼엇더 라 자조 자조 뒥뒥령을 ᄒᆞ엿거니와

② 조동사「つ」의 번역양상

〈표 11〉 조동사「つ」의 번역양상

	『불여귀』	『두견성』
생략된 문말표현	0	4
-(ㄴ)다	7	1
-엇다(어, 고 잇다)	3	1
-엇더라	3	5
-이라, 이러라, 지라, 라	3	4
연결되는 형태	27	26
-도다, 이로다, 이오	0	2
	43	43

과거의 의미를 나타내는 「엇」이 들어있는 표기는 『불여귀』10문이
며 43문의 25%에 미치지 않고 있다. 『두견성』에서는 5문에 불과하
다. 특징적인 표현은 「-고 잇다」 표현의 등장으로 두 작품에 「슈시
고 잇다, 쑤시고 잇다」가 출현하고 있다.

(조동사 「つ」의 번역 예)

불여귀	두견성
게집ㅎ인이 올나왓다	쥬인집 아히가 일봉 셔찰을 부인 압헤다
노파는 얼골을 들어	닉여 노면셔
노파를 도라다보며	로파가 얼골에 가엽슨 빗을 씌오며
지금 잇는 게모가 드러왓다	로파를 도라보더라
도로혀 멀니ㅎ며	싀어머니가 오신지라
샹모의 평원이 바라보인다	───
이곳셰 와셔	대셩산까지 와셔
은은이 눈살을 씸푸린다	얼골을 도리키고 코우슴 한 번을 흔 후에
그림즈는 사람 가는 길을 가로질너 누엿	그림즈는 길쯕길쯕 두 이 쓰 석 삼 쓰를
스며	그려닌 듯흔되
흔 고기를 올나스니 셧쪽으로 지(page n="23")	셕양 산곡으로 나오다가
는 히빗치 눈이 부실 지경이라	풀쑤리를 무심히 쑥쑥 쑤시고 잇다
풀쑤리만 슈시고 잇다	

③ 조동사 「ぬ」의 번역양상

상편의 지문에 나타나는 조동사 「ぬ」는 가장 빈번하여 65회 출현
하고 있다.

〈표 12〉 조동사「ぬ」의 번역양상

	『불여귀』	『두견성』
생략 또는 기타	3	11
-(ㄴ)다, -다	25	3
-엇다(어, 고 잇다)	6	0
-(엇)더라	10	15
-이라, 이러라, 지라, 라	6	6
연결되는 형태	13	24
-도다, 이로다, 나이다,	2	6
	65	65

조동사「ぬ」의 번역을 보면『불여귀』와『두견성』에 가장 큰 차이는「-다」로 맺는 종지어미의 사용빈도이다. 조동사「ぬ」도 과거를 나타낸다. 연결의 형태나「-더라」를 빈번하게 사용하는『두견성』이『불여귀』에 비해 구어의 경향이 강하다고 할 수 있다.

(조동사「ぬ」의 번역 예)

『불여귀』	『두견성』
이향보로 가더라 눈을 감고 고모가 다려다가 기르엇더라 죠와 아니ᄒᆞᄂᆞᆫ 괴싁으로 지닉이더라 쳡경을 취ᄒᆞ야 나가랴 홈이러라 가다오싄 즁쟝의 집에 이르럿더라 령냥 나미소를 쥬목ᄒᆞᆫ다 쓰레기통에 너허 밧이엿다 다시 쟈리에 도라와 안졋ᄂᆞᆫ듸 즁등실노 올나온다	평양 셩닉로 도라가더라 눈을 스르르 감ᄂᆞᆫ듸 당고모의 손에셔 길녀 낫스니 믜우 셩가시게 아던 터이라 쳡경을 발바 나아가기로 결심ᄒᆞᆫ지라 륙군 부쟝왕챵동(page n="22")의 집으로 도라간다 혜경쇼져를 엿보앗더라 쓰레기통에다 쓰러너엇더라 의ᄌᆞ에 가 도로 앗ᄂᆞᆫ듸 즁등실로 드러오ᄂᆞᆫ듸

279

④ 조동사 「たり」의 번역양상

조중환의 번역과 선우일의 번역의 형태가 조동사에서는 대비된다. 조중환은 『불여귀』에서 조동사부분을 번역할 때 개별조동사의 의미를 인식하고 있는듯하다. 조동사의미를 고려하지 않은 번역도 있으나 문말이 종지로 끝나는 표현이나 연결되는 형태에도 「たり」의 의미를 담는 「-엇, -어잇」고 있는 표현을 사용하고 있다. 선우일의 『두견성』에서는 「-더라」표현에서 「-엇(앗)」을 포함하는 문말표현이 등장한다. 문말표현에서 「-다」「-엇다」의 등장은 조중환의 번역에서 많이 나타나고 있다.

〈표 13〉 조동사 「たり」의 번역양상

	『불여귀』	『두견성』
생략된 문말표현	1	3
-(ㄴ)다	9	1
-엇다(어 잇다)	3	0
-더라	5	14
-이라, 지라, 라	4	1
연결되는 형태	12	14
-도다, 이로다, 이오		1
	34	34

(조동사 「たり」의 번역 예)

불여귀	두견성
능라를 감앗스나, 장속ᄒ엿ᄂᄃᆡ	반양목치마를 반쯤 거더잡고
훨훨 훨훨 써 건너간다	써올으ᄂᄃᆡ
다시 도라와셔	부인에 겻흐로 와셔 움크리고 안지며
영니ᄒᆞ더라	령리ᄒᆞ고 지혜 잇서
육군 중위의 복장을 입고	륙군 위관의 복장을 닙엇ᄂᄃᆡ
말업시 셧다	말 업시 셧더니
깜작 놀ᄂᆡ엿다	쇼름이 쪽 끼친다
엽흘 향ᄒᆞ야 다른 곳슬 본다	외면을 ᄒᆞ얏더라
얼골을 드ᄂᆞᆫ	얼골을 들엇더라
눈흘겨본다	힐긋 치어다보며
무슈이 도라다보며 지ᄂᆡ간다	두 사름의 거동을 도라보면셔 지나가는
입에ᄂᆞᆫ 닝소를 씌우고	지라

IV. 맺음말

원작과 번역작품의 지문의 문말표현의 번역양상을 중심으로 고찰했다. 문체를 결정하는 각각의 요소가 있을 것이다. 표기, 어휘의 사용, 구문적요소 등이 어우러져 문체를 이룬다. 원작의 표기는 한자와 가나를 함께 사용하고 있다. 그리고 지문의 경우는 문어체를 사용하고 있으며 회화문은 구어체를 사용하고 있다. 두편의 번역은 순한글표기로 이루어지고 있다. 일본의 고유명사의 표기는 인명에서는 원음에 가까운 표기(나미꼬)를 하고 있는 반면, 지명의 경우는 한자표기의 고유명사를 한글음(伊香保(いかほ) → 이향보)표기를 하고 있다. 인칭, 호칭, 대우표현이 번역형태가 정확하지 않은 곳도 보인다. 또한 번역의 과정에서 생략과 첨가현상이 있었으며, 일본적인 배경의

설명을 간단한 속담이나 관용어로 처리하는 예도 있었다. 이러한 모든 점들이 원작과 번역의 전체적인 느낌에 차이를 주었으리라 생각된다. 구문요소의 하나인 문말표현의 번역은 전체적으로, 문말표현이 종지형으로 끝난 문을 생략하는 경우, 연결하는 형태로 바뀌는 경우, 종지형으로 끝나는 경우로 나눌 수 있다. 체언종지의 경우는 술어표현으로 바꾸어 표현하고자 했다. 용언, 조동사종지는 상기의 전체적인 경향과 동일한 형태를 보이고 있다. 체언종지는 체언 앞에 수식어로 붙은 용언을 뒤로 도치시키거나, 체언에 조사를 붙여 주제어 또는 주어로 문을 시작하는 예가 보이고, 술어를 첨가하는 예도 보인다. 그러나『두견성』에서는 체언종지의 번역예가 보인다. 『불여귀』는「-도 잇고」로 번역하고 있는 데 비해『두견성』에는「쏭구리, 네모, 세모가 나다츠셔, 六七八의 수쯧, 혹은 셔양수쯧」로 번역하고 있다. 용언종지는 종지형으로 끝나는 문말표현은 크게「-ㄴ다」와「-라」로 볼 수 있다.「-라」는 동사의 어간에「-더라」라 붙는 형태와 명사에「-이러라」를 붙이는 형태,「것」또는「터」에 연결되어「-것시라」,「-터이라」의 형태가 보이고 있다. 원작의 지문에 가장 많이 등장하는 조동사문의 번역을 보면 번역주체에 따라 차이가 보인다. 한국어번역 시, 종결어미의 선택이 다르게 나타나고 있다. 조중환의『불여귀』는「-다」의 선택의 비율이 높은 편이며 연결되는 형태로 바뀌는 표현이『불여귀』에 비해『두견성』의 비율이 높으며 생략되는 표현 또한『두견성』쪽이 많다. 조동사의 의미표현에 관해서는 조중환은 미약하게나마 의미표현을 한 경향이 있긴 하나, 하나하나의 문법적인 요소의 정확성을 기했다고 보기어렵다. 두 번역 작품은 일본어의 원작에서는 중요한 역할을 하고 있는 문어체의 의미적인 특질을 살리는 번역보다 내용위주의 번역에 치중하고 있음을 알 수 있다. 한국어문말표현은 당시의 「-더라, 이라, 이러라」 등의 표현과 함께 「-ㄴ다, -고 잇다, -엇다」가 나타나고 있음을 확인할 수 있었다. 「-ㄴ다」와 함께 소수이기는 하나 「-엇」을 포함하는 문말표현의 사용은 근대한국어시제표현에 가까워지는 현상이라 볼 수 있을 것이다.

한일문화 연구의 새 지평 1

한일문화의 상상력 : 안과 밖의 만남

제11장

한국 속 일본식日本食의 중층적 수용

❀ ❀ ❀

하야시 후미키

I. 들어가며

2000년경부터 일본에서 한류 붐이 일어나 노래나 영화 콘텐츠가 큰 인기를 얻음과 동시에 한국 음식점이나 잡화점이 줄지어 서있는 신오쿠보新大久保는 두말할 필요 없이 대소매점에도 한국 식재료 코너가 설치되어 갈비, 찌개, 비빔밥, 지짐이, 닭갈비와 같은 한국 음식을 나타내는 단어가 일본어 설명이 필요 없는 일상용어로 일본 사람들에게 받아 들여 지고 있다.

물론 음식을 둘러싼 이와 같은 유행은 결코 일방통행이 아니었다. 1990년대부터의 일본문학 붐에 이어 2000년경부터 일본음식이 인기를 얻게 되었다. 거리에는 일본어로 된 간판이 눈에 띄게 되었으며 라면ラーメン, 돈가스とんかつ, 스시寿司, 이자카야居酒屋라는 문자가 즐비해

졌다. 그 후로도 일본음식은 많은 한국 사람들의 마음을 사로잡아 다코야키たこ焼き 포장마차가 종로에 등장하고, 대형소매점에는 가쓰오다시鰹だし의 레토르트 우동うどん이나 야키소바焼きそば 등이 일상적인 식재료와 함께 진열되고, 낫토納豆가 건강식으로 인기를 끌게 되었다. 맛차抹茶 맛 디저트가 사랑을 받고, 대학이나 전문대학 중에는 일본 술소믈리에(기키자케시(唎酒師):소비자가 원하는 일본 술을 추천해주는 전문가-역자 주) 시험 대비 강좌를 설치한 교육기관까지 생겨났다.

이와 같이 현대 한국사회에는 일정 레벨의 일본식 붐이 일어나고 있다고 볼 수 있다. 그런데 일본식이 대중들에게 받아들여진 역사는 그렇게 짧지는 않다. 한국의 외래음식 역사는 약 19세기 말로 거슬러 올라가며 그 중심에는 양식, 중식, 일본식이 있다. 조선반도에서 일본식은 이미 1880년경부터 일정 범위로 안착되었다. 실제로 일본 음식인 계란말이나 덴푸라天ぷら 등의 요리는 이미 통치시대에 조선반도에 도입되어 지금도 한국 스타일로 바뀌어 정착되었기 때문에 한국 사람은 특별히 외래식 혹은 일본식이라는 이미지를 갖고 있지 않다.

그러면 1900년경의 일본식 수용과 오늘날의 일본식 수용에 어떠한 차이가 있을까? 예를 들어 그 당시와 오늘날의 일본식이 동일 요리라 해도 시대에 따라서 유입경로가 다르기 때문에 전혀 별개의 요리로 수용된 경우도 있다. 본고에서는 일본요리의 단계적 수용에 의해 동일 요리라도 다른 형태로 수용된 사례를 바탕으로 유입 시기의 차이, 한일 관계에 있어서 특이성, 그리고 식문화의 전파에 대해서 검토하고자 한다.

Ⅱ. 1900년 전후의 조선반도의 일본식

1. 일본식의 여명기

임종국[1]은 일본요리점은 1885~86년경에 (한반도에-역자 주) 개업했는데 이름은 전해져 오고 있지 않다고 지적하고 있다. 조선에 식당이나 요정이 생긴 것은 외국인이 서울에 거주하게 되었기 때문으로[2], 조선반도에 처음 탄생한 일본요리 고급요정은 1887년 서울 주자동에 이몬 에이타로井門栄太郎가 개업한 이몬로井門楼이다. 이 근처에는 일본 공사관이 있었기 때문에 그 후로 난잔테이南山亭나 마쓰모토로松本楼 등의 고급요정이 개업했는데, 이와 같은 당시 요정은 여관업을 중심으로 하고 부업으로 요정을 겸했다[3]. 당시 요정은 일본 정부 관련 시설을 둔 남산에서 가까운 혼마치本町·난잔마치南山町·아사히마치旭町 등 (명동이나 회현동)을 비롯해 중구가 중심이 되었다. 1910년경에는 잡지 『조선』에도 요정이 몇 군데 소개되었는데 이나카야田舎屋나 후타바二葉, 도쿄 스시東京寿司 등의 선전 광고 외(1910년 5월 1일), 닭고기 요리 '에도가와江戸川'(1910년 2월 1일), 기생이 접대를 하는 사랑채를 겸비한 '가게쓰花月', 갓포점割烹店[4]인 '쇼쿠도라쿠食道楽', 덴푸라·소바·장어덮밥 등의 간단한 음식을 제공하는 요리점 '덴킨天金'(1911년

---

1 임종국 저, 박해석·강덕상 역 『ソウル城下に漢江は流れる』, 平凡社, 1987, 20쪽(『한국사회풍속야사』 서문당, 1980).
2 임종국, 상게서, 18쪽.
3 임종국, 상게서, 20쪽.
4 갓포점(割烹店) : 전문적인 조리기술이 적용된 일본요리 가게-역자 주.

1월 1일) 등, 많은 요정이 이 지역에 밀집되어 있는 것을 알 수 있다. 이와 같은 요정에는 기생을 두고 일본요리를 제공하기도 했다.

1900년 당시 조선반도에 건너온 일본인들이 생계를 위해 벌이가 좋은 전당포와 음식점에서 일을 했으며, 재한일본인의 증가와 함께 우동이나 단팥죽, 일본식 과자, 단무지, 오뎅, 청주, 스시 등이 폭넓게 침투되었다[5].

또한 일본 요리는 백화점의 식당 등을 통해서도 조선사회와 접점이 생기기 시작했다. 1914년에 미쓰코시三越가 도쿄 니혼바시日本橋에 백화점을 개점하고, 1916년에 경성에도 백화점을 개점했다. 그 후 초지야丁字屋가 1921년에 백화점을 개점했으며, 1926년에 히라타야平田屋 백화점을 개점했다[6]. 1922년에 의복점으로 경성에 진출한 미나카이三中井는 1929년에 백화점이 되었다[7]. 이렇게 1920년 전후는 조선에 여러 백화점이 생긴 시기로 이러한 백화점에는 경양식 등을 포함한 큰 규모의 식당이 생겨나 외식이 서서히 침투되었다[8].

당시 재한일본인들은 이러한 백화점이 줄지어 서있는 혼마치(지금의 명동)를 산책하고 소비행동을 즐기는 것을 '혼부라本ブラ'라고 불렀다. 1920년대의 일본 도쿄의 긴자銀座를 산책하고 소비행동을 즐기는 것을 가리키는 '긴부라銀ブラ'라는 표현을 모방한 용어이다. 재한일본인이 혼부라를 즐겼으며 동시에 당시 조선 사람들도 종래의 조선시대 관습에서 벗어나 '밖外'의 분위기를 접했다. 이러한 생활 스타일을 추

---

5 한복진『우리생활 100년 음식』, 현암사, 2001, 323쪽.
6 林廣茂, 『幻の三中井百貨店』, 晩聲社, 2004, 48-49쪽.
7 林廣茂, 상게서, 48쪽 84쪽.
8 조풍연 저, 통일일보·윤대진 역『韓国の風俗 : いまは昔』, 南雲堂, 1995, 200-201쪽.

구한 젊은 세대가 탄생하고 그들은 '모보(모던 보이)', '모가(모던 걸의 일본식 발음 '모단가루(モダンガール)'의 축약표현-역자 주)라고 불렸다. 이 당시의 '밖'의 하나가 일본이었고 조선사회의 일부에 특이한 것들로 받아들여진 것이다. 1930년대 혼부라를 즐긴 사람들은 혼마치에 있는 찻집, 빙수 가게, 우동 가게, 카페를 전전하며 소비행위를 즐겼다고 한다[9]. 당시 조선의 모보·모가들은 새로운 스타일로 일본식을 접했다.

실제로 우동 가게가 일본인이 사는 장소를 중심으로 서서히 증가했으며 1927년에는 곤약이나 우동 등을 판매하는 음식점이 유비칸(有美館, 영화관) 앞에서 장사하고 있는 모습을 볼 수 있으며 단무지 등도 반찬으로 등장하게 되었다[10]. 또한 이 음식점에서는 일본의 이마가와야키今川燒를 만드는 방식으로 반죽한 밀가루를 국화 모양의 틀에 부어 팥 앙금을 넣어서 구은 '국화빵'도 학생 등에게 잘 팔렸다[11]. 앞서 인용한 조풍연의 연구에 의하면 1930년 경 우동과 소바 음식점 '우메하치梅鉢'가 광화문 우체국 건너편에 있었으며 그 밖에 '사라시나更科'라는 소바 가게가 전동(현 종로구 견지동 공평동 부근)에 생겼으며 두 가게 모두 번성했다. 1940년 경 서울에 처음으로 라면이 등장했으며 메이지 좌(明治座, 훗날 한국국립극장) 앞에 천막을 치고 장사를 시작했으나 바로 폐점했다고 적혀있다[12].

또한 이 시기에 서양요리도 조선반도에 유입됐는데 일본을 경유하여 일본화 되어 유입된 것이 적지 않았다. 예를 들어 서양의 빵이

---

9 서지영『京城のモダンガール』, みすず書房, 2016, 31쪽.
10 조풍연, 전게서, 37쪽.
11 조풍연, 전게서, 37-38쪽.
12 조풍연, 전게서, 34쪽.

일본화 된 단팥빵 등도 이 시기에 들어온 것으로 그 움직임은 도시 뿐만 아니라 지방에서도 나타났다. 1930년 이후 군산에 출점한 이즈모야出雲屋는 일찍이 서양식 빵과 과자를 판매하기 시작했으며 지역을 대표하는 제과점으로 알려졌다[13]. 일본화 된 서양식의 도입이 확인되는 것도 이 시기의 특징이라고 할 수 있다.

2. 『조선무쌍신식요리제법』의 일본요리

1920년대의 요리책 중에 일본요리가 소개되어 있는 것이 있다. 본 절에서는 이용기李用基의 『조선무쌍신식요리제법朝鮮無双新式料理製法』(1924)을 통해 당시 사람들이 일본요리를 어떻게 이해하고 있었는지를 검토하고자 한다. 해당 요리책에는 조선요리 783항목, 서양요리 45항목, 중국요리 15항목, 일본요리 26항목이 소개되어 있다. 그 중 구체적인 요리는 이하 22개가 소개되어 있다.

    1) 가쓰오보시노다시[14] : 鰹節のだし

    2) 이와시노쓰구넹에 : 鰯のつくね

    3) 자와후까시 : 茶碗蒸し

    4) 사도이모노니고롱아시 : 里芋の煮っ転がし

    5) 미소시루 : 味噌汁

---

13 함한희『빵의 백년사』, 전북대학교 무형문화연구소, 2013, 38쪽.
14 『조선무쌍신식요리제법』에 소개된 22개의 요리의 일본어 표기는 원본 그대로를 따른다-역자 주.

6) 댄뿌라 : 天ぷら

7) 뿌다노이리도-후 : 豚の炒り豆腐

8) 마쓰다게메시 : 松茸飯

9) 규-닉구또장아이모 : 肉ジャガ소고기와 감자

10) 쓰쓰미다망요 : つつみ卵→계란말이目玉焼き?

11) 굿지도리고시요깐 : グッチドリゴシ羊羹→유자 양갱?

12) 요시노니 : 吉野煮

13) 쟝아이모노아니 : ジャガイモの甘煮

14) 뿌다노쓰끄-네앙에 : 豚のつくね

15) 다게노고또규익고또뻬이 : 筍と牛肉ののっぺい汁

16) 고다이시오야기 : 小鯛塩焼き

17) 게이닉구메시 : 鶏肉飯

18) 세이한 : セイハン→팥밥? (단 조리법은 검은 콩과 토란을 함께 넣어 지은 밥)

19) 호렌소 : ホウレンソウのおひたし

〈増補〉

20) 스기야기 : すき焼き

21) 오야고돈부리 : 親子丼

22) 스-시 : 寿司

이상의 메뉴에는 몇 가지 특징이 보인다. ① 가쓰오 다시가 메뉴로 실려 있으며 그 밖에 다시를 조리에 사용한 요리가 많다는 점이다. ② 조림 요리가 많이 포함되어 있으며, ③ 밥을 사용한 요리도 많이 포함되어 있다는 특징도 있다. 한편으로 생각해 보면, 이러한 메뉴

291

가 당시 조선 사람들이 바라본 일본요리일지도 모르겠다.

또한 시금치가 특별히 소개되어 있는 것도 흥미롭다. 시금치는 1900년대에 일본에 보급되어 식탁에 정착되었는데 조선반도에서는 특이하게 느낄 수 있는 식재료였을 것이다. 일본에도 많은 채소가 서양에서 유입되었는데 양파나 양배추 등은 개항 기에 조선반도에 들어오게 되었다[15]. 식재료의 확산이 새로운 요리를 정착시키는데 큰 역할을 했다.

그리고 이러한 일본음식에 조선풍의 재창조가 더해졌다는 점도 흥미롭다. 예를 들어 놋페이지루のっぺい汁[16]나 요시노니吉野煮[17], 이리도후炒り豆腐[18] 등은 일본에서는 조리할 때 고기를 사용하지 않는 요리인데, (한국에서의-역자 주) 조리법을 보면 반드시 고기가 추가되어 있다. 즉 일본에서는 채소를 중심으로 한 메뉴였는데, 당시 조선에 소개될 때는 고기가 식재료로 추가된 것이다. 이 이유에 대해서는 검토가 필요하지만 당시 조선에 외래음식을 소개할 때 호화스러움을 강조하기 위해 고기를 추가했다고 생각한다.

3. 김을 둘러싼 기억

과거부터 현대까지 한국 사람들은 '일본식'을 어떠한 범주로 이해

---

15 김용철·이성우 「양파」「양배추」『한국민족문화대백과사전』14, 한국정신문화연구원, 1991, 838쪽·736쪽.
16 놋페이지루(のっぺい汁) : 유부나 채소를 맑은 장국으로 끓어 마지막에 칡뿌리 가루를 넣어 걸쭉하게 끓인 국-역자 주.
17 요시노니(吉野煮) : 채소를 칡뿌리 가루로 조린 요리-역자 주.
18 이리도후(炒り豆腐) : 물기를 뺀 두부를 손으로 으깨서 볶은 요리-역자 주.

하고 있었을까. 외래식이라는 범주는 보통 식사인 '한식'의 비교대
상으로 존재했다. 그러나 '니쿠자가肉ジャガ'처럼 일식이라는 이미지
를 갖고 있는 요리지만 쇠고기가 들어간 형태로 자연스럽게 소비되
고 있듯이 식재료 자체에 새로운 도입이 확인되는 경우가 있다. 한
국의 경우 요즘 참치 등을 많이 먹게 되었는데 이것도 새로운 식재
료의 도입이라고 해도 좋다. 참치의 대량 소비국인 일본에서도 참치
는 옛날부터 먹었지만 상하기 쉽기 때문에 제한된 조건 아래 먹었다.
특히 귀하게 여겨진 도로トロ[19] 부분은 상하기 쉽기 때문에 오늘날과
같은 먹는 방식은 1960년대에 냉동보존 기술이 향상으로 가능해 졌
다. 한국에서는 1980년대에 들어가 원양에서 잡은 냉동 참치가 판매
되었다[20].

더불어 식재료 자체는 친근감이 있는 것이라도 다른 요리법으로
조리되는 경우도 많다. 이러한 경우 다수의 한국 사람들은 해당 음
식 자체가 외래에서 도입된 것이라고 인식하고 있지 않다. 예를 들
어 김에 대해서 살펴보면, 한국식문화사 연구자 이성우李盛雨는 조선
시대 요리책의 분류항목에 따라 당시의 요리를 배열하여 다시 정리
한 요리일람을 제작했는데, 거기에는 총 800종류 이상의 요리가 소
개되어 있다[21]. 그 가운데 해초류가 식재료로 기재된 요리는 20종류
로 다음과 같다.

---

19 도로(トロ) : 참치의 가장 기름기가 많은 부위-역자 주.
20 한복진, 전게서, 140쪽.
21 이성우 저, 정대성·사사키 나오코 역『韓国料理文化史』, 平凡社, 1999, 585-606쪽.

미역국, 냉 미역국, 다시마조림, 김구이, 파래 맛 구이[22], 다시마 튀
김, 다시마 스아게素揚げ[23], 생미역, 미역 나물, 톳 나물, 파래 나물, 김
나물, 김 튀김, 미역 튀김, 묶음 다시마 튀김, 다시마 쌈, 미역 쌈

이 가운데 김이 재료로 명기되어 있는 것은 4개뿐이고 그것도
무침요리나 덴푸라 종류이다. 쌈이라는 식재료로 밥 등을 싸서
먹는 습관은 다시마나 미역은 있어도 김을 건조시켜 밥을 싸먹는
습관은 보이지 않는다. 김으로 싸먹는 방식이 조선사회에는 전혀
없었다고 단언할 수 없지만 김으로 싸 먹는 방식이 자주 확인되
는 것은 적어도 조선시대 이후, 일본 통치시대에 들어가서일 것
이다.

게다가 더욱 흥미로운 것은 요즘 일본에서 사랑받는 한국요리 1
위가 닭 강정과 호떡을 누르고 김밥이라는 것이다[24]. 일본 사람들
은 이미 김으로 밥을 싼 음식인 김밥을 '노리마키海苔巻き'와 다른
한국요리의 범주로 이해하고 있으며 오늘날 한국에서는 식초 밥에
저항이 있어서 인지 일본식의 김밥이 인기 있다고는 들어보지 못
했다.

---

22 파래 맛 구이 : 밀가루를 갠 것에 파래를 섞어 거기에 식재료를 넣었다 빼내어 구
　은 요리-역자 주.
23 스아게(素揚げ) : 재료를 밀가루 갠 물 등에 담그지 않고 재료만 가볍게 튀기는 조리
　법-역자 주.
24 한국민속박물관『밥상지교』, 국립민속박물관, 2016, 176-177쪽.

Ⅲ. 독립해방 후 '일본' 기원의 음식의 보급

1. 분식粉食의 보급과 라면의 침투

1945년 일본이 제2차 세계대전에서 패전하여 조선반도는 독립해방을 맞이했다. 그러나 해방의 기쁨도 잠시, 1950년부터 한국전쟁의 촉발 등으로 식재료를 충분히 공급받을 수 없었다. 이로 인해 미국에서 원조물자를 받게 되었으며 이것은 한국 음식을 크게 전환시켰다.

1954년에 미국은 밀가루나 옥수수, 면화 등 국내에서 남은 농산물의 해외 유출 촉진과 해외원조의 대용으로 이용하기 위한 법률인 농산물 무역촉진 원조법(PL480호)을 제정하고 다음해인 1955년 한미 간 여잉농산물협정을 맺었다. 이것에 의해 한국에는 대량의 밀가루가 들어오게 되었고 정부에 의한 분식장려는 한국 사회에 면식麵食이나 빵식이 정착되는 계기가 되었다.

이 시기에 한국에 커다란 영향을 준 것이 일본에서 독자 발전을 이룬 라면인데 특히 일본에서 만들어진 식품인 인스턴트 라면의 보급에 의한 영향이 크다. 라면의 범주를 둘러싸고 중식인지 일식인지에 대한 논의가 아직 끝나지 않았지만 흥미로운 것은 한국의 중화요리점에는 라면이라는 메뉴가 없고 오직 분식을 다루는 식당 등에서 판매되는 메뉴라는 것이다. 중국과 별개의 존재로 자리매김하고 있다고 할 수 있다.

세계라면협회(https://instantnoodles.org/jp/)에 의하면 한국의 인스턴트 라면 소비량은 연간 37.4억 식食으로 세계 8위인데 일인당 소비량은

73.7 식으로 세계1위이다. 56.6억 식인 일본(1.3억 인)은 43.5억이므로 30 식으로 2위인 베트남의 53.5 식과도 20 식 차이가 난다. 인스턴트 라면은 대만계 일본인인 안도 모모후쿠(安藤百福, 1910~2007)가 1958년에 개발했다. 이 인스턴트 라면은 나중에 묘조明星 식품에서 기술 제휴를 받은 한국의 삼양식품이 1963년부터 생산·판매를 시작해 시장에 나오게 되었다.

그러나 한편 생 라면은 침투되지 않았다. 앞서 언급했듯이 생 라면은 1940년 경 들어왔지만 바로 철수하였고 그 뒤로도 인스턴트 라면의 보급이 생 라면의 침투와 겹치는 일은 없었다. 이것에는 여러 가지 이유가 있다고 생각된다. ① 냉면 등이 있지만 면식을 분식의 대용식으로 여기는 경향이 강하고 한국 사람들이 면 요리를 주식으로 생각하지 않고 관심을 갖지 않았다는 점. ② 생 라면의 스프는 한국 사람들의 입맛에는 느끼하고 취향에 맞지 않았다는 점. ③ 라면이라는 명칭은 이미 인스턴트 라면이 선행되었기 때문에 가격이 비싼 생 라면에 관심을 갖지 않았다는 점 등을 들 수 있다.

어찌 되었던 한동안 한국에서 라면이라고 하면 인스턴트 라면이 중심이었고 외식을 할 때는 밀가루를 원료로 한 요리를 중심으로 제공하는 분식집을 이용하는 것이 일반적이었다. 분식집에서는 그 밖의 면 요리, 만두, 김밥, 때로는 떡볶이나 호빵 등이 판매되었고 학생이나 노동자가 공복을 채우러 가는 곳이 되었다. 이곳에서 제공된 라면은 모두 인스턴트 봉지 라면으로 매운 맛이었다. 거기에 여러 재료를 넣어 차별화를 추구했다.

생 라면이 재도입 되는 것은 1990년대 후반이다. 예를 들어 한국인 경영의 일본식 라면 가게로 서울을 중심으로 체인 전개한 KENZO 라면이 있다. KENZO 라면은 1998년에 창업했는데 그 때가 마침 일본문화 개방 등과 함께 일본식에 관심을 갖은 시기였다. 1989년 해외도항 자유화 이후 여행이나 유학을 통해 일본 체재를 경험하고 생라면을 먹은 사람들이 귀국한 후 일본 체재 당시 경험한 맛을 추구하여 생 라면의 수요가 생겼지만 인스턴트 라면과 비교해 보면 아직인기가 많지는 않다.

2. 양식으로서의 돈가스

'일본' 기원의 음식이면서 양식 카테고리로 보급된 요리에 돈가스가 있다. 돈가스가 조선반도에 유입된 것은 일본 통치기라고 할 수있는데 외식 자체가 고가였기 때문에 당시 일반 사람들이 가볍게 즐길 수 있는 요리는 아니었다. 또한 일본식의 범주에 들어간 요리도아니었다. 어디까지나 양식, 혹은 경양식이었다. 한국에서 경양식으로 돈가스가 정착된 시기는 대략 1980년대일 것이다. 경양식 가게는그 이전에도 많이 있었지만 1980년대에 들어가 돈가스 전문점이 각지에 생기기 시작했다.

그러나 경양식으로 제공받은 돈가스는 오늘날의 일본의 돈가스와 다른 돼지고기 자체를 두드려 얇게 편 것을 튀겼다. 한국에돈가스가 보급된 하나의 이유에 대해 산케이産経신문 서울 특파원구로다 가쓰히로黒田勝弘는 학교 급식이 일반화 되지 않은 한국에서 냉동식품 돈가스가 등장한 것을 들 수 있다고 지적하고 있는데[25], 학생이나 약년 층 사람들에게 경양식이 세련된 데이트 장소로 변화해 간 것과 양식 메뉴 중에는 돈가스가 비교적 저렴한 것도 요인이라고 생각한다.

그리고 오늘날 일본에서 볼 수 있는 두꺼운 고기 돈가스인 '일식 돈가스'가 등장한다. 예를 들어 일본식 돈가스 가게로 유명한 '명동 돈가스'는 1983년에 창업했는데 앞서 언급한 구로다에 의하면 1990년대 후반부터 일본 스타일의 돈가스가 인기를 얻고 돈가스 붐이 일어났다고 한다[26]. 이것도 역시 일본문화 개방 등의 시기와 겹치는데 주목하고 싶은 것은 한국 사람들이 붐 이전의 얇은 돈가스는 경'양식'이고, 두꺼운 고기의 돈가스는 '일본식'이라고 인식하고 있었다는 점이다. 이것이 2000년 전후는 소위 한국에 일본식의 전환수용이 시작된 시기로 그것은 통치시절에 수용된 일본식과는 전혀 다른 코드로 받아들여졌다.

사실 일본의 돈가스도 처음에는 얇았다. 오카다 데쓰岡田哲의 연구에 의하면 도쿄 긴자의 양식점 '렌가테이煉瓦亭'의 포크 가쓰레쓰ポークカツレツ를 시작으로 포크 가쓰레쓰가 1907년경부터 유행하기 시작하여 다이쇼大正 시대에는 일본 3대 양식에 손꼽혔지만 쇼와昭和 초기에 도쿄 우에노上野의 양식점에서 두꺼운 고기의 돈가스를 팔기 시작했다고 한다[27]. 얇은 돈가스는 종이처럼 얇아서 '종이 돈가스', 즉 '가미카쓰紙カツ'라고 불렸으며 장점으로는 기름이 적어도 괜찮으

---

25 黒田勝弘『韓国を食べる』, 光文社, 2001, 220쪽.
26 黒田勝弘, 상게서, 219쪽.
27 岡田哲『とんかつの誕生』, 講談社, 2000, 144쪽.

며 고기를 익히기 쉽다는 점을 들 수 있다. 야마모토 요시지로山本嘉
次郎에 의하면 예능평론가 안도 쓰루오安藤鶴夫가 돈가스 가게 '다네
초種長'의 얇은 돈가스를 가리켜 '가미紙 돈가스'라고 명명했다고 하
는데 학생이 많이 찾아와 가격을 유지할 수 있었다[28].

쇼와 초기는 1920년대 중반 이후를 말하며 1910년대에는 방한 서
양인이 증가하기 시작하여 호텔이 계속해서 건설되었으며, 1920년대
에는 백화점의 형태가 정비되었기 때문에 그 이전에 돈가스가 한국
에 정착했다는 것을 충분히 생각할 수 있다. 또한 내지와 외지와의 시
차를 생각할 때 그 후로도 개인 경영의 양식점이나 호텔이 많이 등장
한 1930년대까지도 얇은 돈가스가 침투해 간 시기였다고 생각할 수
있을 것이다[29]. 즉 그 이후에 일본에서 두꺼운 돈가스가 유행했지만
그것은 조선반도에 건너가지 않은 것이 된다. 혹은 재료 등의 관계로
수지가 많지 않아서 혹은 소비 대상이 조선 사람들이라고 할 때 두꺼
운 돈가스는 기름기가 많았기 때문에 그들에게 받아들여지지 않았다
고도 생각된다. 어찌 되었든 오늘날 한국식이라고 불리는 얇은 돈가
스도 일본식이라고 불리는 두꺼운 돈가스도 받아들여진 시기가 다른
것뿐이고 둘 다 '일본식'이었다.

즉 1980년대 쯤 성행한 양식으로서의 돈가스와 2000년 전후부터
인기를 얻은 일본식이라고 인식된 돈가스는 둘 다 '일본식' 돈가스
인 것이다.

---

28 山本嘉次郎『日本三大洋食考』, 昭文社, 1973, 96쪽.
29 林史樹「戦前·戦後期の日韓にみられた粉食中華の普及過程 : '食の段階的定着'の差
に着目して」『帝国日本におけるモノの交錯』, 風響社, 2019(간행 예정).

Ⅳ. '왜식倭食'에서 '화식和食'으로

1. '왜식'에서 '화식'으로

한국에서 일본식을 이야기하는데 커다란 결절점結節点이 된 시기
는 한일 국교 정상화를 체결한 1965년 전후로 이 시기는 일본식뿐만
아니라 한국에서의 외래식 수용에 커다란 차이가 확인된다. 가장 커
다란 요인은 한국이 고도경제성장을 급속하게 이룬 것에 있다. 여기
에서 중요한 것은 ① 소득의 증가와 ② 도시화의 진행이다. 소득의
증가는 사람들에게 가족을 동반한 외식의 기회를 증가시켰으며, 도
시화로 인해 회사원을 중심으로 점심을 외식하는 습관도 정착되었
다. 이러한 외식 메뉴로서 한식은 물론이고 중식, 양식, 일식도 범주
화되었다. 중식은 회사원의 점심 식사나 그 외에 가족 식사로 즐기
는 음식이라면, 양식은 세련된 데이트 등에 이용되었다. 이에 반에
일식은 사시미刺身를 중심으로 한 고급화된 요리로 회사원의 접대
등에 사용된 경우가 많이 있었다.

동시에 이 시기에 인식의 변화가 일어났다. 국교 회복 이후 인적
교류가 활발히 이루어져 '왜식'이라고 불렸던 일본식이 '일식'으로
격상된 것이다[30]. 이 일은 한국 식문화 연구자 아사쿠라 도시오朝倉敏
夫에 의한 전화번호부를 사용한 조사결과에도 나타나 있다. 아사쿠
라는 1965년 이후의 일본요리점이 '일본식日本食'이나 '일식日食', '일

---

30 文藝春秋 編 『B級グルメが見た韓国』, 文藝春秋, 1989, 8쪽.

식日式' 등의 한자표기로 분류되었는데 1964년 번호부에는 '왜식'으로 분류표기 되어 있음을 지적했다. 국교 정상화라는 사건이 요리의 위상에까지 영향을 주었음을 알 수 있다[31].

또 다른 하나의 변화는 한국사회가 한 차례 경제 성장을 마치고 많은 사람들이 중류의식을 갖게 된 1980년대라고 생각한다. 한국에는 식문화 연구자 주영하周永河에 의하면 1980년대 중반부터 건강지향 의식이 높아져 결국 한국에서 일본식을 보다 고급 장르로 끌어올렸다고 한다[32]. 이것은 또한 왜식에서 화식으로의 탈각脫却이라 할 수 있으며 일본식의 위상이 높아진 시기라 할 수 있다.

2. 한일 융화시대의 도래와 일본식

1998년에 탄생한 김대중 정권은 경기 침체의 그림자가 드리우기 시작한 한국이 더 높은 비양을 할 수 있도록 문화 콘텐츠 진흥이나 햇볕정책 등 여러 가지 수단을 강구했다. 그러한 가운데 내린 큰 결단이 일본문화 개방이다. 1998년 10월부터 순차적으로 행해진 일본문화 개방은 한국에서의 일본문화 콘텐츠 수용에 일종의 면죄부를 준 것이다. 그때까지 어느 정도 인기가 있었던 일본의 노래나 영화, 애니메이션과 같은 콘텐츠는 한국 사회에서 대일 감정으로 인해 표면상 금지되어 있었기 때문에 이러한 콘텐츠를 즐기는 사람들도 몇

---

31 朝倉敏夫『日本の燒肉 韓国の刺身』, 農文協, 1994, 108쪽.
32 주영하『한국인, 무엇을 먹고 살았나 : 한국현대 식생활사』, 한국학중앙연구원출판부, 2017, 40쪽.

떳하지 못하여 지하극장(언더그라운드)에서의 고객 획득을 목표로 삼
았다. 그런데 김대중 정책은 그들이 그늘 속에서 즐길 수밖에 없었
던 활동을 양지로 끌어낸 것이다. 무라카미 하루키村上春樹나 요시모
토 바나나吉本ばなな와 같은 일본문학은 1990년대에 한국에 들어왔고
그 밖의 일본 애니메이션 등은 절대적인 인기를 누렸는데 사람들의
시선을 신경 쓸 필요가 없어졌다.

　한 가지 더 이 시기의 일본식의 인기에 큰 역할을 한 것은 월드컵
한일 공동개최였다. 1996년에 한일 양국이 아시아에서 처음으로 월
드컵 개최가 정해졌고 역사적인 감정 갈등은 계속되었지만 융화적인
분위기가 고양되었다. 1998년 월드컵 프랑스 대회에 앞서 아시아 최
종 예선으로 월드컵 출전에 암운이 드리운 일본 대표에게 서울에서
열린 한일전에서 한국 대표 응원단이 'Let's Go To France Together'
이라는 플랜카드를 드는 등 심리적 거리가 가까워진 시기도 있었다.
그 이후 한국대표를 응원하는 일본 사람들이나 그 반대 영상이 미디
어에 빈번히 등장하게 되어 서로의 호감도와 함께 문화 콘텐츠에 대
한 관심도 높아졌다.

　일찍이 한류 붐이 일어난 중화권에서 한국 영화가 대 히트를 쳤고
이는 2000년 이후의 일본에서의 한류로 이어지는 움직임이었으며,
한국에서는 앞서 기술했듯이 일본문화 개방과 함께 인기를 얻게 되
었는데 일본 애니메이션이나 소설 외에 일본음식이었다. 이자카야
나 일본 포장마차라는 콘셉트를 더하여 우동, 라면, 스시, 돈가스, 일
본 술과 같은 음식 콘텐츠가 서울 거리에 넘쳐났다. 이때까지만 해
도 거리의 간판에서 일본어를 거의 찾아볼 수 없었는데 이 시기부터

당당하게 '우동ぅどん', '돈가스トンカツ', '라면ラーメン'이라는 문자를 일본어 그대로 간판에 사용한 음식점이 늘어났다.

V. 새로운 일본식의 인기와 중층적 수용

이상 한국에서의 일본식 수용의 변천을 살펴보았는데 특히 오늘날에는 다양한 일본식이 한국에 유입되어 한국 사람들의 일본식에 대한 이미지나 좋아하는 일본식에도 변화가 생기게 되었다. 예를 들어 서울에 있는 국립민속박물관은 2015년 연말부터 개최한 한일합동 기획전『밥상지교飯床之交』(2015년 12월 9일~2016년 2월 29일)에서 상대방(일본) 요리 순위 조사를 했다. 그 결과 한국 사람들이 좋아하는 일본 음식은 ① 스시, ② 사시미, ③ 샤부샤부, ④ 우동, ⑤ 돈가스, ⑥ 덴푸라, ⑦ 야키토리, ⑧ 다코야키, ⑨ 라면, ⑩ 소바 순이었다[33]. 이 중에는 도입시기가 일본 통치시대인 요리도 적지 않은데, 각각의 요리가 오늘날의 일본식 수용과 미묘하게 다른 점이 있다. 신구新旧의 음식 수용의 차이에 착안하여 고찰해 보겠다.

상기의 순위 중 ④우동은 통치시대 시장이나 터미널에서 볼 수 있는 패스트푸드로 사람들의 공복을 채워주는 국수 등과 뒤섞여 정착되었으며 오늘날에도 사랑받고 있다. 단 자리매김한 우동은 밀가루 반죽을 구멍에 눌러 만든 압축 면으로 면의 탄력을 중요시하지 않는

---

33 국립민속박물관『밥상지교』, 국립민속박물관, 2016, 178-179쪽.

것에 반에 오늘날 한국에서 일본식으로 생각하는 우동은 탄력을 중요시 한다. 이는 면의 재료와도 관계있으며 본래 국수의 재료는 메밀, 녹두, 대두 등으로 조선시대에는 곡물 종류에 관계없이 국수라고 불렀다[34]. 그 가운데 글루텐을 대량으로 포함한 밀가루를 주원료로 하여 점성을 중시한 우동이 유입된 것이다.

⑤ 돈가스와 ⑨ 라면은 모두 앞서 언급한 바와 같이 일본 경유로 들어와 정착되었음에도 불구하고 시간이 경과함에 따라 각각 양식, 그리고 중식이라는 범주로 인식되게 된다. 동일한 명칭의 음식이 일본에서 '일본식'으로 수용됐다는 점이 음식의 전파를 생각하는데 중요하다.

⑦ 야키토리(닭 꼬치-역자 주)는 이것을 전문으로 한 체인 점 '투다리'가 한 때 인기를 끌었다. 투다리는 1987년 7월 13일 인천에서 개점한 이래 2004년에 전국에 1900점포 남짓으로 성장했다. 메뉴는 한국의 분식점 등에서 판매된 커다란 야키토리에 비해 일본과 동일한 크기이거나 좀 더 작은 사이즈로 판매되어 가격도 크기에 비해 비쌌다. 메뉴도 닭의 여러 부위를 꼬치에 꽂은 야키토리 외 은행이나 아스파라거스, 베이컨 등 일본의 야키토리 메뉴와 차이가 보인다. 그와 비교하여 오늘날 인기 있는 메뉴는 쓰쿠네つくね[35]로 일본의 메뉴와 유사한 메뉴도 사랑받게 되었다.

⑥ 덴푸라도 한국에 이미 정착한 튀김과는 다르게 인식되었으며,

---

34 이성우 저, 정대성·사사키 나오코 역『韓国料理文化史』, 平凡社, 1999, 206쪽.
35 쓰쿠네(つくね) : 닭고기나 닭연골 등을 곱게 다져서 완자 모양으로 빚은 후 꼬치에 꽂아 구운 요리-역자 주.

튀기는 방식과 가쓰오 다시의 영향이 보이는 덴쓰유天つゆ[36]를 곁들여 먹는다는 점이 튀김과 다르다. 가쓰오 다시의 인기는 『조선무쌍신식요리제법』의 일본요리에 가쓰오 다시가 소개되어 있는 것에서도 알 수 있다. 최근 가쓰오 다시를 어필한 레토르트 우동 등도 판매되고 있는데 가쓰오 다시가 약 1세기 만에 한국 사람들에게 소개되고 있다고 할 수 있다. 이상과 같이 앞서 다룬 설문지를 통해 신구 콘셉트가 동시에 수용되었음을 알 수 있다.

Ⅵ. 나오며 - 음식의 중층적 수용

본고에서 조선반도에 일본식이 정착해 가간 변천양상을 살펴보았는데 어떤 음식이 시간을 초월하여 시간차로 동일 지역에서 수용되었을 경우 수용된 쪽이 이전에 받아들였던 경위를 알지 못하고 전혀 다른 메뉴로 수용하고 있는 경우가 있음을 지적했다. 때로는 사람들이 발상지조차 의식하지 못하고 또는 망각하고 다른 지역에서 유입되었다고 잘못 인식하고 있는 것이다.

그 전형적인 예 중 하나가 돈가스이다. 오늘날 경양식점이나 양식점에서 나오는 돼지고기를 얇게 튀긴 돈가스가 양식이라는 범주로 인식되고 있으며 그에 반해 두꺼운 돼지고기를 튀긴 돈가스는 일본식으로 인식되고 있다. 그것은 2000년을 전후로 일본식 돈가스 붐을 맞이했지만, 사실은 경양식으로 보급된 얇은 돈가스 자체가 '일본

---

36 덴쓰유(天つゆ) : 간장에 미림, 가쓰오 다시 등을 섞어 만든 덴푸라 소스-역자 주.

식'이었다. 본고에서는 언급하지 않았지만 카레라이스 등도 군대와
의 연관성으로 영국 해군으로 부터 일본으로 그리고 한국으로라는
양식·일본식의 범주가 애매한 채로 현대 한국에 정착했다. 그리고
오늘날 일본식 카레라이스 체인점이 전개되고 있는 것은 이미 주지
의 사실이다.

이 시기는 돈가스뿐만 아니라 일본 현지의 분위기를 풍기는 음식
점도 증가하는데[37], 새롭게 한국 사람들 앞에 나타난 것처럼 보인 일
본식은 실은 이전에 이미 한국에 들어온 일본식이 '형태'를 바꾸어
나타난 것에 지나지 않는다. 이것을 본고에서는 '중층적 수용'이라
부르는데 역사 인식 문제에 의한 반발로부터 일본문화의 수용에 당
황스러움을 내비쳐 온 한국 사회에서 '일본'을 의식하지 않을 정도
로 침투된 음식과는 다른 맥락으로 새로운 일본식 콘셉트로 수용된
것이다.

더욱 자세히 이야기 하자면 이러한 붐의 배경에는 김대중 정권이
1998년부터 진행된 일본대중문화 개방정책과 2002년 월드컵 한일
공동개최 결정이 있다. '통치'의 냄새가 나는 과거의 일본식과 구별
지어 '새로운 것'이라는 개념으로 음식을 포함한 문화 콘텐츠를 수
용하게 되어 다시금 일본식을 혹은 새로운 일본식을 수용하게 된 것
이다. 그것이 때로는 중층적으로 오버랩되어 일본식의 수용으로 이
어진다.

일본통치 시대에 이미지화 된 일본요리는 조림이나 덮밥 그리고

---

37 주영하『한국인, 무엇을 먹고 살았나 : 한국현대 식생활사』, 한국학중앙연구원출
판부, 2017, 276쪽.

가쓰오 다시였는데 2000년 이후 일본식 수용에서 가쓰오 다시는 인기가 있지만 조림은 물론 덮밥은 별로 찾아 볼 수 없다. 이것에는 '새로움'을 찾아 볼 수 없고 단지 과거만 느껴졌기 때문이라고 생각된다. 또한 한국식 김밥이 일본에서는 다른 음식으로 인식되어 인기를 얻고 있는 방면, 일본식 김밥이 한국에서 수용되지 않았던 것은 식초 밥 등 다른 요소가 영향을 주었기 때문인지 모른다. 이러한 것들은 앞으로도 일본식의 수용을 생각하는데 문제가 된다.

더 이상 말할 필요도 없이 문화의 전파와 동일하게 한 패턴은 아니지만 음식의 전파는 그것들을 가시화하여 보여주는 좋은 주제가 될 것이다. 한번 전파된 것과 동일한 콘텐츠가 단계적으로 정착되어 이전에 정착한 메뉴에 '덧대어 쓰기'가 확인되는 경우나[38], 사실은 다양한 경유지로 유입된 음식의 체계가 현지에서는 한 개의 카테고리로 이해되는 경우[39] 등이 확인된다. 또는 어떤 문화 콘텐츠를 한 개의 국적으로 한정시킬 수 없는 것도 음식에서 확인되는 문화의 형태라고 할 수 있다[40].

근대에 들어가 조선반도는 일본의 개입에 의해 다양한 고통을 받았다. 그러나 한편으로는 음식이라는 문화의 왕래가 확인된 시기이기도 했다. 현대 한국에서 새로움을 느끼게 하는 '일본식'의 일부도

---

38 林史樹「戰前·戰後期の日韓にみられた粉食中華の普及過程 : '食の段階的定着'の差に着目して」, 2019(간행예정).

39 林史樹 Diffusion and the Adaptation of Western Style Food in Korea from the Era of *Japanese Occupation*, *Senri Ethnological Studies :Change of Food Culture*, vol.100, 2018(forthcoming)

40 林史樹「チャンポンにみる文化の'国籍' : 料理の越境と定着過程」, 『日本研究』30, 中央大學校日本研究所, 2011.

사실은 이미 그 고통의 시대에 조선반도에 유입된 적이 있는 음식이
기도 하다. 고통만 존재했던 시대를 음식을 통해 새로운 시점으로
조명할 수 있었기를 소망한다.

❚ 번역 : 김미진(서울여대)

제3부
비교와 이해

한일문화 연구의 새 지평 1

한일문화의 상상력 : 안과 밖의 만남

제12장

한일 근대여성문학가 다무라 도시코와 김명순의 '사랑' 고찰

❀ ❀ ❀

권 선 영

Ⅰ. 머리말

근대여성문학에 '결혼', '사랑', '연애', '사회진출' 등의 용어나 주제가 등장할 수 있었던 것은 시대의 변화를 감지하고 여성의 입장을 대변한 여성작가의 공이 크다고 할 수 있다. 시대를 읽어 낸 대부분의 여성들은 '신여성'이었다. 그들은 근대 교육의 혜택을 받고 글쓰기의 재능에 힘입어 자신의 생각을 글로 펼칠 수 있었던 것이다. 그리고 자신의 이상이 이상일 수밖에 없음에 그 한계를 느꼈던 점도 글에 고스란히 반영되어 있다. 근대 지식인으로서의 고통이 여과 없이 전해지는 것도 이러한 까닭이다. 그동안 근대여성문학 연구의 초점이 연애의 양상이라든지, 결혼생활, 사회진출에 있었다면, 여기서

는 여성작가의 '사랑'에 초점을 두어 그들의 작품을 이해해 보고자
한다.

사랑의 변용 연구는 그동안 주로 근대의 문화 현상[1]으로 연구된
경우가 많았다. 사랑은 가령, 근대에 들어 '色'에서 '愛'로 조용하지
만 격정적 혁명[2]과 같이 변했다고 할 수 있는 것이다. 사에키 준코佐
伯順子[3]는 근대기의 사랑에 대해 육체적 사랑이 배제된 플라토닉 러
브의 실천자로서의 '처녀'의 개념이 등장하였고, 이것은 많은 근대
지식인들에 의해 정신적 사랑을 위하여 '정조'와 '처녀'성을 찬미하
게 되었다고 설명한다. 이러한 정신적 사랑은 '恋'와 '愛'를 합친 합
성어 '恋愛'라는 신조어에 그 가치를 부여한다. 사랑은 신성해야만
하는 것으로 '신성한 연애'가 등장한 것이다.

사랑의 붐은 일본 유학생들에 의해 조선에서도 일어났다. 연애가
신성한 것으로 받아들여진 것은 김지영의 분석처럼 번역어로 정착하
는 과정에서 특히 '고상한' 사랑을 가리키는 것으로 강조되었던 점,
외국 문학에서 '연애'라는 이국 산물에 대한 낭만적 향수를 불러일으
켰던 점, 기독교의 영향, 진화론과 우생학의 영향[4]으로 보고 있다.

이러한 문화 현상적 사랑 연구와는 달리, 작가가 수용하는 개별적
사랑의 의미는 작가론 또는 작품론을 통해서 이해할 수 있을 것이다.

---

1 '신여성' 연구와 함께 여성의 일상문화의 한 영역으로 연구된 경우를 대표적으로
들 수 있다. 『신여성』(문옥표 외, 2003), 『한국근대여성의 일상문화』(이화형 외,
2004), 『한국여성 문화사』(전경옥 외, 2004) 등은 이러한 연구가 집성된 예라 할 수
있다.
2 佐伯順子 『「愛」と「性」の文化史』, 角川学芸出版, 2008, 6쪽.
3 佐伯順子, 위의 책, 90-94쪽.
4 김지영 『연애의 표상』, 소명출판, 2007, 42-62쪽 참조.

작품은 하나의 예술품이기는 하여도 작가의 투사된 감정 혹은 의식이 아닐 수 없다. 이에 이 논문에서는 한일 근대여성문학의 선두주자라고 할 수 있는 다무라 도시코田村俊子와 김명순金明淳의 사랑에 대하여 그들 각각의 작품,『산길山道』(1938)과『애愛？』(1927)를 통해 살펴보고자 한다. 이들의 '사랑'을 고찰함으로써 한일 근대여성문학가의 사랑을 유추해 낼 수 있을 것이다.

Ⅱ. 사랑과 불륜의 경계

다무라 도시코는 1884년 도쿄에서 태어나 1945년 상하이에서 영면하기까지 파란만장한 삶을 살았다. 그의 역동적 인생사에서 사랑과 결혼에 관련하여 지속적으로 '소문', '스캔들', '사랑의 도피' 등의 수식어가 따라다닌 것은 어쩌면 다무라 도시코가 생각하는 '사랑'에 대한 자기 도전의 결과였던 것은 아닐까 생각된다. 왜냐하면 고다 로한幸田露伴의 문하생 시절, 다무라 도시코의 선배였던 다무라 쇼교田村松魚가 유학을 마칠 때까지 짧지 않은 기간을 '사랑' 때문에 기다렸고, 스즈키 에쓰鈴木悦가 유부남이었음에도 불구하고 새로운 '사랑'을 사수하기 위하여 다무라 쇼교와 결별, 그를 따라 캐나다로 이주하였으며, 20여년의 외국 생활을 마치고 귀국한 이후 유부남이었던 19살 연하 구보카와 쓰루지로窪川鶴次郎와의 '사랑' 때문에 후배 소설가에 대한 도리를 저버린 점이 발견되는 까닭이다. 거명한 굵직한 스캔들을 제외하고도 다무라 도시코는 끊임없이 '염문'에 시달렸다.

313

캐나다[5]에서 뿐만 아니라 중국에서도 그 염문은 이어졌다. 중국에서는 다무라 도시코가 『뉘성女聲』이라는 중국어 여성 계몽지를 발간하였던 연유로 잡지 후원을 얻기 위하여 많은 사람들과 접촉하였던 것으로 확인되는데, 이러한 과정에서 발생한 스캔들은 다소 과장된 감이 없지 않다. 그럼에도 불구하고 젊은 청년 문인과의 만남 또한 적지 않았다는 것은 여러 사람들의 증언을 통해서도 확인된다. 나아가 그의 작품을 통해서도 확인할 수 있다. 실제로 다무라 도시코는 자신의 자전적 요소를 소설에 차용하기도 했는데, 그의 대표작 『생혈生血』(1911), 『여성작가女作者』(1913), 『미라의 입술연지木乃伊の口紅』(1913), 『포락의 형벌炮烙の刑』(1914), 『그녀의 생활彼女の生活』(1915) 등은 그러한 작품에 해당한다. 그중에서도 젊은 문인과의 감정적 교류를 알 수 있는 작품은 발표 당시 논쟁[6]을 일으킬 정도로 회자되었던 『포락의 형벌』이라든지 『그녀의 생활』 등을 통해서 확인할 수 있다.

주지하는 바와 같이 다무라 도시코의 초기 전성기 시절은 그의 완성도 높은 대표작이 대거 발표된 시기라고 할 수 있는데, 이때는 다무라 쇼교와의 결혼 생활이 유지된 시절이었다. 때문에 그의 창작이 다무라 쇼교의 영향력 아래에 있었다고 보는 시각이 지배적이다. 다무

---

5 "女の勘で、陰に男がいる"라고 하는 吉田 부인의 증언에 따르면 단순히 '개인적인 감'에 의한 것이므로 염문에 대한 근거가 미약할 수밖에 없다. 工藤美代子『旅人たちのバンクーバー : わが青春の田村俊子』, 筑摩書房, 1985, 36쪽 참조.

6 일명 '『포락의 형벌』 논쟁'이라고 하여 모리타 소헤이(森田草平)와 히라쓰카 라이초(平塚らいてう)의 5회에 걸친 열띤 논쟁을 일컫는다. 모리타 소헤이가 요미우리(読売)신문 '4월의 소설'란에 『포락의 형벌』을 소개하며 '모럴의 부재'를 논한 것이 계기가 되었다. 권선영 「한일 근대여성문학 비교연구」, 경희대 박사논문, 2016, 19쪽 참조.

라 도시코가 창작할 수 있었던 것은 다무라 쇼교의 남편으로서의 전 폭적인 지지와 선배 문인으로서의 채찍질에 의한 것이었다고 많은 연 구자들이 평가한다. 여기에 아직까지 이견이 발견되지 않고 다무라 도시코 스스로도 작품에서 등장인물을 통해 그것을 인정[7]하고 있다.

다무라 도시코의 작품 중에서 '유부녀의 사랑'을 다룬 작품인『포 락의 형벌』은 문단의 반향을 일으키기도 하였다. 이후 다무라 도시 코가 캐나다로 이주해서도 성서의 내용인 '다윗과 밧세바 사건'을 모티프로 한 작품『목양자牧羊者』(1919)를 비롯하여 스즈키 에쓰의 죽 음 이후 후배 작가의 남편과의 사랑을『산길山道』(1938)에 묘사한 것은 다무라 도시코에게 지속적으로 제기되어 온 '사랑'에 있어 결혼 유 무가 얼마만큼 영향력을 끼칠 수 있는지에 대한 문제 제기가 아니었 을까 생각된다.

그렇다면 다무라 도시코가 추구한 사랑은 도덕의 경계를 넘어야 만 가능했던 것일까? 다무라 도시코가 사타 이네코佐田稲子의 남편이 자 촉망받던 문인 구보카와 쓰루지로窪川鶴次郎와의 관계가 발각되자 특파원의 이름이었지만 사실상 중국으로 도망가다시피 했던 것은 또한 어떠한 행보였을까? 다무라 도시코는 중앙공론사中央公論社 특 파원으로 1938년 중국으로 향하기 직전,『산길』을 발표함으로써 이 에 대한 자신의 고민을 표출한 것으로 파악된다. 이에『산길』에 등장 하는 '사랑'의 의미를 살펴보는 것은 다무라 도시코의 '사랑'에 근접

---

7 대표적으로『미라의 입술연지』를 들 수 있다. 남편에 대해 강한 반발감을 내보이 면서도 남편의 강압이 없었더라면 현상소설공모전에서 당선될 수 없었을 것임을 드러낸다.

해 가는 길일 것이다.

『산길』은 1938년 11월에 『중앙공론中央公論』에 발표되었다. 다무라 도시코 작품집의 해설자인 하세가와 게이長谷川啓의 지적[8]처럼 이 작품은 친한 후배 작가의 남편과의 금기된 사랑을 그리고 있다. 간결하고 유려한 이 작품은 다무라 도시코의 초기 단편 『생혈生血』에서 보이는 그 간결함이 오히려 오랜 숙성의 기간을 거친 것 마냥 깊이 있는 문체로 표현되었다. 작가의 창작력이 캐나다 이주 이전까지로 한정한다[9]는 기존 연구로 볼 때, 『산길』은 의외의 작품이 된다. 물론 『생혈』에서의 긴박함이라든지 구조적 짜임새에서 느껴지는 분위기와 다른, 내면 풍경의 풍성함이 드러난다는 점에서 숙성된 작가의 식이 표현된 작품이라고 평가할 만하다.

『산길』은 연인으로 추정되는 두 남녀가 산길을 걸으며 작은 새를 발견하는 작은 사건을 매개로 하여 진실한 사랑과 이별에 대해 각자의 생각을 말하는 것으로 구성되어 있다. 여기에 등장하는 두 남녀의 사랑은 여느 연인들의 사랑으로는 보이지 않는데, 이러한 사실을 단적으로 알 수 있는 지문이 여럿 발견된다.

> 사랑이 넘치면, 결국 사랑을 잃어버릴 운명에 처해지는 게 아닌가, 하고 여자는 생각했다. 잔에 채워진 남자의 사랑은, 남자의 생활 속에서 비밀스럽게 분리되어 온 사랑이었던 것이다.[10]

---

8 長谷川啓 「解題」『田村俊子作品集』巻2, オリジン出版センター, 1988, 453쪽.
9 대표작 또한 이 시기에 한정된다는 점도 이 주장에 대한 근거가 될 수 있다.
10 "愛がこぼれたら、結局愛が失はれるやうな運命に行くのではないかと女は思った。盃に注がれてゐる男の愛は、男自身の生活の中から、秘密に分けられて来た愛

두 사람의 관계에 대해 추측할 수 있는 위의 지문은 남자의 사랑
이 어떠한 사랑인가를 언급하는 부분이다. 여자는 사랑과 이별을 생
각하면서 남자의 사랑이 "남자의 생활 속에서 비밀스럽게 분리되어
온 사랑"으로 판단한다. 남자의 생활에 종속되지 못하는, 비밀이 전
제되어야 하는 그러한 사랑인 것이다. 대개 비밀리에 해야 하는 사
랑은 사람들이 인정하지 않는 사랑일 가능성이 높다. 이러한 추측은
다음의 장면에서 확실히 정리된다.

> 그곳이 남자가 숨겨 놓은 평화로운 거처인 양 생각되었다. 작은 새
> 에게 애정이 결부된 그리움이 여자로 하여금 옛날이야기와 닮은 공상
> 을 하게 만들었다. 그 거처 안에는 남자와 함께 사는 다른 그림자가 있
> 었다. 마음 한 구석으로 쫓기는 듯한 그림자에 그 그림자가 중첩되어
> 여자의 가슴이 어두워졌다.[11]

남자의 평화로운 거처에는 남자와 함께 사는 그림자, 그리고 마음
한 구석으로 쫓기는 또 다른 그림자가 있다. 여기서 마음 한 구석으로
쫓기는 그림자의 소유자는 남자의 거처에서 함께 사는 그림자 때문에
그 마음이 어두워질 수밖에 없다. 여자의 마음을 어둡게 만든 원인은
자신이 아닌 다른 여성이 남자의 거처에 함께 하기 때문이다.

なのであつた。"(田村俊子(1938)『山道』『田村俊子作品集』巻2, オリジン出版センター,
1988, 366쪽)

11 "其處が平和な男の隠れた棲家のやうに思はれる。小鳥に思情を結ぶ懐かしさが、
女にお伽噺に似た空想を抱かせる。其の棲家の内には男と共に棲む他の影があつた。
心の隅に追ひやられてゐた影に、其の影が重なり、女の胸が暗くなつた。"(『山道』,
371쪽)

남녀 관계에 있어 굳이 비밀리에 해야 하는 사랑이 있을 수 있을까? 미혼자라면 굳이 비밀리에 해야 하는 사랑은 있을 수 없다. 거짓 사랑이 아닌 이상 사랑의 상대자는 한 사람 이상일 가능성은 거의 없다고 할 수 있기 때문이다. 그런데 기혼자라면 사정은 달라진다. 남자의 사랑은 남자의 생활에서 비밀스럽게 분리되었다. 기혼자인 까닭에 배우자가 아닌 사람과의 사랑은 비밀스러워야 하고, 결혼 생활과 분리되어야 하는 까닭이다. 기혼자를 사랑하는 여자는 남자의 동거자를 항상 생각할 수밖에 없다. 그것도 "마음 한 구석으로 쫓기는 듯" 생각할 수밖에 없는 것이다. 이제 두 사람의 관계가 정립된다. 비밀스러운 관계, 부적절한 관계로 설명할 수 있는 윤리에 어긋한 관계, 즉 불륜으로 말이다.

부적절한 관계를 지속해 오던 여자가 남자와 헤어지려고 한다. 왜냐하면 여자가 남자로부터 받는 애정은 남자만의 것이 아니었기 때문이다.

여자는 지금이라면 원래대로 되돌릴 수 있을 것 같았다. 남자는 그것을 허락하지 않겠다는 것일까? 남자는 자신을 압박해 오는, 남자가 사랑하는 생활의 균열로부터 새로운 사랑이 어떻게 파괴적인 영향을 미칠까 생각하고 있을 것이다. 자신이 남자로부터 받아들인 애정은, 남자로부터 나오는 것만의 애정은 아니었다. 그 애정에 사는 사람으로부터도 빼앗아 오는 듯한 애정이었다.[12]

---

12 "女は今なら元へ引返せるやうな氣がしてゐる。男は其れを許さないと云ふのだらうか。自分に眞實を追つてくる男の、生活の愛の裂け目から、新しい愛へどんな破

남자의 애정으로 사는 사람은 다름 아닌 남자의 아내임이 분명하다. 때문에 여자는 원래대로 두 사람의 관계를 되돌리고 싶어 한다. 남자의 사랑은 남자의 아내에게서 빼앗아 오는 사랑도 일부 포함되었던 까닭이다. 남자는 여자의 사랑이 진실한 애정이 부족했던 연유로 이별을 얘기할 수 있다며 여자가 무언가를 속이고 있다고 말했지만 여자는 거기에 반박한다. 여자는 "현실을 속이고 있는 것이 아닐까"라고 두 사람의 관계를 다시금 생각한다. 여자는 "현실을 속이는 괴로움은 참기 힘들"다고 생각했기 때문이다.

세상을 향해 떳떳할 수 없었던 두 사람은 현실을 속이고, 그것이 괴로워서 여자는 이별을 생각한다. 하지만 남자는 오히려 혼란스러워 한다. 어젯밤의 여자의 상냥함 속에 '이별의 마음'을 찾지 못했던 까닭이다. 그렇기 때문에 이별을 말하는 여자를 이해하지 못한다.

현실에서 부부로 살아간다는 것, 그것은 생활의 수고로움을 함께하는 것이다. 숲속에서 만난 수레 끄는 부부를 통해 여자는 결혼 생활에 대해 생각하게 된다.

수레 위에는 부부의 도시락이 실려 있었다. 아내가 저 식사를 준비하여 아침 일찍 마을을 나갔을 것이다. 짧은 줄무늬 홑옷을 입고 검은 목면 각반脚絆을 차고 짚신을 신은 아내의 모습이 여자의 눈에 남았다. 앞으로 구부려 남편이 끄는 수레를 조금이라도 가볍게 해 주기 위해

壊が響いてくるかを男は考へてゐるのであらうか。自分が男が男から取上げる愛情は、男からだけの愛情ではなかつた。其の愛情にいきるものからも奪つてくるやうな愛情であつた。"(『山道』, 367쪽)

있는 힘껏 미는 모습, 담배를 피우며 쉬는 남편 옆에 자신도 걸터앉아 쉬고 있던 모습에 진실한 인간의 모습이 있었다. 남자가 수레를 끌고 자신이 그 뒤쪽을 미는 하나의 그림에, 순박한 사랑의 생활을 첨가하여 바라보았다. '저 아내가 가지고 있는 애정은 내 안에도 있어.'라고 여자는 생각한다.[13]

남편이 끄는 무거운 수레를 뒤에서 미는 아내를 보며 여자는 그 아내의 애정은 자신에게도 있다고 단언한다. 여자는 생활의 수고로움을 남자와 함께 할 사랑이 있음을 확신하고 있는 것이다. 진실한 부부의 모습에 순박한 사랑을 유지해 가는 그 모습이야말로 여자가 생각하는 부부 생활인 것이다. 여자는 자신에게 순박한 아내의 사랑이 있다고 확신하지만, 남자의 애정에 기대어 사는 다른 여성의 애정까지 갈취하면서까지 그 사랑을 완성하고 싶지는 않았을 것이다.

여자가 만약에 자신의 사랑이 현실을 속이지 않는 당당한 사랑이고자 하려면, 남자에게 무언가를 요구해야만 한다. 가령, '남자의 이혼'과 같은 것이 여자에게 필요한 현실적인 요구인 셈이다. 때문에 남자는 왜 자신에게 좀 더 그러한 현실적인 것을 요구하지 않는지 묻는다. 하지만 남자는 그것을 감당할 수 있는 인물로 보이지는 않는다.

---

13 "車の上には夫婦の辨當包みが載つてゐた。あの食事を妻が拵へて朝早く村を出て行くのであらう。短い縞の單衣を着て、黒い木綿の脚絆を着け草鞋を穿いてゐた妻の姿が女の眼に殘つた。前屈みになつて、夫の引く車に少しでも經さを與へる為に、有りたけの力で押して行つた姿、煙草をのんで休む夫の傍に自分も腰をかけて休んでゐた姿に、眞實の人間の姿があつた。「あの妻の持つてゐる愛情は、自分の中にもある。」と女は思ふ。"(『山道』, 375쪽)

"당신은 왜 좀 더 나에게 요구하지 않는 거지?" "좀 더 요구하면 어떻게 되는데?" "어젯밤 약속을 잊은 거야?" 남자가 누긋한 목소리로 말했다. 문득 볼에 떨어진 사랑의 인장이 햇빛에 눈부시게 섞여 가을 색채 속으로 밝게 흩어졌다. "저 구름." 여자의 마음을 그쪽으로 옮기듯 남자가 하늘을 우러러보며, "저거 봐."라고 말했다. "완연한 가을 구름이야."[14]

남자는 여자에게 자신에게 요구하라고 하지만, 여자는 이미 그것이 소용없음을 인지하고 있다. 그래서 여자가 요구하면 어떻게 되는지 남자에게 당당히 묻는다. 이에 남자는 '어젯밤 약속'을 운운하며 회피해 버린다. 어젯밤 약속이 어떤 것인지 알 수는 없으나 남자의 '누긋한' 목소리를 통해서나, 여자의 마음을 옮기듯 '구름을 보게 하는' 행위로 그 답을 대신한다.

두 사람은 작은 새, 멧새를 찾아다니며 그 분위기에 취해 있다. 작은 새처럼 두 사람의 사랑은 잡을 수 없는, 잡히지 않는 사랑과도 같다. 멧새는 이 소설의 처음부터 마지막까지 이러한 암시를 주는 매개체로 작용한다. 그 작은 새는 파랑새와 같이 사랑의 희망을 주다가도, 집에서 키우고 싶으나 키울 수 없는 산길 속에서 우연히 발견한 자유로운 존재이다. 이 작은 새를 자유롭게 놓아두는 것은 여자

---

14 "「あなたは何うしてもつと僕に求めないの。」「もつとあなたに求めたら何うなるの？」「昨夜の約束を忘れたの。」男が緩やかな聲で云つた。ふと頬に落ちた愛の印が光りにまぶしく交ざつて、秋の色彩の中に明るく散つた。「あの雲。」女の心をそちらへ移すやうに、男が空を仰ぎながら、「見てごらん。」と云つた。「あれはもう秋の雲よ。」"(『山道』, 373쪽)

의 자유로운 사랑을 나타내기 위한 장치일 가능성이 커 보인다. 다무라 도시코가 자신을 이 작품의 여자에 투사시키며, 작은 새와 같은 사랑을 희망하지 않았을까 생각되기 때문이다.

이 작품을 통해 다무라 도시코는 사랑과 불륜의 경계를 명확히 하면서도 이상화된 사랑도 작은 새에 남겨 놓는다. 이전의『포락의 형벌』과 같은 작품에서와는 달리 기혼자의 사랑을 떳떳하게 요구하지 못하고 있다.

새삼,『포락의 형벌』이 1914년 작품이고『산길』이 1938년 작품이라는 것을 상기해 본다면, 그 24년이라는 세월이 기혼자의 사랑에 대한 확신도 이렇게 변해가는 것이라 할 수 있겠다. 그럼에도 불구하고, 다무라 도시코가 행동으로는 도피를 선택했다고 할지라도 작품에서는 자신의 생각과 심경을 묵묵히 써 낸 것은 큰 용기가 필요했을 것으로 여겨진다. 이미 작가 초년생 시절, 처녀성 상실의 문제를『생혈』을 통해 다루었던 점은 어쩌면 결혼이라는 제도 속에 안착하였기 때문에 가능했을지 모를 용기였던 것에 반해,『산길』은 오히려 결혼이라는 제도 속에 있지 않았던 까닭에 용기라고 표현하여도 무리는 아니라고 생각한다.

이렇게 다무라 도시코의 사랑은 사랑을 거부할 용기와 자유를 인정하는 것에서 시작한다고 할 수 있을 것이다. 작은 새가 숲속에서 하나의 흑점이듯 자신의 사랑도 수많은 점들 속의 점 하나이지만, 다른 사랑을 갈취하지 않으려고 하는 하나의 노력으로, 다시 되돌리고자 하는 그 노력을『산길』에 호소하듯 써 내려간 것으로 여겨지는 연유이다.

Ⅲ. 의문의 사랑

김명순은 한국의 대표적인 신여성 제1세대 작가로, 한국 문단에 정식으로 등단[15]을 이루어 낸 첫 번째 여성작가이다. 김명순은 1896년 평양에서 태어나 1950년경[16]에 일본 아오야마 정신병원青山脳病院에서 타계할 때까지 온갖 추문에 시달린 것으로도 유명하다. 일본 유학 시절 『매일신보』에 "동경에 유학하는 여학생의 은적隱迹 어찌한 까닭인가"(1915년 7월 30일자), "혼인청구는 불위不爲 여학생과 소위 관계"(동년 8월 13일자)라는 제목으로 김명순의 정조 상실에 대한 추측성 기사가 게재될 정도였다. 김명순은 혼인이 이루어질 줄 알았던 그 사건의 상대자인 이응준 소위와 결국 결혼을 하지 못한 채, 추문에만 휩싸이는 신세가 되었다. 이후의 김명순의 삶은 말 그대로 고난의 연속이었다.

당시 연애지상주의가 팽배했던 시공간에서 여성이 자기 선택에 의해 자유연애[17]를 하여 결혼에 이르고자 하였으나 종국에는 실패하

---

15 김명순은 문예잡지 『청춘』을 통해 한국 최초 근대 여성문학으로 평가할 수 있는 소설 『의심의 소녀』로 1917년 정식 등단하였다.

16 김명순의 사망연도는 연구자에 따라 1950년, 또는 1950-51년 사이로 보고 있다. 아오야마 정신병원(青山脳病院)이 2010년 폐원되었기 때문에 당시 입원 환자의 자료를 찾을 수 없어 정확한 사망연도는 알 수 없다. 권선영, 앞의 논문, 2쪽 참조.

17 여기서의 '자유연애'란 기성세대의 강압에 의한 남녀교제가 아닌 자기결정권을 가지고 스스로 연애의 상대를 선택하여 연애하는 것을 의미하는데, 자유연애의 끝은 자유연애를 한 그 상대와 결혼에 이르는 것이다. 이노우에 가즈에는 노자영(1921)의 엘렌케이의 연애론을 소개하는데, "연애란 영육일치의 신성한 것으로 그것을 기초로 한 결혼은 법적인 절차에 상관없이 도덕적인 반면, 연애가 없는 결혼은 부도덕적이다"라고 정리하고 있다. 井上和枝 「조선 '신여성'의 연애관과 결혼관의 변혁」 『신여성』, 청년사, 2003, 166쪽.

고 만 이와 같은 개인사는 후대에 '선구녀'[18]라고 불리는 김명순으로
서도 감당하기 힘든 경험이었을 것으로 생각된다. 이에 김명순이 생
각한 사랑은 어떠한 것이었으며, 어떠한 의미를 지녔을지, 또한 작
품에서는 어떻게 표출되고 있는지 살펴보는 것은 김명순의 사랑에
접근하기 위한 필수 과정일 것이다.

1910-30년대, 새로운 사상이 물밀 듯 들어왔던 시대라고 해도 아
직까지 여성은 부친, 남편, 아들에 의해 보호받아야 하는 존재로 여
겨졌다. 특히 정조를 지켜야 하는 것은 여성의 의무 중에도 결혼을
위한 제1의 전제 의무였다. 물론 당시 일부 자각한 신여성들에 의해
'신정조론'[19]이 주창되었으나 그들의 노력에도 불구하고 일반 여성
들이 실천할 수 있을 만큼 큰 반향을 일으켰다고 하기는 어렵다. 여
성의 순결은 목숨과도 같다는 오랫동안 이어져온 유교적 풍토에서
신정조론이 실현되는 것은 무척이나 어려운 상황이었던 까닭이다.

김명순은 소설은 물론이고 수필이나 논평을 통해 여성들의 연애
문제와 단발문제, 교육문제에 이르기까지 적극적으로 여성문제에
대해 자신의 의견을 피력했다. 당시 자전적 요소가 짙은 여성작가군

---

18 정확하게 말하자면 근대여성문학의 선구자, 혹은 선두주자로 불린다. 여기서 '선
구녀'로 표기한 것은 김동인의 작품 표제를 통해 당대의 조롱 섞인 어투를 강조하
기 위함이다.

19 여기서 '신정조론'이라 함은 일엽 김원주의 '신정조론'과 나혜석의 '정조 취미론'
을 통해 여성의 육체와 정신의 문제를 새로운 시대의 새로운 여성이 맞이해야 할
자세로, 여성에게만 일방적으로 요구되었던 도덕적 정조 관념과 대치되는 여성해
방 사상의 핵심으로서의 '신정조론'을 가리킨다. 김화영은 요사노 아키코의 여성
자신의 신체에 대한 자기 결정권이 남성의 관점에 의한 것임에 반해 나혜석의 경
우는 여성의 고정관념으로부터의 해방이라고 보고 있다. 김화영 「나혜석과 요사
노 아키코의 근대적 연애 발견」 『일본근현대문학과 연애』, 제이앤씨, 2008, 276-277
쪽 참고.

의 작품 성향을 고려했을 때, 자신의 작품에 능동적으로 자신의 생각을 표출한 것은 어쩌면 당연한 결과이지 않을까 생각한다. 특히 사랑의 문제에 대해서는 더욱 그러했다. 김명순의 경우, 사랑과 결혼에 관련하여 이미 일본 유학생 시절부터 추문에 휩싸였었기 때문이다. 이에『탄실이와 주영이』(1924) 등의 작품을 통하여 세간에 떠도는 이야기에 저항하기도 하였지만 문단의 의도적인 '탄실 죽이기'는 지속되었다. 김동인의 연작소설[20] 『김연실전』(1939), 『선구녀』(1939), 『집주릅』(1941)이라든가 김기진의 「김명순 씨에 대한 공개장」(1924.11)[21] 등을 통해서도 알 수 있듯이, 문단의 폭력은 김명순으로서는 감당하기 힘든 것이었다.

이러한 폭력적 상황에 노출되었던 김명순은 '사랑'에 대해서 어떻게 생각했을까? 그의 작품 중『애愛?』는 표제에서 보이는 바와 같이 사랑에 물음표를 붙이고 있다. 여타 작품에서도 사랑을 주제로 한 것이 많지만, 김명순은 이 글을 통해 사랑에 대한 자신의 생각을 직접적으로 표현했다. 이에『애愛?』를 분석하는 것은 김명순의 사랑을 알아가는 첩경이 될 것이다.

『애愛?』(1927)는『애인의 선물』[22]에 최초로 수록된 것으로 추정되

---

20 "'『김연실전』의 후일담'이라는 부제가 붙어 있는『선구녀』와『집주릅』은 일종의 연작소설이다. 여주인공이 모두 김연실이라는 점, 작품의 사건과 시간적 흐름이 『김연실전』,『선구녀』,『집주릅』으로 이어진다는 점이 이를 뒷받침한다." 권선영 「남성작가가 바라본 '신여성'의 한일비교」『일어일문학연구』79, 한국일어일문학회, 2011, 234쪽.

21 남은혜는 김기진의 이 글에 대해 '인신공격'이며, '여류문학'을 하향 서열화, 주변화했다고 보고 있다. 남은혜「김명순 문학 연구」, 서울대 석사학위논문, 2008, 30쪽.

22 『애인의 선물』은 2002년 말까지 알려지지 않았던 김명순의 두 번째 창작집으로 '회동서관'에서 발행되었으나, 발행 시기는 훼손되어 알 수 없다. 서정자 외 편『김

는 작품이다. 이 작품은 2002년 발굴되기 전까지 세상에 알려지지 않았던 것으로, 단지 작품 말미의 '一九二七'로 탈고 연도를 추정할 뿐이다. 그리고 표제에 한자 '愛'를 썼는데, '사랑'으로 번역할 수 있는 한자어는 '愛'뿐만 아니라 '戀'이 있다. 물론 사랑은 '色', '慕' 등의 한자로도 표현할 수 있지만, 김명순이 일본에서 수학했고, 여러 차례 일본에 정주했다는 사실로 미루어보아 '戀(恋 : こい)'을 쓰지 않고 '愛(あい)'라는 한자를 사용한 점을 주목해야 할 것으로 보인다. 당시 'love'의 번역어로서 '신성한 연애戀愛'가 유행했던 까닭에 '사랑'을 어떤 한자로 표현하는가에 따라 작가의 '사랑'을 유추해 볼 가능성이 큰 까닭이다. 김명순은 『이상적 연애理想的 戀愛』(1925)라는 글을 『조선문단』에 상재한 바 있으므로 '愛'라고 하는 한자를 사용한 것은 당시 연애지상주의자들이 표방한 '사랑'과는 다른 사랑일 가능성이 높다.

『애愛?』는 길지 않은 5개의 글이 유기적으로 구성되어 있다. 이 글의 세 번째 글은 서간체로 이루어져 있으며, 네 번째 글에서는 세 번째의 글이 '긴 편지'라고 밝히고 있다. 이 작품은 소설이라기보다 수필에 더 가까운 형식을 취하고 있음을 알 수 있는 대목이다.

작품은 깊은 한숨을 짓는 것으로 시작한다. 순탄치 않은 자신의 삶을 토로하듯, '분노', '원한'이라는 어휘를 쏟아내며 절망의 소리를 대신하여 "깊은 호흡으로부터 낮고 가는 한숨"을 짓는 것이다. 이 작품의 화자인 김명순은 가혹하다 싶을 정도로 고된 삶을 살았다. 사

───────

명순 문학전집』, 푸른사상, 2010, 13쪽.

실과는 다른 가십성 이야기로 자신을 음해하는 언론매체나 문단에 대항했으나 여의치 않았고, 유복했던 어린 시절과는 달리 일상생활이 불가능할 정도로 가난에 힘겨워했는가 하면, 종국에는 타국의 정신병원에서 홀로 쓸쓸히 죽음을 맞이했다. 이와 같은 순탄치 않은 삶을 살아야만 했던 한 여성작가가 스스로 자신의 인생을 비관하는 것은 어쩌면 자연스러운 일일지도 모르겠다.

『애愛?』에서 김명순은 과거 일본 유학 시절 시모가모가와下鴨川, 우에노上野, 스미다가와隅田川에서의 추억을 더듬으며 자신과 우주에 대해 생각한다. 그러다가 우연히 편지 두 장을 발견하는데, 내용을 읽지 않아도 짐작이 되는 푸른색 서양 봉투의 편지와 기억을 전부 해 낼 수 없는 조선 봉투의 편지이다. 이 두 편지는 모두 '사랑'에 대한 내용으로 이루어져 있다.

> 한장은 하날빗갓치프른 셔양봉투속에드러잇섯고 하나는 역시프른 조선봉투속에드러잇섯다. 셔양봉투속에잇는편지는보지안어도『누님 사랑은精神的親族끼리 成立되는것이오 쏘그種子를나어야 하는것임니다』하는 이宇宙가가진이만큼 矛盾을가진편지이고 한장은 다 - 記憶 못하는『아름다운K孃』이라는말로부터始作된퍽긴片紙이엇다.[23]

서양 봉투 속에 들어 있는 편지에는 '누님', 즉 김명순을 일컫는 호칭이 나온다. 이 호칭을 통해 편지를 쓴 사람이 김명순보다 나이 어

---

23 김명순 『愛?』『김명순 문학전집』, 푸른사상, 1927, 676-677쪽.

린 남성이라는 사실을 알 수 있다. 그 남성이 '누님의 사랑', 즉 김명
순의 사랑을 정의하고 있다. 그 남성은 김명순의 사랑은 정신적인
사랑이어서 친족 간의 사랑과 같다고 말한다. 때문에 그러한 정신적
사랑이 아닌 후대를 생산할 수 있는 육체적 사랑이 필요하다는 것이
편지를 쓴 어린 남성의 주장이다. 이에 대해 김명순은 "모순적인 우
주만큼이나 모순을 가진 편지"라고 생각한다. 정신적 사랑을 위해
육체적 사랑이 필요하다는 논리인 까닭이다.

이 어린 남성의 편지 전문은 이 글에 소개되어 있지 않지만 푸른
조선 봉투 속 편지는 '긴 편지'로 그 전문이 소개되고 있다. 이 편지
또한 모두에서부터 '사랑'을 언급하고 있다.

> '아 - 古往今來에 어나것이나 살펴보면 스러지고 썩어지는것이 原
> 則인것갓습니다 그럼으로宇宙는寂滅하고 人類는 死滅합니다. 그러
> 나이멸망하야가는 宇宙와 人類間에도永久不滅의 것이잇습니다. 그
> 것은곳信念이요 至誠이요 眞理요 愛이외다 그러므로모든것이 滅亡
> 하여서 자최를 차질수업스나 그대로 人間에 남어잇는것은 愛임니다.
> 宇宙建設의全礎가愛이요 支持가愛이요 人生의土臺가 愛이외다 卽다
> 시말하면 愛는生命이요萬劫滅亡치안는것이곳 愛이외다.[24]

이 세상은 어떠한 것이든 모두 없어지는 것이 원칙이지만, 이 원
칙에 반하는 영구불멸의 것이 존재하는데, 그것은 '신념', '지성至誠',

---

24 『애(愛)？』, 677쪽.

'진리', '사랑'이며, 사랑은 인생의 토대라는 설명이다. 그리고 사랑은 생명이라고도 말한다. 이 편지에서 이렇게 사랑에 대해 장황하게 설명하는 이유는 무엇일까?

다시 편지로 돌아가면, 편지를 쓴 이는 김명순에게 진정한 사랑을 찾기 위해 주위의 환경이라는 겉껍질을 타파해야 한다고 주장한다.

> 이세상에는 누구나 愛라는 싹이잇는것이외다 혹은 人類愛, 혹은同胞愛, 惑은姉妹愛, 참이외다온갓愛가잇는것이외다 그러나그것은外的愛이외다. 참으로愛싸운愛는아니외다. 勿論그런愛도잇서야 하기는하겟지오 그러나 보다더無條件盲目的自己도알수업는즁에 信任하고 아니할내야 아니할수업는그것이라야참으로 愛이외다. 世上이排斥하고온人類가 그러다하여도 더할수업시끌는피 소사오르는눈물에서 우러나오는愛가 참으로愛이외다. (중략) 愛는無限大이외다 아름다운k孃이어 아모조록 이混沌한 社會에서 아름다운 久遠의女性이되기를 바람니다. 비록 男女의갈피는 잇스나 이긴片紙를 사랑으로 바드세요.[25]

편지는 '참 사랑'에 대해 설명하기 위하여 참 사랑이 아닌 것을 우선 언급한다. 가령, 누구에게나 있는 인간에 대한 보편적 사랑, 같은 민족에 동질감을 느끼는 사랑, 형제자매의 사랑 등은 외적 사랑인까닭에 진정한 사랑이 아니며, 사랑다운 사랑은 무조건적이고 맹목적으로 신임할 수 있고, 세상이 배척한다고 해도 끓는 피가 솟아오

---

25 위의 책, 678쪽.

르고 눈물에서 우러나오는 사랑이야말로 참 사랑이라는 것이다.

'아름다운 K양'으로 시작하여 '一讀書友'라는 서명으로 끝나는 이 편지는 김명순이 그 내용을 기억하지 못했던 편지이다. 화자는 이 편지가 염서艶書도 아니며 자신을 미워해서 쓴 편지도 아님을 알았지만 죽고자 했던 자신의 의지를 잊게 만든 이 편지를 궁금해 하며, 또 살아갈 생각을 하게 된다. 그리고 "세상 살기는 사랑이 아니고 '의문' 때문"이라고 느낀다.

이 글은 1927년 9월 11일로 탈고 일자를 기록한 바, 김명순의 두 번째 자살시도가 있었던 1927년 1월, 다음 달 2월에 게재된『별건곤』의 「은피리」 기사로 인해 편집자를 명예훼손으로 고소하는 필화사건[26]이 일어난 이후이다. 자살미수나 필화사건은 다시금 김명순에 대한 세상의 이목을 집중, 악화시켰고 그로 인해 심적인 고통은 매우 컸을 것으로 생각된다. 이와 같은 일련의 사건들을 통해·김명순은 인생과 사랑을 다시 생각해 보지 않았을까 생각된다. 푸른 조선 봉투의 '긴 편지'를 통해 자신을 응원하는 '사랑'을 생각하게 된 것이다. 그러면서도 그 사랑을 '의문'으로 남긴다. 문단 등단 시절 열렬히 환영하고 찬사를 아끼지 않았던 사람들에 의해 명예를 훼손당했던 까닭에 사랑이 비난으로 바뀌는 것이 어떻게 가능한 것인지 명확한 답을 얻고 싶었을 것이다. 의문으로 남긴 김명순의 사랑은 육체적 사랑, 정신적 사랑, 혹은 인류애 등과 거리가 먼, 아니 그러한 사랑을 포함한 '인생'으로 생각하면서, 나아가 정말 그렇게 생각해야

---

26 전집 연보에 의함. 서정자 외 편『김명순 문학전집』, 푸른사상, 2010, 834쪽.

하는 것이지를 의문으로 남기고 있다고 해도 좋을 것이다.

IV. 다무라 도시코와 김명순의 사랑

격변의 시대에 일본과 캐나다, 중국에서 보낸 다무라 도시코와 일제 강점기에 조선, 일본에서 지낸 김명순은 동시대를 살았던 신여성 작가이다. 신여성의 영원한 주제, 여성해방을 넘어선 인간해방은 오늘날까지도 유효하지만, 당시 전근대적인 사회 분위기 속에서 여성으로 살아간다는 것은 쉬운 일이 아니었을 것이다. 일본 여성이 남성중심사회에서 타자가 되었다면, 일제 강점기의 조선 여성은 타자화된 조선인 안에서 또다시 남성으로부터 타자화되는, 즉 이중 삼중으로 타자가 될 수밖에 없었다. 타자, 말 그대로 주체적인 존재로 인정받지 못하는 사회의 조연, 남성의 조력자의 역할이 바로 여성의 임무였던 것이다.

자신이 사회에서 타자임을 알고 있는 지식인 여성이 자국, 또는 타국에서 자신의 의견을 글로 당당히 주장한다는 것은 행동으로 실천하는 여성해방운동가와 다를 바 없었다. 이러한 지식인 여성이 사회진출을 도모하게 된 것은 일부 지식인 남성들의 역할이 컸다. 새로운 시대에 새로운 사상이 범람하여 남성 지식인들도 그 사회가 남성중심사회임을 자각하고 여성의 문단진출을 원했다. 그들의 사상적 실천으로 여성의 활약을 기대했던 것이다. 여성작가의 사회진출을 위해 잡지나 신문사에서는 여성작가의 작품을 현상 공모하였다.

『오사카아사히신문大阪朝日新聞』에 다무라 도시코의 『체념あきらめ』
이,『청춘靑春』지에 김명순의『의심의 소녀』(1917)가 당선되었다.

　문단에 혜성처럼 등장하여 세상의 주목을 받은 두 여성작가는 평
범한 여성작가의 길을 걷지 않았다는 점에서 비슷하지만 두 사람이
처한 환경에 따라 판이한 인생행로를 걷는다. 또한 당시 여성작가들
의 평생의 주제, 사랑과 결혼, 육아문제와 사회진출의 문제 등에 대
해서도 차이점이 발견된다. 다무라 도시코는 결혼 유무가 사랑에 얼
마만큼 영향을 끼칠 수 있는지 사랑과 불륜의 경계에 대해 관심을
두고 있는 반면, 김명순은 순수하지만 결코 행복하지 않은 의심의
대상으로서 사랑을 이해하고 끊임없이 의심하고 있기 때문이다.

　가령, 다무라 도시코가『산길』에서 작은 새가 자유롭게 숲속을 날
아다니는 것과 같이 자신의 사랑이 다른 이의 애정을 갈취한 사랑이
되어서는 안 됨을 나타내 보였다. 하지만 자신은 아내의 역할을 충
분히 해 낼 수 있는 그만큼의 사랑이 있지만 결국 사랑과 불륜의 경
계를 넘나들게 된 것이다. 그럼에도 종국에는 스스로 사랑에 자유의
날개를 붙여준다. 다무라 도시코가『포락의 형벌』의 유부녀 류코를
통해 남편이 아닌 어린 청년과의 사랑을 죄악이 아니라고 피력한 것
과는 다른 행보이다. 다무라 도시코가 부여하는 사랑의 가치가 변질
되었다고 볼 수는 없으나, 분명한 것은 20여년의 세월 사이에 사랑
이라는 진실에 결혼의 유무, 윤리가 영향력을 행사하게 되었다는 것
이다. 신여성으로서 새로운 감각으로 새로운 시대를 뜨겁게 사랑한
다무라 도시코는『산길』에서는 마음과 영혼은 예전의 뜨겁던 그 시
대를 살고 있지만, 이미 기성세대가 되어 사회적, 윤리적 도의를 다

해야만 하는 입장에 놓이게 되었음을 인정한 것이다.

이에 반해 김명순은 자신의 여타 작품을 통해 정조번롱을 당하는 여성(『꿈 묻는 날 밤』), 남편의 폭력에 희생당한 여성(『의심의 소녀』,『분수령』), 사랑만을 위해 먼 타국을 건너와 결국 죽음을 맞이하는 여성(『외로운 사람들』)을 그려내었다. 이와 같이 김명순에게 있어 사랑은 결국 고통과 연결된 것이기에 그가 생각하는 사랑이 과연 아름다울 수 있을지 물음표를 붙일 수밖에 없었을 것이다.

『애愛?』는 김명순의 일련의 작품을 관통하는 자신의 사랑에 대한 생각을 단적으로 표현하고 있다. 푸른 조선 봉투의 '긴 편지'를 통해 자신을 응원하는 '사랑'이 있지만, 그것은 정신적 사랑이나 육체적 사랑, 인류애와는 다른 것이다. 삶을 찬양하는 사랑인 까닭이다. 그렇지만 그 사랑에도 의문은 남아있다. 삶은 누구도 예측할 수 없듯 그 예측 불허의 인생이 곧 사랑이며, 그 사랑 자체가 인생이지만 그것이야말로 '의문'이라는 김명순의 조용한 외침이 있는 것이다.

V. 맺음말

이 논문은 다무라 도시코와 김명순이 한일 근대여성작가를 대표할 수 있다는 기존 연구를 토대로 그들의 '사랑'에 대해 살펴보았다. 다무라 도시코와 김명순은 일본과 한국에서 각각 정식 문단 등단을 통해 작품 활동을 시작했다는 점에서 비슷하지만 두 사람이 처한 환경에 의해 판이한 인생행로를 걷는다. 또한 당시 여성작가들의 평생의 주제, 사랑과 결혼, 육아문제와 사회진출의 문제 등에 대해서도 두 사람의 인식차가 발견된다.

그중 사랑의 문제는 다무라 도시코에게 있어 결혼 유무와 관련되어 있다. 만년의 작품 『산길』에서 후배 작가의 남편인 19세 연하의 구보카와 쓰루지로와의 관계에 대해 진솔하고 유려하게 표현하면서, '사랑과 불륜의 경계'에 대해 도전적으로 문제를 제기하였다. 즉 다무라 도시코는 사랑의 영향력이 결혼의 여부에 따라 달라지지 않기를 바라지만 현실에서는 그럴 수 없음을 확인하며, 자신의 사랑이 자유롭게 날아다니는 작은 새와 같기를 희망했다고 할 수 있다.

이에 반해 김명순은 『애愛?』를 통해 상처 입은 자신을 치유하는 과정에서 사랑에 대한 생각을 표출한다. 즉 김명순에 있어서 사랑은 순수하지만 결코 행복하지 않은 의심의 대상으로 이해하고 있다는 점을 알 수 있다. 김명순의 경우 사랑 자체에 대해 긍정적으로 생각해야할지 부정적으로 생각해야할지, 인생행로가 사랑일 수 있을지에 대해 의문을 품는 '의문의 사랑'으로 정리할 수 있지 않을까 생각된다.

제13장

한·일 쟁총형爭寵型서사의 비교 연구

— 17세기 이후 근세 소설을 중심으로 —

❀ ❀ ❀

김 난 주

Ⅰ. 들어가며

본 논문은 주로 근세시기 한일 쟁총형爭寵型 소설에 등장하는 처·첩 (후처)간의 갈등 구조를 비교 고찰함으로써 양국 쟁총형 서사의 특질을 탐색하고자 한 것이다. 여기서 말하는 '쟁총형 서사'란 한 지아비의 애 정과 가정 안에서의 주도권을 두고 처와 첩 혹은 선처先妻와 후처 사이 에 벌어지는 갈등과 그로 인한 비극을 그린 서사물을 말한다.

한국의 경우, 쟁총형 서사는 조선 후기(17세기 이후)에 형성된 이른 바 가정소설(혹은 가문소설)에 대거 등장한다. 가정소설이란 일부다처 제 및 축첩제, 그리고 효와 정절을 강조하는 동양적 가족 제도 하에 서 야기되는 가족간의 갈등과 비극을 다룬 고소설 장르를 말한다.

335

이 중 쟁총형 소설은 계모와 적출 소생의 갈등을 핵심 소재로 하는
계모형과 함께 가정소설의 양대 유형을 형성한다.

일본 문학사에서도 한 지아비를 둘러싼 여성들의 애정 갈등이라
는 모티프는 고대에서 근현대에 이르기까지, 또 설화와 소설, 극문
학에 이르기까지 시대와 장르를 불문하고 문학의 중요한 소재로 차
용되어 왔다. 다만 한국 문학사에서 가정소설[1]의 하위 유형으로서
쟁총형 소설에 대한 장르 개념이 확립되어 있는데 비해 일본 문학사
에서는 연구자에 따라 '투부담妬婦譚[2]', '망부복수담亡婦復讐談'[3], 또는
우리말로 '후처 때리기' 정도로 번역되는 '우와나리우치後妻打ち[4]',
'이처형二人妻型 이야기' 등 다양한 명칭이 혼재한다. 이에 본고에서
는 문학 용어로서의 정착도가 높고, 한 남편과 여러 부인 사이의 애
정 갈등이라는 의미를 잘 담아내고 있다는 점에서 '쟁총형' 서사라
는 용어를 사용하고자 한다.

한국 문학사에서 쟁총형 서사에 대한 연구는 특히 쟁총형 가정소
설을 중심으로 개별 작품의 갈등 구조 분석에서부터 통시적 변모 양
상, 소설 전반의 구조와 특질을 파악하는 연구에 이르기까지 많은

---

1 일본에서 '가정소설'이라 하면 명치(明治) 대정기(大正期)에 유행한 통속소설로,
　주로 봉건적 가족관계에 고통 받는 여성이 종교 혹은 순수한 사랑에 의해 구원받
　는 내용을 담고 있다. 畑実「家庭小説」,『日本大百科全書』, JapanKnowledge,
　http://japanknowledge.com (검색일 : 2018-01-09).
2 小野真代「中世文学における妬婦譚」,『駒沢大学大学院国文学会論輯』32, 駒沢大学大
　学院, 2004, 55-75쪽 등.
3 堤邦彦「近世怪異小説と仏書-2-亡婦復讐譚・食人鬼説話を中心として」,『芸文研究』
　51, 慶應義塾大学藝文学会, 1987, 48-68쪽 등.
4 堤邦彦「女霊の江戸怪談史-仁儀なき後妻打ちの登場」, 一柳廣孝・吉田司雄 編,『幻想
　文学, 近代の魔界へ』, 東京 : 青弓社, 2006, 77-95쪽 ; 浅見和彦「都と鄙の女性説話-後
　妻打ちをめぐって」,『国文学』50-10, 學燈社, 2005, 67-75쪽 등.

선행 연구가 집적되어 있다[5]. 이에 반해 일본에서는 개별 작품 연구는 많으나 쟁총형 서사물이라는 큰 틀에서 작품의 변모 양상을 추적하거나 전체적인 구조와 특질을 다루는 연구는 소홀한 듯하다. 이러한 선행 연구의 업적과 한계를 발판으로 본 논문에서는 한일 쟁총형 서사의 특질을 고구하기 위한 방법으로 비교 고찰을 시도하였다.

한국의 경우에는 앞서 말한 대로 17세기 이후 양산된 고소설에서 쟁총형 서사가 집중되어 있고, 일본의 경우에는 고대에서부터 근대에 이르기까지 신화와 설화, 소설과 극문학 장르에서 다양한 텍스트가 존재하는데, 본 연구에서는 비교 고찰의 기준을 확보하고 논의의 밀도를 높이기 위해 주로 17세기 이후 근세 소설을 중심으로 논의를 진행하고자 한다.

Ⅱ. 악녀의 설정

1. 투기하는 아내

한국의 경우 조선 초, 태종 13년(1413년)에 중혼 금지 법령이 제정되면서 전대에 성행하던 다처제는 소멸의 길을 걷게 된다. 하지만 이

---

5 한국 가정소설과 쟁총형 서사에 대해서는 많은 연구가 이루어졌는데 본 논문에서는 주로, 鄭鉒東『古代小說論』, 형설출판사, 1983 ; 한상현「고소설에 나타난 악녀의 실상-쟁총형 가정소설을 중심으로」, 건국대학교 대학원 석사학위논문, 1996, 1-95쪽 ; 김귀석『朝鮮時代 家庭小說論』, 국학자료원, 1997 ; 朴慶烈「고소설의 가정 갈등에 나타난 악행 연구」, 건국대학교 대학원 박사논문, 2006, 1-238쪽 등을 참조하였다.

는 정실을 둘 이상 두는 것을 금지한 것이었을 뿐 첩을 두는 풍습은 조선시대 내내 유지되었다. 이렇게 축첩이 성행한 조선 사회가 여성들에게 강조한 것이 투기妬忌에 대한 경계였다.

조선 시대 현모양처상을 제시한 책으로 자주 언급되는 『우암 계녀서尤庵戒女書』를 보면 투기에 대한 경계가 조선 양반가의 부녀자들에게 얼마나 강조되었는지를 쉽게 짐작할 수 있다. 이 책은 조선 성리학의 거두 송시열(宋時烈, 1607~1689)이 출가하는 자신의 큰딸에게 지어주었다는 교훈서로, 부모 섬기는 도리에서부터 남편 섬기는 도리, 시부모 섬기는 도리, 자식 가르치는 도리, 제사 받드는 도리, 손님 대접하는 도리와 노비 다스리는 도리에 이르기까지 양반가 부녀에게 필요한 수신제가修身齊家의 내용이 20개 조에 걸쳐 기술되어 있다. 여기에 '투기'에 관한 내용이 두 군데나 들어 있는데, 먼저 〈남편 섬기는 도리〉 항목에 다음과 같은 내용이 나온다.

> 여자의 일평생 우러러 바라는 것이 오직 남편뿐이다. … 여자가 부군을 섬기는 일 가운데 투기를 아니 하는 것이 으뜸가는 행실이니, 일백의 첩을 두어도 본체만체 말하지 말고, 첩을 아무리 사랑하여도 성난 기색을 나타내지 말고, 더욱 공경하여라. … 너뿐만 아니라 딸을 낳아도 제일로 인사를 가르치도록 하여라. 고금 천하에 투기로 망한 집이 많으니 투기를 하면 백 가지 아름다운 행실이 모두 보람 없이 되느니라…[6].

---

6 송시열 『尤庵戒女書』, 정음사, 1986, 14쪽.

또한『계녀서』뒷부분에 가서는 아예 〈투기하지 않는 도리〉 항목을 따로 마련하여 "내 몸을 버리고, 집이 패하고 자손이 다 망하는 것이 투기로 하여서 생기는 것이니 늙은 아비의 말을 허술하게 여기지 말고 경계하라[7]"고 신신당부한다. 17세기 후반 이후 수많은 양반 가문에서 집안의 딸과 며느리를 가르치기 위해『계녀서』같은 텍스트를 광범위하게 만들었다고 한다. 이를 보면 조선시대 사대부 양반 가문에서 집안의 평화와 번창을 위한다는 명분으로 여성의 투기에 대해 얼마나 경계하고 압박했을지 짐작할 수 있다.

한편, 일본의 경우 중세시대 부권夫權을 강조하는 가부장적 가족 제도가 공공해지고, 근세 들어서는 주자학이 국가 운영의 중심 사상으로 채용되면서 가정에서도 삼종지도三從之道를 강요하는 유교적 규범들이 여성들의 삶을 더욱 옥죄어 나갔다. 이러한 봉건적 가족제도를 공고히 다지기 위해 에도시대 초기부터 여성 교훈서가 속속 간행되었는데, 그 중 가장 대중적이면서 여성 교육에 깊은 영향을 미친 교훈서로 18세기 초, 유학자 가이바라 에키켄(貝原益軒, 1630-1714)에 의해 저술된『여대학女大学』이 꼽힌다[8]. 여기에 여성의 투기를 금지하는 내용이 다음과 같이 실려 있다.

질투하는 마음을 결코 일으켜서는 안 된다. 남자가 음란하게 하면 충고해야지 노여움이나 원망을 보여서는 안 된다. 질투가 심하면 그

---

7 송시열, 위의 책, 25쪽.
8 『여대학(女大学)』의 내용 및 의의에 대해서는, 石川松太郎「女大学について」,『日本思想大系34 貝原益軒 室鳩巣』, 東京 : 岩波書店, 1970, 531-545쪽을 참조 바람.

낯빛과 말이 심히 섬뜩하여 오히려 남편이 소원시하고 상대해 주지 않
는 법이다. 만약 남편이 불의를 저지르면 내 낯빛을 누그러뜨리고 목
소리를 부드럽게 하여 간언해야 한다 …[9].

조선과 마찬가지로 근세시대 일본 역시 여성에게 요구한 중요한 덕
목 중 하나가 투기에 대한 경계였다. 두 텍스트만을 두고 보자면『계녀
서』가 '일백 첩을 두어도 본체만체 참으라'며 인종을 강요한데 비해『여
대학』에서는 여성의 투기하는 마음을 어느 정도 이해하고 남편에게 충
고할 때의 요령을 설명하고 있다는 게 차이라면 차이라고 할 수 있다.

한편, 1776년에 간행된 단편 소설집『우게쓰모노가타리雨月物語』
에 실린 〈기비쓰의 가마吉備津の釜〉는 여성의 질투가 불러온 참극을
그린 작품으로 유명한데, 이 소설의 서두는 아내의 질투에 대한 다
음과 같은 경고로 시작된다.

(질투의) 해악이 심하지 않아도 가업을 방해하고 기물을 파괴하며
이웃의 욕을 피하기 어려운데, 그 해악이 큰 경우에는 집안을 파멸시
키고 나라를 멸망시켜 오래도록 천하의 웃음거리가 된다. 예부터 투기
하는 여인이 뿜어내는 독에 고통을 받은 자 셀 수 없이 많았다. 질투 끝
에 죽어 뱀이 되고 혹은 천둥 번개가 되어 남자에게 앙갚음하는 여자
들은 그 살을 소금에 절여도 시원치 않다 …[10].

---

9 본 인용문은 荒木見悟·井上忠 校注「女大学」,『日本思想大系34 貝原益軒 室鳩巣』, 위
  의 책, 202쪽의 본문을 필자가 번역한 것임.
10 본 인용문은 中村幸彦·高田衛·中村博保 校注訳「吉備津の釜」,『日本古典文学全集
  48 雨月物語』, 東京 : 小学館, 1989, 396쪽의 본문을 필자가 번역한 것임.

이렇게 근세시기 한일 양국은 유교적 가부장제를 바탕으로 한 가족제도를 유지하기 위해 투기하지 않는 양처상良妻像을 강요하였다. 하지만 여러 아내들이 한 지아비를 사이에 두고 애정을 갈구하고, 또한 그 남편의 애정에 따라 아내들의 존재 기반이 좌우되는 가족구조 안에서 질투와 갈등은 피할 수 없는 것이었다. 한일 고전 문학은 이들 '투기하는 아내'를 악녀로 설정하여 인간의 욕망과 감성이 가부장제의 시대 윤리와 충돌하는 상황을 예민하게 포착하며 다양한 텍스트를 창출해 냈다.

2. 선처와 후처, 누가 악녀가 될 것인가?

쟁총형 이야기는 한 지아비를 둘러싼 선처와 후처 혹은 처와 첩 사이에서 벌어지는 갈등이 서사의 주요 골격을 이룬다. 그런데 흥미로운 것은 한일 쟁총형 서사가 갈등의 주범 및 가정 파탄의 원흉을 정반대로 지목한다는 점이다. 즉, 한국 고전문학에서 처첩간의 갈등을 유발하고 악행을 저지르는 것은 첩 또는 후처인데 비해[11], 일본 쟁총형 서사에서 악녀의 자리는 대개 첫째 부인이 차지한다.

한국 쟁총형 소설의 정실 부인들은 지성과 외모, 덕행을 두루 갖춘 완벽한 여인상으로 그려진다. 투기는커녕 본인이 나서서 남편에게 첩들이기를 권유하며 [『사씨남정기謝氏南征記』, 『양풍운전楊豊雲傳』 등], 첩의 어려운 처지를 동정하고 알뜰히 살핀다. 심지어 자신을 모

---

11 본처가 첩을 질투하며 악행을 벌이는 고소설 작품을 찾자면 『양기손전』 정도를 꼽을 수 있는데, 이러한 작품은 극히 드물다.

함하고 온갖 악행을 저지른 후처를 다시 맞아들여 함께 살기도 한다
[『옥린몽玉麟夢』, 『조생원전趙生員傳』 등].

이에 반해 후처나 첩들은 예외 없이 적처를 모함하여 내쫓고 집안
을 파탄시키는 악행을 서슴지 않는다. 더구나 많은 작품에서 이들은
태생적으로 음탕하고 교만하며 천박한 욕망에 쉽게 빠지는 인물로
그려진다. 다음은 조선 후기 소설 『정진사전鄭進士傳』(작자, 성립연대 미
정)에서 첩 일지一枝의 용모와 사람됨을 묘사하는 부분이다.

> 천성이 반절반절하니 모진 짓을 할 것이요. 관골이 솟았으니 뺏독
> 성을 잘 낼 것이요. 눈썹이 거스럼하니 용심도 있을 것이요. 눈이 둥그
> 레하니 희롱도 있을 것이요. 귀문이 열렸으니 남의 말을 잘 들을 것이
> 요. 코끝이 소돔하니 보리가 다 열 것이요. 인중이 잘렸으니 성정이 괴
> 팍할 것이요. 입수부리 들려 부었으니 거짓말도 잘 할 것이요. 턱이 풀
> 렸으니 주전부리 못 참을 것이요. 웃을 적에 눈부터 웃으니 사람을 잘
> 홀릴 것이요. 걸음을 걸을 적에 뒤를 흘끔흘끔 돌아보니 여우가 도망
> 가는 모양 같아 대저 길인吉人은 아니라 필경에 집안의 무슨 일을 낼
> 것이니…[12]

한편, 일본의 경우 투기에 눈이 멀어 다른 부인을 괴롭히고 심지
어 죽음에 몰아넣는 것은 거의 언제나 첫째부인, 혹은 전처의 역할
이다. 이렇게 처첩에 대한 한일 문학의 인물조형 방식은 완전히 반

---

12 강영숙 역주 『김광순 소장 고소설 100선 정진사전·안락국전』, 박이정, 2016, 75-76
쪽. 이하 『정진사전』의 본문 인용은 본 텍스트에 의한다.

대로 전형화되어 있다. 도대체 양국의 문학에서 처첩에 대한 악녀의
자리가 이렇게 정반대로 설정되는 이유는 무엇일까?

한국 쟁총형 소설에서 첩들이 정실을 모함하고 급기야 가정을 파
탄지경으로 이르게 하는 주된 이유에 대해 선행 연구에서는 "그들이
사회적으로 비천한 대우를 받아야 하고 자식들까지도 서자라는 사
회적 멸시와 불이익을 당하는 사회구조적 모순"[13] 때문이라고 지적
한다. 주지하다시피 조선의 법률은 종모법從母法을 적용하여 어머니
가 적처가 아니거나 양반이 아닌 경우, 또 재가再嫁한 여성인 경우 그
자손들은 문과 생원 및 진사시험에 응시할 수 없었다. 조선의 양반
가문에서 적처에게 아들이 없으면 양자를 들일지언정 첩이 낳은 아
들로 집안을 잇게 하지 않은 이유도 여기에 있었다. 따라서 "조선이
요구하는 이상적인 가족을 구성하려면 신분이 훌륭한 적처의 존재
가 절대적으로 필요했고, 조선의 양반 가문은 이러한 정식 부인을
존중할 수밖에 없었다"[14].

이렇게 적서嫡庶를 철저히 차별하고 적처만을 중히 여기는 사회상
을 배경으로 적처는 현부, 후처(또는 첩)는 악녀라는 문학적 이데올로
기가 탄생한 것이다. 조선의 가정소설이 거의 모든 후처(첩)에게 악
녀의 이미지를 씌우고 적처를 이상적 여성으로 추켜세우는 것은 그
러한 문학적 이데올로기가 작용한 탓이다.

그런데 전근대 사회의 일본은 한국만큼 사회 제도적으로 적처의

---

13 김귀석, 앞의 책, 31쪽. 이 외에도 많은 연구자들이 한국 쟁총형 소설의 이러한 선
　　악 구조가 조선 사회의 적서 차별에서 기인한다고 보고 있다.
14 이순구 『조선의 가족, 천 개의 표정』, 너머북스, 2011, 50쪽.

지위가 확고하지 않았고, 적서의 차이가 심하지도 않았다. 또 이혼하는 여성, 재혼하는 여성의 비율도 같은 시기 조선에 비해 꽤나 높았던 것 같다. 일례로 17, 8세기의 혼인 실태를 보여주는 「간세이 중수제가보寬政重修諸家譜」[15]에 수록된 미카와국三河国의 마쓰다이라松平가문의 사례를 보면, 17, 8세기 동안 이 집안의 여인 중 이혼율이 약 10%, 그 중 재혼율이 50%에 달하는 것을 확인할 수 있다. 역사학자 와키타 오사무脇田修는 이러한 예를 들어 근세 일본 사회에서 일부종사의 유교적 관념이 강조되기는 했어도 현실에서는 '이혼과 재혼에 대한 반감이나 주저가 그리 높지 않았다'고 주장한다[16]. 이러한 현실 하에서 한 집안의 아내의 지위는 남편의 애정도에 따라 달라지게 마련이다.

그렇다면 선처와 후처, 처와 첩 중에서 누가 남편의 애정을 차지할 확률이 높을까? 당연히 새로운 사랑인 후자 쪽일 것이다. 이와 관련하여 시대가 좀 거슬러 올라가긴 하지만 11세기 선처와 후처를 바라보는 남편의 시선을 코믹하게 묘사한 문학 작품에 『신사루각키新猿楽記』[17]가 있다. 여기에서 남성 주인공 우에몬조右衛門尉는 젊은 셋째 부인에게 다음과 같은 애정을 드러내 보인다.

---

15 간세이기(寬政期, 1789-1801) 당시 무가(武家) 가문에서 막부에 올린 족보.
16 〈寬政重修諸家譜〉 사례를 통한 근세시기 여성 이혼 및 재혼에 관한 연구는 脇田修 「幕藩体制と女性」, 女性史総合研究会 編『日本女性史3—近世』, 東京 : 東京大学出版会, 1984, 22-25쪽 참조.
17 『신사루각키(新猿楽記)』에 묘사된 아내상에 대해서는, 김난주 「일본문학에 나타난 일부다처제하 여성상 고찰을 위한 試論-上代에서 中世까지-」, 『동방학』, 2013, 296-300쪽을 참조 바람.

낮이면 낮마다 밤이면 밤마다 운우지락에 빠져 사니 눈을 찔러도 아프지 않고 재산을 다 주어도 아깝지 않다. … 만인의 조롱에 머리를 저으며 두 처의 질투에는 귀를 막으리. 장생불사의 약, 장생의 비법으로 이 젊은 아내보다 나은 것이 있을까?[18]

이에 반해 후처를 질투하는 첫째 부인에 대해서는 "눈동자는 독사같고 얼굴은 악귀가 노려보는 것 같은 얼굴"[19]이라 욕을 하며 정나미가 떨어진 지 오래지만 아이들의 어미라 어쩔 수 없이 참고 산다고 말한다. 이렇듯 일본 고전문학 전통에서는 선처를 질투의 화신이자 악녀로, 후처를 연약한 희생양으로 그리는 경향이 강하다.

한편, 일본 문학의 이러한 관습을 이해하기 위해 일본 사회에서 오랫동안 이어져온 '우와나리우치うわなり打ち'라는 풍속을 알아 둘 필요가 있다. 우리말로 '후처 때리기' 정도로 번역되는 이 풍속은 고대에서 중세시대까지 행해진 민간습속으로, 전처가 자신의 친지 등을 불러 모아 남편과 새로 결혼한 후처의 집을 습격하고 가재도구를 부수는 등 소동을 피우는 풍습이었다. 1811년 에도江戸 후기의 인기작가 교쿠테 바킹曲亭馬琴이 저술한 수필집 『니마제노키烹雑の記』에는 15, 16세기 이 풍속이 어떤 식으로 행해졌는지가 기술되어 있어 참고가 된다. 이 책에 따르면 전처가 후처의 집에 쳐들어갈 때 미리 사람을 보내 예고를 하고 이 통지를 받은 후처는 지인들을 불러 모아

---

18 藤原明衡 著, 重松明久 校注 「新猿楽記」, 『新猿楽記·雲州消息』, 東京 : 現代思潮社, 1982, 17-18쪽.
19 위의 책, 16쪽.

대비를 했는데, 기본적으로 사람을 상해하는 일은 없고 구경거리로 치부되는 등 오락적 성격도 있었다고 한다. 물론 그 중에는 폭력이 지나쳐 문제를 일으키는 경우도 있었지만 말이다[20].

일본 쟁총형 서사에서 선처가 악녀의 역할을 담당하는 경우가 압도적으로 많은 것은 적처의 지위를 제대로 인정받지 못하는 사회제도적 요인과 함께 이 '후처 때리기' 같은 민간풍습이 반영된 결과라 짐작된다. 그렇다면 양국의 문학은 처첩간의 갈등과 악녀들의 악행을 어떻게 그리고 있을까? 다음 장에서 그 구체적 양상을 살펴보기로 하자.

Ⅲ. 악행의 양상

1. 한국 쟁총형 소설의 경우

한국 쟁총형 소설에서 한 지아비를 둘러싼 아내들의 갈등은 크게 처처의 갈등과 처첩의 갈등으로 나눌 수 있다. 선행 연구에 의하면 처처 갈등과 처첩의 갈등은 그 원인과 전개 과정, 해결 양상 면에서 차이를 드러낸다고 한다. 먼저 처처 갈등이란 선처와 후처간의 갈등을 말하는데, '이 경우 남편의 애정이 전적으로 첫 부인에게 쏠려 있고 이를 질투한 후처가 문제를 일으키는 구도로 되어 있다. 남편의

---

20 曲亭馬琴「烹雜の記」下之卷, 日本随筆大成編集部編『日本随筆大成』第1期21, 東京 : 吉川弘文館, 1994, 490-504쪽 참조.

애정이 선처에게 편향된 것은 선처와의 결연이 애정에 의한 운명적
인 것인데 비해 후처와는 외부의 강권에 의해 애정 없이 맺어졌기
때문이다'[21].

하지만 이러한 구도는 실제 결혼 풍속과는 동떨어진 것이다. 조선
양반가의 결혼이란 남녀의 애정이 아니라 양가의 이해관계나 집안 어
른들끼리의 일방적인 약속에 의해서 맺어지는 경우가 대부분이었기
때문이다. 이러한 현실과는 달리 조선시대 고소설은 적처와의 결혼을
운명적 사랑으로 일관되게 미화하고 있는 것이다. 참고로 처처 갈등
의 대표작으로 『조생원전趙生員傳』, 『월영낭자전月英娘子傳』, 『정을선전
鄭乙善傳』, 『옥란빙玉鸞聘』, 『창선감의록彰善感義錄』 등이 꼽힌다.

또 흥미로운 것은 고소설의 세계에서는 제1부인의 지위가 혼인의
순서가 아니라 첫 정혼자에게 부여된다는 점이다. 일례로 고소설
『월영낭자전』(작자·창작연대 미상)의 경우, 희성과 월영은 어린 시절 아
버지들끼리 정혼한 사이지만 월영의 부모가 비명횡사하고 월영이
죽었다는 소식에 희성이 마지못해 민씨와 혼인한다. 따라서 제1부
인은 민씨 부인이 되고 나중에 결혼한 월영은 후처가 되는 것이다.
하지만 민씨 부인은 아내로서 희성에게 한 번도 따뜻한 대우를 받은
적이 없고 오히려 나중에 들어온 월영이 집안의 대소사를 관리하며
외로운 민씨를 품어 주는 등, 제1부인으로서의 위상을 보여준다. 현
실의 조선 사회는 혼인한 순서에 따라 첫 부인에게 적처의 지위를
보장했으나 고소설의 세계에서는 가장 먼저 정혼한 운명적 여인에

---

21 한상현, 앞의 논문, 21쪽 ; 朴慶烈, 앞의 논문, 94-95쪽.

게 제1부인의 위상을 부여하는 것이다.

한편, 처첩이 갈등하는 경우에는 남편의 애정을 받고 있으면서도 가정 안에서의 더 나은 지위를 보장받으려는 탐욕으로 인해 첩이 악행을 일삼는다. 대표작으로는 『사씨남정기謝氏南征記』, 『정진사전鄭進士傳』, 『창선감의록彰善感義錄』, 『양풍운전楊豊雲傳』, 『쌍선기雙仙記』 등이 꼽힌다[22].

한국 쟁총형 서사에서 후처(또는 첩)가 행하는 악행의 유형은 크게 세 가지로 정리할 수 있을 것 같다.

첫째, 거의 모든 쟁총형 소설에서 후처(첩)들은 모략을 써서 적처를 축출한다. 그 모략이란 대개 적처가 부정不貞을 저질렀다는 누명을 씌우는 것이고, 그 중에는 남편이나 시아버지에게 개심환을 먹여 변심한 가부장이 적처를 내쫓게 만드는 경우도 있다(『조생원전』, 『소씨전』 등).

둘째, 자식 살해의 악행이다. 후처(또는 첩)들은 의붓자식을 살해하거나 심지어 적처를 내쫓기 위한 수단으로 친자식을 살해하는 패륜을 저지른다. 『정진사전』의 남자 주인공 정창린은 같은 동네에서 친분을 쌓아오던 박씨 처녀와 최씨 처녀에게 짓궂은 장난을 친 인연으로 두 처녀와 동시에 혼인을 하게 되고 이후 일지라는 여인을 첩으로 얻는다. 박씨 부인에게는 아들 금석, 최씨 부인에게는 딸 채순, 그리고 첩 일지에게는 평출이라는 아들이 있었다. 박씨와 최씨 부인이 친자매처럼 화합하고 온화한 성품인데 비해 첩 일지는 두 부인을 내

---

22 처첩 갈등에 대해서는 한상현, 앞의 논문, 21-22쪽 ; 朴慶烈, 앞의 논문, 94-95쪽 참조.

쫓기 위해 갖은 음해를 하다 급기야 의붓자식 금석과 자신의 아들 평출을 살해하고 이를 최씨에게 덮어씌우는 악행을 저지른다.

> 일지가 … 급히 다듬잇돌을 들어다가 평출의 가슴 위에 올려놓고, 다시 후원으로 돌아가 별당에 들어가니 금석이 자는지라 굴대 수건을 풀어 목을 졸라 놓고 천연히 큰방에 돌아와 일을 하는 것처럼 하고 있다가 … 일지가 쫓아 달려가 죽은 것을 두드리고 제 가슴을 두드리며 대성통곡하여, "평출아 평출아. 네가 무슨 죄 있느뇨. 어미를 잘못 만난 탓이로다. 평출아 너를 죽인 년을 나는 안다, 네 원수를 못 갚을쏘냐?"하고 이를 갈며 머리를 산발하고 이리 구르고 저리 구르며 우니 상하 없이 소동이 났다[23].

하지만 죽은 줄 알았던 박씨의 아들 금석은 신이한 여승의 도움으로 환생하고, 그 후에도 죽을 뻔한 위기를 모면한다. 또 모함에 빠진 박씨 부인이나 최씨 부인의 딸 채순 역시 금강산 신령의 도움으로 화를 면하게 되니 결국 헛된 죽음을 맞이한 것은 첩 일지의 아들뿐이다.

또한, 17세기 후반 김만중金萬重이 쓴 『사씨남정기』에서는 첩 교채란의 간부姦夫 동청董靑이 교씨의 아들 장주를 죽이고 사씨 부인에게 그 누명을 씌운다. 이 경우 비록 교씨가 자신의 아들을 살해한 것은 아니지만 온몸에 피를 흘리며 죽어 있는 어린 자식을 보고도 동청을 원망하기는커녕 사씨에게 누명을 씌울 계책을 수행하느라 여념이

---

23 『정진사전』, 89쪽.

없었다. 후에 교씨는 동청과의 사이에서 아들을 낳아 유한림의 자식이라 속여 키우기도 하는데, 그 아들 역시 풍토병에 걸려 허망하게 죽고 만다. 이와는 반대로 갖은 수를 써서 죽이려던 의붓자식 인아는 부처님의 가호로 위기 때마다 구사일생 살아난다. 이렇게 적처의 자식들은 온갖 위험에서도 살아남아 부귀영화를 누리지만 첩의 아들들은 어미의 손에 살해당하거나 속절없이 죽어 나간다. 서출의 아들을 용인하지 않는 사회적 분위기가 문학 작품 안에서 서출 살해라는 형식으로 표상되고 있는 것이다.

후처(첩)들이 저지르는 악행 중 세 번째는 간음과 남편 살해 음모를 꼽을 수 있다. 쟁총형 가정소설에서 후처는 좋은 집안과 미모에도 불구하고 남편의 순정이 첫째부인에게 쏠려 있는 탓에 독수공방의 세월을 보내다 결국 보상 받지 못한 사랑에 절망하며 다른 남성을 갈구한다. 또 첩의 경우에는 남편의 사랑을 받고도 정실 자리를 차지하기 위해 갖은 악행을 저지르다 스스로의 욕망에 빠져 음부의 길을 걷게 되는데, 소설 속에서 그녀들의 인물상은 대부분 천성적으로 음탕하고 천박하게 설정된다.

예를 들어 『정진사전』의 첩 일지는 "본시 기생이라 … 산에 뛰어다니는 산짐승이 방안에 갇힌 모양 … 잠자리에서 사람 품기를 일 년 삼백 육십일 어느 밤인들 아니 그런 적 없다가"[24] 창린이 나랏일로 허구한 날 집을 비우니 스스로 욕정을 이기지 못하고 심복 차돌과 통정通情하는 사이가 된다. 또한 차돌의 친구 봉돌을 시켜 박씨 부인

---

24 『정진사전』, 77쪽.

을 보쌈하려다 어처구니없게 자신이 보쌈을 당한 후에는 술장사를 하며 난봉꾼 봉돌을 부양하는 신세로 전락하는데, 천성이 음탕한지라 장에 돌아다니는 기돌이라는 사내와도 간통을 저지른다.

또 『사씨남정기』[25]의 경우 첩 교채란은 사씨 부인 제거를 도와주는 대가로 남편 유한림의 서기로 일하던 동청과 통정하는 사이가 된다. 뿐만 아니라 동청과 작당하여 엄승상을 이용해 한림을 귀향 보낸 후부터는 집안 재산을 모두 빼돌려 동청과 살림을 차리는데, 여색을 밝히는 동청이 여종을 가까이 할라치면 그녀들을 고문하고 잔인하게 죽인다. 그러면서도 자신은 집안의 식객 냉진과 정을 통하고 동청의 악정惡政이 탄로나 참형을 당한 이후에는 아예 냉진의 아내가 되어 산다. 교채란은 일지와는 달리 사족士族의 딸로 여공女工뿐 아니라 글을 읽어 고인의 행실을 아는 총명한 여인이었다. 그런 그녀가 사씨 모자에 대한 질투심과 정실 자리에 대한 욕망에 사로잡히면서 성적性的으로도 더할 수 없는 파탄의 길을 걷게 되는 것이다.

이밖에도 조선 후기 홍낙술(洪樂述. 1745-1810)이 쓴 『청백운』에서 첩 나교란은 남편 두쌍성이 부인을 잃고도 끝내 자신을 정실 부인으로 맞아주지 않자 서하로 도망가 서하 왕의 후궁이 되고, 『옥란빙』(작자·연대 미상)의 후처 유매영은 남편의 애정을 갈망하였으나 받아들여지지 않자 "음심淫心을 걷잡지 못하고 박시랑朴侍郎의 아들 문충文忠을 흠모하여 음탕방일淫蕩放逸"[26]하니 결국 그 사이에서 아들까지 낳는

---

25 이하 『사씨남정기』의 내용은 정병호 역주 『김광순 소장 필사본 고소설 100선 사씨 남정기』, 박이정, 2016에 의거함.
26 신해진 역주 「玉鸞聘」, 『朝鮮後期家庭小說選』, 월인, 2000, 196쪽.

다. 이렇게 한국 쟁총형 소설의 후처와 첩들은 조선시대 여성들이 목숨처럼 떠받들던 정절의 가치를 헌신짝처럼 내던지는 음부, 탕녀의 이미지로 조형된다.

한편, 드문 경우이긴 하지만 조선 쟁총형 소설 중에는 남편 살해를 시도한 첩이 등장하는데, 대표적으로는 『사씨남정기』와 『옥린빙』을 꼽을 수 있다. 『사씨남정기』의 경우 애초에 교채란과 동청은 한림의 정적 엄승상을 이용해 한림을 반역죄로 몰아 죽이려 하였으나 귀양살이에 그친 것이었으며, 이후에도 자객을 보내는 등 수 차례에 걸쳐 남편 살해를 시도한다. 또한 『옥란빙』에서는 남편 진숙문의 사랑을 받지 못한 유매영이 사람을 시켜 진숙문을 살해하려다 실패한다.

이상에서 보듯 한국 쟁총형 소설에서 후처(첩)들은 투기와 모략, 근친 살인과 간통을 일삼는 철저한 악녀로 조형된다.

2. 일본 쟁총형 소설의 경우

한국 쟁총형 소설에서 후처들의 악행이 모략과 적처 축출, 자식 살해와 간통, 남편 살해 기도 등 다양한 양상으로 전개된다면 일본 쟁총형 서사에서 여인들의 질투는 훨씬 더 심플하고 직선적으로 표출된다. 그것은 다름 아닌 질투를 불러일으킨 장본인을 제거하는 것인데, 상대는 물론 후처(첩)와 남편이다.

예를 들어 13세기 후반에 성립한 불교 설화집 『샤세키슈沙石集 (1279년 성립) 권9의 6화에는 남편의 아이를 임신한 첩을 방에 가두고 인두로 배를 지져 죽게 한 여인이 등장한다. 이야기의 결말은 딸의 죽음을 목격한 어머니가 한을 품고 죽고, 공경 부인 역시 몸이 부어오르는 병으로 고통 받다 죽었다는 것이다. 또 비슷한 시기에 나온 불교 설화집 『간쿄노토모閑居友』(1222년 성립)에는 질투심에 살인귀가 되어 버리는 여인들의 얘기가 많이 등장한다. 그 중 상권 21화에는 부리던 하녀가 남편과 밀통하는 것을 알게 된 부인이 하녀를 죽여 시신을 내다버린 이야기가 나오는데, 끔찍하게도 그 시신은 팔 다리가 잘려나가 큰 통나무처럼 나뒹굴고 있었다고 한다. 또 중세 소설 〈이소자키磯崎〉에서는 부인이 남편이 부임지에서 데리고 온 젊은 첩을 때려죽이는 이야기가 나온다. 이렇게 중세 쟁총형 서사에는 처첩 간의 갈등 끝에 선처先妻가 후처를 살해하는 이야기가 많다.

그러던 것이 근세 쟁총담으로 넘어오면 복수의 양상에 큰 변화가 생기는데, 그것은 다름 아닌 죽음의 칼끝이 후처는 물론 남편을 정조준 한다는 것이다. 예를 들어 1677년에 간행된 괴담집 『쇼코쿠햐쿠모노가타리諸国百物語』 45화에서는 남편에게 박대를 받다 열아홉에 한을 품고 죽은 여인이 원귀로 나타나 후처와 남편 소뵤에宗兵衛를 응징하는 이야기가 다음과 같이 묘사된다.

아내가 죽은 지 7일째 되던 날 한밤중에 죽은 아내가 허리부터 아랫도리까지 온통 피로 물들이고 키만큼 긴 머리카락을 풀어헤친 채 새파란 얼굴에, 이는 검게 칠하고, 부릅뜬 눈을 번뜩이면서 상어 같은 입으로 소뵤에宗兵衛의 침실을 찾아왔다. 얼음처럼 차가운 손으로 잠든 소뵤에의 얼굴을 쓰다듬자 … 하하하 아내가 웃더니 소뵤에 옆에서 자고

353

있던 여인을 일곱 갈래 여덟 갈래로 찢어버리고는 혀를 뽑아 품 안에 넣고 "내일 저녁 다시 올 테니 그 때는 살아생전의 원한을 풀고 말 것이다." ...[27]

결국 다음 날 밤 다시 찾아온 전처의 원혼은 삼엄한 경비 속에서도 침실로 들어가 남편을 둘로 갈라 죽이고는 천정을 부수고 하늘로 올라간다.

또한 18세기의 대표적 소설가 우에다 아키나리上田秋成의 대표작 『우게쓰모노가타리雨月物語』(1776년 간행)에 들어 있는 〈기비쓰의 가마〉 이야기는 그 갈등과 복수의 서사를 다음과 같이 들려주고 있다.

기비국吉備国 가야군賀陽郡 니이세庭妹 마을[28]에 쇼타로正太郎라는 사내가 있었다. 부농의 아들로 태어나 농사일보다 술과 여자에 빠져 살다 부모의 주선으로 신관의 딸 이소라磯良와 혼인을 하였다. 처음엔 쇼타로도 미인에다 일 잘하고 시부모 남편 공양 잘 하는 이소라를 어여뻐하였지만 이내 바람기를 참지 못하고 유곽을 드나들다 유녀 소데袖와 딴살림을 차린다. 이를 안 시부모가 대노하여 쇼타로를 광에 가두자 이소라는 시부모 몰래 쇼타로의 시중은 물론 소데의 생계까지 보살피고 나중에는 소데와의 관계를 정리하겠다는 쇼타로의 말에 돈까지 마련해 준다. 하지만 쇼타로는 아내가 마련해 준 돈을 가지고 소데와 야반도주를 하여 새 보금자리를 마련한다. 그러나

---

27 본문은 김영호 역주 『諸国百物語』, 같은 책, 194-195쪽의 일부 표현을 수정하여 인용한 것임.
28 현 오카야마 현(岡山県) 오카야마 시(岡山市) 소재.

행복도 잠시 첩 소데가 무엇에 홀린 듯 발광을 하고 시름시름 앓다
가 숨을 거두고 만다. 그리고 그 앞에 전처 이소라가 원귀가 되어 나
타난다. 새파랗게 질린 얼굴에 섬뜩하게 쳐진 눈, 뼈만 앙상한 손을
내밀며 다가오는 이소라를 피해 쇼타로는 온몸에 주문呪文을 써 놓
고, 온 집안에 빈틈없이 부적을 붙인 채 42일 동안 근신에 들어간다.
밤마다 거센 비바람 소리와 원귀가 울부짖는 소리를 참아내며 근신
하기를 42일 째. 마지막 새벽 동이 터오자 쇼타로는 길고 긴 악몽에
서 벗어난 기쁨에 밖으로 달려 나가지만, 밖은 아직 깜깜하고 밤하
늘엔 흐린 달이 걸려 있다. 뒤이어 남자의 처절한 비명소리가 들리
고 쇼타로의 집 열어젖힌 방안에 시뻘건 피가 벽을 타고 흘러내려
바닥을 적시는 가운데 처마 끝에 쇼타로의 상투만 매달려 있었다.[29]

　일본 쟁총형 서사에서 남편과 아내, 첩을 둘러싼 애욕의 갈등은
근세시기에 이르러 이렇게 괴담의 양상을 띠고 확산되었다. 그리고
이 같은 근세 환상幻想 문학의 결말은 언제나 피비린내 나는 살인극
으로 종결되는데, 중세문학에서 그 복수의 칼끝이 대개 후처(첩)에
국한되었다면 근세 괴담에서는 남편을 정조준하는 양상을 띤다. 이
와 관련하여 민속학자 이케다 야사부로池田彌三郎는 저서『일본의 유
령日本の幽霊』에서 애첩뿐만 아니라 자신의 남편까지도 살해하는 이
소라의 망령은 "일본 여성 유령의 전통에서 다소 벗어나 있다"[30]고
지적한 바 있다. 또 쓰쓰미 구니히코堤邦彦는 이케다 씨의 지적을 발

---

29 이상은 中村幸彦·高田衛·中村博保 校注·訳,『雨月物語』, 앞의 책, 396~410쪽의 내용
　을 필자가 번역 정리한 것임.
30 池田彌三郎『日本の幽霊』, 東京 : 中央公論社, 1974, 41쪽.

전시켜 "17세기를 경계로 하여 후처의 배제와 말살뿐만 아니라 배신자 남성을 처치하지 않고는 성이 차지 않는 여성 유령이 고전 괴담의 단골 메뉴가 되었다"고 지적하며, 이를 '후처 때리기 룰의 붕괴'로 표현했다.[31]

필자는 근세 괴담문학에서 처첩간의 갈등이 빚은 복수극이 어떠한 양상으로 전개되는지 살펴보기 위해 근세 괴이소설의 원류로 평가받는『쇼코쿠햐쿠모노가타리』를 분석해 보았다. 그 결과 100개의 괴담 중에 11개 이야기가 남편과 처첩의 갈등을 다루고 있는데, 이 중 본처가 죽은 후 원귀가 되어 후처와 남편에게 복수하는 이야기가 8화(8, 29, 35, 45, 47, 61, 94, 96話), 반대로 첩의 원귀 또는 생령生靈이 본처를 죽이는 이야기가 3화(74, 91, 99話)로, 본처의 복수담이 월등히 많음을 확인했다. 이때 본처가 원귀가 된 것은 남편의 학대나 후처에 의해 억울하게 죽임을 당한 것이 원인이 된 경우가 많지만, 그 중에는 자신의 사후에 남편이 재가했다는 이유만으로 원한을 품고 남편과 후처(또는 후처만)를 죽이는 이야기도 있었다(각각 29화, 94화). 아울러 본처의 복수담에서는 후처와 함께 남편을 살해한 경우가 6화로, 후처만 죽이는 2화(94, 96話)의 3배에 달하고 있음을 확인할 수 있었다.

또한 〈기비쓰의 가마〉나『쇼코쿠햐쿠모노가타리』의 이야기를 보면 아내의 복수가 후처에서 남편 순으로 이루어지는 것을 확인할 수 있는데, 이는 복수의 하이라이트, 즉 최종편이 남편에게 있음을 의미한다. 이렇게 근세시대 일본 쟁총형 서사는 괴담이라는 형식과 함

---

31 堤邦彦「女靈の江戸怪談史-仁儀なき後妻打ちの登場」, 앞의 책, 80-81쪽.

께 남편 살해가 그 특징을 이룬다.

그런데 이 두 요소야 말로 조선 쟁총형 소설과는 확연히 구분되는 지점이다. 먼저, 조선시대 고소설에서 원귀가 되는 것은 『장화홍련전』, 『김인향전金仁香傳』, 『정을선전』에서 보듯 계모(후처)로 인해 한을 안고 죽은 전실 자식이지, 처첩갈등으로 죽은 아내가 원귀가 되어 등장하는 경우는 필자가 과문한 탓인지 보지 못했다. 또한 '원귀설화'의 경우에도 억울하게 죽은 전처가 귀신이 되어 복수하는 이야기는 찾아보기 어렵다[32]. 즉 일본 문학에서 쟁총형 서사가 괴담문학의 주류로 흘러간 반면 적어도 전근대시기 한국 쟁총형 이야기는 괴담이나 복수극으로 발전하지 않았다는 것이다.

또한 조선시대 쟁총형 소설에서는 일본과 달리 한 지아비와 처첩을 둘러싼 갈등과 복수가 남편 살해로 끝나는 예는 찾아 볼 수 없다. 『사씨남정기』나 『옥란빙』에서 보듯 드물게 남편 살해를 기도하는 경우는 있어도 모두 실패로 끝난다. 단언할 수는 없으나 박태상의 연구를 의지할 때 한국 소설 문학에서 실제로 남편이 아내에게 살해되는 내용이 처음 보이는 것은 개화기 신문 연재소설 『신단공안神斷

---

[32] 참고로 『한국구비문학대계』에 나오는 원귀설화에는 처첩의 갈등으로 죽은 여인이 원귀가 되어 나타나는 경우는 찾아볼 수 없다(이에 관해서는 조성혁 「원귀설화의 변모 양상 연구-전통적 원귀설화와 현대 원귀설화의 비교」, 건국대학교 교육대학원 석사학위논문, 2000, 1-72쪽 참조). 그런데 드물기는 하지만 조선시대 야담, 필기류에 채록된 민담이나 설화에는 남편의 총애를 받은 하녀를 정실부인이 살해하고 그 하녀가 원귀로 등장하는 이야기가 전한다. 서유영(徐有英)의 『금계필담(金溪筆談)』(1873)에 나오는 동비 이야기와, 이익의 『성호사설』, 정태제의 『국당배어(菊堂俳語)』, 구수훈의 『이순록(二旬錄)』 등에 등장하는 〈득옥 이야기〉가 그것이다. 이러한 사례를 예외적 존재로 할 것인지 아니면 한국 쟁총형 서사가 문헌설화, 구비전승, 소설 장르에 따라 서사구조 면에서 차이를 드러내는 유의미한 증좌로 평가할지에 대해서는 추후 좀 더 면밀한 연구가 필요하다.

公案』(1906년 9월 15일-10월 29일까지『황성신문』에 연재) 26화[33] 정도가 될 것 같다. 다시 말해 근대 이전의 한국 쟁총형 소설에서는 가부장을 죽이는 서사가 용납되지 않았다[34]. 투기하는 악녀들만이 단죄될 뿐이다.

Ⅳ. 한·일 쟁총형 서사의 결말

1. 적처의 승리, 가정의 회복

한국 쟁총형 서사의 결말은 권선징악勸善懲惡과 사필귀정事必歸正의 룰을 그대로 따른다. 후처나 첩의 악행은 브레이크가 망가진 채 음모와 모략, 간통과 살인으로 질주하다 비참한 최후를 맞이한다. 『사씨남정기』의 첩 교씨는 정부 동청이 역모 죄로 몰려 죽자 냉진이라는 사내의 여자가 되어 추위와 굶주림에 떨며 연명하는 신세로 전락한다. 또 냉진이 악행을 일삼다 관아에 끌려가 맞아 죽은 후에는 기녀로 연명하다 유한림에게 발각되고 결국 목 메달아 죽임을 당한다. 그 시신은 거적에 싸인 채 들판에 버려져 까마귀와 솔개의 밥이 되었다. 또한『정진사전』의 첩 일지는 목숨은 부지했으나 걸식과 도적질로 연명하다 잡혀가 광혜원 장터 한가운데서 형틀에 매인 채 사

---

33 박태상「'남편 죽이기 모티프'의 형성·변용 과정에 대한 연구」,『한국 문학과 죽음』, 문학과 지성사, 1993, 300-302쪽.
34 남편살해 모티프가 고소설에서 잘 나타나지 않는데 비해 설화문학에서는 그 예를 어렵지 않게 찾아 볼 수 있다. 하지만 이 경우 이야기의 초점은 간통한 아내의 죄를 밝히고 징치한 현명한 판관에 있으며 처첩간의 갈등에 기인한 남편 살해 이야기는 아니다.

람들의 손가락질을 받는다.

물론 모든 쟁총형 서사에서 악녀의 말로가 전부 비참한 죽음으로 끝나는 것은 아니다. 그 중에는 『조생원전』이나 『옥린몽』처럼 회개를 통해 가족의 일원으로 복구되는 경우도 있는데, 이 경우 그녀들은 대개 첩이 아닌 제2부인으로 왕족의 출신성분을 가지고 있다. 이에 대하여 한상현은, 처대처 구조에서 악녀의 말로는 회개를 통한 재화합이 모색되지만, 처대첩의 유형에서는 악녀로 전락한 이후 추호의 배려도 없는 매몰찬 사형 구조를 보인다고 지적한 바 있다[35]. 즉 악녀의 말로가 그 출신성분에 따라 다르게 설정될 수도 있다는 것이다[36]. 하지만 어쨌든 선처를 질투하고 정실 자리를 차지하기 위한 후처(첩)들의 갖은 악행은 수포로 돌아가고 대부분은 비참한 최후를 맞이한다.

그에 비해 현숙하고 아름다운 첫 부인은 온갖 시련에도 신불의 가호를 받으며 집으로 돌아오고 부귀장생의 해피앤딩을 맞는다. 『사씨남정기』의 경우 복권된 사 부인은 유한림을 설득하여 임추영을 새 첩으로 맞아들이게 하니 사씨 부인의 아들 인아와 임씨의 세 아들이 모두 과거에 급제하여 이름을 날리고, 유한림과 사씨는 부귀영화를

---

35 한상현, 앞의 논문, 22쪽.
36 모든 처대처 구조에서 이러한 화합의 결말이 마련되는 것은 아니다. 『옥란빙』의 경우 남편 진숙문과 정실 자식 백현을 죽이려 한 후처 유매영은 정부(情夫)와 함께 역모에 가담하다 진숙문에게 잡혀 죽음을 당한다. 하지만 『사씨남정기』의 첩 교씨와 『정진사전』의 일지가 마지막 순간에도 변명으로 일관하며 비루한 목숨을 구걸하는 데 비해 유매양은 진숙문을 향하여 "나도 사문일맥(斯文一脈)으로 어찌 이 지경이 되었으리오마는 이는 도시 상공의 박대함이오 첩의 죄는 아니라"고 일갈하는 기개를 보여준다는 점에서 같은 악녀라도 처와 첩의 조형 방식에는 차이가 있다고 할 수 있다.

누리며 팔십 여세를 해로한다. 또『정진사전』의 경우에도 두 부인이 복권되고 헤어졌던 자식 금석, 채순과도 해후하니 가문의 영화가 대대손손 이어진다는 결말이다.

> 박씨는 삼남 이녀를 두고 최씨는 삼남 일녀를 두어 고문거족高門巨族이 성대하여 명망이 일국에 진동하고 계계승승繼繼承承하여 지금까지 그 자손이 조정에 편만遍滿하여 부귀영화 이어지니, 어찌 다시 인간 세상 마치도록 이르지 아니하리오.[37]

이렇듯 악독한 후처와 현숙한 적처 사이의 갈등은 적처의 완전한 승리로 귀결된다. 그리고 적처의 승리는 단순히 첩을 누르고 남편의 애정과 가정에서의 우위권을 확보했다는 개인적 차원에 머무르지 않는다. 위에서 보듯 그 승리는 최종적으로 깨진 가정을 복원시키고 가문을 대대손손 번영의 길로 인도하는데 진정한 의미가 있는 것이다. 즉 한국 쟁총형 서사는 질투하는 후처를 악독하고 가문을 망가뜨리는 존재로, 투기를 모르는 현숙한 적처는 가정을 복구하고 번영의 길로 이끄는 존재로 조형하고 있는 것이다.

2. 원귀가 된 선처와 가족의 붕괴

한국 쟁총형 소설이 권선징악과 사필귀정의 주제를 표방하는 가

---

37 『정진사전』, 130쪽.

운데 현숙하고 자애로운 적처에 의해 가족이 복원되는 결말 구도를 보인다면, 근세 일본의 쟁총형 서사는 사랑을 잃고 배신당한 선처先妻의 질투심과 분노, 복수에 초점을 둔다고 할 수 있다. 그리고 그 결과는 대개 가족의 붕괴와 해체로 귀결된다.

한일 쟁총형 서사는 질투하는 여성을 조형하는 방식에도 차이를 보인다. 즉 앞서도 강조했듯이 한국 고전 문학의 경우 질투하는 후처는 태생적으로 음탕하고 욕심이 많으며 사리사욕을 위해 무슨 일이든 서슴지 않는 악의 전형으로 조형된다. 하지만 일본 고전 문학의 경우 질투하는 여인을 반드시 전형적인 악녀로 묘사하지는 않는다. 예를 들어 앞서 살펴본 〈이소자키〉나 〈기비쓰의 가마〉의 첫째 부인들은 원래 착하고 부지런하며 현숙한 아내들이었다. 그녀들은 남편이 없는 동안 집안을 챙기고 시부모와 남편 뒷바라지를 게을리 하지 않았으며, 심지어 첩의 생계까지 보살피는 어진 아내였다. 그런 아내들이 원귀로 돌변한 것은 단순히 첩을 향한 질투심 때문이 아니라 자신들의 헌신과 인내가 남편에 의해 철저히 배신당했기 때문이다. 근세 후기로 내려갈수록 문학은 이렇게 착한 아내들이 악녀가 되고 원귀가 될 수밖에 없었던 사정을 더 깊게 응시해 준다.

소설은 아니지만 쓰루야 남보쿠鶴屋南北 각본으로 1852년에 초연된 가부키『도카이도요쓰야괴담東海道四谷怪談』은 에도시대는 물론 근현대에 이르기까지 연극과 영화, 드라마로 끊임없이 리메이크되며 인기를 모은 대표적 괴담물이다. 드라마에서 남편 이에몬伊右衛門은 기헤喜兵衛의 손녀를 새 부인으로 맞기 위해 기헤와 짜고 갓 출산한 아내에게 독약을 먹이고 그것도 모자라 다쿠에쓰宅悅라는 간부姦

夫를 매수해 아내에게 간통죄를 뒤집어씌우려 한다. 다음은 이 모든 사실을 알게 된 아내 오이와ぉ岩가 복수를 다짐하며 죽어가는 장면 이다.

> (어머니)의 유품인 이 빗으로 헝클어진 머리라도, 아아 그래, (오 이와 머리를 빗는다. 갓난아기가 울자 다쿠에쓰, 아기를 안아 달랜 다. 머리를 빗어 올리자 머리카락이 산처럼 수북이 떨어진다 …) 언 제 죽을지 모르는 오이와 나 죽으면 곧바로 그 아이와 혼례를 올리 겠구나. 저주스러운 이에몬과 기헤 일가, 어찌 편히 놔 두리오. 생각 할수록 분하고 원통하구나(라며, 손에 힘을 주어 빠진 머리카락과 함께 쥐고 있던 빗을 분질러 버린다). 머리카락에서 피가 뚝뚝 떨어 지고 …[38]

남편 이에몬은 새 여자와 혼례를 하기 위해 오이와가 입고 있던 옷마저 벗겨 들고 나갔다. 자꾸 울고 보채는 갓난아이. 모든 사실을 알게 된 오이와. 독약으로 문드러져 녹아내린 얼굴, 피가 뚝뚝 흐르 는 머리카락을 움켜쥔 채 휘청거리는 오이와의 목에 칼날이 관통하 며 마지막 숨이 끊어진다.

19세기의 연극 『요쓰야괴담』은 이렇게 한 여인이 어떻게 배신을 당하고 비참하게 죽어갔으며 원귀가 되어 나타날 수밖에 없는지 그 과정을 천천히 섬세하게 보여준다. 그리고 배신감에 치를 떨며 죽어

---

38 郡司正勝 校注 『新潮日本古典集成45, 東海道四谷怪談』, 東京 : 新潮社, 1996, 183쪽.

간 여인은 원귀가 되어 피비린내나는 복수를 감행하는데, 그 결과는 가족의 몰살, 해체로 이어진다.

앞서 보았듯이 중세 불교 설화에서는 질투에 눈 먼 아내들이 남편의 사랑을 앗아간 첩들을 잔인하게 살해하고 그 인과응보로 자신 또한 비참한 죽음을 맞이한다. 또 근세 괴담에서는 사랑에 배신당한 선처들이 원귀가 되어 첩뿐만 아니라 남편까지 처절하게 응징하며 가족 구성원 모두가 죽어 나간다. 물론 그 중에는 〈이소자키〉처럼 남편과 부인이 애집愛執의 무상함을 깨닫고 참회하며 불가에 귀의한다는 내용도 있다. 하지만 이 경우에도 어쨌든 가족과 가정은 해체된 것이다.

이렇듯 한국의 쟁총형 소설이 수많은 갈등과 우여곡절을 전개시키다 결론에 이르러서는 예외 없이 가족의 복원을 이야기하는데 반해, 일본 쟁총형 서사는 아내의 복수와 그에 따른 가족의 붕괴를 그리고 있는 것이다.

V. 나가며

한 지아비와 여러 부인을 둘러싼 애정 갈등이라는 동일한 소재에도 불구하고 한일 쟁총형 서사는 악인의 설정과 갈등의 전개 양상, 그리고 결말 구조에 이르기까지 많은 차이를 보인다.

동양적 가부장제와 현모양처라는 유교적 가족 이데올로기를 배경으로 근세시기 한일 문학은 '질투하는 아내'를 악녀로 설정하고 이들이 야기하는 갈등과 비극을 그리고 있다. 그런데 흥미롭게도 한국의 경우, 후처와 첩이 악의 축으로 등장하는데 비해 일본의 경우에는 전통적으로 선처先妻가 악녀의 자리를 차지한다.

조선 사회에서 첩이 단지 남성의 성적 욕망을 채우기 위해 필요한 존재였다면 적처는 가문의 존망과 직결된 문제였다. 조선 후기 쟁총형 소설이 예외 없이 후처를 징벌하고 적처를 복권시킴으로써 가족의 복원과 가문의 부귀영화로 종결되는 배경에는 이러한 사회 시스템이 작동하고 있었다. 결국 조선의 쟁총형 소설이 방점을 두고 있는 것은 가문의 유지와 번영이었으며 그것은 동시기 가부장 남성의 환상이 지배한 서사였다.

이에 비해 근세 일본의 쟁총형 서사는 가정과 가족 구성원의 이야기를 다루면서도 가정의 유지와 번영보다는 개인의 욕망과 좌절, 그 해원解寃에 더 많은 관심을 두고 있는 것처럼 보인다. 가족과 남편에 대한 헌신에도 불구하고 지아비의 사랑을 빼앗긴 여성의 좌절이 어떻게 분노로 바뀌고 피의 복수로 이어지는지 문학은 그 과정을 천천히 응시해 준다. 그러한 점에서 근세 일본의 쟁총형 서사의 시각은 조선의 그것에 비해 여성적이다.

제14장

『剪灯新話』의 悪鬼와 超越의 倫理

―「牡丹灯記」를 중심으로 ―

❀ ❀ ❀

윤 채 근

I. 머리말

『剪燈新話』所載의 「牡丹燈記」는 언뜻 평범해 보이는 悪鬼小說임에도 동아시아, 특히 일본 소설가들에게 창조적 영감을 준 대표작으로 손꼽힌다. 그 매력의 원인은 어디에 있었을까? 너무 당연하지만 악귀가 된 符麗卿이란 미소녀의 존재에 해답이 숨겨져 있을 것이다. 그녀의 어떤 특징이 이 작품을 그토록 강렬한 아우라로 감싸게 됐는지 그 一端을 살펴보려는 게 이글의 목적이다.

우선 부여경이 悪鬼이므로 그녀가 지닌 悪性의 본질을 파악하기 위해 悪의 근본 의미를 검토하고 이를 상식적, 도덕적 통념과 다른 윤리적 초월성의 지평에서 재평가해 보겠다. 아울러 윤리의 초월적

365

차원이 규범적 善惡觀을 넘어서는 데에서 나아가 새로운 實在의 倫理를 선포할 가능성을 정신분석 담론을 응용하여 증명하도록 하겠다.

이상에서 언급한 '실재의 윤리'의 지평이 열리게 되면 도덕적 금기나 규범화된 사랑의 방식을 거부한 부여경의 광포하고 사악한 욕망, 혹은 현실원칙을 超過한 열정의 과잉이 새로운 시각에서 재해석될 여지가 생긴다. 그 변별적 특징을 드러내기 위해『剪燈新話』속 다른 작품들과 비교분석하는 장을 따로 마련했다.

Ⅱ. 惡과 倫理

倫理 차원에서의 惡은 사회적 관습이나 규범에 의거한 道德 차원의 그것과 반드시 일치하지 않는다. 사회적 관습이나 규범은 결국 법률로 문서화되어 고정되기 마련인데 이런 成文法 차원의 악의 문제라면 별도의 논의는 불필요할 것이다. 악의 문제가 법의 지평에서 어떤 모호성도 남기지 않고 깔끔하게 해결되기 때문이다.

악에 대한 본질 질문, 다시 말해 악의 존재 기원에 대한 질문은 관습 규범에 입각한 도덕 판단을 초월해야만 인간 운명에 대한 윤리적 통찰로 발전해나갈 수 있다. 악이 인간성 내부에 착상되어있는, 아니 인간성 자체를 구성하는 성분이며 따라서 주체 외부의 질서인 법의 범위를 벗어나있다는 깨달음으로부터 인간성을 근원적으로 사색하려는 어떤 제로 지점이 발생하기 때문이다. 이 지점에 대한 탐색으로부터 본격적인 윤리의 고민이 출현한다.

법률 차원에서 악을 바라보려는 관점은 행위 주체로서의 개인을 타율적 존재로 소외시키려는 경향이 있고 당연히 윤리적 주체도 전제되지 않는다. 예컨대 소포클레스의 고전 비극『안티고네』에서 보듯, 윤리적 주체는 규범적 사회법으로부터 개인이 분리되려는 순간 발생한다.[1] 규범에 입각한 도덕 판단이 세계에 이미 존재하는 법을 주체에 적용하는 과정의 산물이라면 윤리 판단은 주체의 자유에 의한 자기 결단이라는 특징을 갖는다. 이처럼 윤리적 주체는 선과 악을 자유에 정초해 해석함으로써 스스로의 자유를 증명하는 존재다. 이 문제는 칸트의 정언명령의 세계로 우리를 소환한다.

여기서 칸트가 윤리학에 있어서 중요한 전환을 하고 있음에 주의하기 바란다. 그것은 자유라는 관점에서 도덕성을 본 것이다. 그에게 있어 도덕성은 선악보다는 오히려 자유의 문제다. 자유 없이 선악은 없다……중략……지금까지의 윤리학은 선악이 무엇인가에 대해 논해 왔다. 앞에서 말한 것처럼 그것에는 두 가지의 사고방식이 존재한다. 한

---

1 윤리적 주체의 탄생을 문학적으로 대표하는 사례로『안티고네』를 들 수 있다. 권력투쟁의 와중에 폴리스의 반역도로서 사망한 오빠의 시신을 배장하려는 안티고네가 이를 국법으로 저지하려는 섭정 클레온과 벌이는 쟁투를 그린 이 비극은 헤겔에 의해 '인륜성(Sittlichkeit)'의 의미를 성찰하는 계기로 작용한다. 법률이 지배하는 인륜 영역으로 진입하지 못한 안티고네는 혈육을 매장해야 한다는 친족법의 입장에 서서 폴리스의 법에 대항한다. 이 대항은 人間法과 神法 사이의 아이러니를 만드는데, 안티고네는 인륜으로 구성된 국법의 세계로 넘어가려는 시점에서 갈등하는 초인륜적 인간, 즉 윤리적 주체를 상징하게 된다. 헤겔의 관점은 라캉, 이리가레이, 버틀러 등에 의해 계속 수정되지만 안티고네가 규범에 대한 위반, 즉 죄와 그 죄에 대한 자기의식을 통해 정체성(라캉에 따르자면 죽음 혹은 실재)을 추구하는 인물이라고 보는 점에선 일치한다. 주디스 버틀러/조현순 역 '제2장 불문법, 혹은 잘못 전달된 메시지',『안티고네의 주장』, 東文選, 2005, 53-96쪽

편에 선악을 공동체의 규범으로 보는 견해가 있고, 다른 한편에 그것을 개인의 행복(이익)이라는 관점에서 보는 견해가 있다. 그러나 칸트에 따르자면 그것은 모두 타율적인 것이다. 공동체의 규범에 따르는 것이 타율적이라는 것은 명백하다……중략……그에 비해 칸트는 도덕성을 오직 자유에서 찾는다.[2]

칸트는 도덕성 성립의 근원을 관습적 판단이 소멸해버리는 지점에서 발견하며, 나아가 선악에 대한 인식론적 단절 속에서 오직 자유의지만으로 당위적으로 살라고 요청한다. 이 요청은 인간이 저절로 선해질 수 있는 선험적인 윤리의 동력 따위 없으며 마찬가지로 인간을 악의 구렁텅이로 내모는 절대악도 존재하지 않는다는 회의주의에 기반하고 있다. 우주는 인식론적으로 그러했듯이 윤리적으로도 거대한 어둠에 지나지 않으며 이 어둠에 윤리의 빛을 비추는 것은 주체의 자유로운 결단, 즉 스스로 자연의 이상에 합목적적으로 부응해야 한다는 자기소명에 지나지 않는다.

그런데 선과 악을 파악할 수 있는 자유를 개인에게 줘버린다면 결국은 도덕적 상대주의가 들끓어 마침내 인류는 무정부 상태로 절멸하는 것은 아닐까? 그렇지 않다. 자유란 어떤 행동의 동기를 자기 자신에게서 찾는 것이며 따라서 책임의 소재도 분명히 자기에게 귀속된다. 자유는 책임을 동반하지 않는다면 전혀 무의미하다. 그렇다면 이 책임성은 어떻게 현상해 오는가? 칸트나 라캉식의 용어로 말하자

---

2 가라타니 고진/송태욱 역 '04 자연적·사회적 인과성을 배제한다', 『윤리21』, 사회평론, 2001, 73쪽

면 물자체Ding an sich, 동양사상의 차원에서 보면 物, 레비나스에게는 타자라 불리는 어떤 존재다.

타자는 언뜻 모호한 상태로 존재인 척 하는 존재론적 불일치 혹은 차이이며, 주체 입장에서는 자신의 자유를 제한하는 불편함이다. 무엇보다 타자는 저 자신의 고유성을 주장함으로써 나의 獨存을 부정한다. 이러한 타자의 존재론적 자기주장은 주체로 하여금 타자의 자유를 부정할 수 없도록 하는 딜레마에 빠트리고 마침내 주체의 절대 자유는 기각된다. 나의 자유만큼 상대의 자유도 소중하다. 그리하여 인식론적으로는 그 존재를 확신할 길 없는 타자의 존재를 상정해 그들의 자유를 믿으며 그들과 더불어 공동존재의 세계를 구성하는 단계에 이르게 된다. 이렇게 윤리적 주체는 타자를 통해 완성된다.

이 지점에서 칸트가 제시한 윤리적 주체의 삶이 신이 없는 종교에 근접해 있다는 사실을 깨닫게 된다. 실은 칸트의 비판철학이야말로 우주의 존립 근거를—각기 다른 방식으로—주관이 통치하는 무의미의 왕국에 헌납했던 두 조류, 데카르트의 악마적 회의주의와 흄의 경험론적 세계부정에 대한 객관 측의 대응이었다. 객관의 세계가 유지되지 못하면 인류세계가 부정되고 윤리적 주체가 존립할 여지도 사라진다. 이 객관 세계를 증명해주는 존재가 바로 타자인 것이다.

영혼 불멸이나 사후 세계, 심판과 같은 사고는 부처나 예수라는 인물이 등장하기 전부터 있었다. 그들이 말한 것은 타자에 대한 윤리(사랑 및 자비)였고, 저 세상에서의 구원이나 해탈에 대해 특별히 부정하지는 않았지만 무관심했다……중략……부처는 영혼을 부정하고 윤회를

369

부정하며, 따라서 수행을 부정했다. 그런 의미에서 종교 비판이라 볼 수 있다. 그런데 많은 사람들은 (승려조차도) 불교가 윤회의 사상이라고 믿고 있다. 부처는 수행에 의해 윤회로부터 해탈한다는 발상을 부정하고 단지 타인에 대해 윤리적이어야 한다고 말했을 뿐이다……중략……결국 이것은 칸트에 대하여 서술했던 것처럼 윤리적인 한에서 종교를 긍정한 것이다.[3]

위의 설명은 불교 이전의 자아주의, 즉 브라만교의 아트만atman 사상이나 혹독한 고행을 중시한 자이나교를 염두에 둔 것인데, 윤리적 주체의 존립 근거가 불교의 자비심, 즉 카루나에 있음을 명확히 하고 있다. 자아만이 존재하는 고독한 우주에선 윤리가 불필요하다. 내가 상대할 누군가가 우주 속에 확실히 존재하며 그들이 나와 동일한 의미의 소유자임을 인정할 때 우리는 비로소 자유롭게 윤리적 선택을 할 수 있게 된다.[4] 결국 근본불교의 통찰인 자비―'네가 있어야 내가 있다'는 緣起의 사상―야말로 윤리적 주체의 목적이며 그 핵심은 타자의 존재에 있다.

동아시아 고전소설을 압도적으로 지배한 사상적 원천이 타자의 종교였던 불교였다는 것에는 깊은 의미가 담겨있다. 이는 동아시아 고전소설의 주인공들이 어떤 방식으로건 '타자'라는 윤리 문제에 결

---

3 가라타니 고진 '06 종교는 윤리적인 한에서 긍정된다', 위의 책, 2001, 98-99쪽
4 타자가 없다면 우주의 다양성은 상실될 것이고 다양성이 없는 우주엔 필연[一者]만이 존재할 것이다. 주체의 자유에 대한 의지는 존재의 다양성과 이를 통한 우연성[사건성]이 가능해질 때에야 성립될 수 있는 개념이다. 알랭 바디우/조형준 역 '성찰13 무한성: 타자, 규칙, 타자', 『존재와 사건』, 새물결, 2013, 239-251쪽

부된다는 점과 아울러 그들이 동아시아 세계에 초래된 다양한 윤리적 분규를 해결하려는 존재들이었음을 상징하고 있다.

그런데 동아시아 고전소설 주인공들이 제시하는 善에는 대부분 분명한 규범적 근거가 있게 마련이다. 忠·孝·烈로 대표되는 중세 도덕이념들이 그것들이다. 그렇다면 그들이 추구하려는 윤리적 목적이라는 게 고작 도덕규범의 재확인일 뿐이므로 우리가 상정했던 윤리적 주체는 실종된 것으로 보아야 하는가? 서사의 최종결과만 본다면 그럴 수 있다. 하지만 선이 승리하기까지 주인공들이 겪는 惡體驗을 고찰하면 다른 시각을 얻을 수 있다.

소설에 등장하는 대포적인 악의 양상들로 타자의 명예나 신체에 대한 훼손, 타자와의 부당한 관계 단절이나 왜곡, 또는 타자와 만든 공동체 전체의 파괴 등이 예거될 수 있을 것이다. 하지만 이 모든 사항들은 '他者의 否定'으로 요약 가능하다. 악은 타자가 존재하지 않거나 불확실하게 존재한다는 판단에 기원하며 선이란 이처럼 불확실한 타자의 존재를 자유의지로 승인하고 나아가 확신하려는 윤리적 결단, 즉 慈悲에서 출현한다. 악의 가능성에 저항하는 이러한 인식론적 분투야말로 윤리적 주체의 존재론적 승리일 터인데, 이를 정신분석의 파쎄passe나 불교의 자비 또는 칸트의 실천이성으로 규정하는 데에 아무런 논리적 장애가 없다. 아래에서 이를 기독교의 '사랑'이라는 관점을 통해 구체적으로 논의해 보겠다.

폴 리쾨르는 서구문화에 등장하는 악의 상징적 모습을 흠, 죄, 허물이라는 세 종류로 분류했다.[5] 흠은 병이나 죽음처럼 부정타게 만드는 두려운 물질적 현상들을 지칭한다. 이 현상들에 대한 금기로부

터 윤리 이전 단계의 다양한 신앙 형식과 제의가 형성되고 마침내
응보의식이 출현한다. 흠에 인격적 신이 개입하면 죄가 되는데―물
질적 현상인 흠과 달리―이는 실존의 한 형식이며 신과의 계약과 그
파기라는 원형적 믿음이 전제된다. 따라서 죄로서의 악은 신과의 관
계 훼손과 대화의 단절에 기인한 종교적 위반이라는 의미를 띠는데,
이는 신의 무한한 요구와 이에 따르려는 율법의 증식이라는 악무한
으로 귀결된다.[6] 마지막으로 허물은 인류 공동의 실체적 악인 죄와
달리 개인 안에 내면화된 죄악이다. 그것은 자기 행위의 주인이 된
인간이 종교의 차원을 벗어나 스스로를 벌하려는 내밀한 자의식의
소산이다.

리쾨르가 제시한 세 가지 악의 상징들은 서로 뒤섞이며 삶에 영향을
미치는데 그 근저에는 공통적으로 두려움이 존재하며[7] 그 두려움 안에
는 징벌자로서의 아버지-신이 자리 잡고 있다. 이 아버지-신의 육화가
법인데, 기독교가 사랑의 종교가 되는 것은 그리스도 사건을 탈율법적
[초월적]인 은총으로 재해석한 바울의 혁명이 있고서야 가능했다.

바울의 계획은 보편적인 구원론은 어떠한 법―사유를 코스모스에
연결짓는 법이든 아니면 [신의] 예외적 선택의 결과들을 고정시키기
위한 법이든 상관이 없다―과도 화해가 불가능하다는 것을 보여주는

5 폴 리쾨르/양명수 역 '제 I 부 일차 상징: 흠, 죄, 허물', 『악의 상징』, 문학과지성사,
   1994, 17-156쪽
6 이 신의 무한한 요청을 자기소명에 의한 주체적 요청으로 수정하면 칸트 도덕론
   [윤리학]이 된다.
7 '사람은 두려움을 통해 윤리 세계에 들어가는 것이지 사랑을 통해 들어가는 것이
   아니다.' 폴 리쾨르 '2. 윤리적인 두려움', 위의 책, 1994, 41쪽

것이다. 전체가 출발점일 수도, 또 이 전체에 대한 예외가 출발점일 수
도 없다. 총체성도 표징도 맞지 않다. 오히려 사건 그 자체로부터, 비-
우주적이며 탈-법적인 사건, 어떤 총체성에의 통합도 거부하며, 어떤
것의 표징도 아닌 사건 그 자체로부터 출발해야 한다.[8]

바울에게 세속의 법은 구분하고 차이 짓는 인간적 행위에 지나지
않으며 따라서 그리스도 은총이라는 기적-사건을 무력화시킨다. 기
적은-아버지가 아닌-아들의 구원으로부터 느닷없이 도래해 법의
세계를 파국으로 몰아넣는다. 이 파국은 전체와 예외 혹은 이 사이
를 중재하는 총체성의 어떤 요구로부터도 자유롭다. 시간은 단절되
었고 새로운 법이 포고되었으며 이 새로운 아들-신의 희생[9] 속에 만
인은 평등하게 되었다. 마침내 율법이라는 이름의 죽음은 사랑이라
는 이름의 은총으로 대체되어 버린다.

바울의 기독교는 사랑의 종교이자 이방인들을 위한 우애의 종교
다. 율법으로 고정되어 硬化된 주체의 종교가 아니라 기적으로 빚어
진 타자의 종교다. 타자를 감내하고 나아가 사랑해버리는 것이 이
계시 종교의 목적이다.[10] 이러한 무차별의 평등애로부터 자비[이타]
행으로 나아가는 건 종이 한 장 차이에 불과하다. 주체의 존재 이유
가 타자를 사랑하는 데에 있다면 이는 大乘의 菩薩이 추구하는 行

---

8 알랭 바디우/현성환 역 '04 담론들의 이론', 『사도 바울』, 2008, 새물결, 85쪽

9 아버지는 타자를 위해 희생하지도, 누군가를 사랑하지도 않는 완성된[닫힌] 존재
  다. 따라서 아버지는 사망한 자이며 율법이며 사랑 없는 자이다.

10 신의 은혜가 나의 믿음에 의해 지금 여기서 단숨에 실현된다는 바울의 관점으로부
  터 도덕적 선이 나의 자유로운 선택으로 즉시 실현된다는 칸트 철학의 맹아를 발
  견하는 건 어렵지 않다.

중의 行, 바로 菩薩行과 어떤 차이도 빚지 않는다. 이처럼 他者愛를 실현하는 윤리적 주체[11]의 추구라는 점에서 기독교와 불교 사이엔 간극이 없다.

앞서 악의 등장에는 아버지-법을 위반하는 것에 대한 두려움과 죄의식이 전제되어 있고 이를 청산한 것이 아들의 사랑과 희생이라고 했었다. 따라서 윤리적 주체는 법의 준수와 집행이 아니라 법을 초월한 이타적 自己棄投에서 생성되는 것이다. 놀라운 것은 이런 이타적 사건의 기적이 신의 아들에게서 뿐만 아니라 대중들에게도 일상적으로 벌어진다는 사실이다. 그게 바로-법률의 수호자인 아버지는 더 이상 할 수 없는-아들[인간]의 사랑이다.

모든 사랑은 윤리적인데, 이는 사랑이라는 존재론적 상황이 결국은 이타적 희생과 자기 포기 그리고 타자의 발견[의미화/주체화]으로 귀결되기 때문이다. 낭만적 사랑의 기저에는 기독교적 사랑과 불교적 자비행이 농축되어 있다. 사랑에 빠진 자는 법을 초월하여 아버지를 거역하며 자기마저 포기해 타자를 주체의 자리에 봉헌한다.[12] 이는 사도 바울과 초기 대승교단이 선택했던 윤리적 결단을 반복하는 것인데, 이처럼 누구나 사랑에 빠지는 순간엔 윤리적 주체가 될 수밖에 없다. 따라서 『剪燈新話』의 주인공들이 사랑이라는 일상의 파국에서 윤리적 선택을 강요받는 것은 너무나 당연한 일이다.

---

11 이는 윤리적 타자-주체라고 표현해야 적절할 듯하지만 '타자성을 실현하는 주체'라는 의미로 계속 사용하도록 하겠다.

12 '낭만적 사랑에 빠진 개인에게 그 사랑의 대상인 타자는 단지 그가 딴 사람 아닌 바로 그 사람이라는 이유 하나만으로도 자신의 결여를 메꾸어줄 수 있는 그런 존재이다.' 안소니 기든스/배은경·황정미 역 '3장 낭만적 사랑 그리고 다른 애착들', 『현대사회의 성 사랑 에로티시즘』, 새물결, 1996, 86쪽

Ⅲ. 「牡丹燈記」: 사랑의 윤리와 慾望으로서의 惡鬼

「牡丹燈記」의 표면적 주제는 사랑이라는 '자아 혼란'이 과도한 욕망과 결합됐을 때 폭력이 되고 마침내 도덕의 경계를 벗어난다ー악으로 전화한다ー는 교훈을 드러내고 있다.[13] 줄거리를 살펴보자. 아내를 잃은 喬書生은 어느 날 밤 우연히 符麗卿이라는 미녀와 조우해 사랑에 빠진다. 하지만 그녀는 이미 오래 전 죽은 귀신이었고 둘의 애정행각에 의구심을 품은 옆집 노인에게 정체를 들킨다. 노인의 권고에 따라 부여경이 湖心寺라는 절에 안치된 무연고 시신이라는 사실을 알아챈 교서생은 玄妙觀의 魏法師로부터 받은 부적을 대문에 붙여 여경의 방문을 봉쇄하고 호심사를 멀리한다. 하지만 술에 취한 교서생은 무심결에 호심사 인근 길을 지나가게 되고 마침내 원한을 품은 여경에 의해 살해된다. 악귀가 된 두 남녀는 인근을 출몰하며 사람들에게 해를 끼치는데 위법사의 부탁을 받은 鐵冠道人이 등장해 이들을 징치하여 지옥으로 압송한다.

이 작품에 대한 해석 시각은 다양할 수 있겠지만 여기선 교서생과 부여경 사이에 발생한 사랑이라는 사건에 초점을 맞춰보도록 하겠다. 이미 줄거리에서 드러났듯 교서생의 사랑은 상대 부여경이 사람이기만 했다면 아무 문제가 없었다. 모든 문제는 부여경이 죽어서도

---

13 이러한 과도한 욕망에 대한 경계는 사랑이라는 윤리적 행위 배후에 잠재된 위험성을 경고하면서도 그 위험함이 동반하는 유혹을 드러낸다는 장점 때문에 동아시아 소설의 주요 모티브가 되었다. 특히 「모란등기」는 일본에서 애호된 작품이다. 김영호 「『오토기보코(伽婢子)』의 비교문학적 고찰ー권3의 제3화 보탄토로(牡丹灯篭)를 중심으로」, 『日本學研究』35輯, 단국대 일본연구소, 2009, 169-190쪽

사랑을 포기하지 않았던 존재, 즉 악귀라는 사실로부터 비롯된다. 따라서 귀신이라는 그녀의 신분 속에 이 작품을 읽어낼 키가 숨어 있다. 그녀는 어쩌다 귀신이 됐는가? 또 살해당한 교서생은 왜 그녀와 함께 유령처럼 이승 주변을 배회하고 있는가? 이것이 관건이 되는 질문들이다.

> 라캉이 말하는 '오브제 프티 아'라는 것은 바로 이 보이지 않는 '죽지 않는' 대상, 그리고 욕망의 과도함과 욕망의 탈선을 유발하는 잉여의 대상이다. 이와 같은 과잉은 없앨 수 없다. 왜냐하면 이 과잉이라는 것은 인간의 욕망 그 자체와 한 몸 속에 있는 것이기 때문이다……중략……악은 영원히 되돌아와 우리를 위협하는 것이며, 육체적으로 소멸했어도 마치 마술과 같이 살아남아 우리의 주위를 배회하는 유령과 같은 것이다. 바로 이런 이유에서 선이 악을 상대로 승리를 한다는 것은 죽을 수 있는 능력이고, 자연의 순수성을 되찾을 수 있는 능력이며, 외설적인 악의 무한성으로부터 벗어나 평화를 찾을 수 있는 능력을 의미한다.[14]

부여경이 귀신으로 이승을 떠도는 것은 그녀의 불가능한 숙원, 즉 인간처럼 사랑하겠다는 욕망에 기인한다. 이 욕망 충족이 달성될 수 없는 것이기에 그녀는 교서생을 희생양으로 삼아 현세를 활보하는 악의 화신이 되기에 이른다. 물론 이성을 향한 그녀의 욕망 자체는

---

14 슬라보예 지젝/이현우 외 역 '2 네 이웃을 너 자신처럼 두려워하라!', 『폭력이란 무엇인가』, 난장이, 2011, 104-105쪽

애초 순수한 것일 수 있었지만 불사의 존재가 되어 幽明의 분계를
넘는 순간 이 욕망은 진작 소멸됐어야 할 과잉이 된다. 사라져야 할
것이 사라지지 않으면 그것은 다른 존재를 침해하는 폭력, 즉 악의
作因이 되는 것이다.

그런데 죽기 전의 여경은 이미 악귀로 전화될 소지를 충분히 지니
고 있었던 것은 아닐까? 이 의문에 대한 유일한 단서는 철관도인의
최후 판결문에 언뜻 등장하는 한 구절이다.

> 교씨 집안의 아들은 살아서도 깨닫지 못했으니 죽었다한들 무에 불
> 쌍하겠으며, 부씨녀는 죽어서조차 음란함을 탐하였으니 살아있을 때
> 도 알만 하겠구나.[15]

부여경의 생전 행실은 철관도인의 추측을 통해 재구할 수 있을 뿐인
데, 이때 욕망의 과잉을 뜻할 '음란함을 탐했다(貪婬)'는 발언이 남성과의
교제 횟수를 의미하지 않음은 그녀의 다음과 같은 진술로 확인된다.

> 생각하옵건대 저는 젊은 나이에 세상을 떠나 대낮에도 이웃이 없었
> 습니다. 여섯 혼백은 비록 흩어졌지만 하나의 영혼이 없어지지 않아
> 등불 앞 달빛 아래에서 오백년토록 이어질 부부의 업원을 짓고 말았나
> 이다.[16]

---

15 '喬家子, 生猶不悟, 死何恤焉, 符氏女, 死尙貪婬, 生可知矣.' 瞿佑 著(垂胡子 集釋), 「牡
  丹燈記」, 『剪燈新話句解』卷之上(高大 薪菴文庫本)
16 '伏念, 某, 靑年棄世, 白晝無隣, 六魄雖離, 一靈未泯, 燈前月下, 逢五百年歡喜寃家.' 위
  의 글, 위의 책

　　호심사 승려의 말에 따르면 부여경은 17세에 요절해 시신이 절에 안치된 채 버려졌다.[17] 따라서 죽기 전에 남성 편력을 했을 가능성이 희박하다. 그렇다면 철관도인이 지적한 '貪婬'이란 이웃 없는 상황을 견디지 못하는 그녀의 참람한 외로움, 그리고 이 외로움의 비정상적 충족 형식을 뜻할 것이다. 귀신의 성욕은 그 자체가 과잉이기 때문이다. 그녀는 남성과의 성적 교제를 간절히 열망한 나머지 冤鬼가 되었고 교서생이라는 어리석은 숙주를 발견하자마자 그에게 단단히 달라붙었다. 그렇다면 외로움의 화신인 그녀는 상대를 가리지 않는 욕망 그 자체를 상징하는 것이며 이 욕망 속엔 사랑이 없다.

　　사랑은 욕망의 이기적 충족 과정이 아니다. 그것은 자신의 욕망을 타자의 욕망에 양보하는 행위, 즉 사랑의 감정을 태동시킨 최초의 욕망을 배반하려는 아이러니한 욕망이다. 따라서 사랑은 상대를 가린다. 부여경이 원귀가 된 것은 특정한 상대에 대한 사랑 때문이 아니라 그녀를 외로움에 빠트린 그녀 특유의 과잉, 누군가와 맺어지지 않으면 견딜 수 없는 팽창된 자아 그리고 이에 따른 과도한 자기실현에의 욕구 때문이다. 그녀의 성욕이 그녀를 불사의 존재로 만들었고 자신이 악귀임을 부정하게 했으며 여전히 사람인 척 행세하며 생을 영속시키도록 이끌었다. 따라서 그녀의 존재 자체가 바로 악이다.

　　타자에게 지향되지 못한 욕망은 사랑으로 승화되지 못하며 자기를 향한 광포한 에너지 과잉, 즉 악귀로 상징되는 이기적 보존본능으로만 구현된다. 부여경은 사랑이 너무 많아서 또는 사랑의 대상인

---

17 '寺僧日, 此, 奉化州判符君之女也. 死時, 年十七.' 위의 글, 위의 책

연인들을 지나치게 많이 두어서 징벌되는 존재가 아니다. 타인을 상처 입히지 않는 사랑이라면 많아서 나쁠 게 없다. 오히려 그녀는 사랑이 너무 없어서, 오직 욕망만으로 이승에 남아 타자를 착취했기에 징치되는 존재다.

그렇다면 교서생 쪽은 어떠한가? 이 역시 철관도인의 앞의 언급[18]에 의지해 보도록 하자. '살아서도 깨닫지 못한' 교서생은 중요한 무언가를 죽어서조차 깨닫지 못하는 어리석은 존재다. 그가 깨달았어야 할 건 무엇이었을까? 위의 철관도인의 판결문이 작성되기 직전에 교서생은 다음과 같이 자신의 죄를 고백한다.

> 생각해 보옵건대 저는 아내를 잃고 홀아비로 지내며 문간에 기대 홀로 서있는 적적한 삶을 살아왔습니다. 그러다가 색에 대한 경계를 어기는 죄를 범하였고 너무 많은 것을 가지려는 욕망에 마음이 흔들렸나이다.[19]

교서생의 자아비판은 두 가지로 요약된다. 첫째, 色戒로 대표되는 율법을 어겼다. 따라서 그는 법을 어긴 犯人이다. 둘째, 자기 분수를 넘는 욕심을 부렸다. 홀아비로선 기대할 수 없는 미녀를 탐했고 비현실적으로 찾아온 행운을 의심 없이 누린 그는 과욕을 부린 자다. 이 정도면 꽤 깨달은 수준이라 할 만하지 않은가? 하지만 앞서 본 바와 같이 철관도인은 그를 '살아서도 깨닫지 못해 죽어도 불쌍히 여

---

18 주석 13) 참고
19 '伏念, 某, 喪室鰥居, 倚門獨立. 犯在色之戒, 動多慾之求.' 위의 글, 위의 책

길 필요 없는' 자로 폄하했다. 부여경은 비난받을 죄목이 분명한 적극적 행동 주체였지만 교서생은 그녀의 욕망에 포획당한 우둔한 피해자일 뿐이거나 기껏 從犯에 불과하다는 뜻이다.

철관도인이 교서생을 자신이 무얼 하고 있는지도 모르는 얼간이 쯤으로 무시한 데에는 이유가 있다. 교서생은 살아있을 때 파악했어야 할 무언가를 놓쳤고 죽어서는 이를 더더욱 알 수 없는 처지에 놓여버렸다. 그렇다면 여경은 그게 뭔지 알고 있었을까? 그녀는 분명히 알고 있었다. 그녀는 비록 죽은 몸이었지만 살아있는 교서생보다 더 활동적으로 살아있었으며 끝내 자기 삶을 선택했다. 그것이 잘못된 선택이었을망정 그녀는 자신의 운명을 선택했고 기꺼이 대가를 치렀다. 희생하고 손해 본 건 실은 그녀였다. 교서생을 살해하기 직전 그녀는 이렇게 말한다.

> 첩은 당신과 평소 알지 못하는 사이였지요. 모란 등불 아래에서 우연히 한번 보고 (나를 좋아하는) 당신의 마음에 감동받아 마침내 온몸으로 당신을 모셔서 저녁이면 찾아갔다 아침에 돌아오곤 했었어요. 당신에게 박절하지 않았거늘 어쩌다 요망한 도사의 말을 믿고 갑자기 의혹을 품어 영원히 우리 만남을 끊으려 하신 건가요?[20]

생자의 삶을 완벽히 구현한 여경은 사랑마저도 철저히 모방했다. 물론 교서생에 대한 욕망이 진정한 사랑이었다면 그를 살해하진 않

---

20 '妾與君素非相識, 偶於燈下一見, 感君之意, 遂以全體事君, 暮往朝來. 於君不薄, 奈何信妖道士之言, 遽生疑惑, 便欲永絶?' 위의 글, 위의 책

앉을 것이다. 하지만 상대가 먼저 배신하기 전까지 그녀는 교서생에게 지극히 충실했으며 그를 되찾을 단 한 번의 기회가 찾아오자 망설이지 않고 살해했다. 그녀는 적어도 자신의 운명을 '아는' 자였고 알기에 선택할 수도 있는 자였다.

교서생이야말로 율법에 얽매인 겁보로서 '살아있는 죽은 자'이자 바울이 말한 죽음 편에 선 자다. 죽음에 빠진 자는 선택할 운명이 없기에 주어진 조건에 따라 흘러갈 뿐이다. 따라서 교서생은 세상의 계율을 눈치 보며 자신에게 엄습할 불이익에 예민했던 못난 사내다. 사랑이 없기는 그도 마찬가지였는데 이는 그의 자백문이 증명하는 바다. 교서생이 자신을 범죄자요 과욕을 부린 자라 실토한 것은 여경과의 로맨스를 모조리 부인하는 것으로서 자신이-뭣도 모른 채-선택한 욕망의 운명을 회피하려는 자세에 지나지 않는다. 그가 정직하며 용기 있는 자였다면, 나아가 사랑의 영웅이었다면 여경과의 관계를 범죄 행위로 모독해가면서까지 훼손하진 않았을 것이다. 오히려 죽음의 세계로 건너간 여경을 구하려 하거나 그녀와 함께하기 위해 '사랑의 죽음'을 선택했을 것이다. 그러므로 산 자의 사랑을 더 가깝게 구현했던 것은 여경 쪽이었다.

이제 후대 독자들이 왜 교서생이 아니라 부여경에 끌렸는지, 그리고 이 작품의 인기를 견인하는 존재가 왜 악의 화신인 여경이었는지 밝혀졌다. 우리가 윤리적 파국을 초래한 여경의 사악한 열정에 매혹되는 이유는 그녀의 과도한 욕망이 일상의 윤리를 초월해버리지만 율법에 얽매인 소극적 존재보다 욕망의 실재에 더 가깝게 접근하기 때문이다. 율법을 눈치 보는 자는 왜곡되고 은폐된 형태로만 사랑을 넘볼 뿐이다. 반면에 열정의 과잉은 제대로 된 사랑의 대상을 만나지 못했을 뿐 사랑의 문턱에는 이른 것이다. 예컨대 부여경이 일찍 죽지만 않았다면 그녀의 욕망은 안식처를 찾았을 것이며 그 대상에게 지극한 정열을 쏟아 부었을 것이다. 말하자면 부여경은 烈女의 뒤집어진 표상에 다름 아니다.

사랑의 힘은 세속의 법률, 심지어 생사의 경계마저 넘어서는 과잉에 있다. 물론 보통 사람들은 안전한 율법의 한계 안에서 사랑을 나누지만 이를 초월해 사랑을 실현해버리는 영웅들을 남몰래 선망한다. 그런 숨은 선망을 대신 실현해주는 존재가 소설 속 부여경 같은 인물이다. 이처럼 규범을 넘어서서 욕망의 과잉을 실현하고 스스로 윤리의 주체임을 선포하는 자가 바로 사랑의 영웅인데 놀랍게도 그들의 삶의 메커니즘의 본질은 그리스도와 붓다에 닿아있다.

주체는 종교적 깨달음을 얻기에 앞서 우주의 실재에 직면해 그것을 본다. 상징 질서에 가려져 은폐된 삶의 진상을 그 모습 그대로 목도한다. 이 지점은 율법을 초월하는 覺醒의 단계이고 따라서 超人倫的 혼란 상황이 찾아온다. 라캉은 이를 상징계와 실재계의 충돌로 묘사했다. 상징들로 이뤄진 일상 아래, 언어로 축조된 '환상의 현실[메트릭스]' 아래에 날것으로서의 진짜─不立文字로서의─實在界가 버티고 있다. 문화의 상징 질서가 파열된 틈으로 섬광처럼 등장하는 이 실재계는 과충전된 욕망으로서의 사랑이나 일상을 단절시키는 죽음과 같은 사건을 계기로 현실에 침입한다. 그리고 이 순간하는 주체의 선택에 따라 해당 존재는 聖人이나 超人이 될 수도, 근본악을 실현하는 악마나 범죄자가 될 수도 있다. 선과 악이 동전의 앞뒷면처럼 맞물린 이 위태로운 지점이 니체가 말한 '선과 악의 저편'인 셈이다.

> 악마적인 악, 최고악은 최고선과 구별할 수 없으며, 그것들은 성취된 (윤리적) 행위에 대한 정의들에 다름아니다라는 것을 명시적으로 단언할 것을 제안한다. 다시 말해서, 윤리적 행위의 구조라는 층위에서, 선과 악의 차이는 존재하지 않는다. 이 층위에서 악은 형식적으로 선과 구별할 수 없다……중략……여기서 선과 악의 구별불가능성이라는 것은, 행위라는 이름의 가치가 있는 어떠한 행위건 정의상 '악한' 것이거나 '나쁜' 것이라는 것을 (혹은 그와 같은 것으로서 보여질 것이라는 것을) 단순히 가리키고 있을 뿐이다. 왜냐하면 그것은 언제나 어떤 '경계 넘기'를, 주어진 상징적 질서(혹은 공동체)의 제한들에 대한 '위반'을 나타내기 때문이다. 이는 루이 16세의 처형에 대한 칸트의 논의에서 분명하다. 이는 또한 안티고네의 경우에서도 분명하다.[21]

루이 16세의 처형이나 안티고네의 국법에 대한 도전은 형식적으로는 순수한 폭력이나 위법에 불과하다. 이 행위들엔 악의 모든 조건들이 포함되어 있다. 그럼에도 두 행위는 선을 목적으로 하고 있는데, 그건 두 행위가 추구하는 향유, 즉 주이상스jouissance에 따른 결과다. 주이상스란 자기를 넘어선 타자/신/무한의 요청을 묵묵히 수행하려는 욕망 실현 방식이다. 이는 욕망을 왜곡하거나 욕망 자체를

---

21 알렌카 주판치치/이성민 역 '5. 선과 악', 『실재의 윤리-칸트와 라캉』, 도서출판b, 2004, 147-151쪽

인정하지 못해 병적으로 굴절시킨 충동 실현-잘못된 향유-이 아닌 윤리적인 향유다. 그런데 이러한 향유는 외면적으로는 절대악과 구별이 불가능하다. 따라서, 라캉의 표현을 따르자면, 칸트와 함께 사드를 발견해야만 한다. 칸트와 사드는 동일한 열정과 의지로 규범 너머의 어떤 요청을 자기화하여 이를 도덕적 의무로 수행[주이상스] 하고자 한다. 절차적으로 두 사람 사이엔 차이가 없다. 욕망의 방향 만 달랐을 뿐이다. 이 방향을 결정하는 것이 바로 주이상스의 방식 이고 주이상스가 수행되는 초월적 지평에서 발견되는 윤리가 실재 의 윤리다.[22]

결국 부여경은 교서생이 포기했거나 실패한 주이상스를 시도했 던 인물이며 그런 점에선 안티고네적 인물이다.[23] 다만 그녀의 주이 상스는 사랑이 아닌 죽음 쪽으로, 욕망의 승화가 아닌 욕망의 무한 반복[增殖/不死] 쪽으로 방향을 잡았을 뿐이다. 또한 주이상스라는 관점에서 본다면 그녀야말로 교서생보다 훨씬 더 실재의 윤리에 접 근했던 존재였다.[24] 사랑은 율법을 넘어서는 주이상스이므로, 그녀

---

22 주이상스 차원의 실재의 윤리에서 볼 때 기존의 윤리적 동기주의는 저절로 붕괴된 다. 수많은 악행이 선의 구호 아래, 신의 명령이라는 허울을 입고 행해졌다. 선한 도덕적 동기가 존재하며 이를 경험적으로 구별할 수 있다는 잘못된 논리적 전제야 말로 인류사에 등장한 최고악의 빌미가 되어 왔다. IS 사례가 그러하다.

23 그런 의미에서 부여경에게는 교서생이라는 욕망의 대상a[타자]가-끝내 이 타자 를 부정하려 했지만-확실히 존재한다. 욕망의 대상이 모호한, 그래서 오히려 더 동물적인 교서생에게는 타자 자체가 부재해 있다. 그래서 욕망의 진실에 무지한 교서생이야말로 윤리적으로 더 위험한 인물이다. 그리고 이것이 그가 허깨비처럼 부여경을 수행하며 이승을 떠도는 이유다.

24 종교적 성인이나 현자들이 대부분 초기엔 부여경과 같이 초도덕적인 실재계에서 방황한 존재들이었다는 점을 염두에 두어야 한다. 사도 바울이나 성 어거스틴이 그런 예였다.

가 교서생보다 더 절실히 사랑에 임한 셈이며 윤리의 문턱 앞으로 더 정직하게 돌파해가고 있었던 것이다.[25] 단적으로 이 매력적인 정염의 화신은 '사랑과 죽음'이라는 실재계의 비밀을 알고 있었으며 그런 만큼 더 위험한 유혹자였고 따라서 그녀의 위험성을 봉쇄하기 위해 소설은 위법사와 철관도인이라는 부수적 인물들을 길게 끌어들여 거창하지만 생기 없는 도덕적 결말을 맺어야만 했다.

Ⅳ. 「愛卿傳」과 「滕穆醉遊翠景園記」
: 律法의 승리 혹은 봉인된 慾望

사랑이 주이상스의 형식으로 타자를 승인하고 어떤 동기나 목적 없이 자신을 희생하는 윤리적 행위라면 사랑의 반대말은 증오가 아니라 바로 악이다. 악이란 주이상스 자체의 불가능성이나 잘못된 주이상스에 다름 아니므로 결국 타자를 부정하거나 착취하는 형식으로 발현된다. 거꾸로 세워진 열녀의 모습을 한 부여경의 崇高한 욕망이 사랑의 비밀에 극단적으로 다가갔으면서도 결국 사랑 그 자체에는 실패한 이유가 여기에 있다. 따라서 대부분의 동아시아 고전소설에 등장하는 악은 주체의 욕망이 주이상스를 상실하거나 왜곡된 주이상스를 선택하며 비롯되는 것들이다.

『전등신화』에서 악으로 화한 사랑의 주이상스를 보여주는 애정소

---

25 따라서 안티고네처럼 숭고한 인물이기도 하다.

설은 「모란등기」가 거의 유일하며 그 만큼 희소가치가 높다. 다른 작품들은 이미 도덕적으로 완성된 주체를 보여주는 데만 골몰해 있으며 그들을 박해하는 악인들은 그저 추상적 허수아비들에 지나지 않는다.

「愛卿傳」을 보자. 애경이란 별칭으로 알려진 嘉興의 명기 羅愛愛는 그녀의 천한 신분을 무시하고 구애한 명문가 자제 趙生과 결혼한다. 路柳墻花의 삶을 살던 그녀는 예상과 달리 사대부가 출신 못지않은 현숙한 부인 역할을 제대로 해낸다. 마침 조생은 벼슬을 구하러 大都로 떠나게 되는데, 이 와중에 張士誠의 난이 일어나 애경은 마을을 점거한 劉萬戶라는 자에게 겁탈당할 위기에 처한다. 정절을 지키고자 자결한 애경은 반란이 진압된 후 돌아온 조생 앞에 귀신으로 출현한다. 둘은 마지막으로 동침한 뒤 영별하는데 애경은 자신이 이미 輪廻에 들어 無錫 땅 宋氏 집안 아들로 태어났음을 고지한다. 애경과 헤어진 조생은 무석의 송씨 집안을 방문해 자신을 향해 미소 짓는 사내아이와 감격스러운 상봉을 이룬다.

이 작품에 등장하는 악인 유만호는 그야말로 허접한 쓰레기에 불과하다. 주제를 실현하고 있는 건 기녀 애경의 숭고한 정절이다. 한낱 기녀 출신이 일반인은 범접 못 할 의리를 실현하고 죽는다는 설정은 도덕의 화신인 그녀의 존재를 더욱 돋보이게 한다. 귀신으로 출현한 그녀는 조생에게 자신의 죽음을 이렇게 회고하고 있다.

몸뚱이 하나뿐인 천첩이 살기를 욕심내야 편안해지고 치욕을 참아야만 오래 살 수 있다는 걸 왜 몰랐겠어요? 그럼에도 옥처럼 부서지는 것을 달게 여기고 물에 잠긴 구슬처럼 되기로 결심하여 등불에 뛰어드는 나방이나 우물로 기어가는 어린아이처럼 목숨을 버렸나이다. 이는 저 스스로 취한 일이요 남들에게 받아들여지지 않을까 해 저지른 일은 아니었어요. 대개 남의 아내가 되어 남편을 등지고 집을 버리며 남이 주는 작록을 받고도 주군의 은혜를 잊고 나라를 배신하는 자들을 부끄럽게 여겼기 때문이랍니다.[26]

애경은 부여경과 같은 귀신이지만 주이상스의 대상과 방식을 확고히 지닌 채 죽은 자다. 그녀는 자신의 욕망을 정당하게 투하할 남편이 있고 따라서 이를 지키기 위한 투쟁은 욕망의 발산이 아니라 제거다. 자신의 생명을, 보존욕망을 포기하고 상실함으로써 애경은 선한 주이상스를 구현한다. 심지어 그녀의 목표는 主君에 대한 남성적 忠節을 모방하기까지 한다. 어디서 이런 차이가 빚어졌을까?

부여경과 달리 애경의 주이상스는 율법을 향하고 있다. 애경은 기녀라는 자신의 천한 신분을 벗어나고자[27] 소망했고 조생을 통해 이를 실현했다. 때문에 결혼 이후 그녀가 보인 현숙함은 과도할 정도로 엄밀하다. 그녀는 남들의 시선 때문이 아니라 스스로의 가치관에 입각해 죽음을 취하는데, 율법을 완벽히 체화한 존재가 아니라면 엄두를 못 냈을 일이다. 그녀가 귀신이 된 이유 역시 부여경과는 현격히 다르다.

---

26 '賤妾一身, 豈不知偸生之可安, 忍辱之耐(奈)久. 而甘心玉碎, 決意珠沈, 若飛蛾之撲燈, 似赤子之入井, 乃己之自取, 非人之不容. 盖所以愧夫爲人妻妾而背主棄家, 受人爵祿而忘君負國者也.' 「愛卿傳」, 앞의 책. *(奈)는 규장각 선본에 의해 교정함. 주릉가 교주/ 최용철 역, 『전등삼종(상)』, 소명출판, 2005, 240쪽

27 기녀인 자신을 아내로 받아준 조생에게 감사하는 구구절절한 표현이 소설에 길게 등장하고 있다.

첩은 당신과의 정 깊은 인연이 소중하여 반드시 당신이 오기를 기다렸다가 한 번 만나 속마음을 펼쳐보이고자 원했기에 세월을 지체하고 있었던 거랍니다.[28]

애경은 부부로서의 의리를 끝까지 지키기 위해 귀신이 되었다. 그녀는 자신이 대의를 위해 욕망을 끊어냈음을 남편에게 자랑스럽게 선포하고 나아가 남편에게 善業을 닦을 것을 권면하기 위해 귀신으로 남은 존재다. 그리고 이 임무를 마치자 곧바로 남자 아이로 환생한 자기 육체로 돌아간다. 애경의 이러한 행동들에는 심각한 悲感이나 망설임이 없으며 당연히 윤리적 갈등도 없다. 이로 인해 율법에 토대를 둔 강박적 주이상스로만 무장한 애경에겐 부여경에게 생동하던 것과 같은 윤리적 박진감이 나타나지 않으며 소설적 인물로서의 매력도 현저히 감소해 있다.

이처럼 애경이 도덕적으로 고분고분하게 순화된 인물이 된 것은 그녀가 선과 악의 피안으로 돌파해갈 욕망이 거세된 상태로 주이상스를 수행하기 때문이다. 예컨대 애경은 결혼하자마자 기녀 시절 지녔던 활력과 매력을 잃어버린 채 婦德의 코드에 최적화된 '비욕망'의 인물이 되는데, 이처럼 욕망에 시험당하지 않는 강박적인 소설 주인공이 흥미로울 순 없다. 그렇다면 애경이 욕망 없는 율법의 상징이 된 이유는 뭘까? 그녀가 남성들의 꿈이 펼쳐지는 팔루스적 상상계와 가부장질서의 율법적 상징계가 조합되어 만들어진 인물이

기 때문이다. 따라서 애경에겐 율법에 기초한 남성도덕의 주체성은
존재하지만 실재의 윤리로 나아갈 여성 주체성은 존재하지 않는다.

결국 「애경전」은 철저한 남성적 서사인 셈인데, 그런 점에서 조생
이 동아시아 고전소설 태반을 장식할 전형적인 사랑의 남성-영웅을
구현하고 있는 건 당연하다. 보통 중세의 상징계를 구축한 남성들이
사랑의 영웅이 되는 방식은 무[비존재]였던 여성을 유[존재]로 변화
시켜줌으로써 완성된다. 예컨대 천한[납치된] 여성이나 짐승 혹은
귀신을 온전한 사람으로 대우하거나 해방시켜줌으로써 남성은 성
적, 윤리적으로 영웅에 등극한다. 조생이 귀신인 애경과 첫 대면하
는 장면은 이러하다.

> 홀연 어둠 속에서 곡하는 소리가 점점 다가오는 걸 듣고 이상한 일
> 이 벌어지고 있음을 깨달은 (조생은) 급히 일어나 축원하였다.
> "혹시 아가씨의 영혼이라면 어찌 한번 만나 지난 일 이야기하지 않
> 으려 하십니까?"[29]

조생은 귀신이 된 애경을 두려워하지 않으며 그녀와 거리낌 없이
사랑을 나눈다. 조생의 이런 대범함은 어디서 오는 걸까? 물론 애경
이 한때 자신의 아내였기 때문이기도 하지만 무엇보다 상대를 신뢰
하는 그의 자신감 때문이다. 즉 애경이란 존재가 애초 자신이 귀신
임을 상대에게 숨기면서까지 실현해야 할 은밀한 욕망이 없는 인물

---

29 '忽聞, 暗中哭聲, 初遠漸近. 覺其有異, 急起祝之曰, 倘是六娘子之靈, 何悋一見而敍舊
也?' 위의 글, 위의 책

로 설정되었기 때문이다. 죽음까지 초월한 그녀는 그저 아내로서 출현했을 뿐이며 따라서 자신의 정체를 은폐할 필요도 느끼지 못한다. 윤리적 선택에 직면한 건 오히려 남성 쪽이다. 한때 아내였던 귀신을 사람으로 대우할지 여부는 그의 손에 달렸으므로 윤리적으로 주체 자리를 차지한 건 바로 조생이다.

이는 「滕穆醉遊翠景園記」의 경우도 마찬가지다. 줄거리는 다음과 같다. 원나라 선비 滕穆은 臨安의 翠景園을 방문했다가 송나라 시절 궁녀였던 귀신 衛芳華와 조우하여 사랑을 나눈다. 그녀를 고향으로 데리고 가 부부로 살던 등목은 과거를 치르러 길을 떠나려던 차에 임안에 다시 가보고 싶다는 방화의 청을 뿌리치지 못한다. 재차 취경원에 당도한 방화는 이승의 인연이 끝났다며 저승으로 사라져버리고 절망한 등목도 세상에 뜻을 잃고 산으로 들어가 버린다. 이 작품에서 등목이 귀신 위방화와 처음 조우하는 장면은 이러하다.

등생이 그녀의 성명을 물으니 미녀가 말했다.

"첩은 인간 세상을 버린 지 이미 오래되었습니다. 스스로 사정을 말씀드리고자 했지만 진실로 낭군님을 놀라게 할까 두려웠습니다."

이 말을 한 번 듣자 (등생은) 그녀가 귀신임을 확인했지만 또한 두려워하지 않았다.[30]

---

30 '生, 問其姓名, 美人曰, 妾棄人間已久, 欲自陳敍, 誠恐驚動郎君, 生(一)聞此言, 審其爲鬼, 亦無懼.'「滕穆醉遊翠景園記」, 위의 책. *(一)은 규장각 선본에 의해 교정함.

애경과 달리 위방화는 남자 주인공과 아무 연고 없는 낯선 인물이다. 그럼에도 등목은 상대에게 어떤 두려움도 느끼지 못할뿐더러 심지어 심각한 고민 없이 귀신과의 부부생활을 결심한다. 이는 위방화가 어떤 성적 권능도 소유하지 못한, 즉 욕망의 뇌관이 제거된 비활성 상태의 존재임을 증명한다. 게다가 위방화는 애경처럼 정절을 구현하는 탁월한 도덕적 인물도 못된다. 어쩌면 그녀는 등생의 풍류인생에 찬조 출연하도록 소환되는 과정에서 자의적으로 창조된 인물일 수 있다.

위방화에게 도덕성이 요구될 필요가 없었던 이유는 무엇일까? 그녀가 부여경처럼 사람처럼 사랑하기를 욕망하지 않는 한 그녀가 귀신이라는 사실은—부여경과는 달리—그녀 자신에게 회복불능의 치명적 결핍이 되며, 따라서 그녀가 남성에게 성적으로 종속되는 순간 일말의 정절에 대한 필요성조차 소멸되기 때문이다. 위방화는 등목을 떠나면 갈 곳 없는 길 잃은 귀신에 불과한 것이다.

그렇다면 유독 애경에게만 도덕성이 부여됐던 까닭은 무엇인가? 앞서 설명한 바처럼 그녀의 도덕적 위상은 그녀의 신원이 '여성'이 아니라 '아내'임을 지시하는 표지자다. 여성의 욕망을 상실한 아내는 정숙성으로만 자기 가치를 주장하며 그러한 한 남성에게 위협적이지 않다. 하지만 이 역시 애경이 귀신이 되는 순간 그 필요성이 사라질 것인데, 산 자들의 세계로 침범해오지 못하는 여귀란 욕망이 봉인된 존재에 지나지 않기 때문이다. 그렇다면 애경이 지녔던 정절은—윤리 차원으로 발전될 가능성은 고사하고—동아시아 고전소설 여주인공에게 '있으면 좋지만 반드시 있을 필요 없는', 형식적으

로 부가된 도덕성이었음에 분명하다.[31]

V. 맺음말

애경과 위방화에겐 있지만 부여경에겐 없었던 것, 또는 애경과 위방화에겐 없었지만 부여경에겐 있었던 건 무엇일까? 무엇이 이들을 대하는 남성들의 태도에 차이를 빚은 것인가? 그건 바로 욕망의 주이상스다. 애경과 위방화에겐 아내로서의 성적 역할이 주는 도덕의 주이상스는 있었지만 욕망의 주이상스는 없었다. 같은 말이지만 앞의 두 여성에겐 욕망의 주이상스가 거세되어 있거나 위험하지 않은 수준으로 순화되어 있으나 부여경에겐 그것이 도덕 너머로 분출해 있다. 때문에 같은 귀신이지만 애경과 위방화는 남성들이 두려워할 존재가 아니며, 오히려 남성들이 윤리적 승자가 될 수 있는 손쉬운 파트너가 되어버린다.

수많은 동아시아 고전소설 속에서 여성은 남성 파트너의 인정에 의해서만 정상적인 인간으로 존재할 수 있었다. 이를 상징하는 윤리적 사건이 죽은 여성과의 만남이었는데, 이때 죽은 여성을 대하는 남성의 자비를 통해 작품 속 사랑이 실현되곤 했다. 그런데 악으로 전화할 위험성을 내포한 위험한 열정이나 욕망의 초도덕적 분출 과정 없는 사랑이란 하나의 의례적 관계로서 죽음에 가깝다. 그런 죽

---

31 그런 정숙성 혹은 도덕성은 남성 입장에서 장식적으로 덧붙여진 扮裝에 불과하다.

음 속에서 욕망을 잃은 여성과 전형적인 부부생활을 하려는 남성은, 은유적으로 표현해보면, 屍姦을 하고 있는 셈이다.

「牡丹燈記」는 성적 충동은 지녔지만 열정은 없는 무능한 남성이 강렬한 욕망의 주이상스를 실천하는 악귀로부터—비록 악의 방향으로 전도되긴 했지만—진정한 사랑의 세례를 받는 이야기다. 이렇게 전도된 사랑이 아름답고 일견 숭고한 것은 여주인공 부여경이 보여준 놀라운 삶이 윤리의 본질에 매우 가깝게 접근했기 때문이다. 따라서 통속적 사랑에 안주하는 우리 독자들은 그녀보다 더 도덕적일 수 있을지는 몰라도 더 윤리적이지는 않다.

한일문화 연구의 새 지평 1

한일문화의 상상력 : 안과 밖의 만남

제15장

17세기 동아시아 연애소설『호색일대남』에 나타난 불교사상 고찰

─『구운몽』과의 비교의 시점을 중심으로 ─

❀ ❀ ❀

정 형

Ⅰ. 머리말

일본근세문학사에서『호색일대남好色一代男』이 기존의 가나조시仮名草子의 문학적 질을 일변시킨 우키요조시浮世草子 장르의 첫 작품이라는 점에서 이 작품의 작가 이하라 사이카쿠(井原西鶴, 이하 '사이카쿠'로 표기함)가 일본근세기를 대표하는 소설가로 평가받고 있음은 새삼 언급할 필요가 없을 것이다. 이러한 평가와 더불어 근세 시가 하이카이俳諧의 가인이기도 했던 사이카쿠에 대해 상식적이고 하이카이적俳諧的인 언설을 기조로 하는 풍속소설 작가라는 평가 또한 일반적이

395

라고 할 수 있다. 이러한 평가는 그의 작품세계 전면前面에 다양한 사상적 깊이나 고뇌가 드러나는 양상을 거의 찾아보기 어렵다는 점에 기인하는 것으로 보인다. 특히 본고에서 다루고자 하는 17세기 동아시아 연애소설이라 할 수 있는 『호색일대남』의 불교사상과의 관련성에 관해서는 일본 특유의 종교현실 공간[1]에서 생존한 작가의 상식적[2] 발상에 의한 소설창작이라는 점에서 사이카쿠의 불교인식에 관해 거의 논의되어 오지 않았던 것으로 보인다. 그런데 과연 사이카쿠의 불교인식을 그러한 범주에서 보는 것이 타당한 것인가? 근세기 일본의 불교신앙의 내실과 관련해 이른바 우키요憂世에서 우키요浮世라는 불교적 세계관의 세속화와 통속화라는 도식적 틀 안에서 사이카쿠의 불교인식을 예단하고 있는 것은 아닌지? 이러한 의문을 전제로 근세기 동아시아의 연애소설과 불교신앙의 전개라는 시각에서 『호색일대남』에 내재된 작가의 불교인식을 새롭게 바라보자는 것이 이 글의 출발점임과 동시에 문제제기이다.

본고에서는 기존의 사이카쿠 소설연구에서 거의 다루어 있지 않은 불교사상과의 관련성에 관해 특히 첫 우키요조시 작품인 『호색일대남』의 작품세계를 중심으로 근세기 동아시아 연애소설과 불교사상의 전개라는 관점에서 다루어보고자 한다. 특히 같은 시기에 생존했던 서포 김만중(西浦 金萬重, 1637-1692이하 '서포'로 표기함)의 대표적 소

---

1 근세 권력층의 종교통제 정책, 기독교와 니치렌슈불수불시파(日蓮宗不受不施派) 탑압, 불교의 의례화(葬式佛教)와 세속화의 경향 등을 말한다.
2 일반적으로 일본고전에서의 구도적(求道的)인 불교문학 연구는 대륙으로부터 불교가 수용된 이후의 상대, 중고, 중세시대의 작품을 주 대상으로 해 왔고, 근세문학에 관한 연구는 희작성이 강한 통속적 작품이 주류라는 이유로 거의 다루어지지 않았던 것으로 보여진다.

설『구운몽九雲夢』의 작품세계를 비교(대비)의 시점에서 바라봄으로써 그간 일본에서도 거의 다루어지지 않았던 『호색일대남』에 내재된 불교인식의 내실을 밝혀내고자 하는 것이 이 글의 지향점이다.

Ⅱ. 비교(대비)의 시점에서 보는 『호색일대남』과 『구운몽』

두 작품『호색일대남』과『구운몽』을 비교(대조)의 시점에서 보고자 하는 이유는 다음과 같다. 두 작품에는 17세기에 들어와 동아시아에 본격적으로 나타나는 통속소설적 요소가 보인다는 점, 두 작품 모두 가나와 한글로 쓰여져 한문에 익숙하지 않은 서민들도쉽게 작품에 접할 수 있었다는 점, 두 작가가 거의 비슷한 시기에 생존하고 두 작품이 거의 비슷한 시기(1682년, 1689년)에 창작되었다는 점, 두 작품의 내용이 '연애'와 '불교'라는 키워드와 관련을 맺는다는 점, 한국과 일본은 전통적으로 대승불교가 뿌리를 내린 나라들로서『금강경』을 전면에 내건『구운몽』은 물론이고 근세기 서민불교의 생활권에서 생존했던 사이카쿠의 소설에서도 불교의 정신세계[3]는 중요한 키워드라는 점, 두 작품을 비교(대비)의 시점에서 바라보고자 하는 연구가 그간 거의 없었다는 점 등을 들 수 있다. 특히 일견 상충적으로 보이

---

3 양 작품의 연구사에서『구운몽』은 사상적, 문학적 배경에『금강경』이 있음이 지적되어 왔고,『호색일대남』은 법화종(法華宗, 日蓮宗) 이나 정토진종(淨土眞宗) 등 서민불교의 존재가 지적되고 있어서 양 작품 모두 불교와의 관련성은 비교의 대상이 될 수 있다. 특히 불교설화문학이 아닌 풍속소설의 장르 안에서 작품 전면에 불교사상을 주제로 내세운 것은『구운몽』이 거의 유일한 작품이라는 점도 주목할만 하다.

는 성(연애)과 종교(불교)라는 주제가 두 작품에서는 상호보완적 키워드로 나타나고 있음에 주목하고자 한다.

이하 이상과 같은 문제제기의 내용을 조금 더 상세히 살펴보기로 한다.

15세기에서 18세기에 걸친 이른바 서양의 대항해시대의 여파로 동아시아 각국의 교류가 가속화된 것은 잘 알려져 있다. 중국은 명에서 청으로 왕조교체가 이루어졌고, 조선은 일본의 조선침략전쟁(1592-1598), 청의 침략(병자호란)을 받아 극심한 사회변화의 계기를 맞았다. 이후 성호학파와 북학파로 이어지는 실학의 대두 등에 의해 이른바 중화사상을 근간으로 하는 화이질서와 책봉체제 등이 동요하기 시작했고 일본 도쿠가와 봉건체제 하에서 조선과 유일하게 외교관계를 맺고 안정적인 에도시대로 접어들었던 동아시아 정세에 관해서는 새삼 언급할 필요가 없을 것이다. 특히 17세기 전후에는 동아시아 삼국(한일중)의 농업생산성 향상, 화폐중심의 상품경제로의 비약적인 발전, 상인계층의 성장, 도시화의 진전, 상인계층 등을 중심으로 한 서민문화 발달과 문학작품의 간행 등 문예대중화[4]를 수반하는 본

---

4 중국은 명, 청대의 상업경제 발달에 따라 유인(儒人)과 상인을 겸하는 계층이 늘어남으로써 상인의 지위향상이 이루어졌고, 일본은 전국시대 이래 상인층이 본격적으로 등장해 17세기 후반기에는 상인(町人)들이 교토, 오사카, 에도 등 거대한 소비도시의 주요 계층을 형성했고 이들 안에서 유학자, 의사, 시인이나 소설가, 예술가 등이 많이 배출되었다. 한편 조선의 경우, 중국이나 일본과 비교해 전통적으로 사농공상의 계층질서가 공고했고, 두 차례에 걸친 전쟁의 후유증으로 인해 상대적으로 상업발전의 속도가 늦고 규모가 크지 않았지만 17세기 후반에는 상권이 확대되고 한양의 상공업도시화와 더불어 사상(私商)들이 대두하면서 계층분화를 통해 18세기에는 상인과 역관들이 대자본을 축적하는 상인(都賈)으로 등장하기에 이른다. 이영훈『수량경제사로 다시 본 조선후기』2004년, 서울대학교출판부, 동양사학회편『역사와 도시』2000년 서울대학교출판부, 권인혁『조선시대 화폐

격출판시대가 도래했다. 이와 같은 흐름 안에서 사이카쿠(1642-1693)와 『구운몽』의 작가 서포(1637-1692)는 거의 비슷한 시기에 생존했고 각자 근세기 양국문학사에서의 대표적인 소설가라는 점에서 비교(대조)연구의 의의가 있다고 볼 수 있다. 서포는 유학서, 불서, 패서 등과 같은 중국의 문헌을 대량 입수해서 다양한 저술을 한 사상가적 문인이었으나 그의 저술 『서포만필』을 보면 서적과 같은 일본의 문물에 언급하고 있는 내용은 보이지 않고, 사이카쿠는 중국과 조선의 다양한 서적류를 보았을 가능성은 높으나 두 사람[5]이 서로의 존재를 알았을 가능성은 없었을 것으로 보인다.

17세기 전후의 동아시아 삼국에서는 각국의 상업발전을 배경으로 통속적 경향을 띠는 소설이 본격 출현하였고 특히 연애소설이 많이 창작되었다. 이 시기 이전의 동아시아 문학의 중심장르는 한시, 시조, 와카和歌 등 서정시가 차지하고 있었고, 통속성이나 상업성을 동반하는 소설양식은 주변적 장르였으나 이 시기에 이르러 서민들을 독자층으로 하는 통속적 서사문학이 본격적으로 출현하는 것이 하나의 흐름으로 정착했다. 그 예로서 중국의 금병매金甁梅나 조선의 『九雲夢』과 같은 연애소설, 일본은 『호색일대남』 등이 있다. 조선시대 문학작품에 등장하는 연애는 이성애異性愛로 한정되었으나, 『호색일대남』 등의 사이카쿠의 작품에서는 연애의 패턴으로서 이성애와 더불어 동성애의 예도 빈출하고 있어 흥미로운

유통과 사회경제』 景仁文化社, 2011년 등 참조.
5 두 사람의 pen name인 호가 '西鶴', '西浦'로 '西'가 사용되고 있음은 우연의 일치로 봐야 하겠으나 서방정토의 이미지를 환기시키고 있다는 점에서 억측에 불과하지만 흥미롭다고 하겠다.

대조[6]를 보인다.

조선기 소설은 주로 한문으로 창작되었고, 한글로 간행된 작품 대부분이 작자미상임에 비해 『구운몽』은 작자가 밝혀져 있고, 한문본과 한글본이 동시에 간행된 조선시대의 대표적 소설이라고 할 수 있다. 선비는 한글로 저술을 하지 않았고, 불교나 패서稗書를 멀리하는 것이 일반적이었으나 서포는 이에 관해 큰 관심을 보였고 한문과 더불어 한글로 소설집필을 시도했음은 주목할만 하다. 다음 장에서 상세하게 기술하겠지만, 이는 서포가 유교가 지향하는 합리적 현세관의 한계성과 엄숙주의적 문학관을 벗어나 이른바 허구를 통한 쾌락적 문학의 효용성을 인식하고 있었음을 의미한다. 『구운몽』은 서포의 이러한 지적 유희의 소산이었다고 볼 수 있다. 또한 『구운몽』은한국의 고전소설이 번안의 형태로 일본에서 재창작된 몇 안 되는 작품이다. 현재의 아사히신문朝日新聞의 전신인 도쿄아사히신문 지상을 통해 1894-1895년에 이 주필이었던 고미야마 덴코小宮山天香에 의해 『무겐夢幻』[7]이라는 번안작으로 연재되었으나 현재까지 일본의 연구자들에게는 거의 주목받지 못했다. 쓰시마 출신의 소설가 나카라

---

6 한일간의 이러한 연애담의 차이와 문화적 배경을 지적하고 있는 연구는 현재 거의 찾아볼 수 없다.
7 『구운몽』 외에 근세 전기 아사이 료이(浅井了意)의 『오토기보코(御伽婢子)』 창작에 영향을 미친 『금오신화』와 근대기에 일본에 번역소개된 『춘향전』 등을 들 수 있는데, 전통적으로 중국의 고전문학 작품의 영향을 받아온 한국의 고전문학작품이 타국으로 전파된 예가 많지 않다는 점에서 『구운몽』은 주목할만한 작품이라 할 수 있다. 『무겐』 연구는 Ueda Hiroaki, 「『九雲夢』이 日本文学에 受容된 過程과 그 影響」, 경북대학교 대학원 국어국문학과 박사학위논문, 2004., 塚田満江, 「『夢幻』考-『九雲夢』との比較」, 『論究日本文学』48, 立命館大学日本文学会, 1985. 등이 있으나 이후 연구는 거의 진척되고 있지 않다.

이 도스이(半井桃水, 1861-1926)[8]가 소장한 『구운몽』을 입수해 번안한 것으로 알려져 있다. 또한 근대 일본의 대표적인 여성소설가 히구치 이치요樋口一葉도 도스이로부터 『구운몽』의 한문본을 입수해 읽었고, 그녀의 작품세계에도 이 작품이 적지 않은 영향을 미친 것으로 알려져 있음에도 『구운몽』을 둘러싼 나카라이 도스이와 히구치 이치요 및 고미야마 덴코의 문학세계에 관한 일본 연구자들의 관심은 현재까지 미미한 것으로 보인다. 이 배경에는 한국고전에 관한 일본연구자들의 무관심 내지는 저평가라는 의식이 자리 잡고 있는 것으로 보여진다. 이것은 7세기 후반 이후 드러난 일본적 내셔널리즘이 만들어낸 이른바 일본의 삼국사관[9]의 맥락에 있다고 할 수 있고, 불교수용의 인식도 이러한 범주에 있다고 볼 수 있다. 즉 일본의 국제인식은 한반도를 사상捨象한 천축天竺-진단震旦-일본의 세 축으로 세계를

---

8 도스이는 도쿄아사이신문 기자로 한국어 어학력이 있어 7년간 부산에 주재한 적이 있으며 이 때 구운몽 등의 한국고전작품을 입수한 것으로 보여진다. 도스이의 연인이었던 이치요는 구운몽의 작품세계에 매료되어 작품 전체를 필사했을 정도였다고 한다. 그 후의 이치요의 작품세계에 미친 구운몽의 영향에 관한 연구는 최근 일본에서 유학한 한국인 연구자들에 의해 밝혀지고 있다. 李政殷「一葉文学における朝鮮文学『九雲夢』の受用」人間社会環境研究 第21号 金沢大学紀要 2011. 3

9 나당연합군에 의해 백제가 멸망한 7세기 후반 이후, 왜는 신라를 가상 적국으로 간주, 타자화함으로써 일본적 내셔널리즘을 고양시켜 갔다. 『일본서기』에서 기술되는 신공황후의 신라정벌의 허구적 내용 등이 그 대표적인 사례인데, 애초에 보이지 않았던 신도의 내셔널리즘적 요소도 이 시기 이후에 배태되었다. 이러한 경향은 중세기 여몽연합군의 일본정벌 시도를 즈음해 본격화된 것으로 보인다. 이러한 흐름과 궤를 같이 하는 것이 불교전파의 문제이다. 사토 히로오(佐藤弘夫)는 일본의 불교전래는 주로 백제에 의해 전파되었지만 고대기 신도의 형성과정, 즉 신국 일본의 불교 수용 이후의 전개과정에서 불교의 전파는 인도-중국-일본이라는 삼국사관에 따른 추상적 관념성을 내세움으로써 한반도의 역할과 존재가 결락, 사상(捨象)되기 시작했음을 지적하고 있다. 佐藤弘夫(2006)『神國日本』5「中世的神国思想の関連性」, ちくま新書, 鄭濋(2016)「일본근세문학의 신화 수용과 변용-근세전기 시민작가 사이카쿠의 내러티브를 중심으로-」『日語日文學研究』99輯2권 참조.

파악해 문화적으로 서열화하는 일본적 소중화주의라고 할 수 있는데, 조선 또한 일본의 문화를 주로 소중화주의의 관점에서만 인식해왔음은 잘 알려져 있다. 이와 같은 부조화의 극복을 위해서도 향후한일 문화연구의 방법론으로서 비교와 대조의 연구의 필요성은 아무리 강조해도 지나치지 않을 것이다.

이 글의 지향점은 근세기 한일의 불교사상이 두 작가의 작품세계에 어떤 양상으로 나타나고 있는지를 인식함과 동시에 이러한 인식의 비교를 통해 두 작품을 어떻게 흥미롭게 읽어나갈 수 있을 지를모색하는데 있다. 양 작품은 한일 근세기의 대표적인 소설로서 그간방대한 연구가 이루어져 왔는데, 『구운몽』의 경우는 사상적 배경으로서 불교와의 관련 특히 『금강경』과의 관련성에 관해 많은 연구가있는데 비해 『호색일대남』의 경우 사상적 배경으로서 불교와의 관련성을 논한 선행연구는 많지 않다는 점에서 오히려 주목할 필요가있다. 특히 동 시기의 한일 고전소설에 관한 고찰은 한국 쪽에서 동아시아 소설의 비교연구[10]라는 형태로 여러 편 나왔지만 불교와의관련성을 비교의 키워드로 삼은 논문은 없고, 일본 쪽에서는 불교라는 키워드를 통해 양 작품을 비교한 소메야 도모유키染谷智幸씨의 고찰[11]이 유일하다. 소메야씨는 한국에는 한일비교의 논문이 많은 데

---

10 동아시아에 있어서의 17세기 사회문화사적 시각 혹은 연애소설의 등장이라는 비교의 시점 등에 의한 개설적 내용이 대부분으로 작품세계의 분석을 통한 연구는찾아보기 어렵다.

11 『西鶴小説論』対照的構造と〈東アジア〉への視界 翰林書房 2005년 第二部第三章 東アジアの古典小説と仏教 ―『九雲夢』と仏画・曼茶羅、『好色一代男』と庶民仏教・法華宗참조. 소메야씨는 불화(佛畵)와 만다라와 같은 불교 교의나 경전의 도상이 『구운몽』 성립의 배경이 되었음을 제기하고 있다. 특히 밀교계 경전으로『금강정경(金

비해 일본에서는 거의 찾아볼 수 없는 이유로 한국에서는 호오의 양
면에서 일본에 대한 관심이 높지만 일본에서는 식민지기라는 특수
한 시대상황으로 인해 한국에 관한 관심이 낮다고 지적한다[12]. 소메
야씨의 이와 같은 지적은 타당하다고 볼 수 있겠으나, 앞에서 언급
한 바와 같이 이러한 특수한 상황은 식민지기 이전의 7세기 후반에
서 중세, 근세기에 걸쳐 오랜 기간에 걸쳐 형성되었다는 점에서 뿌
리가 깊다고 볼 수 있다. 어쨌든 최근 한국에서 이루어지고 있는 한
일문화에 관한 비교대조연구는 초보적 연구수준에 머물러 있고, 일
본에서는 거의 이루어지고 있지 않다는 점에 본 고찰의 문제제기적
의의를 확인하고자 한다.

Ⅲ. 『구운몽』과 불교

『구운몽』에 관한 한국에서의 연구는 일본의 『호색일대남』이 그러
하듯이 작품의 유명도만큼이나 실로 방대하게 이루어져 왔다. 이 연
구를 크게 두 분야로 나누어보면 정본과 이본의 양상을 밝히는 연구

剛頂經)』을 도상화한 금강계만다라와 『대일경(大日經)』을 도상화한 태장계(胎藏
系) 만다라의 양계(兩界)만다라가 작품구조와 성립에 중요역할을 하고 있다고 지
적하면서 『구운몽』의 9인의 인물이라는 설정은 이러한 만다라에 그려진 9개의 보
살에서 온 것이라는 흥미로운 추정을 하고 있다. 또한 『호색일대남』에서 드러나고
있는 사이카쿠의 불교인식은 서민불교 특히 법화종의 종조 니치렌(日蓮)의 '一念
三千'의 사고에 영향을 받고 있다고 지적하고 있다.
12 소메야씨는 근대이전의 더구나 학문상의 문제에까지 이러한 상황이 있는 것이라
면 그것은 일본의 학자측의 태만이라고 지적하고 있다.

와 불교사상과의 관련성을 논하는 연구라도 할 수 있다. 본 고찰은 두 작품에 내재된 불교사상과의 대비적 관점을 통해『호색일대남』의 불교관련 양상을 밝히는 것에 주안이 있으므로 이 장에서는『구운몽』의 불교사상에 관련된 기존의 주요 논의를 압축적으로 줄여 다루면서『금강경』과 관련해 작가가 이 작품에 담고자 한 창작의도를 중심으로 살펴보기로 한다.

주지하고 있는 바와 같이 작품의 기본설정은 주인공이 현실에서 이루지 못한 뜻을 꿈속에서 실현하다가 다시 현실로 돌아와 꿈속의 일이 허망한 한바탕의 꿈인 줄 깨닫게 된다는 몽유소설夢遊小說[13]이다. 작가는 이 작품에 담긴 불교사상의 모티브를 이루는 핵심 불경이『금강경』임을 작품 대단원의 말미에서 구체적으로 적시하고 있으므로 기존의 방대한 연구는 현실-꿈-현실을 오가는 몽유소설의 구조를 결국『금강경』과의 관련성의 문제로 귀결시키는, 사상적 배경연구 라고 볼 수 있다. 이 연구들은 크게 1. 삼교교합설, 2. 불교사상설, 3. 불교사상설을 세분해 논하는 윤회사상설과 공사상설, 4. 공사상에 대한 반론 등으로 나눌 수 있다[14]. 1은 삼교가 교합되어 있으나 불교쪽이 우세를 보이고 있다[15]고 하고, 2는 제행무상관을 사상적

---

13 선가의 사문 성진(性眞)이 윤회의 고통을 경험하고자 당의 양소유(楊少游)로 다시 태어나 현세의 부귀공명, 즉 세속적 욕망을 하룻밤의 꿈을 통해 체험한 뒤,『금강경』이 지향하는 대오의 경지에 이른다, 즉 꿈의 내용이 이 소설의 본체를 이룬다는 의미에서 몽유소설이라고 칭할 수 있다.

14 『구운몽』의 사상적 배경연구에 관한 선행연구 요약은 정규복『구운몽연구』Ⅱ 사상적 연구, 보고사 2010. pp.288-344 등을 주로 참고했다.

15 Elspet K. Robertson Scott, Gale 박사의〈구운몽〉(영역본)의 서문 p.13., 김태준의『조선소설사』pp.117-118. 이 내용도 상기 주 14)의 정규복의 저서에 잘 소개되어 있다.

배경으로 하는 불교사상이 기조를 이루고 있다는 견해[16], 3은 『금강경』의 공사상이 핵심을 이룬다는 견해[17]로 상이라고 하는 것에 사로잡히자 성진이 양소유로 태어나, 상이 상 아님을 보자 양소유가 성진으로 되돌아갔다는 것이고 4는 『구운몽』에 내재된 사상이 『금강경』 자체의 사상이라고 볼 수 없다는 조동일의 견해[18]이다.

이상 1234 연구의 방향성은 『구운몽』에 내재된 사상을 『금강경』의 교의와의 대조를 통해 살펴보려고 하는 것이라 할 수 있다. 그런데 작가의 창작의도는 1234의 다양한 연구가 나올 정도로 난해한 『금강경』의 교의를 과연 작품 내에서 구현시키고자 했던 것이었을까? 『금강경』의 선구적 연구자인 스즈키 다이소쓰鈴木大拙의 '즉비의 논리即非の論理' 등을 참고해 보면 이 교의의 깨달음의 레벨[19]은 당시의 신도와 승려 혹은 현대의 우리 연구자들조차 논리적으로 쉽게 이

---

16 박성의의 『한국고대소설사』 p.279 등 다수의 논고가 있고, 이 연구에 관한 소개도 상기 주14)의 정규복의 저서에서 자세히 다루고 있다.

17 주14)의 정규복은 『구운몽』이 공사상을 토대로 하여 『금강경』을 중심으로 이루어진 작품임을 앞 저서 『구운몽연구』에서 상술하고 있다. pp.310-328 참조.

18 『금강경』에서 수보리(須菩提)는 부처의 말을 듣고 깊이 깨우쳐 감격해서 크게 울었다고 하는데, 『구운몽』에서 양소유가 삶의 무상을 깨닫고 성진으로 되돌아가는 대목의 작품묘사는 그 경지와는 다르게 심오하게 느껴지지 않는다는 것이다. 즉 부귀공명의 허망함을 깨달은 성진과 팔선녀가 다시 불법을 닦아 극락세계로 갔다는 것만으로는 보살행으로서 실천의 모습이 결여되어 있다는 것이다. 조동일의 「〈구운몽〉과 〈금강경〉, 무엇이 문제인가」, 정규복 해설 『김만중연구』 새문사, 1983. III-9‒21 참조.

19 이 경은 잘 알려진 바와 같이 수보리가 불법을 얻고자 하는 남녀가 높은 경지의 깨달음을 얻고자 한다면 어떻게 해야 하는 지를 물은데 대한 부처의 대답으로 이루어져 있다. 나한등의 성자, 여래의 깨달음, 교법 등과 같은 전통적인 근본교의를 일정의 부정형식에 의해 하나하나 비판하는 것이다. 긍정-부정- 긍정으로 이어짐과 동시에 '공'이라는 용어가 사용되지 않는 또 다른 형태의 '공'의 표현방식이라고 할 수 있다. ('即非の論理' 鈴木大拙, 『岩波哲学思想事典』, p.874)

해되는 수준이 아니다. 그런데 '즉비의 논리'라고 할 수 있는 긍정-
부정-긍정 형식의 난해한 『금강경』의 '공' 사상의 내용[20]을 작품세
계에서 문학적 형상화의 형태로 구현한다는 것이 과연 가능할까?
작품의 구조와 내용을 보는 한, 작자의 그러한 의도를 인정하기 어
렵다[21]. 난해한 『금강경』을 작품주제로 갖고 왔다는 점에서는 불
교소설에 속하는 작품이라고 할 수 있겠으나, 작가가 모친을 위무
하기 위해 작품을 썼다고 하는 창작동기와 더불어 당시에는 일반
적이지 않았던 패설(통속소설)의 형식으로 『구운몽』을 창작했다는
점에서 구도求道에 창작의도가 있는 종교문학이라고 보기 어렵다.
그보다는 난해한 금강경의 교의를 지적 유희의 방식으로 쉽게 풀
어 제시하면서 전개되는 연애 이야기라고 봐야 할 것이다. 이러한
작가의 지적 유희가 담긴 창작의도는 다음과 같은 표로 제시할 수
있다.

현실 (성진, 육관대사, 8선녀, 용왕)	비현실 (양소유, 8부인 등)	현실복귀 (성진, 8선녀 등)
비현실(불도)	세속의 현실(당과 조선)	비현실(불도)
불(도교)	유	불
긍정 『금강경』 1단계	부정 『금강경』 2단계	『금강경』 3단계

---

20 4의 논의에서 조동일도 지적하고 있는 바와 같이 "무릇 상이 있는 것은 모두 허망하
다"는 단계에서 다음의 "불법 또한 허망하다"는 단계, 그리고 마지막 단계로서 "적
극적인 보시를 통한 보살의 길"의 단계 즉 적극적인 실천을 행하는 길을 말한다.
21 필자의 이와 같은 문제의식은 '공' 사상의 내용을 작품세계에서 문학적 형상화의
형태로 구현하기 불가능하고 작가에게 그러한 의도가 없었을 것이라는 관점에서
앞의 선행연구 분류 중, 4의 조동일의 논의내용과 가깝다고 할 수 있다.

　작품의 1단계는 꿈으로 들어가기 전인 현실세계로 설정되어 있으나 실제의 묘사에서는 성진, 육관대사, 8선녀, 용왕 등이 등장하는 도교와 불교적 분위기의 비현실적 상황이 제시됨으로써 현실과 비현실의 이미지가 교차되고 있다. 2단계는 입몽의 단계인 비현실의 세계로 그려지지만 양소유와 8인의 부인들이 펼치는 세계는 당과 조선의 또 다른 현실세계인 유교적 세속이 그려짐으로써 비현실이 현실로 비쳐지는 교차적 양상을 보이고 있음을 알 수 있다. 3단계에서는 각몽 후의 현실복귀의 묘사가 제시되고 있으나 이는 바로 금강경의 3단계를 상징하는 비현실의 세계라고 할 수 있을 것이다. 현실이 비현실이고 또 다시 현실이기도 한 모순적, 중층적 내용은 금강경에 관해 기본 지식을 지니는 독자라면 지적 유희의 영역에서 작품을 즐기고자 하는 작가의 창작의도에 쉽게 공감할 수 있는 작품구조라고 볼 수 있을 것이다. 즉 금강경의 3단계 교의를, 연애라는 인간 본연의 영위를 개재시켜 현실과 비현실의 교차적, 중층적 묘사를 통해 도식적으로 제시하고 있음을 알 수 있다. 『금강경』의 복잡한 교의를 모순적이면서도 흥미롭게 3단계의 진행과정으로 단순화시켜 읽을거리로 삼고자 하는 지적 유희의 정신이 바로 작가의 창작의도라고 볼 수 있다.

　이러한 창작의도는 주인공과 8인의 여성들과의 연애담의 전개과정에서도 잘 드러나고 있다. 즉, 양소유와 8부인의 연애담은 갈등 없는 원만한 일부다처생활의 실현으로 묘사되고 있는데, 조선시대 양반들에게 있어 정처를 포함해 8인의 부인과의 연애담이라는 것은 현실에서 존재하기 어려운 과장적 설정이라고 볼 수 있다. 이러한

설정은 당시 일부 남성들이 본능적으로 희구하는 로망의 세계일 수
도 있었다는 점에서 여성들의 입장에서도 홍소哄笑를 자아내게 하는
부부의 구성도라고 할 수 있고, 이 점에서도 작가의 희작적[22] 창작의
도를 인정할 수 있을 것이다.

또한 이와 같은 창작의도의 발상은 작가의 폭 넓은 사색의 세계가
담겨 있는 수필집『서포만필西浦漫筆』[23]에서도 살펴 볼 수 있다. 서포
는 이 저술 안에서 전통적 문학관을 넘어서 허구[24]라는 문학적 형식

---

22 작가의 희학적 창작의도를 지적하는 연구는 찾아보기 어렵다. 처8인 간의 갈등 없
   는 결혼생활과 관련해, 천민 출신으로 후궁의 신분에서 숙종의 정처였던 인현왕
   후를 물리치고 왕비가 된 장희빈에 관한 역설적 풍자로 보고자 하는 다양한 연구
   들이 일반적이라고 할 수 있다.

23 상권 104항 하권 165항으로 경학, 역사, 문학, 유불도 등 삼교, 천문, 지리, 음양, 산
   수,근대과학 등 다양한 주제에 관해 만필의 형식으로 개방적인 시선을 통해 다루
   어지고 있다. 특히 유가와 불가의 관계에 대해서는 불교를 무조건적으로 배척하
   는 풍조의 오류를 지적함으로써 당시로서는 불교에 대해 상대주의적인 견해를 지
   녔던 것으로 평가되고 있다. 필자의 조사로는『서포집·서포만필 상하』의 169항목
   중, 불교사상에 관해 기술하고 있는 항목은 27항목임.『西浦集·西浦漫筆 上下』(통
   문관영인본)

24 한서에서는 항우가 밤에 일어나 군진의 장막 안에서 술을 마실 때 우미인(虞美人)
   에게 춤을 추게 하고 슬픈 노래를 부르며 강개해 두세 줄기의 눈물을 흘렸다고 한
   다. 무릇 항우는 죽음에 처했을 때도 오히려 정장(亭長)을 향해 빙긋 웃었는데, 이
   때 눈물을 흘린 것은 우미인에 대한 결코 버릴 수 없는 애정 때문이었다. 그런데 자
   치통감과 자치통감강목은 그녀에 대한 대목을 삭제해 버리고 다만 "항우가 밤에
   한나라 군사가 사방에서 초나라 노래 부르는 소리를 듣고 놀라서 '한나라가 이미
   초를 다 차지했는가? 어째서 초나라 사람이 저렇게 많은가'라고 했다. 그리고 장막
   안에서 일어나 술을 마시며 슬픈 노래를 부르고 강개하여 두세 줄기 눈물을 흘렸
   다'고 했다. 이에 따른다면 항우가 눈물을 흘린 것은 단지 전쟁에 패해 죽지 않을까
   두려워해서였거나 아니면 술을 마시고 슬픔감정에 빠졌다는 것이 된다. 만약 항
   우가 이 사실을 안다면 어찌 원망스럽지 않겠는가? 아마 자치통감을 엮은 사마광
   이나 자치통감강목을 엮은 주자의 의도는 '우미인이여'라는 노래를 부르기는 했
   으나 어찌 그런 것 때문에 울 수가 있었겠는가 라고 여겼던 것 같다.
   김만중 지음 심경호 옮김『서포만필』상 191쪽 문학동네 2010년
   『漢史』項羽起飲帳中, 使虞美人起舞, 悲歌慷慨, 泣數行下, 夫羽之將死, 猶且對亭長一
   笑, 而於此泣下者, 正以不能割情於虞姬耳.

에 관한 인식을 표명하고 있다. 즉 항우의 우미인虞美人에 대한 애정에 주목하면서 이에 관해 왜곡된 강목과 통감의 기록을 만일 항우가 알았다면 아쉬워했을 것이라고 항우의 입장에서 말하고 있다. 역사의 기록을 허구로 보고, 그 허구의 문학적 의미를 적극적으로 인정하고 즐기고자 하는 서포의 인식이 드러나고 있다.

이상 살펴본 바와 같이『금강경』의 사상을 내건『구운몽』의 창작의도에는 불교사상의 내용을 지적 유희와 과장적 묘사의 레벨에서 희작적 발상으로 표현함으로써 구도의 종교문학의 차원이 아닌, 난해한 불도의 세계를 풍속소설이라는 허구의 차원에서 즐기고자 했던 작가의 새로운 발상이 존재하고 있음을 알 수 있다.

Ⅳ.『好色一代男』과 불교

이 장에서는 근세 일본 특유의 종교현실 공간에서 생존한 작가의 이른바 '상식적 발상'에 내재하는 불교인식에 관해 선행연구의 검토 및 『호색일대남』[25]의 작품세계를 중심으로 살펴보기로 한다. 앞 머

『綱目』・『痛鑑』刪去虞姬一節, 只曰: "羽夜聞漢軍四面楚歌, 驚曰: '漢皆己得楚乎? 是何楚人之多也?' 起飮帳中, 悲歌慷慨, 泣數行下."
據此則羽之涕泣, 只是兵敗怖死, 否則酒悲耳. 使羽有知, 寧不稱寃? 盖溫公・朱子之意, 以爲彼虞兮何足爲之出涕也.

25 사이카쿠는 하이카이(俳諧)의 가인을 일생 자처했었지만 여기로 집필했던 소설 (우키요조시)이 문학사에서 본령으로 평가받게 된 것은 흥미롭기만 하다. 제1작『호색일대남』은『구운몽』이 나오기 7년 전인 1682년에 쓰여졌는데, 근세기 동아시아 문예대중화의 흐름이 본격적으로 전개되었던 시기였다. 주인공 요노스케(世之介)의 일대기적 호색 편력을 중심으로 하는 연애담에 관해 17세기 당세인들의 세

리말에서도 지적한 바와 같이 일본 근세문학을 대상으로 하는 불교 문학의 연구의 역사는 단순히 통속적이고 유희성이 강한 작품이 많다는 이유로 그렇게 오래되지 않았고 최근 여러 성과[26]들이 나오기 시작했다. 아오야마 다다카즈青山忠一씨는 저서『近世仏教文学の研究』에서 사이카쿠 문학의 불교적 성격을 별도의 장으로 다루면서 "근세문학에 나타나고 있는 불교신앙 대부분이 타력역행他力易行의 서민적 칭명창제稱名唱題에 의한 미타신앙, 법화신심이었다고 볼 수 있다"고 하면서『호색일대남』에 아무리 당세의 세속적인 풍속이나 현실 정신을 교묘하게 묘사하는 표현이 많다고 해도 사이카쿠는 기본적으로 조도슈淨土宗 신도이고 그 왕생신앙이나 응보사상으로부터 벗어나 있지 않음을 지적한다. 오구라 레이이치小椋嶺一는 주26)의 논문에서『호색일대남』이 많이 읽혀진 이유 중의 하나가 청춘의 환락을 묘사하면서도 그 저류에 무상과 인과의 인간존재의 보편성이 요노스케의 일탈적 행위와 이에 동반하는 폭소를 통해 드러나기 때문일 것이라고 논하고 있다. 또한 앞『구운몽』과의 관련 연구에서 언급한 바[27]와 같이 소메야씨는『구운몽』의 종교적 세계가 질서적이고

속의 영역에서 사실적으로 묘사한 근세기의 대표적 풍속소설이라고 할 수 있다.
26 주요 연구는 다음과 같다.『庶民仏教と古典文芸』(江本裕 渡辺昭吾編 世界思想社 平成元年),『岩波講座 日本文学と仏教』全10巻(岩波書店, 1995년)에 들어가 있는 각 주제별 논고,『仏教文学講座』第8巻「唱導の文学」(平成7年,勉誠社) 所收 논문,『近世仏教文学の研究』(青山忠一 ,おうふう 平成11年), 小椋嶺一「近世文学と仏教思想─西鶴文学における無常と因果」『研究紀要』第11号 平成10年 京都女子大学宗教・文化研究所, 주11)의 染谷智幸의 저서,『日本の近世』1世界史の中の近世 4,「近世民衆仏教の形成」, 大桑斉 中央公論社 1991년『日本仏教の近世』「思ふこと叶はねばこそうき世なれ」大桑斉 法藏館 2003년)
27 주11) 말미에서 언급한 바 있음.

체계적인데 비해 사이카쿠 소설의 배경에는 관음신앙, 법화종, 정토진종 등의 서민불교의 세계가 혼돈적인 형태로 독자의 종교적, 사상적 세계를 전개되고 있음[28]을 지적하고 있다.

이상의 선행연구에서 공통적으로 나타나고 있는 것은 이른바 우키요憂世에서 우키요浮世라는 불교적 세계관의 변화가 신앙 그 자체의 후퇴[29]를 의미하는 것이 아니라는 점이다. 다시 말해 동아시아 불교사상의 전개라는 관점에서 사이카쿠의 불교인식은 근세 일본의 서민불교의 신앙의 내실을 그대로 반영하고 있는 것이다.

이 장에서는 이상과 같은 사이카쿠의 불교인식을 그의 사세음辭世吟과 작품세계의 표현구조 등의 분석을 통해 살펴봄으로써 이 글의 중심고찰로 삼고자 한다.

사이카쿠는 팔월 보름달(음력 추석)을 닷새 앞둔 1693년 8월 10일 "인생은 50년이라고들 하는데 나는 벌써 52년이나 살아왔구나, 이 세상의 달을 더 보고 지내왔네, 그것도 2년이나 더 人間五十年の究り、それさへ我にあまりたるに、ましてや(浮世の月見過ぎしにけり末二年)"라는 사세음辭世吟을 남기고 52세의 나이로 유명을 달리했다[30]. 남들보다 2년이나 더 추석 달을 볼 수 있었다는 익살스러운 사이카쿠 특유의 해학적 표현의 이면에는 불도를 환기시키는 언어가 등장하지 않음에도 불구하고 곧 다가올 죽음 즉 내세에의 직관적 인식이 드러나고 있다. 불도의 용어

---

28 소메야씨는 사이카쿠가 이러한 서민불교의 생활권 안에 있었고, 특히 日演上人과의 교류를 통해 법화경과 법화신앙에 관해 큰 영향을 받았을 것으로 추정한다.
29 하시모토 미네오(橋本峰雄) 『「うき世」の思想』, 講談社現代新書396, 1975年 참조.
30 그의 묘소가 오사카 데라마치(寺町)의 조도슈(浄土宗)사찰인 세이간사(誓願寺)에 있는 것으로 보아 구체적인 기록은 남아있지 않지만 이 사찰의 신도였을 것으로 추정된다.

를 사용하지 않음으로써 불도의 세계에의 이미지가 오히려 더 독자에
게 다가오게 하는 표현구조는 사이카쿠의 문학 텍스트 전반에 보이는
현상이라 할 수 있으며 불도를 희화화하거나 야유하는 표현을 찾아볼
수 없다. 『호색일대남』에 등장하는 주인공 요노스케世之介의 일탈적 행
위와 폭소를 자아내는 희작적 묘사의 행간에서 무상과 인과라는 인간
존재의 보편성과 유한성을 인식하는 형태로 드러나는 작가의 불도 인
식은 전형적인 근세 일본의 서민불교관의 문학적 구현에 다름 아니다.

잘 알려진 바와 같이 『호색일대남』은 요노스케의 연애담을 『겐지
이야기源氏物語』의 패러디적 설정을 통해 7세부터 60세까지 54년간
의 일대기로 만든 작품이다. 나이 별로 연애담이 나열되는 작품세
계[31] 안에서 작가의 불교인식의 문제가 가장 극명하게 드러나는 것
은 주인공이 60세가 되어 뇨고의 섬女護の島으로 향하는 작품 말미의
묘사라고 할 수 있다.

지금까지 내세의 안락을 비는 신앙생활을 한 적이 없으니 죽으면
지옥에 떨어져 악귀에 잡아먹히면 그만일 터, 이제 와서 갑자기 마음
을 다시 먹어봐도 고마운 불도의 길에는 그렇게 쉽게 들어갈 수 있는
건 아니리라. 한심스러운 이내 신세.   (권8, 60세)[32]

---

31 권1의 유아기부터 권4의 34세까지 세속의 상식과 논리를 뛰어넘는 주인공의 조숙
    함과 성적 일탈 행위, 그리고 이러한 행위로 인해 부모로부터 의절을 당한 뒤 방랑
    과 고행의 생활을 지속하는 세속의 모습을 희작적 묘사를 통해 형상화하고 있다.
    이후 재산을 상속받아 거부가 된 뒤, 전국의 유곽들을 전전하면서 여러 유명한 유
    녀들과의 향락생활을 지속하는 것이 기본내용으로 60세가 되자 돌연 향락생활에
    종지부를 찍고 뇨고의 섬(女護の島)로 향해 출범해 자취를 감춘다.
32 이하 작품의 인용문은 지면의 제약 상 일본어 원문은 생략하고 필자의 역서 『호색
    일대남』, 지식을만드는지식, 2017년의 한국어 번역문으로 대신함.

일생의 호색생활을 반추하고 자책하는 희작적 표현의 분위기로 제시되고 있으나 쉽게 불도를 말할 수 없다는 주인공의 독백 그 자체가 불도에의 염원이 드러나는 묘사라고 할 수 있다. 쉽게 불도로 다가가지 못하는 대신 주인공은 세속에서 호색생활을 지속할 수 있게 했던 엄청난 금전을 땅에 파묻는 방식으로 세속의 향락의 삶을 무의미화시키고 뇨고의 섬으로 출범해 자취를 감추는 행위에는 죽음과 내세를 예감하는 작가의 서민적, 실천적 불교인식이 투영되어 있음을 확인할 수 있다. 이러한 창작구도는 그의 불교인식의 내실로 이어지고 있다. 즉 작가의 창작방식은 근세기 서민불교가 지니는 실천적, 생활감각적 신앙생활의 일단을 묘사하는데 있고, 이러한 불교인식은 하이카이의 창작방식인 연상적 수법 하에서 무의식적인 형태로 드러나는 것으로 볼 수 있다.

이와 같은 결말은 이미 권1-1의 말미에서 같은 방식으로 설정되어 있었다고 볼 수 있다. 작품의 도입부에서 어린(7세) 요노스케의 성적 조숙함을 희작풍으로 묘사한 뒤, 요노스케가 일생을 통해 여 3742인, 소인(남색) 725인과 사랑을 나누었다고 적고 있다. 이러한 수자 제시는 표면적으로는 과장적 묘사에 의한 희작적 수법이라고 볼 수 있겠으나, 동시에 세속의 인간이라면 도저히 이룰 수 없는 경지의 향락적 달성이라는 면에서 세속을 초월하는 세계 즉 죽음, 내세, 극락 등의 이미지의 환기로 이어지고 있다고 볼 수 있다. 발문에서 작가의 제자 사이긴西吟은『호색일대남』의 애욕담에 관해 "넓은 오사카의 바다에 손은 뻗을 수는 있어도 사람 마음은 알기 어려운 것이기에 알려고 하지 않는 ひろき波の海に手はとゞけ共、人のこゝろは斟がた

413

くてくまず" "달에게는 들려 주어도 사람들에게는 털어 놓을 수 없었다는 月にはきかしても余所には漏ぬむかしの文枕"[33] 낙서 글轉合書이라고 적고 있음은 주목할만 하다. 스승의 작품을 낙서 글이라고 하면서도 여기에 담긴 요노스케의 세속에서의 극단적인 애욕담이 단순히 애욕과 향락의 지향이 아닌, 짚어내기 어려운 인간의 마음을 헤아릴 수 있는 그 무엇이 담겨 있다는 인식이 드러나고 있다. 사이긴의 이러한 인식은 앞에서 분석했던 작품 도입부와 대단원인 말미의 작가의 세속인식과 맥락을 같이 하는 것이다.

다음으로는 도입부와 작품말미 외에 작품 중에 드러나는 불도 관련묘사의 예를 살펴보기로 한다.

> 요노스케도 어느덧 작년 열두 살 무렵부터 목소리가 변해 어른들도 따라 하기 힘들 정도로 능숙하게 "이렇게 잠시 맺게 된 것도 이 세상에서만의 인연은 아닌 듯 싶소. 기요미즈사 관음님이 이끌어 주신 것이니 앞으로 자주 만나기로 합시다. 만일 애라도 생기게 되면 마침 근처에 애 잘 낳게 보살펴 주시는 지장보살님도 계시고 돈은 좀 들겠지만 신불님에게 바치는 순산 감사 떡 100개정도는 이 애비가 책임질 테니 안심하고 옷을 벗으시게"라고 온갖 농담을 떠벌리며 잠자리를 같이 했다.
>
> 권1-7(13세)

뭔가 꿍꿍이속이 있어서 요노스케는 하쓰세 절에 참배하러 나섰다.

---

33 주32)『호색일대남』발문.

하인 두 녀석을 데리고 구모이노야도리라는 언덕을 올라가니 "사람의 마음도 알 길 없지만"이라고 읊었던 매화도 어느 새 푸른 잎이 무성해졌다. 산속 절 법당에 도착해 "죄송스럽게 이렇게 기원의 말씀 올립니다. 다름이 아니오라 그 여자로부터 반가운 회답을 들을 수 있는 건 언제쯤일까요"라고 요노스케가 중얼거리는 것을 하인 녀석이 듣고는 "이번에도 또 그 자리에서 끝나 버릴 사랑이 이루어지기를 빌고 계시네"라고 생각하는 것이었다. 　　　　　　　　　　　권2-1(14세)

　19세가 되던 4월 7일에 출가해 중이 되기로 했다. 야나카 동쪽 나나오모테의 묘진 부근에서 바라보니 마음이 청명해지는 무사시노의 달 외에는 벗 하나 찾아볼 수 없다. 대나무 숲 속에 인동덩굴과 메꽃 숲음 짓밟아 길을 낸 뒤, 짚으로 초막을 만들어 간신히 거처를 만들었다. 무엇보다도 식수가 부족해서 멀리 떨어진 언덕으로부터 홈통으로 물을 끌어와 간신히 손으로 물을 떠 마시는 가련한 신세가 되었기에 혼자서 이 세상을 등진 기분이었다. 하루 이틀은 용케도 아미타불 독경을 해보았지만 "가만히 생각해 보니 신심을 닦는 거 이거 영 할 일이 못 되는데. 후세를 그 누구도 본 적이 없을텐데 말이야. 부처나 귀신과 인연 없이 보냈던 지난날들이 훨씬 좋았는데"라면서 염불을 하고 있던 산호 염주를 팔아 치워 버리고 뭔가 재미있는 건 없을까 궁리하기 시작했다. 　　　　　　　　　　　권2-6(19세)

　마음 속의 말을 재촉해 달려가는 마음으로 오카자키의 긴 다리를 건너자 예전에 와카사, 와카마쓰 자매와 지냈던 일이 떠오르면서 자신이 한 짓이 부끄러워졌다. 노송나무 가지로 엮은 삿갓을 늘어뜨리며 여러 날 걸려 드디어 무서운 도깨비들 전설이 남아 있는 오미네 산에 올라 지금까지 진 죄를 참회하는 말을 늘어놓다 보니 스스로도 부끄러워져 후생의 안락을 기원하고 불도 수행에 힘쓸 것을 마음먹으며 가파른 바윗길을 넘어 귀도에 올랐다.　　　　　　　　　　권2-7(20세)

우주 만물은 지,수,화,풍, 공 다섯 개로 이루어져 있고, 사람 또한 이를 빌려 태어난 것이다. 염라대왕이 이것을 받으러 오면 다시 돌려주면 그만이다. 지금까지 살아온 햇수를 세어 보니 30세, 생각해보면 지난 세월 꿈만 같지만 앞으로는 어떻게 될지, 에이 될 대로 되라면서

권4-3(30세)

내가 한 못된 짓은 스스로도 너무 잘 알고 있다. 정말 산 깊은 곳에 들어가 채식을 하면서 불도를 깨우치는 생활을 하고 싶다는 마음이 들었을 즈음 세속의 잡소리가 들리지 않는 오토나시 강 계곡 골짜기에 고귀한 스님 한 분이 생각났다. 이 분 역시 이전에는 여자에 깊이 빠진 적이 있었지만 그 뒤 마음을 다잡고 불도에 들어가신 분이다. 이분에게 불도의 길을 물어보고자 마음을 먹고 길을 나섰다.

이상의 인용은 권1-1 도입부 이후 센슈泉州의 바닷가에서 뱃놀이를 하다 난파해 가까스로 목숨을 건진 후 죽은 부모의 유산을 받아 순식간에 거부巨富가 되는 권4-7(34세)까지 즉 부모로부터의 의절, 방랑, 경제적 궁핍, 투옥, 재난 등 세속에서의 다양한 시련에 직면해 요

노스케가 표현했던 불도 관련 묘사이다. 불도에 관해 직접적으로 표현된 부분만 모아보면 다음과 같다.

"기요미즈사 관음님이 이끌어 주신 것이니" "애 잘 낳게 보살펴 주시는 지장보살님도 계시고"(권1-7), "이번에도 또 그 자리에서 끝나버릴 사랑이 이루어지기를 빌고 계시네"(권2-1), "하루 이틀은 용케도 아미타불 독경을 해 보았지만 "가만히 생각해 보니 신심을 닦는 거 이거 영 할 일이 못 되는데. 후세를 그 누구도 본 적이 없을텐데 말이야. 부처나 귀신과 인연 없이 보냈던 지난날들이 훨씬 좋았는데"(권2-6), "오미네 산에 올라 지금까지 진 죄를 참회하느 말을 늘어놓다 보니 스스로도 부끄러워져 후생의 안락을 기원하고 불도 수행에 힘쓸 것을 마음먹으며 가파른 바윗길을 넘어 귀도에 올랐다"(권2-7), "염라대왕이 이것을 받으러 오면 다시 돌려주면 그만이다. 지금까지 살아온 햇수를 세어 보니 30세, 생각해보면 지난 세월 꿈만 같지만 앞으로는 어떻게 될지"(권4-3), "내가 한 못된 짓은 스스로도 너무 잘 알고 있다. 정말 산 깊은 곳에 들어가 채식을 하면서 불도를 깨우치는 생활을 하고 싶다는 마음이 들었을 즈음 세속의 잡소리가 들리지 않는 오토나시 강 계곡 골짜기에 고귀한 스님 한 분이 생각났다"(권4-7)

이상과 같은 불도 관련 묘사를 살펴보면 당대인들의 서민불교적 풍속이나 현실이 희작적 포즈로 그려지고 있으나 세속에서의 다양한 향락과 유혹에 쉽게 현혹되고, 선뜻 불도에 다가가지 못하면서도 동시에 후회하고 자책하는 모습[34]들이 다양하게 그려지고 있음을

---

34 이와 같은 일본인들의 신앙관의 내실에는 '우키요(憂世와 浮世)'의 인식이 자리잡고 있으며 불교 전래 이래 현재에 이르기까지 그 흐름에서 큰 변화가 있는 것으로

알 수 있다. 조도슈 등과 같은 서민불교 영향권에 있었던 작가의 불교인식에 왕생신앙이나 응보사상 등 불도 그 자체에 관한 야유나 회의의 시선은 내재되어 있지 않음을 확인할 수 있는 주요 묘사라고 할 수 있을 것이다. 일생 '우키요'의 상식으로부터 일탈한 극단적 애욕생활 그 자체에 대한 끝없는 애착과 더불어 동시에 어쩔 수 없는 무상함을 느끼지만 쉽게 불도에 다가가지 못하는 인간적 본성과 신앙심의 문제가 잘 드러나고 있다. 그렇기에 작품 대단원인 권8-5(60세)에서 요노스케 일행이 떠나가게 되는 '뇨고의 섬女護の島'은 세속에의 집착과 무상함이 만들어낸 또 다른 극락이라고 할 수 있으며 이는 불도의 내세(죽음)와 표리일체의 영역임을 의미한다.

이와 같은 불도와의 스탠스는 『호색일대남』 외의 사이카쿠의 타 작품에서도 확인할 수 있다. 사이카쿠의 경제소설 제1작인 『일본영대장日本永代蔵』[35]의 서문이라고 할 수 있는 권1-1의 권두일절에 등장하는 불도 관련묘사를 살펴보기로 한다.

　　하늘은 묵묵히 국토에 깊은 은혜를 베풀고 있으나, 인간은 성실하면서도 허위에 이르는 적이 많다. 그것은 인간의 마음이 본래 허의 상태에 있으면서 사물에 반응하기만 하는 존재이기 때문이다. 이처럼 인간은 선과 악 사이에 흔들리며 살아가기 마련인 바, 정의로운 지금의 이 세상을 여유롭게 살아가는 사람은 사람 중의 사람이라고 할 수 있

　　보여지지 않는다는 것이 필자의 관점이다.
35　1688년 6권 6책으로 간행되었고 30개의 치부몰락담이 그려져 있다. 일본 최초의 경제소설로서 사이카쿠 작품 가운데서 가장 많이 읽혀진 작품으로 평가받고 있다.

는데, 이는 범인에게는 불가능한 일이다. 범인에게서 일생 일대사란 바로 이 세상을 살아가야 하는 것이기에 사농공상은 말할 것도 없고 신불을 섬기는 승려나 신직에 있는 사람들도 검약신의 계시에 따라 열심히 돈을 모으지 않으면 안 된다. 이 돈이야말로 양친 다음으로 중요한 생명의 부모인 것이다. 무릇 인간의 목숨이라는 것은 길다고 해도 내일 아침 어떻게 될지 알 수 없으며 짧게는 오늘 저녁도 모르는 것이다. 그렇기에 옛 사람들도 천지는 만물의 역려, 광음은 백대의 과객, 부세는 몽환이라고 말했던 것인가. 눈 깜작할 사이에 화장터의 연기가 되어 이 세상으로부터 사라져 버린다면 금은이 있다고 한들 기와나 돌덩이만도 못하고, 황천에서도 도움이 될 리 없을 것이다. 그런데 역시 이 돈을 남겨두면 자손을 위해서는 도움이 되기는 할 것이다. 곰곰이 생각해보면 세상 사람들이 바라는 것 중에서 돈의 힘으로 되지 않는 것은 천하에 다섯 가지가 있을 뿐이니 이것은 사람 마음대로 되지 않는 목숨을 말하는 바 그 이외에는 돈이면 다 되는 것이다. 그렇다고 하면 금은보다 월등한 보물선이 있을 소냐. 가본 적도 없는 섬의 도깨비가 지니고 있다는 마술삿갓이나 마술도롱이 같은 보물이 설사 수중에 있다고 해도 갑작스러운 폭우에는 전혀 도움이 되지 않으므로 그런 현실성이 없는 바람은 버리고 구체적이고 현실적인 방법으로 각자의 가업에 힘써야 할 것이다. 또한 복덕을 얻기 위해서는 건강해야 하므로 늘 조심해야 한다. 그리고 무엇보다 이 세상의 인의를 소중히 여기고 신불을 잘 섬겨야 한다. 이것이 화국 일본의 풍속인 것이다.[36]

---

36 인용문은 지면의 제약 상 일본어 원문은 생략하고 필자의 역서 『일본영대장』, 소명출판, 2009년의 한국어 번역문으로 대신함.

　상인으로서 금은의 중요성, 검약, 가업정진 등의 덕목은 당연한 실천사항이라 할 수 있다. 이와 더불어 "이 세상의 인의를 소중히 여기고 신불을 잘 섬겨야 한다"라고 하는 당시의 풍습으로서 다소 상투적이라고도 느껴지는 작자의 언설의 진의를 어떻게 이해할 것인지가 바로 작가의 불도에의 인식 파악으로 이어지는 것이라고 볼 수 있다.

　"사농공상은 말할 것도 없고 신불을 섬기는 승려나 신직에 있는 사람들도 검약신의 계시에 따라 열심히 돈을 모으지 않으면 안된다. 이 돈이야말로 양친 다음으로 중요한 생명의 부모인 것이다"라고 세속에서의 금전의 중요성을 강조하면서 바로 이어지는 언설에서 "눈 깜작할 사이에 화장터의 연기가 되어 이 세상으로부터 사라져 버린다면 금은이 있다고 한들 기와나 돌덩이만도 못하고, 황천에서도 도움이 될 리 없을 것이다"라고 세속과 금전의 유한함을 지적하면서 그 무용성을 말하는가 했더니 다시 "그런데 역시 이 돈을 남겨두면 자손을 위해서는 도움이 되기는 할 것이다"라고 재반전의 레트릭을 사용함으로써 사이카쿠 특유의 해학적 표현의 면모를 드러내고 있다. 세속의 무상이라는 보편성 앞에서 인간의 영위의 덧없음을 확인하면서 동시에 근세의 현실세계 안에서의 인간 영위의 무상함을 상대화하는 시점을 도입시키고 있다. 『호색일대남』에서의 애욕과 『일본영대장』에서의 금전(경제력)의 문제는 세속에서의 가장 기본적 영위이기에 무상함이 더욱 절실하게 다가올 수밖에 없고, 작가는 이를 해학적 묘사로 일관하면서도 세속의 유한성을 응시하고 있음을 알 수 있다.

이어지는 본화에서는 관음의 돈이라며 심신을 빙자해서 신자에게 돈을 빌려 준 후 1년에 두배의 금액으로 돌려받는 고리대금을 하고 있는 미즈마사水間寺의 풍습 소개와 더불어 이 절의 관음과 신도들에 대한 흥미로운 묘사가 등장한다. 이 절을 찾는 신도들은 1년에 이날 외에는 복을 가져다주는 관음님의 돈을 빌릴 기회가 없다. 관음을 참배하면서 치부를 기원하는 것은 상인으로서는 자연스러운 행위이지만 관음은 이에 "지금 이 세간에 횡재라는 것은 없도다. 내게 부탁할 일이 아니다. 토민 즉 백성이라는 것은 너희들의 천직이도다"라고 상인들의 기원과 동떨어진 답을 하고 있다. 관음의 의인화는 일견 불도에 대한 세속적 차원의 묘사이기에 독자들의 흥미와 웃음을 유발하는 내용이고 이 묘사에 창작수법의 주안이 있음은 당연하다. 일견 세속의 공간에 있는 것으로 보이는 관음의 입을 통해 현세기복의 치부의 영역은 불도와는 관련이 없음을 언설하는 대목은 세속의 초월적 영역에 불도가 존재한다는 작가의 불도인식에 다름 아닐 것이다. 세속화된 사원과 승려, 신도들을 묘사하면서도 불도 그 자체에 관한 회의나 불신이 작품의 주 내용이나 모티브가 되고 있지 않고 오히려 경제생활 안에서의 체험을 통해 인식되는 불도, 신불 특히 불교적 삶 혹은 불교의 실천적 수행이라는 측면에서 금전, 치부가 지니는 의미를 되묻고 있음을 읽을 수 있다.

이상 『호색일대남』을 중심으로 작가의 불도인식의 일단을 살펴보았다. 사이카쿠의 희작적 표현구조에서 드러나는 불도에의 인식은 복안적이라고 할 수 있다. 작가의 창작의도와 묘사방식에 불도의 이념 자체를 담고자 하는 의도는 찾아볼 수 없다. 사이카쿠의 타 작품

421

에서도 불교적 주제를 전면에 내세우고 있는 작품은 찾아볼 수 없고, 다만 『본조이십불효本朝二十不孝』[37]의 서문과 작품 내용에서 불효에 대한 인과응보적 결말이 그려지면서 근세 일본의 서민불교적 삶의 일단이 드러나고 있을 정도이다. 사농공상의 철저한 계급사회에서 상인의 궁극적 목표는 정치와 권력의 세계에서 배제된 채, 치부로 국한될 수밖에 없다[38]. 결국 치부의 극한에서 치부의 허망함과 더불어 다가오는 것은 바로 서민불교적 신심의 세계였던 것이다.

V. 맺음말

이상 17세기 후반에 출현한 한일의 대표적인 풍속소설 『구운몽』 과 『호색일대남』을 중심으로 비교(대조) 연구의 방법으로 '근세기 한일 연애소설과 불교'라는 주제에 관해 살펴보았다. 양 작품이 17세기 한일의 대표적 소설이라는 점, 애욕과 종교라는 인간의 본원적 문제가 다루어지고 있으며, 지금까지 두 작품을 비교(대조)의 시점에서 바라보고자 하는 연구가 거의 없었다는 점 등에서 비교고찰의 의의를 지닌다고 할 수 있다.

먼저 연애소설이라는 관점에서 보면 두 작품의 애욕에 관한 묘사

---

37 1686년 5권 5책으로 간행되었다. 중국의 효행담 『이십사효(二十四孝)』를 패러디한 작품으로 불효자가 천벌은 받는 이야기를 모은 단편소설집이다. 불효를 행하는 동기와 과정이 사실적으로 묘사됨으로써 효의 의미를 되묻는 작가의 인식이 투영되어 있는 작품이라고 할 수 있다.
38 당시의 일본상인들에게서 금전(경제력)의 사회윤리적 기여와 같은 공공성의 발상은 찾아볼 수 없고, 사이카쿠 역시 이러한 상인문화권의 작가라고 볼 수 있다.

는 대조적이라고 할 수 있다. 『구운몽』에는 주인공과 8부인과의 애욕관련 묘사에 관능적 표현이 전혀 나타나지 않지만, 표현방식에는 불교적, 혹은 유교적 엄숙주의를 탈피하고자 하는 남녀의 자연스러운 이성애의 묘사가 담겨져 있음은 흥미롭다. 『호색일대남』에는 여러곳에서 관능적 묘사가 등장하고 있지만 외설적 묘사는 등장하지 않는다. 그보다는 『구운몽』에서는 찾아볼 수 없는 다양한 동성애의 모습들이 그려지고 있는 점에 다른 점이다. 이들 동성애의 묘사에서는 신체적 접촉과 같은 애욕묘사는 전혀 찾아볼 수 없고, 남성 특유의 정신적 교감의 세계를 그려내고자 하는 묘사가 등장하는 점은 흥미롭다. 향후 근세기 한일 성애문화의 차이와 문학표현의 문제에 관한 많은 논의가 필요한 대목이라고 할 수 있을 것이며 향후 새로운 연구과제로 삼고자 한다.

다음으로 불도를 다룬 소설이라는 관점에서 보면, 『구운몽』은 작품명 그 자체에서 불도의 세계를 연상시키고 있다. 그들이 부부의 인연을 맺었던 그 길고 복잡했던 궤적이 세속과 비현실의 세계를 넘다들면서 불도의 세계로 향하는 결말을 보여주고 있지만 『금강경』의 교의를 흥미롭게 풀어내면서 불도의 세계를 허구의 문학세계 안에서 지적 유희와 과장적, 희작적 표현 등을 통해 구현하고자 하는 작가의 희작적 창작의도가 내재되어 있음에 주목하고자 한다. 생의 불안함과 허망함을 치유하고자 하는 불교사상적 소설에 희작적 발상에 기반한 지적 유희의 문학적 결구를 담아냄으로써 조선시대 문학사에 새로운 풍속소설의 장르를 펼쳐보였다고 할 수 있다.

『호색일대남』은 제명 그대로 애욕으로 일대를 관철한 남자를 의미한다. 근세일본의 봉건적 사농공상의 신분질서에 따라 일생 가업에 충실해야 할 주인공의 일대기는 근세봉건 질서에 대한 반역이라고도 볼 수 있다. 이는 세속을 초월하려는 무상적 영위에 다름 아니며 작가 불교소설을 내걸고 있지는 않지만 근세기 불교의 실천적 세계관이 내면화되어 있음을 알 수 있다. 이것은 앞에서도 지적한 바와 같이 사이카쿠 작품과 근세후기의 戱作 소설들과의 차별성과 문학성을 둘러싼 戱作性 논쟁의 문제에도 많은 시사점을 줄 수 있을 것이다. 이 문제 또한 향후의 과제로 삼고자 한다.

17세기에 생존했던 두 작가의 유사적이고 개성적 작품세계는 우연의 일치가 아닌, 근세기 동아시아에서의 연애소설과 불교사상의 전개라는 관점에서 자연스러운 양상이라고 할 수 있다. 인간의 세속적 영위 중 가장 본원적이라고 할 수 있는 성(연애)의 문제는 세속의 영위이기에 필연적으로 유한성을 지닐 수밖에 없고, 인간이 스스로의 유한성을 자각했을 때 그 활동을 개시하는, 인간에게 있어 가장 기본적인 영위를 종교라고 한다면, 연애와 불교의 문제는 서포와 사이카쿠의 소설창작에 있어 대립적이고 상호보완적인 대주제였다고 할 수 있다.

韓国近代文学과 石川啄木

― 朴泰遠 小説 속에 登場하는 石川啄木을 중심으로 ―

❀ ❀ ❀

하야시 요코

Ⅰ. 들어가며

한국의 근대문인 중에 이시카와 다쿠보쿠에게 관심을 가졌던 작가들은 적지 않다. 예를 들어서 김팔봉, 백석 등을 그 대표적인 작가로 언급할 수 있다. 그런데, 특이하게도 한국 근대 소설 중에 다쿠보쿠의 이름이 등장하는 경우가 있다. 그것이 바로 박태원의 소설 "소설가 구보씨의 일일"이다. 그에 작품에 다쿠보쿠의 이름이 나오는 것을 보아, 박태원 또한 이시카와 다쿠보쿠를 주목했던 문인 중의 하나라는 것을 알 수 있다.

이 글에서는 "소설가 구보씨의 일일"에 나오는 다쿠보쿠에 관한 기술을 중심으로 어떻게 그것이 묘사되어 있고, 그러한 내용은 뭣을

의미하고 소설에 어떤 효과를 주고 있는지에 대해서 알아보기로 하
겠다.

II. 본론

1. 박태원의 초기 생애와 문학활동

박태원 소설 "소설가 구보씨의 일일"에 어떤 형식으로 이시카와
다쿠보쿠의 이름이 등장하게 되는지 그리고 그것이 뭣을 위미하는
가에 대해서 살펴보기 위해 여기서는 먼저 박태원에 대해서 간단히
정리해둘 필요가 있다.

박태원은 남한에 있다가 북한 쪽으로 건너간 문인이다. 한국에서
는 越北[1] 또는 拉北[2]문인에 대한 연구는 일정기한 금지되어 있었다.
1988년 7월 19일 그들에 대한 연구는 한국정부의 해금조치로 인해
활발히 진행되기 시작하는데, 그 당시까지만 해도 박태원에 관한 연
구는 아직 미비한 상태였다.

박태원의 전기에 관한 정보가 제한되어 있는 가운데, 1990년에 나
온 논문에서 鄭賢淑이 비교적으로 자세하게 朴泰遠의 생애와 문단
활동에 대해 고찰하고 있다.[3] 그의 자료를 중심으로 먼저 박태원의

---

1 한국의 군사 분계선을 넘어서 북쪽으로 가는 일,
2 북한으로 납치해서 가는 것.
3 정현숙, 박태원 소설연구, 이대 박사논문, 1990

생애와 문학 활동에 대해 "소설가 구보씨의 일일"이 나오게 되는 1930년대 경까지를 살펴보겠다.

박태원은 1930년대 한국의 대표적 모더니스트로서 한국 모더니즘 소설 전개에 크게 영향을 미친 작가이다.

그는 1909년 1월 6일 서울에서 태어났다. 10세(1918) 때에 京城師範附屬普通學校에 입학해서 4학년을 수료하고 13세 때인 1922년에 京城第一公立高等普通學校에 입학했다. 그는 이 시기에 본격적인 문학 서적을 읽기 시작했고, 창작활동도 성과를 보기 시작했다.

그는 제일고보 4학년을 마친 후, 문학에 전념하기 위해 스스로 학교를 그만두고 양건식과 이광수에게 본격적인 문학수업을 받기 시작한다. 이 시기에 그는 심한 독서와 습작으로 인해 신경쇠약까지 걸리고 시력은 물론 건강까지 극도로 해치게 된다.

1928년에 그는 제일고보에 복학하고 학교를 졸업한 후, 필명 泊太苑으로 작품을 문예지에 발표하는 한편, 신문에도 글을 연재하기 시작한다.

박태원은 1930년 일본으로 건너가서 東京에 있는 法政大學에 입학한다. 그는 일본에 있는 동안, 학업보다도 최신 예술인 영화나 미술, 음악 등의 예술의 전반에 대하여 더 많은 관심을 기울였으며, 특히 당시 일본 문단을 풍미했던 신심리주의⁴ 소설에 많은 관심을 갖

---

4 新心理主義: 일본의 문예용어. 1930년경부터 32년에 걸쳐서 프로이트의 정신분석학이나 조이스, 프루스트 등의 20세기문학의 방법의 영향을 받은 일본의 문학자들 가운데에서 '무의식'에 대한 관심이 높아졌을 때, 그것을 문학의 제재, 대상, 문체 등에 적극적으로 받아들이고, 새로운 문학을 낳으려고 일어난 경향. 이론으로는 이토 세이(伊藤整) "신심리주의문학"(1932), 작품으로써는 이토 세이 "감정세포의 단면"(1930), 요코미츠 리이치(橫光利一) "기계", 가와바타 야스나리(川端

게 된다.

그는 1931년에 예과 2년을 중퇴하고 귀국하게 되는데, 이후 '九人會'[5]에 가입하면서 한국에서의 본격적인 문학활동을 시작하게 된다. '九人會'의 구성원들은 대부분 일본 유학 체험을 갖고 있었고, 20세기 서구문학에 대한 상당 수준의 교양을 지니고 있었다.

그는 이 시기에 많은 작품을 발표하기 시작했고, "소설가 구보씨의 일일"도 이 시기에 발표되고 주목을 받게 된다.

2. 박태원의 일본생활 당시의 상황

박태원은 1930년 가을, 東京으로 건너가서 法政大學 豫科에 입학한다. 아래에 인용하는 글은 당시 그가 李光洙에게 보낸 것으로 추정되는 편지의 내용이다.

(중략) 十三日에 東京에 到着하야서는 先生님 일러주든대로 本鄕

康成) "수정현상"(1931)등을 들 수 있다. 현대문학사상은, 플롤레타리아문학에 대항해서, 신감각파를 비평적으로 계승한 모더니즘 정통파의 위치를 부여받았지만, 개념규정, 평가는 애매하다.

5 김기림·이효석·이종명·김유영·유치진·조용만·이태준·정지용·이무영 등이 창립회원이었다. 구인회라는 이름은 회원수에서 비롯된 것이다. 창립한 지 얼마 안되어 이종명·김유영·이효석이 탈퇴하고, 대신 박태원·이상·박팔양이 새로 들어왔으며, 그뒤 유치진·조용만 대신에 김유정·김환태로 바뀌었으나 회원수는 항상 9명이었다. 창립할 때는 친목단체임을 내세웠으나, 사실은 1920년대 한국 문단의 큰 흐름이었던 프롤레타리아 문학에 반대하는 순수예술을 지향했다. 이종명·김유영 등은 프롤레타리아 문학과의 공공연한 대결을 주장했지만, 이무렵 프롤레타리아 문학은 일제의 탄압이 더해짐에 따라 퇴조하고 있었다. 한 달에 2,3회의 모임과 문학강연회를 가졌으며, 박태원과 이상이 중심이 되어 기관지 〈시와 소설〉을 펴냈다.

에 宿所를 定하는 것을 大略半年間延期하얏습니다. 첫재 法政通學에

는 市電을 利用하게되는 까닭, 둘재 그리고 가장 重大한 것은 帝大 一

高生에게 威壓當하는感이잇는것.

좀 웃으운말슴갓사오나, 實上, 現在의 小生에게는 이것이 가장 큰

原因이요 또한 아조 眞實한 말인것입니다. 約半年잇다가 中央部로 進

出하려 합니다. 퍽우습게 樂天家로의 自身을 차저볼가합니다. 퍽우습

게써집니다. 先生님께서도 그러한 氣分으로 읽어주시옵소서. 田端으

로 定한것은 무슨 큰 理由가 잇는것은아닙니다. 終日 돌아다니다가 아

조 氣盡하야 아모러케나 차저 들어왓다가 문득 田端이란 곳이 故芥川

의 살든곳이라는 것에 一種因緣을 지어 주저안저버린 것입니다. 그러

케 말슴하오면 小生에게는 무슨 因緣을 붓친다거나 하는일이 곳잘잇

습니다.[6]

위의 내용을 보면, 박태원이 일본에 가기 전에 이광수는 가능하면

숙소를 本鄕[7]으로 정하는 것을 권한 것을 알 수 있다. 그가 일본에 도

---

6 夢甫, "片信", '동아일보', 1930. 9. 26일자, 정형숙 앞 논문에서 재인용(21쪽)

7 本鄕이란 어떤 곳일까? 일본에서는 東京대학 本鄕캠퍼스가 있어서 東京대학의 속
칭으로도 되어 있다. 일본 굴지의 문교지구이다. 명치시대로부터 소화시대에 걸
쳐서 나츠메 소세키, 즈보우치 쇼요, 히구치 이치요, 후타바테이 시메이, 마사오카
시기, 미야자와 켄지, 가와바타 야스나리, 이시카와 다쿠보쿠 등 많은 분인이 주거
지로 삼았다. 이처럼 일본에서도 문학의 중심지적인 위치에 있었지만, 本鄕은 또
한 한국문인들의 근거지라고 할만도 하다. 1906년 봄에 이광수가 대성중학교(현.
일본대학 경제학부)에 입학했을 때, 本鄕에 있는 여관 겸 하숙에 기거했었고, 1907
년 9월에 明治學院普通部 3년에 편입했을 때의 주소도 거기였다. 1913년 4월 東京
私立女子美術學校에 입학 당시의 나혜석의 학적부의 주소이기도 하고, 같은 해 같
은 달에 麻布중학교 2년에 편입한 염상섭의 주소이기도 하다. 염상섭은 1914년 9
월 聖學院中學校 3년에 편입할 때도 주소를 거기에 두었고, 최승규가 "학지광" 3호
(1914년 12월 3일) 인쇄인을 했을 때의 주소도 本鄕이다. 1926년 4월 김광섭이 와

착 후, 이광수의 말대로 숙소를 本鄕로 정하지 않고, 田端[8]에 정한 것에 관하여 기술하고 있다. 두 가지 이유 중 하나에 관해서는 帝大, 一高生에 대한 열등감에 대해 서술하고 있다. 당시 이들 학교는 일본 전국에서 모여서 수재들이 다니던 곳이었다. 또 하나의 이유는 芥川아쿠타가와[9]가 살던 곳이라는 것이다.

아쿠타가와는 東京대학 재학중에 나츠메 소세키夏目漱石의 문하에 들어가게 되었다. 한편 박태원은 1937년 어느 설문[10]에서 사숙한 작가를 묻는 질문에 '나츠메 소세키'라고 대답하고 있는 바 있어서 두 작가가 모두 소세키와 관련이 있다는 점이 흥미롭다.

박태원이 위 글에서 아쿠타가와가 옛날에 살았던 곳이라서 田端로 거처를 정했다고 전하고 있는데, 이 글에서 그가 아쿠타가와라는

세다대학 부속 第一高等學院문과에 입학 때의 주소이기도 하고, 1936년에 도일한 이상의 주소이기도 하다.

8 田端(다바타): 지명, 아쿠타가와 류노스케 이후 東京의 근대 작가들이 모여살았다는 지역. 다바타文士村기념관이 있음.

9 芥川竜之介(아쿠타가와 류노스케) :1892.3.1~1927.7.24, 일본의 소설가. 합리주의와 예술지상주의를 바탕으로 쓴 작품이 많다. 일본 東京 출생. 도쿄대학 영문과 졸업. 도쿄대학 재학 중에 나쓰메 소세키(夏目漱石)의 문하에 들어가 구메 마사오(久米正雄), 기쿠치 칸(菊池寬:본명은 히로시로 읽는다) 등과 제3차 "신사조(新思潮)"를 발간하여 처녀작 "노년(老年)"을 발표하였다. 이어서 "신사조"에 "코(鼻)"를, "신소설"에 "고구마죽"을 발표하여 문단의 인정을 받았다. 그 후로는 역사소설로써 역설적인 인생관을 나타내려고 하는 이지적 작풍을 주로 하였다. 합리주의와 예술지상주의 작품으로 일세를 풍미하였으나, 만년에는 프롤레타리아 문학의 대두 등 시대의 동향에 적응하지 못하여 회의와 초조와 불안에 싸여 드디어 심한 신경쇠약에 빠져서 '막연한 불안'을 이유로 자살하고 말았다. 복잡한 가정사정과 병약한 체질은 그의 생애에 어두운 그림자를 드리워 일찍부터 페시미스틱하고 회의적인 인생관을 간직하고 있었다. 대표작으로는 "나생문(羅生門)"(1915) "어떤 바보의 일생", "톱니바퀴", "갓파(河童)"(1927) "서방인(西方人)" 등이 있다. 1935년부터 매년 2회(1월·7월) 시상되는 아쿠타가와상은 그를 기념하여 분게이슌주사(文藝春秋社)가 제정한 문학상이다.

10 '문인 멘탈 테스트', "白光", 1937.4, 88쪽.

작가에 대해서 어디서 살고 있었는지까지 알 정도로 관심을 가졌었다는 것을 알 수 있다.

아쿠타가와는 근대 일본의 대표적인 소설가이고, 에고이즘의 추악함을 예리한 필치로 그려낸 明治문학과는 다른 지평을 연 작가이다. 중기까지는 설화에서 제재를 따오는 등 스토리성이 강한 작품을 썼으나, 후반기에는 심경소설을 옹호했다. '심경소설'이라는 키와드를 통해서도 아쿠타가와와 박태원의 관련성을 예측할 수 있다.

아쿠타가와는 ('이야기'가 없는 소설)에 대해 말하면서 '이야기'는 '예술적 가치'와는 무관하다고 주장한다.[11] 아쿠다가와가 여기서 말하는 '이야기'란 앞뒤가 보이는 것을 가능하도록 만드는 작도상의 배치이다. 근대 서구에서 '나'는 데카르트가 그랬던 것처럼 원근법적 배치 속에 있다. 서구에서는 이 배치가 너무나 자명하고 동시에 자연스러운 것이었기 때문에, 그것이 작도상의 배치라는 것을 알아차리는 것 자체가 쉬운 일이 아니었다. 그러나 서구적인 '나'를 자연스럽게 만들고 있는 배치는 일본에서는 부자연스럽고 인공적으로 보였던 것이다.[12]

아쿠타가와는 그의 글인 "문예적인 너무나 문예적인"[13]에서 다음과 같이 말하고 있다.

---

11 가라타니 고진, 박유하 역, "일본근대문학의 기원", 민음사, 2004, 203쪽.
12 가라타니 고진, 위 책, 206~207쪽 참조.
13 "문예적인 너무나 문예적인"은 아쿠타가와가 잡지 "개조"1927년 2월호~8월호(7월호는 휴재)에 게재한 문학평론. 동시대의 문호 다니자키 준이치로와의 '소설의 줄거리의 예술성'을 둘러싼 논쟁이 주목된다.

'이야기'다운 이야기가 없는 소설은 물론 그저 신변잡기를 쓴 데 지나지 않는 소설과는 다르다. 그것은 모든 소설 중에서 가장 시에 가까운 소설이다. 그렇지만 그것은 산문시라고 불리는 것보다는 훨씬 소설에 가까운 것이다. 나는 세 번 되풀이하는데 이 '이야기'가 없는 소설을 최상의 것이라고는 생각하지 않는다. 그러나 만약 '순수한'이라는 점에서 보면, 통속적 흥미가 없는 점에서 보면 가장 순수한 소설이다. 다시 한 번 그림을 예로 들면, 데생이 없는 그림은 성립되지 않는다. (칸딘스키의 '즉흥' 등 몇 장의 그림은 예외이다.) 그러나 데생보다 색채에 생명을 건 그림은 성립된다. 다행히 일본에 건너온 몇 장의 세잔 그림은 분명 이 사실을 증명하는 것이다. 나는 이러한 그림에 가까운 소설에 흥미를 가지고 있는 것이다.[14]

아쿠타가와는 '사소설적인 것'을 세계적으로 최첨단에 있는 것으로 의미 부여한 것이다.[15] 박태원이 東京에 거주지를 정하는 상황에서 아쿠타가와에 관한 내용에 닿게 되어 부가적인 설명이 길어졌지만, 박태원이 한국에서는 초기에 일본의 사소설적인 방법을 도입했고, 스스로도 그런 기법을 사용해서 소설을 썼다는 것과 아쿠타가와라는 존재와 그의 글이 전혀 관계가 없지는 않아 보인다.

박태원은 1930년 가을에 東京으로 건너가서 法政대학 豫科에 입학한다. 1931년에 예과 2년을 중퇴하고 귀국하고 있는 걸로 되어 있는데, 法政대학을 중퇴하고 얼마나 일본에 머물렀다가 귀국하게 되

---

14 가라타니 고진, 앞 책, 205-206쪽에서 재인용.
15 가라타니 고진, 앞 책. 206쪽.

었는지에 관해서는 확실한 자료가 없다. 다만 자신의 동경생활을 소설화한 "半年間"(동아일보 1933. 6.15~8.20)에 1930년 10월부터 31년 3월까지의 일을 그리고 있는 것으로 보아 그 시기를 대충은 예측할 수 있다.

그는 일본에 있는 동안 학교에는 열심히 나가지 않고 영화관이나 술집에 자주 다녔다고 한다. 이때 그는 국제적인 감각이 넘치는 東京에서 학업보다는 최신 예술인 영화나 미술 음악등 예술 전반에 대하여 더 많은 관심을 기울였다. 박태원의 지성과 감성은 매우 서구지향적이며 현대지향적이었다.

박태원은 그 당시 문화계를 풍미했던 프랑스, 이태리, 영국 등에서 일어난 아방가르드 예술운동이나 모더니즘, 다다이즘 등 예술적인 흐름에 깊은 관심을 나타내고 또 매우 민감하게 반응하고 있었던 것으로 보인다. 박태원은 서울로 돌아와 본격적인 소설 창작에 접어들면서, 주로 신변체험적인 私小說이나 심리묘사에 주력한 일련의 內省소설을 발표하고 실험적인 기법을 적극적으로 실천한다.[16]

3. "소설가 구보씨의 일일"속에 등장하는 이시카와 다쿠보쿠

1) "소설가 구보씨의 일일"에 대해서

여기서는 먼저 "소설가 구보씨의 일일"이라는 작품이 어떤 작품이고, 어떤 줄거리를 가지고 있는가에 대해 먼저 알아본다.

---

16 정현숙, 앞의 책, 23쪽.

"소설가 구보씨의 일일"(조선중앙일보, 1934.8.1~9.19)은 기법이나 전체적인 구성에 있어서 이전의 한국 소설들과 구별되는 특징을 지닌다. 즉 형식 실험으로써 새로운 감각적 현상방식이 시도되었는데, 그것은 주인공의 내면의식을 소설적 형상화로 처리하는 방식이었다.[17]

종래의 소설에서는 인물의 의지가 어떤 환경 속에서 제약되고, 그 속에서 갈등하는 인물상이 이야기의 중심이 되는 구도였던 것에 비해, 이 작품에서는 인물은 환경에 구속되는 것이 아니라 일상의 우연한 사건이나 일들이 묘사되면서 주인공인 구보의 행동은 명확한 방향성이 없고, 그래서 인물의 의지가 외적인 요건과 갈등하는 일도 없다.

박태원은 자신이 채택하고 있는 소설 형식을 '심경소설'이라고 명명하고 있다.[18] 참고로 일본에서는 심경소설이라는 문예용어는 1920년대 전반부터 쓰이기 시작했다. 나카무라 무라오中村武羅夫[19]의 "본격소설과 심경소설과"(1924)에 의하면 작가 신변의 사실을 제재로 해서 '오로지 작자의 심경을 말하려고 하는 소설'을 가리킨다. 이것을 '예술의 본도'라고 찬양한 것이 구메마사오久米正雄[20]의 "사소설과 심

---

17 이정옥, "박태원 소설 연구", 연세대 석사 논문, 1991, 10쪽.
18 박태원, '표현·묘사·기교', 조선중앙일보, 1934. 12. 28 (연재 8회)
19 나카무라 무라오: 1886.10.04~1949.5.13 일본의 편집자, 소설가, 평론가. 홋카이도에서 태어나 초등학교 대용교원을 고쳐 1907년에 상경. 후에 "新潮"기자가 되어 명치 말부터 대정기에 걸쳐서 동지의 중심적 편집자로 활약했다.
20 구메 마사오: 1891.11.23~1952.3.1. 일본의 소설가, 극작가. 나가노현에서 태어남. 東京帝國大學文學部英文學科에 재학 중, 제3차 "新思潮"를 창간하고, 작품을 발표. 1915년 夏目漱石의 門人이 된다. 1916년 芥川竜之介, 菊地寬 등과 제4차 "新思潮"를 창간.
스스로는 통속소설의 대가가 되면서, 예술소설에의 동경이 강하고, 평론 '사소설과 심경소설'로 처음으로 '純文學'이라는 용어를 사용. 사소설이야 말로 참된 순문

경소설"(1925)이고, 그 無思想性이나 技巧偏重을 비난 받으면서도 심경의 연마를 제일의로 하는 일본 특유의 문학이념이 형성되었다. 당초에는 '私小說'과 거의 같은 뜻으로 쓰였지만, 이토 세이伊藤整나, 히라노 켄平野謙 등에 분석에 의해, 자기 완성을 지향하는 조화형의 작품을 심경소설이라 부르고, 파멸형의 사소설과 구별하는 것이 정설이 되었다.

"소설가 구보씨의 일일"의 줄거리는 다음과 같다

이 작품은 전체 30절로 나누어 질 수 있는데, 순서대로 보면 (1) 주인공 구보의 어머니는 직업이 없고 아직 결혼도 못하고 있는 스물여덟의 아들을 걱정하고 있다. (2) 아들은 늦게 일어나 집을 나서고, 천변길을 따라 걸으면서 중이질환에 대해 생각한다. (3) 구보는 종로로 향하면서 약해진 시력과 행복에 대해 생각한다. (4) 전차 안에서 구보는 고독에 대해서 생각하다가 선을 본 여자를 만나지만, (5) 구보가 아는 척할까 말까 망설이는 동안에 여자는 전차를 내려버린다. (6) 그 여자와 함께 자신의 행복은 가버린 것이 아닐까 생각하다가 (7) 일찌기 경험한 첫사랑의 추억을 회상한다. 조선은행 앞에서 전차를 내리고 다방으로 들어가, (8) 오후 2시 구보는 젊은이들 틈에서 차를 마시고 자기가 원하는 최대의 욕망에 대해 생각하며 벗을 그리워한다. (9) 다방에 들어 온 그 사내는 반가운 사람은 아니었다. 다방을 나온 구보는 화가인 친구를 찾아가지만 만나지 못한다. '모데로노로지오'를 게을리 한 것을 깨달은 구보는 창작을 위해 서소문 방

학이라고 논하고 일본문학의 추세를 정했다.

면이라도 답사할까 생각한다. (10) 얼마 있다 구보는 걷기 시작한다. 여것 저것 생각을 하는 중에 보통학교 시절의 벗을 만난다. (11) 작은 행복을 찾아 남대문으로 향하지만 고독만 느낄 뿐이다. (12) 개찰구 앞에서 반갑지 않은 친구를 만나 억지로 끌려가듯 다방에 들어가 차를 마시고 (13) 그들과 헤어지고, 조선은행 앞까지 걸어온 구보는 전화로 벗을 불러낸다. (14) 다시 다방에 들어가 벗을 기다리며 강아지와 논다.(15) 마침내 시인이며 신문사 사회부 기자인 벗이 왔다. 그는 구보의 소설에 대해 평한다. (16) 구보는 벗과 "율리시즈"를 논하다가 어린아이의 울음소리를 듣고 결혼에 실패한 불행한 벗을 생각해낸다. 제임스 조이스에 대한 토론이 무의미함을 느끼고 둘은 다방을 나온다. (17) 벗은 집으로 돌아가고, 구보는 종로로 향한다. 그리고 어느 찻집에 들어가 다방 주인인 벗을 기다린다. (18) 여자를 동반한 청년을 바라보며, 동경 유학 시절을 회상한다. (19) 벗을 만나 구보는 설렁탕 집으로 향하면서도 계속 동경 유학시절에 만난 여자를 생각한다. (20) 그곳을 나와 구보와 벗은 한길위에 우두커니 선다. 서울이 좁다고 생각한 구보는 계속 '東京'의 거리를 동경한다. (21) 광화문통의 멋없고 쓸쓸한 길을 걸으며 구보는 가엾은 애인을 생각하며 자책한다. (22) 이제 어디로 갈 것인가, 망설이며 벗을 생각하다가 벗의 조카아이들을 만난다. (23) 그는 다시 벗을 만나기 위해 다방으로 향한다. 전보 배달부를 보면서 소식이 없는 벗들을 생각하고 단편소설을 구상한다. (24) 다방에 들어가 벗을 기다리며 그곳을 찾는 사람들을 관찰한다. 보험회사 사원인 중학 동창을 만난다. 구보는 기다리는 벗이 나타나자 단장과 노트를 들고 나온다. (25) 조선호

텔 앞을 지나 밤늦은 거리를 두 사람은 말없이 걷고 있다. (26) 벗과
구보는 종로를 배회하다가 자주 가는 술집에 들른다. 늘 보던 여급
이 없어 여급을 찾아 나선다. (27) 카페에서 구보는 여급을 만난다.
벗과 그 집 여자들과 함께 이야기를 나눈다.(28) 그들은 정신병에 관
한 이야기를 나눈다.(29) 구보와 벗과의 대화를 카페 여급들은 잘 이
해하지 못한다. 구보는 노트를 펴서 관찰한 바를 기록한다. 여급들
과 놀다가 카페를 나온다. (30) 오전 2시의 종로 네거리는 비가 내리
고 있다. 내일 만나자는 벗에게는 내일부터 집에서 소설을 쓰겠다고
고한다. 구보는 생활을 가지리라 결심하고 어미니에 대한 효도를 생
각한다.

2) "소설가 구보씨의 일일"에 나오는 실제 일본인물명

위에서 이 소설이 30절로 되어 있다는 점과 줄거리에 관해 대략
확인하였다. 이 작품 가운데에는 다쿠보쿠를 포함한 실제 일본인물
5명의 이름이 나온다. 순서대로 나열하면 다음과 같다. (1) 이시카와
다쿠보쿠 (2) 모리타 마사타케森田正馬 (3) 요시야 노부코吉屋信子 (4)
아쿠타가와 류노스케芥川竜之介 (5) 사토 하루오佐藤春夫이다.

다쿠보쿠의 경우 작품 중에 그의 이름이 두 번 등장하고 있고, 이
들 중 가장 큰 비중으로 다루어져 있다. 여기서는 다쿠보쿠를 제외
한 나머지 네 사람에 대한 정보와 어떤 식으로 작품 속에서 묘사되
고 있는지에 대해 먼저 알아본다.

모리타 마사타케라는 사람이 어떻게 그의 소설 속에 등장하게 되
었는가. 위에 30절로 정리한 내용 중, 10절 39쪽에 모리타의 이름이

나온다. 이 소설 속에선 질병에 관한 내용이 유난히 많이 나오는데, 여기서도 구보는 한낮의 뙤약볕으로 인해 현기증을 느끼게 되면서, 여러 가지 질병에 대한 생각을 한다. 구보는 신경쇠약을 앓고 있을 뿐만 아니라 허약한 몸을 갖게 된 것은 어릴 때부터 이야기책을 너무 좋아해서 밤새서 읽은 탓이라고 생각한다. 변비, 요의빈삭, 피로, 권태 등 병의 증세를 나열하면서 동시에 모리타 마사타케 박사의 단련 요법에 대해 서술하고 있다. 그리고 그러한 생각은 지금 걷고 있는 태평통의 거리가 살풍경하고 또 어수선하기 때문에 구보의 마음을 어둡게 한 결과물이라고 생각한다.

모리타 마사타케(1874.1.18~1938.4.12)는 일본의 의학자이며 정신과의사다. 신경증의 정신요법인 모리타요법을 창시했다. 모리타요법은 인간의 고민의 해결방법이다. 1919년 東京慈惠會醫科大學精神神經科 초대교수인 모리타가 만들어낸 신경증에 대한 정신요법이다. 모리타요법의 기본적인 사고방식은 1)불안, 공포 또는 우리들의 고뇌는 살아가는 욕망으로 인해 일어난다고 생각하고, 2)그것들 불안, 공포, 고뇌에 사로잡혀서 그것을 제거하려고 하거나 그것으로 도망치려고 하면 불안, 공포, 고뇌는 더욱 더 강해진다, 3)그 사로잡히는 마음의 자세를 문제시한다, 4)따라서 사로잡히는 것의 타파를 치료의 목적으로 한다, 5)그러기 위해서는 불안, 공포, 고뇌 그대로를 수용하는 것과 살아가는 욕망의 발휘를 중시하는 것이다.[21]

박태원 자신이 신경쇠약을 앓았고, 병에 관한 관심과 지식이 많았

---

21 모리타요법연구소 웹사이트, http://neomorita.com/intro/index.html

으므로 당시에도 이미 이 요법에 대해 알고 있었고, 관심을 가졌던 것으로 보인다. '욕망'이라는 용어는 그가 소설에서 쓰는 것과 모리타요법에서 말하는 내용이 관련성이 있어 보이기도 한다.

다음으로 요시야 노부코에 관해서이다. 그녀의 이름은 18절의 61쪽과 19절의 62페이지에 두 번 등장한다. 처음 그녀의 이름이 등장하는 것은 구보가 어느 찻집에서 한쌍의 남녀를 부럽게 바라보고 있다가 일본 동경시절의 어떤 에피소드를 회상하게 되는 장면에서다.

동경의 가을, 그는 어느 찻집에 들어가면서 우연히 대학노트를 줍게 된다. 그는 남의 노트를 훔쳐본다는 일종의 죄악감을 느끼면서도 그 노트를 열어본다. 그것은 어느 여대생이 윤리학 강좌를 들으면서 사용했던 노트였고, 강의의 내용의 여백에 스탕달의 "연애론"의 일절과 "서부전선 이상 없다" 와 그녀의 이름과 아쿠타가와의 이름 등이 나란히 적혀 있던 것이다. 그 노트에 끼어 있던 엽서를 단서로 구보는 그 다음 날 아침에 그 여학생을 찾아갔다.

요시야 노부코(1896~1973)는 소설가다. 소녀잡지의 투서가로 출발하고, 도치기고등여자학교를 졸업 후 상경해서 1917년부터 쓰기 시작한 "꽃 이야기"(1924)로 소녀 독자들한테 인기를 얻었다. 1919년 "땅끝까지"가 오사카아하시신문의 현상소설에 당선되어, 대중통속소설의 분야에 진출하게 되고 남자인 기쿠치 칸菊地寬과 동등하게 평가될 정도의 대중작가의 제일인자가 되었다. 구보가 주은 여학생의 노트에 요시야 노부코의 이름이 적혀 있던 것으로 보아도, 위의 설명처럼 그 당시 노부코의 인기가 대단했던 것을 알 수 있는 대목이다.

두 번째의 그녀의 이름이 나오는 것은 찻집에서 기다리던 친구를 만나 함께 설렁탕 집으로 자리를 옮겨 친구랑 마주보면서 계속 혼자 상상 속에서 동경시절의 그 여학생과의 추억을 상상하는 가운데에서다. 그 여학생을 찾아간 구보는 그 여학생과의 첫 대면의 자리에서 그 노트에 적혀 있던 문구 중, '어디 갔었니. 요시야 노부코' 라는 문구를 떠올리면서 그 여학생 모르게 웃었다. 결국 구보는 그 여학생과 데이트를 하게 되고 19절의 대부분이 그 데이트 장면에 할애되어 있다.

이 부분은 굉장히 절묘한 박태원의 소설적 기술이 들어나 있는 부분이라 하겠다. 박태원은 요시야 노부코가 그 당시 인기 있는 작가라는 것을 분명히 알고 있었을 것인데, 여기서는 마치 요시야 노부코라는 이름이 소설 속의 여학생의 이름인 것처럼 독자들을 착각할 수 있게 되어 있기 때문이다. 소설 속에서는 그녀(여학생)의 이름은 나오지 않는다. 한국 독자들은 아마도 그 여학생의 이름이 요시야 노부코일 것이라고 생각할 것이고, 실제로 이 소설에서는 박태원이 의도적으로 그러한 효과를 기대하고 있는 것처럼 보인다.

그리고 아쿠타가와 류노스케도 마치 그 여학생의 남자친구처럼 등장시키고 있다. 그 노트에는 요시야 노부코의 이름 옆에 아쿠타가와 류노스케 이름이 있고, 바로 그 옆에 '어제 어디 갔었니'라는 문구를 나열하고 있기 때문이다. 새로운 기법을 도입하기를 좋아하는 박태원이 어떤 효과를 노리고 이러한 기법을 소설에 적용하고 있다고 생각되어지는 부분이다.

사토 하루오의 이름이 나오는 장면은 이 소설의 후반부인 26절의 冒頭부분에서이다. 구보는 벗과 서울의 거리를 거닐면서 문득 하루오 春夫의 일행시를 입 밖으로 내어 외워본다. '나의 원하는 바를 월륜도 모르네'라는 시다. 사토 하루오(佐藤春夫, 1982~1964)는 아쿠다가와와 함께 시대를 짊어지는 2대작가로 간주되기도 했다. 시인, 소설가 평론가이다. 구보가 하루오의 짧은 시를 암기를 하는 것으로 보아, 박태원도 일본의 근대 시기의 단시에 관심이 많았던 것으로 추측해볼 수가 있다.

사토 하루오는 이시카와 다쿠보쿠와 아쿠타가와 류노스케와도 인연이 깊은 작가였다. 1908년에 하루오의 노래가 신시사新詩社의 기관지인 "묘오죠오明星"에 처음으로 게재하게 되었는데, 그것은 다쿠보쿠가 뽑은 것이었다. 같은 해에 "묘오죠오"가 폐간되면서 그것을 대신해서 익년 "스바루"가 창간되었는데, 다쿠보쿠는 동인이었고, 이 잡지에 하루오는 시가를 발표했었다.

하루오가 아쿠타가와를 알게 된 것은 1916년의 일이다. 1918년에 하루오는 단편소설 "田園의 憂鬱"을 '中外'에 발표했다. 이 작품은 세평이 상당히 높고 그는 이 작품으로 인해 일약 신진작가의 스타가 되었다. 이 작품은 하루오의 출세작이자 대표작의 하나이면서 또한 大正문학의 획기적인 하나의 금자탑이기도 했다.

여기서 주목할 만한 것은 "田園의 憂鬱"이 가지는 성격이다. 도시를 피하고 田園에 옮겨 사는 주인공인 '靑年詩人'의 생활에는 이렇다 할 사건다운 일은 하나도 일어나지 않고, 따라서 이 소설에는 소설다운 이야기는 거의 없다는 것이다. 아쿠타가와 류노스케는 후년 '이야기 없는 소설'을 제창했지만, 하루오는 이미 일찍이 이 출세작으로 그것을 실현하고 있다고 해도 과언이 아니었다.[22]

---

22 中谷孝雄 佐藤春生集解説, 日本近代文学大系39『佐藤春夫·室生犀星集』 角川書店, 1973, 17-18쪽.

　무대는 시골이라는 점에서 "소설가 구보씨의 일일"과는 대조적이
지만 주인공이 한 문학청년인 점과 일상을 그리고 있다는 점, 우울
과 권태의 심정을 치밀하게 표현하고 근대인의 내면을 훌륭히 정착
시킨 작품이라는 점, 그리고 이야기가 없는 소실이라는 점 등 많은
유사성을 가지고 있다.

3) "소설가 구보씨의 일일" 속의 이시카와 다쿠보쿠

　이 소설에서 다쿠보쿠의 이름이 나오는 장면은 비교적 앞 부분인
8절과 중간부분인 17절에서다. 소설에 시작에서 늦게 일어나 집을
나선 구보는 서울의 거리를 걸으면서 병에 대해 생각하기도 하고,
전차에서 우연히 만난 선 본 여자를 만나면서 행복에 대해 생각하기
도 하고, 첫 사랑에 대해 생각을 하다가 오후 2시 경 구보는 어느 다
방에 들어갔다. 구보는 거기서 담배를 피우며 커피를 마신다. 그리
고 東京을 그리워하면서 여행을 떠나는 즐거운 상상을 해본다.

> 　구보는 담배에 불을 붙이며 자기가 원하는 최대의 욕망은 대체 무엇
> 일꼬, 하였다. 이시카와 다쿠보쿠石川啄木는, 화롯가에 앉아 곰방대를
> 닦으며, 참말로 자기가 원하는 것이 무엇일꼬, 생각하였다. 그러나 구태
> 여 말하여, 말할 수 없을 것도 없을 게다. 願車馬衣經裘 與朋友共敝之
> 而無憾원차마의경구 흥붕우공 경지이무감은 자로子路의 뜻이요 座上客常滿
> 樽中酒不空좌상객상만 준중주불공은 공륭孔融의 원하는 바였다. 구보는,
> 저도 역시, 좋은 벗들과 더불어 그 즐거움을 함께하였으면 한다.[23]

다방에 앉아서 여행에 대해서, 그리고 돈이 있으면 어떤 행복을 얼마나 가질 수 있을까 생각하면서 구보가 담배에 불을 붙이는 장면에 관한 묘사다. '구보는 담배에 불을 붙이며 자기가 원하는 최대의 욕망은 대체 무엇일꼬, 하였다.' 다음으로 '이시카와 다쿠보쿠는 화롯가에 앉아 곰방대를 닦으며, 참말로 자기가 원하는 것이 무엇일꼬, 생각하였다.'라는 문장을 나열하고 있는데, 여기서 구보와 다쿠보쿠의 관계는 뭣이며, 박태원은 내용의 전개상 이렇게 전후에 아무런 관계도 없이 갑자기 다쿠보쿠를 등장시키는 것으로 어떤 효과를 기대하고 있었던 것일까?

이 장면에서 구보는 이 다방으로 들어가면서 거기서 일하는 아이에게 한 잔의 커피와 담배를 청했으므로, 구보는 그 아이가 갖다 준 담배에다 불을 붙이는 장면으로 이해할 수 있다. 한편 다구보쿠는 화롯가에 앉아 곰방대를 닦고 있는데, 이 장면에서 구보는 구석진 등의자에 앉아 있다. 거기에 화로가 있는지는 확실히 확인할 길은 없으나, 아마도 다방에 화로가 있을 것 같지는 않고, 계절도 여름이므로 화롯가에 앉아 있는 것이 약간 이상하게 느껴진다. 게다가 구보는 담배를 피우고 있는 것으로 곰방대를 따로 가지고 있지는 않을 것이다.

그러면 이 두 사람은 다른 사람이 다른 공간에 서로 존재하고 있다고 생각해야 될 것인데, 두 사람은 '자기가 원하는 최대의 욕망'과 '참말로 자기가 원하는 것'에 대해 즉 거의 똑같은 생각을 공유하고

---

23 최혜실 편, "소설가 구보씨의 일일", 문학과 지성사, 2009. 34-35쪽.

있다. 그런데 이어지는 이야기 속에서 다시는 다쿠보쿠가 어떻다라는 그의 행동에 대한 언술은 없고, 구보는 자로의 말과 공룡의 말을 인용한 다음에 벗들과 함께 하는 것이 그의 욕망 중에 하나라는 내용의 전개를 보여주고 있다. 종합적으로 볼 때 여기서는 구보와 다쿠보쿠가 마치 동일 인물처럼 취급되어 있다고 생각하는 것이 가장 합리적인 해석인 듯하다.

한국 문단에서 1930년대는 근대화의 정착과 식민지하의 민족의 수난기라는 모순되는 역사적 배경을 갖는다. 하지만, 이 상반되어 보이는 두 가지 상황은 30년대의 한국 문단에 모더니즘을 전개시키는 요소가 되었다. 자본주의의 사조와 전쟁으로 인해 가치관의 혼란을 일으켜, 종래의 이성중심주의에 대두하고, 새로움을 향해 나아가는 정신이 생겨났다. 이성중심주의에 대한 비판인 동시에 새로움 그 자체를 주장하는 모더니티를 지향하는 운동으로 나타난 것이 모더니즘이다. 1933년 〈구인회九人會〉[24]로 인하여 한국 모더니즘 문학은 구체성을 띠기 시작한다. 朴泰遠은 구인회의 일원으로 본격적인 문학 활동을 전개했고, 모더니즘적인 글쓰기를 한 대표적인 작가이다.

여기서는 박태원이 요시야 노부코나 다쿠보쿠 등의 이름을 도입하면서 연출하고 있는 묘한 효과는 모더니즘의 대표적 기법인 에즈라 파운드의 콜라주[25]의 기법의 연상을 가능하게 한다. 에즈라 파운

---

24 구인회: 이태준, 김기림, 정지용, 이상, 김유정, 김환태, 김상용 등의 1900년대 이후에 태어난 20년대 중반의 이른바 모던보이들은...

25 COLLAGE: 콜라주는 예술작품에 다양한 소재를 부착시키는 기법이다. 이 기법은 1912년 큐비즘을 탐구하는 맥락에서 파블로 피카소와 조르주 브라크에 의해 개발되었으며, 다다, 구성주의와 같은 그 밖의 20세기 전반 아방가르드 운동의 특징이기도 하다. 콜라주의 소재에는 오려낸 신문조각 따위가 포함되어 있기 때문에 콜

드의 장편시 "칸토스"(1917~1972)는 콜라주의 기법을 사용한 작품이다.
콜라주의 기법은 예를 들어 신문지로 와인 병의 모양을 지우면 그것
은 '신문'과 '와인'이라는 두 가지의 독립한 것으로의 연상을 유도할
수 있다. 또한 그것은 '기묘'라는 감각을 생기게 할 수도 있다. 콜라
주의 이러한 효과는 회화 이외의 예술분야에서도 사용할 수 있는 보
편성을 가지고 있었다.

그러나 회화에 있어서 발견된 콜라주의 기법이 시에 있어서의 콜
라주의 기법의 발전과 어떠한 관계를 가졌는지는 명확하지 않는 것
같다. 시에 있어서의 콜라주의 기법의 확립에 기여한 것은 오히려
영화일 것이라고 생각되고 있다. 시도 영화처럼 시간의 축이라는 직
선적인 구조를 기본으로 갖고 있어서, 양자는 컷과 연으로 대응되는
구조를 가지고 있다고 할 수 있다.

파운드는 1921년에 콕토의 시집을 도회적인 지성의 것이라고 평
하고, '도시에서는 여러 개의 시각적인 인상이 연속, 중층, 교차하고,
영화적이다'라고 썼다.[26] 이 파운드의 비평은 콜라주의 기법을 사용
한 대표적 詩이자, 영화처럼 이미지가 연거되어 있는 T.S. 엘리엇의
"황무지"(1922)에 큰 영향을 준 것으로 되어 있다.[27]

16절에 다음과 같은 내용이 나온다.

라주는 '고급'예술과 대중문화의 연계를 만들어낸다. (조셉 칠더즈/게리 펜치 편
황종연 역 "현대문학/문화비평 용어사전" 문학동네, 2007 참조)

26 Stock, Noel: The Life of Ezra Pound, North Point Press, 1982, 236쪽.

27 Hideo Nogami, from modera to postmodern, 1999. http://www1.seaple.icc.ne.jp/
nogami/essay1.htm

　　구보는 그저 "율리시스"를 논하고 있는 벗을 깨닫고, 불쑥, 그야 '제임스 조이스'의 새로운 시험에는 경의를 표하여야 마땅할 게지. 그러나 그것이 새롭다는, 오직 그 점만 가지고 과중 평가를 할 까닭이야 없지.[28]

　　"율리시스"와 "소설가 구보씨의 일일"은 두 작품 모두 '어느 청년작가의 신민지 수도에서의 하루'를 그린 소설이다. 구보 즉 박태원은 '새로운 시험'에 민감했지만, 그러한 것들을 무조건 받아들이는 것이 아니라 자신의 평가기준을 가지고 신중히 받아드리는 작가로써의 자세를 엿볼 수 있는 대목이다.

　　박태원은 일본 유학 당시, 최신 예술인 영화나 미술 음악 등 예술전반에 대하여 더 많은 관심을 기울였고, 영어 능력이 뛰어나고 영문학에 대한 동경을 가지고 있었다. 그러한 박태원이 특히 조이스가 "율리시스"를 출판하는 것을 도운 파운드에 대해서도 관심을 가졌을 것이라는 상상은 어렵지 않을 것이다.

　　"소설가 구보씨의 일일"은 위에서 언급한 것처럼 도시에 대한 묘사이고, 도시자체가 영화적이고, 시적인 것이다. 모던보이답게 박태원은 소설에 무대로 서울 도시를 선택했고, 콜라주의 기법으로 일본의 작가들 이름을 그의 소설의 등장시켰고, 그러므로 일상을 그린 소설이지만, 고급예술과 대중문화를 이어주는 것과 같은 효과를 얻었고, 또한 독자에게 기묘함을 주는 효과까지 주고 있다.

28　텍스트 56쪽.

두 번째로 다쿠보쿠의 관한 내용이 등장하는 장면은 17절에 있다. 바로 위에서 "율리시스"에 관한 대화를 나누고 있던 친우가 집으로 가는 것을 배웅하면서 다시 거리를 헤매지 않으면 안될 구보에 비해, 그 벗이 집에 들어가 독서와 창작에 임할 것이라는 생각을 하면서 그 벗에에는 '생활'이 있다고 부러워하는 한편, 생활을 가진 사람들의 발끝이 모두가 자기 집으로 향하여 있는 것을 생각하면서 문득 구보의 입술에서 다쿠보쿠의 단가가 새어나오고 있었다는 것이다.

> 생활을, 생활을 가진 온갖 사람들의 발끝은 이 거리 위에서 모두 자기네들 집으로 향하여 놓여 있었다. 집으로 집으로, 그들은 그들의 만찬과 가족의 얼굴과 또 하루 고역 뒤의 안위를 찾아 그렇게도 기꺼이 걸어가고 있다. 문득, 저도 모를 사이에 구보의 입술을 새어나오는 타쿠보쿠의 단가—
>
> 누구나 모두 집 가지고 있다는 애닯음이여
>
> 무덤에 들어가듯
>
> 돌아와서 자옵네
>
> 그러나 구보는 그러한 것을 초저녁의 거리에서 느낄 필요는 없다. 아직 그는 집에 돌아가지 않아도 좋았다. 그리고 좁은 서울이었으나, 밤늦게까지 헤맬 거리와, 들를 처소가 구보에게 있었다.

여기서 인용하고 있는 이 단가는 다쿠보쿠의 제일가집인 "한줌의 모래"(1910)에 수록되어 있는 단가다. 원래 단가는 일행으로 되어 있지만 다쿠보쿠가 새로운 형태로 만든 삼행으로 된 산문적 스타일의 단가는 일본에서 많은 작가들에게 영향을 준 스타일이다.

다쿠보쿠는 가족들을 사랑하면서 또한 그 당시 가정에 대한 소중히 여기는 많지 않은 작가 중에 하나였으나, 그 당시 시대 상황으로 인한 인간적인 고뇌와, 장착활동에 투신하는 데는 가족이 방해가 되는 모순된 상황에서 이러한 단가를 읊었다.

구보는 생활을 가진 사람들이 자신이 돌아갈 곳이 있는 것을 부러워하면서 한편으로는 구보 자신은 아직 이렇다 할 일을 갖고 있지 않아서 자유롭고 자유를 누릴 수 있는 것에 대해 다행히 여기면서 이 자유로운 황혼을 함께 할 벗을 다시 찾는 장면이다. 박태원이 다쿠보쿠의 많은 단가 중에 이 소설의 이 상황에 맞는 작품을 적당히 인용하고 있는 것으로 보아 그의 다쿠보쿠에 대한 관심과 애정이 컸다는 것을 추측할 수 있다.

Ⅲ. 나가며

이상에서 살펴보았듯이 박태원은 자신의 소설에 이시카와 다쿠보쿠의 이름과 작품을 등장시킬 정도로, 그것도 독자로 하여금 주인공 구보와 다쿠보크를 혼돈하게 만들 정도로 다쿠보쿠에 대한 관심이 많았던 근대 한국 문인 중의 하나였다고 할 수 있다.

요시야 노부코나 이시카와 다쿠보쿠를 소설 속에 등장시켜서 묘한 효과를 얻을 수 있었다. 그것은 모던보이였던 박태원이 모더니즘에 대한 여러 기교에 관심이 많았고 자신의 소설에서 여러 기교를

제16장 | 韓國近代文学과 石川啄木

적극적으로 실험했는데, 그 중의 콜라주의 기법을 도입한 것으로 생각되어진다. 그러한 시도의 결과로써 박태원은 작품에서 일정한 모더니즘적인 효과를 실현시켰다.

김윤식은 '한국 소설에 日本人이 등장하는 것을 해방 전까지의 작품에서 찾는다는 것은 너무나 많으므로 일일이 검토한다는 사실 자체가 소설 거의 전부를 읽는 결과에 이르고 말 것이다.'[29]고 했는데, "소설가 구보씨의 일일"의 경우는 일본인이 등장하는 작품 중 실제 일본문인들을 소설 속에 등장시켰다는 점과 모더니즘의 기교의 하나의 요소로 활용시켰다는 면에서 특별한 경우라고 할 수 있다.

---

29 김윤식, "한일문학의 관련양상", 일지사, 1996. 75쪽.

한일문화 연구의 새 지평 1

한일문화의 상상력 : 안과 밖의 만남

초출일람

지은이 약력

김미진 金美眞, Kim Mi-Jin

명지대학교 객원조교수, 서울여자대학교·한국외국어대학교 강사. 도쿄대학교에서 문학박사학위를 취득. 일본근세문학·문화를 전공하였다. 대표 논저로『柳亭種彦の合巻の世界-過去を蘇らせる力「考証」-』(若草書房, 2017), 「류테이 다네히코 고칸의 삽화 속 공간표현과 시간표현-『니세무라사키 이나카겐지』와『쇼혼지타테』를 중심으로-」(『일본연구』76, 2018.6), 「『偐紫田舎源氏』と『柳亭雑集』」(『近世文芸』102, 2015.7) 등이 있다.

김유천 金裕千, Kim Yoo-Cheon

상명대학교 글로벌지역학부 교수. 일본고전문학을 전공하였다. 대표 논저로「『源氏物語』における「命」の表現性」(『일어일문학연구』92, 2015.02), 「『源氏物語』における＜孝＞」(『일본언어문화』33, 2015.12), 「『源氏物語』における仏教故事と人物造型の方法」(『일본연구』74, 2017.12) 등이 있다.

윤재환 尹載煥, Yoon Jae-Hwan

단국대학교 문과대학 국어국문학과 교수. 고려대학교 민족문화연구원, 단국대학교 동양학연구원, 성균관대학교 대동문화연구원의 연구교수 역임. 한국고전문학(한문학)을 전공하였다. 대표 저서로『매산 이하진의 삶과 문학 그리고 성호학의 형성』(문예원, 2010),『조선후기 근기 남인 시맥 연구』(문예원, 2012),『국역 창선감의록』(단국대학교, 2014),『상소와 비답』(이가서, 2015),『(역주)춘추번로의증』(소명출판, 2016) 등이 있다.

이현영 李炫瑛, Lee Hyun-Young

건국대학교 일어교육과 교수, 한국외국어대학교 일본어과, 한국외국어대학

교 일반대학원 일본문학 석사학위, 일본 오차노미즈여자대학 대학원 석, 박사
학위. 일본 근세문학 전공. 대표 논저로는 『加賀俳壇と蕉風の研究』(桂書房,
2002), 「朝鮮歳時記の紹介」(笠間書院, 2012,2), 「에도의 가이초(開帳)에 관한 소
고-『東都歳事記』를 중심으로-」(일본어문학, 2015,3) 등이 있다.

▌조혜숙 趙惠淑, Cho Hae-Suk

단국대학교 일본어과 초빙교수. 센슈대학 인문과학연구소 연구원, 단국대 일
본연구소 연구원을 역임. 일본근현대문학을 전공하였다. 대표저서와 논문으
로『일본근대여성의 시대인식-여류작가 히구치 이치요(樋口一葉)의 시선 -』
(제이앤씨, 2010), 「『키재기』 시론-미도리의 수난에 대해서」, 「교과서 속 전
쟁영웅-군신 노기장군에 대해서」 등이 있다.

▌최경국 崔京國, Choi Kyoung-kook

명지대학교 일어일문학과 교수. 미래융합대학 학장. 명지대학교 학생처장,
명지대학교 사회교육원장 등 역임. 일본근세문학을 전공하였다. 대표 논저로
『江戸時代における「見立て」の研究』(J&C, 2005), 「중국 유호도(乳虎図)의 한일
양국의 수용양상」(일어일문학연구, 2010.08.20)「교토대학(京都大学) 다니무라
문고(谷村文庫) 소장본『朝鮮図絵』속의 초량왜관」(일본연구, 2014.06.30) 등이
있다.

▌히구치 아쓰시 樋口淳, Higuchi Atsushi

센슈대학(専修大学) 명예교수. 비교민속학, 구승문예학 전공. 대표 논저로『フ
ランスの民話』(白水社, 1989), 『民話の森の歩き方』(春風社, 2011), 『妖怪・神・異
郷』(悠書館, 2015), 번역서로『祖先祭祀と韓国社会』(ロジャー・ジャネリ他著・第
一書房, 1993), 『韓国昔話集成1-IV』(崔仁鶴著・悠書館, 2013-17) 등이 있다.

▌소메야 도모유키 染谷智幸, Someya Tomoyuki

이바라키 기독교대학(茨城キリスト教大学) 문학부 교수, 문학박사. 일본근세
문학, 한일비교문학 전공. 대표 논저로『冒険・淫風・怪異　東アジア古典小説の
世界』(笠間書院, 2012), 『西鶴小説論-対照的構造と〈東アジア〉への視界』(翰林書
房, 2005), 편저로『韓国の古典小説』(ぺりかん社, 2008), 『日本近世文学と朝鮮』
(勉誠出版, 2013) 등이 있다.

최창완 崔彰完, Choi Chang-Wan

가톨릭대학교 일어일본문화전공 교수. 일본 와세다대 방문교수, 레이타쿠대 방문연구원 역임. 일본어학을 전공하였다. 대표논저로『일본어와 일본문화』 (불이문화사, 2003),『交隣須知와 敬語』(대구대출판부, 2004),『분야별 현대 일본어학 연구』(공저, 2014, 박이정) 등이 있다.

탁성숙 卓星淑, Tak Sung-Sook

가천대학교 동양어문학과 교수, 가천대학교 인문대학장 역임, 일본어학 전공. 대표논고「일본어소설의 대화문 번역에 관한 연구-『두견성』을 대상으로-」, 아시아문화연구 45, 2017,「소설번역에 나타나는 문말표현의 양상-『不如帰』, 『불여귀』,『두견성』을 대상으로-」, 일어일문학연구, 99집 1권, 2016,「한국어의 외래어수용에 관한 연구: 국어순화어운동을 중심으로」, 아시아문화연구 (36, 257-294), 2014,「일본어의 외래어 수용에 관한 연구」, 아시아문화연구 (32, 309-345), 2013,「二葉亭四迷의 표기에 관한 연구: 片仮名표기와 <白抜き点>의 사용실태를 중심으로」일본연구 (52, 381-401), 2012 등이 있다.

하야시 후미키 林史樹, Hayashi Fumiki

간다 외국어대학(神田外語大学) 외국어학부 교수. 문화인류학 전공. 대표 저서로『韓国のある薬草商人のライフヒストリー』(御茶の水書房, 2004),『韓国がわかる60の風景』(明石書店, 2007),『서커스가 왔다!』(제이앤씨, 2013),『韓国食文化読本』(공저, 国立民族学博物館, 2015) 등이 있다.

권선영 權善英, Kuean Sun-Young

신라대학교 글로벌비즈니스대학 일어일본학전공 초빙조교수. 문학박사(일본근대문학, 한국현대문학). 주요 저서로『신석정 시선』(지식을만드는지식, 2013),『이병주 문학의 역사와 사회 인식』(공저, 바이북스, 2017),『인생행로난』(김명순 일본어소설 한국최초번역, 백양인문집, 2014) 등이 있으며, 주요 논문으로는「남성작가가 바라본 '신여성'의 한일비교」,「한일근대여성문학에 나타난 '연애(戀愛)' 고찰」,「이병주『관부연락선』에 나타난 시모노세키와 도쿄」 등이 있다.

▎김난주 金蘭珠, Kim Nan-Ju

단국대학교 교양교육대학 연구전담조교수. 국어국문학과 일본고전문학을 전 공하였다. 대표 논저로 『에로티시즘으로 읽는 일본문화』(공저, 제이앤씨, 2013), 『노가쿠-일본 전통극 노·교겐의 역사와 매력을 읽다』(역서, 채륜, 2015 년), 『近代東アジアと日本-交流·相剋·共同体』(공저, 中央大學出版部, 2016) 등이 있다.

▎윤채근 尹采根, Yoon Chae-Keun

단국대 한문교육과 교수, 고려대 대학원 국문과 박사 졸업. 한문소설, 한문산 문, 한시 등 다양한 장르에서 활동 중. 대표저서로 〈소설적 주체의 탄생과 전 변〉, 〈한문소설과 욕망의 구조〉 등이 있으며 현재는 소설 창작에 전념중이다.

▎정형 鄭瀅, Jhong Hyung

전공은 일본문화론, 일본근세문학으로 단국대학교 문과대학 일어일문학과교 수, 동교 일본연구소장, 한국일본사상사학회와 한국일어일문학회 회장, 쓰쿠 바대학과 국제일본문화연구센터 초빙교수 등을 역임했고 현재는 단국대학교 일본연구소 초빙교수 및 운영위원장을 맡고 있다.
『西鶴 浮世草子硏究』(보고사, 2004), 『일본근세소설과 신불』(제이앤씨, 2008, 대한민국학술원우수도서), 『일본일본인일본문화』(다락원, 2009), 『일본문학 속의 에도도쿄표상연구』(제이앤씨, 2010, 대한민국학술원우수도서), 『日本近 世文学と朝鮮』(勉誠社, 2013), 『슬픈 일본과 공생의 상상력』(논형, 2013, 대한민 국학술원우수도서) 등 저서 20여권이 있고 50여편의 학술논문이 있다, 역서로 는 『일본인은 왜 종교가 없다고 말하는가』(예문서원, 2001), 『천황제국가 비판』 (제이앤씨, 2007), 『일본영대장』(소명출판, 2009), 『호색일대남』(지만지, 2017, 세종도서선정우수도서) 등이 있다.

▎하야시요코 林陽子, Hayashi Yoko

인덕대학교 어문사회학부 교수. 근, 현대문학 전공. 주로 한일 비교와 근대 詩 를 연구하고 있다. 대표 번역서로 『キム·ソウォル つつじの花(김소월 진달래 꽃)』(書肆青樹社, 2011) 등이 있다.